M

LENA BLAU

TE ENCONTRARÉ EN EL SILENCIO

Montena

Papel certificado por el Forest Stewardship Council®

Penguin
Random House
Grupo Editorial

Primera edición: julio de 2023

Printed in Spain – Impreso en España

ISBN: 978-84-19501-27-1
Depósito legal: B-9.444-2023

Compuesto en M. I. Maquetación, S. L.
Impreso en Romanyà Valls, S. A.
Capellades (Barcelona)

GT 0 1 2 7 1

Para todos aquellos que no tienen miedo
a salir a buscar su «isla desconocida»

Prólogo

Todo puede cambiar en un instante.

En un simple parpadeo.

Y ya no eres la misma persona.

Intentas con todas tus fuerzas regresar al segundo anterior, a ese momento en el que todavía tenías claro quién eras y cuál era tu camino, pero las agujas del reloj no retroceden.

De repente, solo hay un antes y un después. Y son tan opuestos que te desorientas.

Pero nada es blanco o negro. Hay un sinfín de tonalidades entre ambos.

Te aferras con desesperación a esos toques de color que aún te definen, mientras haces malabarismos sobre esa finísima línea que separa ambos extremos: el de hace un segundo y el de ahora.

Esa frase que no esperabas escuchar está haciendo que te tambalees.

Lo que aún no has descubierto es que hay palabras que se las lleva el viento y silencios que se quedan para siempre…

PRIMERA PARTE

Una isla

1

Amy

No había vuelta atrás; la decisión estaba tomada. Ya no podía bajarme de aquel avión.

Quizá me estuviera equivocando, pero tenía que hacer algo para dejar de ser el reflejo desdibujado de unas expectativas que nunca habían sido realmente mías. Aquella inesperada oportunidad era la excusa perfecta para dar el primer paso y empezar a descubrirme de verdad, con todas mis líneas bien definidas, aunque no fueran tan rectas ni tan perfectas como las de Harry. A él le llenaba por completo su exitosa carrera profesional y no anhelaba cambiar su rumbo. Pero yo no era como mi hermano; conformarme con una vida llena de estrés y vacía de todo lo que realmente me importaba ya no era una opción.

Estaba demasiado cansada de esforzarme día a día por mantener en pie lo que en realidad era, simple y llanamente, una burda mentira que me estaba asfixiando.

Unas ligeras turbulencias sacudieron el avión en nuestro ascenso. Esbocé una pequeña sonrisa irónica; yo también sentía un torbellino interno ante aquel profundo cambio que iniciaba. Unos minutos después, el avión se estabilizó y, a velocidad de crucero, se dispuso a devorar los kilómetros que me llevarían a mi destino. Me acurruqué contra la ventana y, mientras seguía escuchando *Kids* de One Republic, contemplé la inmensidad del cielo para olvidarme de todas las exigencias que desde niña me habían ido carcomiendo poco a poco.

Aterricé en el aeropuerto de San Francisco cuatro horas después. Como aún tenía que esperar un rato a Ursula, quien me había avisado de que estaba atrapada en un atasco, deambulé por la terminal tirando de mi maleta hasta que encontré un Starbucks. Me hice con un capuchino doble repleto de espuma y me senté a beberlo con parsimonia.

Me dediqué a observar el ir y venir de los viajeros que daban vida a aquel imponente edificio de acero y cristal. No pude evitar pensar en lo perdidos que habrían estado mis padres en un lugar tan cosmopolita. Ellos, tan conservadores y arraigados en sus estrictas reglas, habrían encontrado demasiado impactante el panorama tan variopinto que se podía ver en ese aeropuerto. Apenas habían viajado fuera de Luisiana; un lugar como aquel simplemente les habría aterrorizado. Se habían dejado los cuernos por darnos a Harry y a mí la mejor educación. Eso era un mérito que no les podía negar. Nunca se habían permitido ningún lujo y todo lo que habían ganado en sus respectivos trabajos lo habían invertido en darnos a nosotros el nivel cultural y el estatus que a ellos siempre les habría gustado tener. A simple vista habían sido unos buenos padres; ¿quién no querría que sus hijos prosperaran y alcanzaran esas metas que ellos no habían podido conseguir?

El problema era que su deseo de que llegáramos alto en la vida había pasado a ser una enfermiza obsesión. En su plan nunca hubo cabida para que hiciéramos nada que se saliese lo más mínimo de los límites que ellos habían establecido. Harry había seguido su hoja de ruta sin problema. Yo lo había intentado, acallando día tras día esa voz interior que me decía que quería algo distinto. Algo que me llenara más allá de cumplir con mi obligación.

Pero esa voz se había impuesto de pronto. Y me gritaba con tanta fuerza que ya no pude ignorarla más.

Poco después de renunciar a mi puesto de becaria en una de las empresas más prestigiosas del sector financiero, dejé la Gran Manzana y regresé al hogar de mi infancia. Quería recargar las pilas antes de decidirme a dar el siguiente paso. Mis padres estaban absolutamente indignados con que hubiera renunciado a esa gran oportunidad. Creían que había tirado mi futuro por la borda y, en lugar de concederme algo de tiempo y espacio, empezaron a insinuar que debía hacer un máster en Finanzas que reforzara aún más mi currículum académico y diera sentido a mi abandono laboral. Lo hicieron de forma disimulada, soltando aquí y allá pequeños comentarios durante la cena. Se ofrecieron incluso a recurrir a sus ahorros para ayudarme a pagarlo, lo que hacía que me sintiera todavía más presionada. Se fueron volviendo más insistentes y yo cada vez me agobiaba más.

Lo que para mis padres era una «temeraria y absurda decisión», para mí era un paso decisivo para ser libre por fin y hacer con mi vida lo que realmente quería.

Había estudiado Económicas, como Harry, por el simple hecho de que no me habían dado otra opción. No había sido lo suficientemente valiente para enfrentarme a mis padres y matricularme en la prestigiosa escuela de fotografía con la que tanto había fantaseado. Estudié sin rechistar la carrera que ellos me impusieron y en mis ratos libres, a escondidas, practicaba todo lo que podía con mi cámara de fotos.

Me había pasado la vida tratando de ocultar quién era realmente. Siempre me había escondido tras la estela de perfección que mi hermano mayor dejaba a su paso.

Aunque se tratara de una solución temporal, hasta que encontrara las respuestas que buscaba para mi futuro, estar de vuelta en Baton Rouge no me emocionaba demasiado. La aburrida capital de Luisiana nunca me había gustado, y menos ahora que la comparaba constantemente con Nueva York. En mi adolescencia, mi único consuelo siempre había sido la cercana Nueva Orleans. Me escapaba allí tan a menudo como podía y disfrutaba a tope de su vida, cultura y buen rollo junto a Beth y Marlene, mis dos mejores amigas. Lo malo es que con el paso de los años las tres nos habíamos distanciado bastante.

Beth estaba terminando la carrera de Derecho en Chicago, y Marlene, que al acabar el instituto no quiso seguir estudiando, se había quedado en nuestra ciudad natal para empezar a trabajar en la ferretería de su familia. Como esta última seguía viviendo en un barrio cercano al de mis padres, la llamé para vernos y ponernos al día. Quedamos a tomar un café y, aunque me alegré de verla después de tanto tiempo, me di cuenta de que ya no teníamos mucho en común. Ella se conformaba con su vida tranquila. Trabajaba de dependienta y ya estaba planeando casarse con su novio de siempre, a pesar de tener solo veintitrés años.

Lo admito: la juzgué por ello. Me parecía una pena que fuese a dar ese paso tan pronto sin explorar ninguna otra opción primero. Llevaba con Jack desde los quince y apenas había visto mundo ni vivido otras experiencias.

Y ella me juzgó a mí. No lo dijo con palabras, pero cuando le conté el motivo por el que estaba de vuelta en Baton Rouge, pude ver claramente en sus ojos que mi decisión le parecía de lo más descabellada. Seguramente pensó que estaba loca por dejar atrás ese puesto de prácticas por el que muchos matarían. Y encima en una ciudad tan fascinante como Nueva York.

Nadie parecía entenderme y llegué a plantearme si la había cagado a lo bestia.

Pero, gracias a Dios, Ursula apareció en escena. La prima de mi madre —con quien siempre me había llevado genial— fue la que me hizo ver la luz. Me ofreció una oportunidad muy tentadora que me alejaría de aquel asfixiante lugar donde no podía extender mis alas.

Un par de semanas atrás Ursula había estado de visita en la ciudad. Estaba harta de sentirme incomprendida, así que me desahogué con ella mientras tomábamos una copa de vino mano a mano en el jardín trasero de la casa de mis padres. Solté todas mis preocupaciones ante aquella mujer a la que siempre había admirado.

Ella era muy distinta al resto de mi familia. Libre y valiente, había roto moldes varias décadas atrás dejándolo todo para irse a vivir a California. Su decisión causó un revuelo considerable. No entendieron que rompiera su compromiso matrimonial con el que había sido su novio desde el instituto para escaparse a vivir una nueva vida. Allí se enamoró perdidamente de John, un aventurero inglés que estaba construyendo un pequeño hotel en una tranquila localidad costera al sur de San Francisco. Su corazón se prendó a partes iguales de aquel hombre y de sus sueños, así que jamás regresó a su antigua vida en Baton Rouge.

Ursula me escuchó atentamente. Cuando hube terminado de hablar, dejó su copa sobre la mesa, encendió un cigarro y, tras dar la primera calada, se limitó a decir:

—Amy, tú lo que necesitas es alejarte de tus padres y de esta ciudad tan insulsa. Aquí no vas a encontrar lo que estás buscando —sentenció, cariñosa pero tajante—. Vente a Half Moon Bay conmigo. Quiero proponerte algo muy interesante para lo que solo vas a necesitar tu cámara de fotos.

2

Alan

Tenía que hacer algo. Quedarme allí de brazos cruzados con la culpa quitándome el sueño noche tras noche no iba a ayudarnos a ninguno de los dos. No podía cambiar lo que había pasado. No podía retroceder en el tiempo y hacer que mis actos no hubieran causado tanto daño. Ella no iba a ser jamás la misma de antes. Yo tampoco. Y no quería serlo. Aquello tenía que ser una señal, un aviso de que todo lo que había sido mi vida hasta el momento no merecía la pena. Estaba vacío, tanto que la palabra «esperanza» no tenía ningún sentido para mí. Me levanté de la cama, estaba cansado de mirar el techo una noche más. Yo no tenía nada por lo que seguir adelante, pero ella sí. Tenía que devolverle esa parte de sí misma que le habían arrebatado. Eso quizá le ayudaría a volver a reconocerse en el espejo. No, rectifico, lo que yo quería no era que se reconociera de nuevo a sí misma, sino que descubriera un nuevo reflejo que le devolviera las ganas de vivir. Arrastré mis pasos en la penumbra del dormitorio, tan solo iluminado por las luces de la calle, que se colaban caprichosas en el interior de mi magnífico piso. Yo no quería luz. Me encontraba más cómodo en la oscuridad y fantaseaba con la nada absoluta. Descansar por fin.

No sentir ni remordimientos ni culpa.

No sentir...

Pero eso tendría que esperar. Primero debía preparar aquella maleta que llevé hacia el vestidor. Repasé con la mirada los trajes elegantes y las camisas que usaba a diario. No los iba a necesitar para nada en esa ocasión, y mucho menos las carísimas corbatas que llevaban años ahogándome, así que metí en mi pequeño equipaje los pocos vaqueros que tenía junto con algo de ropa interior y unos polos de manga larga.

Cuando ya iba a salir de mi piso recordé algo y me detuve en seco.

Faltaba una última cosa en esa maleta. Lo más importante de todo.

Di media vuelta y me dirigí al frío despacho donde había pasado en vela tantas noches, destruyendo en mi portátil, poco a poco, línea a línea, el futuro de tantos.

Saqué del cajón aquel sobre y lo metí en el bolsillo interior de la cazadora, recordándome a mí mismo que esta última acción era para ayudar y no para destruir.

Después ya tendría tiempo de encontrar el lugar adecuado para no sentir nada.

Ni culpa.

Ni odio.

Ni vacío.

Solo paz...

3

Amy

Una vez que llegó al aeropuerto, Ursula me recogió en la terminal y condujo hasta Half Moon Bay. Primero tomó la autovía en dirección norte. Al llegar a Daly City cambió el rumbo hacia el sur y se dirigió a nuestro destino por un tramo de la emblemática Highway 1.

—Podríamos haber ido por un camino más directo que va por el interior —me explicó—, pero por la costa es más bonito, y no tenemos prisa.

Disfrutamos de las maravillosas vistas del océano Pacífico desde su antiguo descapotable mientras mi pelo me revoloteaba alrededor de la cara y la brisa marina me acariciaba la piel. Me alegré de su decisión. No se trataba de llegar cuanto antes, sino de disfrutar de la travesía. Y pensé que quizá la felicidad sea una forma de viajar y no un destino.

Cuando aparcó el coche junto a esa casa situada frente a la playa, que ella y su marido habían convertido en un acogedor y elegante B&B, solté un suspiro de puro éxtasis. Aquel lugar era simplemente precioso. Sentí una inmediata punzada de esperanza, y también un gran alivio por haberme escapado de la jaula que la casa de mi infancia suponía para mí.

Había sido un viaje largo, por lo que, en cuanto terminé el delicioso almuerzo que mi tía me preparó, decidí estrenar mi pequeño refugio y me hice amiga al instante de la mullida y preciosa cama que allí me esperaba.

Me desperté a última hora de la tarde algo desorientada. Mientras recuperaba la consciencia y me desperezaba después de aquella siesta tan larga, recorrí con la mirada el dormitorio, exquisitamente decorado, en el que Ursula me había instalado. Tras fijarme en cada detalle de esa habitación, de estilo sencillo pero sofisticado, salté de la cama. Caminé descalza sobre la alfombra de yute, que llegaba hasta un ventanal desde el que se divisaba la increíble playa de Half Moon Bay. Corrí el vaporoso visillo de lino y abrí la ventana. Una brisa se coló al instante en la habitación, agitando de forma caprichosa la fina tela de algodón. Salí al balcón de madera y me apoyé en la barandilla. El sol estaba a punto de esconderse tras el horizonte y la luz anaranjada del atardecer hacía que las vistas fueran estremecedoras.

Me había despertado en el paraíso y no podía salir de mi asombro.

Cerré los ojos e inspiré el profundo aroma del mar mientras los mechones de mi pelo se revolvían indomables. El viento soplaba a ráfagas y con ganas.

Cuando volví a abrir los ojos disfruté del espectáculo que me ofrecían las agitadas olas de aquel día y vislumbré a lo lejos a varios surfistas.

No sabía si allí iba a encontrar la respuesta a qué demonios hacer con mi vida a partir de aquel momento. Pero de lo que no cabía duda era de que estar un par de semanas en un lugar tan bonito y apacible, tan distinto a lo que había sido mi vida en los últimos años, me iba a sentar de maravilla. En Nueva York, el estrés y la soledad de ser una hormiga entre millones me había asfixiado, tanto en la universidad como al empezar a trabajar en ese rascacielos sin alma. Y en Baton Rouge me aburría como una ostra, además de ahogarme con los comentarios incesantes de mis padres sobre la locura que había cometido.

Sí, definitivamente, algo bueno tendría que salir de aquel paréntesis que me había regalado Ursula. Una pequeña localidad en la costa norte de California, su ritmo pausado y aquella playa infinita no podían ser una mala combinación para dar el primer paso hacia un futuro distinto en el que consiguiera darle un sentido a mi vida.

El sol rozaba ya el horizonte, con sus naranjas y ocres que se convertían en fucsias algo más arriba y acariciaban el blanco de alguna nube despistada que flotaba en el cielo. No lo dudé un segundo; entré a por mi cámara de fotos y volví a salir al balcón para inmortalizar una de las puestas de sol más increíbles que había visto jamás.

Ursula y John vivían en un anexo de aquella enorme casa que habían dejado como vivienda privada para ellos y sus invitados. También tenían su propia zona de jardín, separado por unos altos setos del que estaba destinado para los huéspedes de su precioso *Bed & Breakfast*. Cuando bajé a reunirme con ellos, su perra, Cala, me dio la bienvenida moviendo la cola sin cesar y, en cuanto recibió un par de caricias, se fue a corretear detrás de un pájaro, más feliz que una perdiz.

Después de tomar un aperitivo junto al exótico estanque que tenían en una esquina, lleno de peces de todos los colores imaginables y plantas acuáticas de lo más variadas, nos sentamos a cenar en un porche que estaba algo más alto que el resto del terreno. La suave luz del crepúsculo permitía contemplar aún la bahía en forma de media luna que daba nombre a esa localidad. Las olas se escuchaban en la distancia y las ráfagas de viento de la tarde había dejado paso a una suave brisa nocturna que nos regalaba un característico olor a salitre y a libertad. La cálida temperatura del día había disminuido unos cuantos grados, por lo que me alegré de haberme puesto una sudadera para bajar a cenar.

—¿Crees que podrás hacer un buen reportaje de nuestro pequeño paraíso? —me preguntó John mientras me servía un poco de vino.

—Eso espero —suspiré—. Tendría que ser muy patosa para no conseguir plasmar la belleza y el encanto de este lugar. Aunque estoy un poco nerviosa… Es la primera vez que voy a usar mi cámara para hacer un encargo. Para mí, la fotografía hasta ahora ha sido solo una afición; nunca me he dedicado a ello de forma profesional.

—Siempre hay una primera vez —dijo Ursula entusiasmada—. Tómate tu tiempo, no te agobies. Creo que antes de empezar a fotografiar nada debes disfrutar del entorno durante unos días. Visita el centro del pueblo, la playa y los alrededores. Toma el sol, sumérgete en el océano, lee un buen libro y deja que la tensión que has estado viviendo se disipe un poco.

—Todo eso suena de lujo, la verdad. Pero tampoco puedo quedarme eternamente. ¡Mis padres están que trinan!

—Ya no eres una niña. Déjales que opinen lo que quieran —intervino John antes de darle una calada a su pipa—. Solo tú puedes elegir tu destino. Y nosotros no tenemos prisa alguna. Puedes quedarte aquí todo el tiempo que necesites.

—Muchas gracias. La verdad es que un sitio como este es perfecto para desconectar de todo. Fuisteis afortunados al encontrar un lugar así para instalaros.

—No fue cuestión de suerte —dijo Ursula—. John tenía muy claro lo que quería y lo buscó. Londres le agobiaba y se mudó a San Francisco. Conectó con la ciudad y pasó varios años trabajando en una multinacional, pero no terminaba de llenarle, así que decidió buscar el sitio adecuado para montar un negocio que le permitiera dedicarse a su pasión, la pintura. Recorrió toda la costa durante meses. Cuando por fin dio con esta propiedad, lo vio muy claro.

—Sí, a pesar de estar hecha una pena y necesitar una remodelación considerable, no dudé de que era la casa perfecta para crear el pequeño hotel con el que llevaba tiempo soñando. Y Ursula no titubeó a la hora de subirse al barco y ayudarme en esa nueva aventura. Gracias a ella, el Rosewood Inn se ha convertido en un lugar muy especial, y muchos de sus huéspedes suelen visitarnos una y otra vez por la magia que desprende.

—¿Por qué lo llamasteis así?

—Porque su nombre hace referencia a un tipo de madera que tiene propiedades curativas, tanto físicas como espirituales —explicó

Ursula con una sonrisa antes de dar un sorbo a su copa de vino—. Y eso es justo lo que nosotros queríamos: crear un lugar que no solo fuera bello y relajante, sino también transformador para aquellos que se hospedaran aquí. En todas las estancias del hotel hay objetos hechos con palo de rosa, incluidas las habitaciones. Y en nuestra zona privada también. En tu dormitorio, por ejemplo, las butacas y la cómoda están fabricadas con ese tipo de madera.

—Es una explicación muy bonita. Sin embargo, yo no creo mucho en esas cosas, la verdad —dije con escepticismo—. El poder de transformarse está en uno mismo y, sobre todo, en que las circunstancias lo permitan.

—Por supuesto que los cambios dependen de uno mismo —asintió John—, pero un empujón no viene mal. El palo de rosa tiene un olor muy agradable que tranquiliza e inspira. ¿No lo has notado?

—Ahora que lo dices, lo cierto es que nada más entrar al Rosewood he percibido un olor muy característico. En mi dormitorio ese aroma es aún más intenso. Y lejos de desagradarme, la verdad es que he sentido cierta paz. No obstante, llevo muchos años entre números y lógica para creer que un trozo de madera posea propiedades que puedan curarme a nivel espiritual.

—Dejar atrás tu vida en Nueva York no ha sido una decisión lógica, ¿verdad? —apuntó John.

—No, no lo ha sido —admití—, y me da un poco de miedo lo que va a pasar a partir de ahora. Me siento como en una barca a la deriva… Hay momentos en los que tengo tentaciones de retroceder y volver a la seguridad del puerto.

—Tú misma lo has dicho: eso sería dar marcha atrás y conformarte con lo que es seguro, aunque no te haga feliz. Olvídate de todo durante un tiempo, inspira profundamente y deja que los sentidos tomen el timón. Si sales de tu zona de confort, te aseguro que encontrarás tu isla desconocida antes o después.

4

Amy

—¿En serio piensas seguir en tus trece?

La crispada voz de mi madre al otro lado de la línea me hizo volver a la realidad de sopetón. Era como si de pronto no hubiera ni un solo kilómetro de distancia entre nosotras. Su habitual forma de criticarme me llegaba muy nítida y clara por el auricular del teléfono.

—Mamá, ya te lo dije antes de irme —suspiré poniendo los ojos en blanco —. Esta no es una decisión que haya tomado a la ligera. Realmente necesito un paréntesis en mi vida para replantearme muchas cosas.

—Eso son pamplinas sin fundamento —replicó malhumorada—. Todavía eres una cría y no sabes lo que haces. Esa vena aventurera que te ha entrado de repente no tiene ningún sentido. Ya que has decidido tirar por la borda todo lo que has conseguido con tanto esfuerzo, deberías al menos apuntarte a ese máster tan prestigioso que ya hizo tu hermano y que tan buenas oportunidades le ha dado. Mírale a él; tiene un puestazo que le permite vivir como un rey. Sin embargo, ¡tú dejas un empleo en el que habrías ido ascendiendo y te vas con la *hippie* de mi prima al otro lado del país!

—Mamá, ¿por qué no me dejas en paz? —protesté, empezando a cabrearme muy en serio—. Además, ¿que más te da lo que yo haga? Ya tienes a Harry para que te baile el agua y te pasee en su cochazo como toda una señora de la alta sociedad.

—Amy, ¡te estás pasando! No te permito que me hables así —me reprendió mi madre, indignada—. Déjate de tonterías y vuelve a Baton Rouge para que podamos hablar de esto.

—Llevo toda la vida haciendo lo que vosotros creéis que es lo correcto. Y eso me ha hecho muy infeliz —le reproché—. Deja que, por una vez, tome mis propias decisiones. Ya no soy una niña.

—No, técnicamente no lo eres, pero aún eres demasiado joven para distinguir con claridad lo que te conviene —resopló—. Aunque ya veo que no hay forma de hacer que recapacites, así que tú verás. Pero espero que pronto te des cuenta de la tontería que estás haciendo. ¡Ursula te ha contagiado su locura!

Decidí dejar la conversación antes de que aquello acabara muy mal. Cuando la cerrada de mente de mi madre comenzaba a arremeter contra su prima, su discurso conservador se hacía insoportable. ¿Cómo podíamos ser tan diferentes?

—Te tengo que dejar. Ya es muy tarde y estoy agotada por el viaje.

—Muy bien, hija. Tú descansa. A ver si eso te ayuda a recuperar la cordura y tomas el primer avión de vuelta. Te echo de menos y me preocupa que estés en ese pueblo de California que ni Dios sabe dónde está.

—Tranquila, mamá. Dios y Google Maps saben perfectamente dónde está Half Moon Bay.

Colgué el teléfono de muy mala leche. ¿Por qué tenía que ser siempre tan crítica conmigo? Era su única hija. Lo más normal habría sido que tuviéramos una conexión especial, pero ella parecía apreciar más a mi hermano y cuestionaba constantemente todas mis decisiones.

Siempre había sentido cierta envidia al ver que mis amigas mantenían una estrecha relación con sus madres, compartiendo con ellas su visión femenina de la vida. Yo jamás había podido contarle a la mía nada sobre mis sentimientos e ilusiones. Ella siempre había puesto una fría barrera entre nosotras y rara vez habíamos ido juntas de compras o al cine. Su obsesión por que yo siguiera los pasos profesionales de Harry parecía ser lo único que le importaba y eso había hecho que nuestra relación siempre hubiera sido un poco distante.

Durante mi adolescencia había intentado acercarme a ella, esforzándome para que entendiera mis inquietudes y anhelos. Cansada y dolida por su frialdad, al final terminé tirando la toalla. En los últimos años me había limitado a conformarme con el hecho de que mi madre y yo teníamos bastante poco en común.

Mi padre no era muy distinto. Era cariñoso pero muy exigente, así que con él mi relación tampoco había sido fácil. No obstante, era un hombre y mi necesidad de conectar con él no había sido tan acuciante. Quizá fuera un cliché, pero los padres suelen estar más conectados a sus hijos y las madres, a sus hijas. Lo malo era que en mi caso no conectaba con ninguno de los dos.

Simplemente, no me veían.

Me fui a dormir con un sabor agridulce. El buen rollo que me transmitía aquel lugar se había visto empañado por la tensa conversación con mi madre. Pero a la mañana siguiente me sentí más animada. Al escuchar el rugido del mar desde mi cama, me desperecé con una lenta sonrisa y me regalé unos instantes de felicidad entre las sábanas. Después de hacer un poco el vago, me levanté para darme una ducha que me terminó de despertar por completo.

Bajé a desayunar poco después y disfruté como una enana del festín mañanero que Ursula había preparado en la coqueta cocina, desde la que se adivinaba una vista parcial de la bahía. Una densa bruma cubría la playa y no era posible apreciar dónde acababa.

—¿Has dormido bien? —me preguntó mi tía.

—Sí, estupendamente.

—¿Qué planes tienes para hoy?

—Tenía intención de ir al centro del pueblo primero y luego pasear por la playa, pero, en vista de la niebla que hay, creo que tendré que cambiar de idea.

—No, no tendrás que hacerlo. Suele amanecer así, pero a lo largo de la mañana la bruma se va retirando y luego hace un sol radiante —me explicó—. Si quieres, cuando acabes de desayunar te enseño con calma el hotel y sus mil detalles para que vayas pensando en ideas para las fotos. Ayer apenas viste la recepción, así que hasta que salga el sol podríamos aprovechar para que te cuente un poco más sobre la historia de este caserón. Después puedes coger una de las bicis de cortesía para dar un paseo hasta el centro.

—Me parece una excelente idea —asentí antes de darle un sorbo al café que ella acababa de servirme.

Ursula me enseñó primero el exterior de su hotel, que miraba de frente y sin miedo al océano Pacífico. Su fachada, de listones de madera, estaba pintada en un suave tono azul claro y tenía varios balcones de color blanco que sobresalían, convirtiéndose en pequeños miradores hacia la bahía. La parte exterior que conectaba con el salón también contaba con un largo porche, dispuesto en varias zonas de tertulia donde uno podía acomodarse para disfrutar de la brisa y del cuidado jardín.

Una vez que entramos en la recepción, presidida por una preciosa escalera curvada, Ursula me contó que esa mansión era una de las más antiguas de la zona. Había sido construida a finales del siglo XIX y había sobrevivido al devastador terremoto que sacudió la costa del norte de California en 1906.

Aquella magnífica casa de tres plantas, con su salón con chimenea, su biblioteca, el luminoso comedor y las encantadoras habitaciones, era un ejemplo de resistencia y capacidad de transformación. Conservaba un toque clásico que te dejaba muy claro que llevaba allí, inamovible, más de cien años, pero al mismo tiempo la acertada decoración, a caballo entre lo contemporáneo y lo colonial, creaba una atmósfera atemporal muy reconfortante.

El Rosewood Inn había sabido mantener su esencia adaptándose década tras década a las exigencias de los clientes. En lugar de quedarse atrás, había ido cobrando cada vez más fama como uno de los mejores hoteles con encanto del norte de California. Ursula estaba muy orgullosa de ello y me explicó que era un lugar en continua metamorfosis. Ellos trataban de mantenerlo siempre al día, bien cuidado y al gusto de lo que buscaban sus clientes, entre los cuales un alto porcentaje eran ya asiduos.

Por todo el hotel había detalles que le otorgaban un toque muy especial. No solo había en cada una de las estancias muebles o artilugios fabricados en esa madera que le daba nombre, sino que en muchas de las paredes colgaban obras pintadas por el marido de Ursula. Eran unos lienzos sublimes, de líneas sencillas y colores vivos.

—John ha conseguido que sean la seña de identidad del Rosewood y es algo que nunca cambiamos —me explicó Ursula—. Podemos ir actualizando y redecorando las estancias cada ciertos años, pero los cuadros siempre permanecen en su lugar.

—Son muy bonitos y, además, derrochan vida y luz. Creo que deberíamos destacar su protagonismo en el hotel cuando haga las fotos.

—Estoy totalmente de acuerdo. ¡Es una gran idea!

—¿Los pinta solo para el hotel?

—No, los expone también en una galería del centro del pueblo y muchos turistas caen en la tentación de llevarse uno. Su carrera como pintor cada vez va mejor. Varios políticos y un ingeniero de Silicon Valley, entre otros, le han comprado cuadros y, gracias a eso, algunos de sus lienzos van a formar parte de una exposición de pintores californianos que ha organizado el Museo de Arte Contemporáneo de Los Ángeles.

—¡¿En serio?!

Eso era un logro increíble. Exponer en el MOCA no debía de ser nada fácil.

—Sí, en un par de semanas será el gran acontecimiento —respondió con una sonrisa que derrochaba amor y admiración por el talento de su marido—. Ya verás, ¡la inauguración va a ser una pasada!

—Me encantaría ir, pero mucho me temo que ya no andaré por aquí.

—¿Por qué te pones una fecha límite? —Ursula puso los ojos en blanco—. No tengas tanta prisa en marcharte. No vas a encontrar esa isla de la que te habló John en unos pocos días. Estás más que invitada a quedarte aquí todo lo que necesites. Hasta que no la atisbes no deberías regresar a casa de tus padres.

No tenía ningunas ganas de volver a Baton Rouge, así que con las palabras de Ursula resonando en mi cabeza, me subí a una de las bicis de cortesía del hotel y pedaleé sin prisa hacia el centro de Half Moon Bay. Después de llevar tanto tiempo viviendo al son del frenético ritmo de Nueva York, me costaba dejar que las cosas sucedieran a cámara lenta. Estaba acostumbrada a que mi vida transcurriera siempre a la velocidad de la luz.

Corriendo, siempre corriendo.

Para llegar al trabajo en aquel rascacielos de ventanas selladas.

Para ir de reunión en reunión como un perrito faldero sin apenas tiempo para comer.

Para llegar al gimnasio con la lengua fuera porque si no me perdía la clase de *spinning*.

Para llegar a ese diminuto apartamento que había compartido con una chica y terminar el informe que debía tener listo para mi jefe a primera hora de la mañana del día siguiente.

Tenía prisa hasta para cenar. De lo contrario, el cansancio me vencía y me quedaba dormida en el sofá sin probar bocado.

Pero aquella mañana no tenía nada urgente que hacer. Y era una sensación tan agradable como desconcertante.

Ursula no se había equivocado; la bruma se había disipado y el sol empezaba a brillar. Avanzaba sobre el asfalto disfrutando de la suave temperatura del mediodía y la tranquilidad de esa pequeña localidad donde todo el mundo parecía ir despacio.

Cuando llegué a la calle principal del pueblo, dejé la bici apoyada en una farola y recorrí con calma los escaparates de las tiendas que se alineaban una tras otra en Main Street. Finalmente, entré en una pequeña *boutique* que llamó mucho mi atención. Decidí probarme algunas prendas más frescas e informales que las que había traído en la maleta. Presagiaba que iba a dar muchos paseos por la playa y quería estar cómoda. También me hice con un par de biquinis para poder darme esa misma tarde un baño en el mar.

Pasé un buen rato en la tienda hasta que me aseguré de tener todo lo que buscaba. Me llamó la atención lo amable y paciente que fue la dependienta conmigo. En lugar de desesperarse con mi exhaustiva búsqueda, perchero a perchero, me asesoró con calma y mucha simpatía. Me animó a probarme unos sombreros y me enamoré de uno de paja de estilo Panamá que iba a ser perfecto para proteger la pálida piel de mi rostro del brillante sol californiano. Pensé en lo buena vendedora que era aquella mujer; me había encasquetado un artículo más sin que me hubiera dado ni cuenta. Mi mentalidad neoyorquina no pensó ni por un momento que aquello no se trataba de hacer más negocio, así que me quedé de piedra cuando descubrí que me lo quería regalar.

Después de pagarle el resto de las prendas, y de agradecerle el detalle del sombrero, salí a la calle con las bolsas y una sonrisa de oreja a oreja.

Mi siguiente parada fue en una pequeña librería. Al entrar y sentir el característico olor de la madera y el papel impreso me transporté a esa época de mi vida en la que podía pasarme un día entero repantingada en el sofá sin dejar de leer. Devoraba pilas de libros de distintos géneros. Volaba entre sus páginas y viajaba a otros mundos. Pero últimamente lo único que había pasado por mis manos eran informes financieros y ya casi ni me acordaba de lo que era perderse entre las páginas de una buena historia. Deambulé con calma entre sus estanterías y, tras ojear varias portadas de novelas, me decidí por una que parecía que combinaba el misterio y el romanticismo a partes iguales.

Una vez fuera de la librería, sentí que mi estómago rugía, así que me senté en la terraza de un restaurante italiano. Mientras esperaba a que me atendieran, comencé a leer la novela con el placer de saber que no tenía prisa alguna.

Nada ni nadie necesitaban que volviera con urgencia.

Allí podía vivir en lugar de limitarme únicamente a sobrevivir.

¡Y era una sensación jodidamente increíble!

5

Alan

Había sido una decisión impulsiva y no me había puesto en contacto con aquel hombre para anunciarle mi llegada. Antes de subirme al avión busqué la web de ese hotel al que me dirigía y aproveché para reservar una habitación. No quería cruzar medio mundo y al llegar a mi destino no tener donde alojarme.

Una vez allí, dormiría mil horas para reponerme del viaje. Después ya encontraría la forma de sentarme a hablar cara a cara con la persona de la que Richard me había hablado antes de morir. No iba a ser fácil poner sobre la mesa aquellas cartas que el destino y mi imprudencia habían truncado. Pero, si ya antes del accidente tenía pensado hacer ese viaje, ahora era aún más importante que cumpliera los deseos del que había sido mi jefe y mentor durante tantos años. El trabajo que había desempeñado para él no me enorgullecía; de hecho, era en gran parte el culpable de mi vacío, pero Richard siempre había sido como un padre para mí y debía cumplir su última voluntad.

—Ya hemos llegado —anunció el taxista, alzando la voz al percatarse de que yo iba medio dormido en el asiento trasero.

Parpadeé deprisa y me froté los ojos para recomponerme. Le pagué la carrera y bajé del vehículo. El conductor sacó del maletero mi escaso equipaje y se apresuró a marcharse. El sol brillaba con fuerza, así que me puse las gafas de sol y miré a mi alrededor. La entrada al Rosewood Inn era una explosión de color. El pequeño jardín que rodeaba la fachada estaba lleno de flores de todos los colores imaginables. Parecía el tipo de hotel al que uno va a pasar algunos días de relax o en plan romántico con su pareja. No era un lugar para liberar la bomba de relojería que yo llevaba a mis espaldas.

Solté un suspiro y me sentí un enorme trozo de mierda una vez más.

Por mi culpa ahora ella era solo una sombra desdibujada.

Y yo, un fantasma que jamás podría perdonarse haber sucumbido a la tentación de ayudarla a olvidar.

6

Amy

No tenía nada que hacer, así que después de dar un largo paseo por la playa, no dudé en echarle una mano a Ursula en la recepción del hotel. Aanisa, la chica que solía ocuparse de las llegadas de los clientes, se había puesto enferma y, como era viernes, el hotel estaba casi lleno. Se esperaban muchas entradas esa tarde. Mi tía, antes de marcharse a hacer un recado urgente, me explicó a toda prisa los pasos que debía seguir para registrar a los clientes en el ordenador y cómo estaba planeada la asignación de habitaciones.

Después de haberles dado la bienvenida a dos sonrientes parejas, que parecían dispuestas a disfrutar a tope de su fin de semana en aquel idílico lugar, me senté a esperar pacientemente tras el mostrador la llegada de los demás huéspedes. Saqué el libro que había comprado el día anterior en mi visita al centro del pueblo. Necesitaba seguir devorando las páginas de aquella historia que me había tenido despierta hasta bien entrada la madrugada. Me quedaban los últimos capítulos y me moría de ganas por saber cómo iba a acabar. En vista de lo rápido que lo estaba leyendo, mucho me temía que en mi próxima visita al centro me haría con varios libros más. Me había reencontrado con el placer de la lectura gracias a esa novela y tenía la firme intención de seguir disfrutando de mi tiempo libre de esa forma. Aparte de ir preparando el reportaje fotográfico para el hotel, no tenía mucho más que hacer. Ahora los días volvían a tener veinticuatro horas y podía organizarlas a mi antojo.

Estaba tan absorta en la lectura que no me había percatado de que alguien esperaba a que le atendiera. Fue al escuchar un grave carraspeo cuando me sobresalté y alcé la vista. Me encontré con un chico alto que me observaba con una expresión extraña al otro lado del mostrador de recepción. Mientras me incorporaba, se quitó las gafas de sol. Aquel tío de pelo revuelto y ondulado parecía cansado. Pero, a pesar de su palidez y sus ojeras, sus marcadas facciones lo hacían muy interesante. Y había algo en esa mirada miel verdosa que te atrapaba.

—Buenas tardes —conseguí decir cuando me repuse de la sorpresa—. Bienvenido al Rosewood Inn. ¿En qué le puedo ayudar?

Me sentí tan profesional ejerciendo de recepcionista y hablando de usted a un tío que no parecía llegar a los treinta que tuve que aguantarme la risa. Quién me habría dicho tan solo un par de semanas atrás, encerrada en una impersonal oficina al otro lado del país y con el pelo encrespado por el estrés, que iba a terminar sonriendo de oreja a oreja a los clientes de ese pequeño y encantador hotel en el que sonaba de fondo una música instrumental de lo más relajante.

—Tengo una reserva —respondió cortante y con un marcado acento británico. Volvió a mirarme con una expresión tan gélida que sentí un escalofrío; me quitó de un zarpazo las ganas de reír.

—Dígame su nombre, caballero —dije, apartando los ojos de los suyos.

—Alan Clowe. Pero que conste que no soy ningún carcamal al que tengas que llamar caballero —respondió sin sonreír.

¡Joder! Menudo borde. Yo solo había tratado de ser educada.

Tecleé el nombre en el ordenador y poco después el detalle de su reserva apareció en la pantalla. Vaya…, aquel tipo malhumorado no se iba a quedar tan solo un par de noches como la mayoría de los huéspedes de ese fin de semana. Su estancia iba para largo.

—Siento haberme equivocado —me disculpé, un poco agobiada por haberle guiado hasta el extremo opuesto del hotel y descubrir que su habitación no estaba allí.

—No es un edificio tan grande. Parece mentira que no conozcas dónde está la habitación que me han asignado —gruñó, poniendo los ojos en blanco.

¡Menudo gilipollas!

—No, no lo es, pero da la casualidad de que llevo poco tiempo aquí y no conozco el Rosewood Inn al dedillo. Tranquilo, no tardaremos demasiado en localizar esa dichosa habitación.

—Si tú lo dices...

Con un cabreo de tres pares, continué avanzando por el pasillo. Mis pisadas, seguidas por las de aquel inglés altivo y antipático, hacían crujir el brillante suelo de madera. Me fui fijando en los números de las puertas mientras hacía un esfuerzo titánico para no girarme y estamparle en las narices la llave de la habitación veinticuatro para que la buscara él solito.

No me gusta que la gente pague conmigo sus frustraciones. Si no hubiera sido porque estaba ayudando a Ursula, le habría dejado allí plantado sin ningún miramiento para que se rascara sus malas pulgas sin que me saltaran a mí.

Respiré aliviada cuando por fin encontré su habitación al final del pasillo. Abrí la puerta y ahogué una exclamación al ver la preciosa suite que aquel imbécil había reservado.

Era muy amplia y luminosa. Al estar ubicada en una de las esquinas del segundo piso, tenía dos grandes ventanales dispuestos en ángulo recto que daban paso a una terraza amueblada con unas vistas de postal. Y el cuarto de baño era de ensueño; aparte de la gran ducha de mármol blanco, disponía de una bañera exenta situada junto a una ventana alta y estrecha desde la que se apreciaba una vista panorámica de la bahía.

—Aunque me haya costado encontrarla, espero que te guste la

habitación —dije con la mayor amabilidad de la que fui capaz. Lo que realmente me apetecía decirle era muy distinto.

Me miró sin pestañear. Parecía cansado, y no me refiero solo a algo físico. Sus grandes ojos rasgados eran bonitos, pero no tenían luz.

—Gracias. La verdad es que la habitación está bien —respondió al fin, mirando a su alrededor. No lo dijo con mucho énfasis, pero dejó entrever un atisbo de satisfacción—. ¿Hay servicio de habitaciones?

—Sí, puedes pedir lo que quieras y te lo subirán.

—Me gustaría tener cuanto antes una botella de Johnnie Walker y una cubitera con hielo.

—Se lo pediré a los camareros del bar. Pero, si te apetece, en breve empieza la hora del cóctel en nuestro jardín. Es muy agradable. Podrás disfrutar de música en directo y conocer a los demás huéspedes del Rosewood.

—No, gracias. No he venido a hacer amigos. Y me gusta beber solo.

Dicho esto, sacó un billete de veinte dólares y me lo tendió sin mirarme siquiera.

Recibir una propina suele ser algo agradable, pero la forma en que me la dio me pareció humillante. Era evidente que estaba acostumbrado a creerse muy por encima del resto del mundo, así que me despedí sin aceptar su dinero.

7

Alan

El sonido de unos violines que tocaban en el jardín ascendía hasta la terraza de mi suite. Interpretaban el *Concerto No. 3* de Mozart, que se mezclaba con el sonido del mar al atardecer. Todo era paz, belleza y armonía en aquel lugar, y eso me hizo beber aún con más ganas sentado en el sillón de mimbre. Seguramente, yo era el único cliente del hotel que detestaba aquel momento idílico. Me alojaba en una suite increíble, perfecta para la escena de una película romántica y pastelosa.

Di otro trago a mi vaso de whisky. Quizá así consiguiera disipar esa punzada de amargura que me provocaba cada nota que escuchaba.

Sentí un gran alivio cuando la música paró de sonar y lo único que quedó fue el sonido de las olas rompiendo en la orilla, mezclado con el murmullo de las conversaciones en el jardín.

Yo no estaba para escuchar a Mozart.

Habría sido cojonudo que en lugar de esos dulces violines algún grupo cañero hubiese interpretado *Highway to Hell*. Sí, definitivamente, AC/DC habría sido un complemento mucho más adecuado para aquella botella de Johnnie Walker que tenía la firme intención de dejar vacía.

8

Amy

Después de tener que aguantar al británico estirado, recibí una llamada de mi madre cuando ya estaba en mi habitación. Me saludó y fue directa al ataque.

—Sigo sin entender qué narices haces allí —bufó como de costumbre—. Dime, por favor, que ya se te ha pasado esa tontería de California y que vas a intentar recuperar tu trabajo en Nueva York.

—No voy a hacer eso, mamá. Y como veo que aún no te ha quedado claro, te repito que la razón por la que he venido aquí no es ninguna tontería. Estoy intentando encontrarme a mí misma.

—Ay, ya estamos con esas frasecitas de libro de autoayuda. Déjate de pamplinas y madura. En la vida hay que ser práctico, Amy. Y lo que tienes que buscar es un futuro que te asegure una buena nómina. Del aire no se vive. Te estás dejando guiar por una vena idealista que no te va a llevar a ningún lado.

—No, no me va a llevar al tipo de vida que tú quieres para mí, sino a la que yo busco —le expliqué, empezando a perder los estribos—. ¡No voy a volver a Nueva York ni loca!

—Vale, vale. No te pongas hecha un basilisco conmigo.

—Es que no es para menos, mamá. Me estás agobiando todo el rato con lo mismo.

—No tienes que vivir en Nueva York ni volver a ese trabajo si no quieres, pero al menos dale una oportunidad a ese curso de posgrado.

Te puede abrir muchísimas puertas. Mira a tu hermano: le ha ido de lujo.

—Mamá, deja de una maldita vez de compararme con Harry.

—No te estoy comparando con él, es solo que…

—Estoy cansada —la interrumpí—. Y no quiero hablar de esto.

—Bueno, hija. Lo dejaremos para otro momento —se rindió.

—Preferiría que lo dejemos para nunca. Buenas noches, mamá.

Colgué el teléfono y me puse el pijama de bastante mala leche. Lo que mi madre no entendía era que yo no quería abrirme más puertas en el mundo de las finanzas. Quería justo lo contrario; dejarlas cerradas y caminar hacia un horizonte sin barreras ni cerrojos. Un lugar donde la brisa entrara a su antojo y me llenara con sus ráfagas de libertad.

Me desperté al amanecer algo más animada. La conversación con mi madre me había dejado mentalmente agotada y había dormido como un lirón. Ahora un nuevo día daba comienzo y tenía mucho que hacer. Quería comenzar a dar los primeros pasos para preparar el reportaje fotográfico del hotel y debía estudiar los parajes donde estaba ubicado. Necesitaba concentrarme, por lo que decidí olvidarme de todo, tanto de lo que había dejado atrás como de lo que estaba por venir. Solo quería fijarme en el ahora. Y eso consistía en hacer lo mejor posible el proyecto que me habían encargado Ursula y su encantador marido.

Comencé dando un paseo por la playa acompañada de Cala. Era temprano y todavía no había nadie pululando por allí, así que la enérgica perrita corría con libertad de aquí para allá. Era un placer sentir la arena bajo los pies descalzos. Las olas rompían en la orilla con su rítmico vaivén, lo que hizo que me sintiera muy relajada. Mientras la brisa matutina jugaba una vez más con mi melena, estudié con calma los diferentes encuadres posibles para fotografiar el enclave del Rosewood Inn, que desde allí se veía precioso bajo la suave luz de esa mañana sin bruma.

Saqué mi cámara de la funda que llevaba colgada del hombro y le coloqué el objetivo que me pareció más adecuado para retratar aquella larguísima playa. Realicé algunos ajustes en la configuración de mi Leica digital y me dispuse a mirar por el visor. Comencé a capturar diferentes detalles.

Unas conchas en la orilla.

Una estrella de mar.

Las huellas de las almohadillas de Cala grabadas en la arena mojada.

La espuma sobre mis pies después de que una ola rompiera sobre ellos.

Un chico a lo lejos que hacía *footing* por la interminable bahía.

No quería retratar únicamente el hotel y sus comodidades, sino todas aquellas cosas que evocaban el espíritu del lugar donde se encontraba.

Apenas llevaba dos días en Half Moon Bay, pero ya tenía muy claro que las palabras «relax» y «libertad» eran dos pilares fundamentales de su esencia. Me disponía a fotografiar el edificio del hotel desde la playa cuando escuché a mis espaldas una voz grave y áspera que me hizo dar un respingo.

—Espero que no se te haya ocurrido sacarme ninguna foto mientras corría por la orilla.

¡Cómo detestaba aquel maldito acento británico, por Dios!

Aparté la Leica de mi cara y me giré. Unos ojos insondables me miraban con frialdad; observaban mi rostro con una mezcla de incredulidad y enfado que no comprendía en absoluto.

¿Qué demonios le ocurría a ese tío conmigo?

Debía de estar muy amargado para comportarse así con una desconocida cuyo único error había sido perderse por los pasillos del hotel.

—Descuida, no te hacía fotos a ti, sino a esta magnífica playa —respondí cortante.

—Pues mucho me temo que salgo en ellas. Te he visto enfocando con el objetivo hacia donde yo estaba.

—Ni siquiera me he dado cuenta de que eras tú, así que no tienes de qué preocuparte. Apareces en el conjunto como una simple figura desdibujada a lo lejos.

—Sí, eso es exactamente lo que soy —murmuró entre dientes, desviando la vista hacia el horizonte antes de volver a mirarme con aquellos ojos tan bonitos como ásperos—. No sé por qué estás haciendo esas fotos, pero sea para lo que sea, asegúrate de no convertirme en el protagonista.

—Estoy haciendo un reportaje para la web del hotel y te aseguro que no eres en absoluto necesario para que las fotos reflejen lo maravilloso que es este lugar. Serás solo una figura irreconocible en la distancia. No tienes de qué preocuparte.

—Más vale que así sea —masculló antes de seguir su camino con un tono que sonó a amenaza.

—¿Y si no qué? —le desafié cabreada.

Se paró en seco a unos metros de mí y se giró.

—Si no tendré que denunciarte por no respetar mi intimidad.

—Denunciarme… —repetí incrédula—. ¿Quién te crees que eres? ¿Una estrella de Hollywood o algo así?

—Nada más lejos de la realidad, señorita —bufó malhumorado.

—¡Ah, entonces ya lo tengo! Quizá solo eres un actor de medio pelo que sale en alguna serie cutre británica, de esas que ven las jubiladas de tu país, y te aterra que alguna de ellas descubra tu paradero y venga a acosarte.

No pude evitar burlarme. Me caía tan mal que tuve que aprovechar la oportunidad para darle un poquito de su propia medicina. Era bastante atractivo y tenía una planta imponente, pero eso no le daba derecho a creerse por encima del resto de los mortales.

—¿Actor de una serie cutre británica? —repitió. Las comisuras de sus labios se curvaron para esbozar una sarcástica sonrisa—. ¡Menuda ocurrencia tan absurda!

—Sí, es absurda, tanto como tu reacción a salir de lejos en una foto.

—Quédate con esas fotos de la playa y úsalas si quieres. No quiero discutir más.

Dicho esto, dio media vuelta y se dirigió con paso rápido de regreso al hotel.

¿Podía haber protagonizado un episodio más surrealista para empezar el día?

9

Amy

Aanisa colocaba con cuidado unos arreglos florales sobre la mesita que había junto a la preciosa cama con dosel. Aquel dormitorio encantador de colores suaves y luminosos que íbamos a fotografiar ese día era el más sencillo de los diferentes tipos de habitaciones con las que contaba el hotel, y aun así era una pasada.

—Yo creo que está todo listo para que empieces —dijo Aanisa complacida, después de recorrer con la mirada los detalles decorativos que se había molestado en colocar para que la habitación luciera en su máximo esplendor.

—Sí, está precioso. Y la luz de esta hora del día es perfecta, así que creo que lo mejor es que me ponga a sacar las fotos ya.

Fotografié la estancia desde diferentes ángulos, y con la ayuda de mi nueva compañera, que sujetaba las pantallas reflectoras para que la luz fuese aún más impactante en aquellos puntos que quería resaltar, la sesión fotográfica de aquella mañana no nos llevó más de una hora. Revisé las fotos en la pantalla de mi cámara digital y a primera vista me pareció que habían quedado genial. Luego les haría unos retoques en el ordenador para mejorar ciertos matices y se las enseñaría a Ursula. Si el resultado le satisfacía, seguiría fotografiando en los días sucesivos las diferentes habitaciones con las que contaba el hotel con ese estilo cálido y natural que, a mi parecer, era el más apropiado para reflejar el romanticismo y el relax que se respiraba en aquel pedacito de pura paz que era el Rose-wood Inn.

Una vez acabada la sesión, Aanisa y yo cogimos prestadas unas bicis del hotel y pedaleamos con parsimonia en dirección al centro del pueblo. Ursula le había pedido que me ayudara en las sesiones de fotos, por lo que en los últimos días habíamos pasado bastante tiempo juntas. Primero retratamos las zonas comunes del Rosewood Inn y ahora nos íbamos a dedicar a ir habitación por habitación, ya que ninguna era igual a las demás y había que capturar el encanto de cada una de ellas. Ursula y John querían que en la nueva web que estaban diseñando para el hotel los clientes pudieran elegir exactamente la habitación donde iban a hospedarse. Tenían la intención de cambiar los números por nombres que definieran mejor lo que representaba cada una. De esa forma, personalizarían aún más la estancia de todos sus huéspedes.

Todavía no conocía muy bien a Aanisa, pero me parecía una persona agradable y de trato muy fácil. Sus grandes y oscuros ojos negros me infundían confianza. Era sonriente y animada, algo que me venía de perlas para sobrellevar mejor el océano de dudas sobre mi futuro y las constantes discusiones telefónicas con mi madre.

Tras dar un apacible paseo hasta Main Street, nos bajamos de las bicis y las dejamos junto a la entrada de un coqueto café donde también servían almuerzos. Queríamos airearnos un poco y reponer fuerzas antes de fotografiar esa tarde la siguiente habitación de la lista. Tras pedir unos sándwiches y unas ensaladas en el mostrador, nos dirigimos al patio trasero y nos sentamos a esperar la comida entre las variadas y exóticas plantas que nos rodeaban. El murmullo de una discreta fuente situada en una esquina me hizo esbozar una sonrisa de pura paz.

—Es todo un lujo vivir en un lugar como este, ¿verdad? —dijo ella mientras cerraba los ojos y dejaba que el sol del mediodía bañara su rostro.

—La verdad es que sí —suspiré extasiada—. Después de haber trabajado en una aséptica oficina llena de impersonales cubículos, estar aquí es un privilegio increíble.

—¿En qué trabajabas exactamente antes de venir a Half Moon Bay?

—En una empresa de finanzas.

—¡Vaya! Creía que ya te dedicabas a hacer reportajes cuando vivías en Nueva York. Había dado por sentado que lo que habías hecho era pasar a ser *freelance*.

—No, hasta ahora lo hacía solo como una afición. Hace un tiempo di unos cursos de fotografía en mi tiempo libre, pero hasta ahora nunca me había dedicado a ello de forma profesional.

—Pues debe de ser realmente diferente trabajar en una oficina en la Gran Manzana a estar en un pequeño pueblo de California dedicándote a hacer esas fotos para el hotel.

—Sí, lo es. Cambiar aquel trabajo sin alma por algo tan creativo y gratificante como esto es un paso que me alegro mucho de haber dado. Y le estoy muy agradecida a Ursula por haberme dado la oportunidad de hacerlo.

—¿Cómo es que antes trabajabas en algo tan distinto? —preguntó sorprendida—. La verdad es que no te pega nada ser una ejecutiva.

—No, no me pega —admití riendo—. Mis padres se empeñaron en que siguiera los pasos de mi hermano y así lo hice. Ahora están decepcionados conmigo por haber renunciado solo unos meses después a esa oportunidad que encontré nada más graduarme. Te juro que he intentado encajar en ese mundo, pero no me gusta nada. La competitividad entre todos los que éramos novatos era brutal. Estos últimos meses he vivido bajo una presión constante por ser la mejor. No todos los recién licenciados íbamos a conseguir quedarnos en la empresa y ascender, así que era como vivir en una jungla sin ley. Llegó un momento en el que esa lucha diaria, tan feroz y estresante, terminó afectándome demasiado. Pero mis padres no lo entienden;

para ellos soy como… un boceto impresionista, ¿sabes? Incipiente y desdibujada, no acabo de definirme. En cambio, mi hermano Harry es todo lo contrario: un óleo realista, de líneas confiadas y perfectamente marcadas, y lo adoran.

—Creo que has hecho muy bien en venir aquí para dejar de ser solo un boceto y terminar de dibujarte a ti misma. Los sueños están para vivirlos. La vida es muy larga, y dedicarte a algo que no te llena en absoluto es hipotecar tu vida —opinó muy convencida.

—¿Y tú? ¿Cómo acabaste aquí?

—Mi familia es de origen iraní. Ellos querían que al terminar el instituto me dedicase a buscar un buen marido y me limitara a ser una esposa dócil y amantísima. Pero eso no iba conmigo. Me negué en rotundo y decidí estudiar Turismo. Durante la universidad hice unas prácticas en un hotel de Miami y aprendí muchísimo sobre la relación con los clientes. Así que, en cuanto acabé la carrera y vi la oferta de trabajo para este hotel, no lo dudé un segundo. No hace mucho que llegué aquí, pero estoy tan a gusto que siento como si llevara toda la vida.

—¿Y cómo se lo tomaron tus padres?

—Fatal, pero no les di opción.

—Parece que tenemos bastante en común. Los míos también se lo tomaron muy mal, sobre todo mi madre.

—Sí, parece ser que ni tú ni yo estamos dispuestas a que nadie decida por nosotras y hemos elegido ser valientes.

—No sé si soy valiente. Quizá lo que he hecho es huir de la realidad y me estoy metiendo en un callejón sin salida.

—Sí lo eres. Conformarse con lo que se supone que es lo correcto es de cobardes. Hay que arriesgarse aunque parezca que estás cometiendo una locura, por mucho que a los demás no les guste.

—Yo solo espero que mi familia acabe aceptándome tal y como soy —suspiré con algo de tristeza—. No me gusta estar discutiendo con ellos constantemente.

—A mí tampoco me gusta, pero soy optimista. Creo que al final mis padres comprenderán que la decisión que he tomado es la más acertada porque es lo que me hace feliz.

—Yo también espero que los míos terminen comprendiéndolo —suspiré.

Aanisa y yo veníamos de culturas distintas y luchábamos contra padres opuestos a nosotras, pero nos habíamos encontrado en ese curioso cruce de caminos; ella huía de las restricciones que el islam le imponía por ser mujer y yo de la obsesión capitalista por trabajar hasta no tener vida.

Solo se escuchaba el murmullo del agua y el piar de los pájaros que se acercaban a buscar migas de pan, así que traté de disfrutar de ese momento de paz. Permanecimos en silencio unos instantes, durante los cuales puse mi mente en blanco y dejé que las preocupaciones por lo que había dejado atrás en Nueva York se desvanecieran.

Pero aquel momento de relax se terminó cuando, a través de la puerta que conectaba el patio con el interior del café, atisbé al británico estirado pidiendo algo en el mostrador. No le había vuelto a ver desde nuestro incómodo encuentro en la playa unos días atrás y, sin saber muy bien por qué, me tensé como un alambre al verle allí.

—Aanisa… —comencé a decir, rompiendo el silencio que nos había envuelto por unos minutos.

—¿Sí? —dijo en un susurro casi imperceptible mientras, con los ojos cerrados, dejaba que el sol tostara su rostro. Los abrió despacio. Estaba tan relajada que parecía que regresara de otro mundo.

—¿El chico inglés sigue alojado en el hotel?

—Sí, sigue con nosotros.

—Pero no se le ha visto el pelo en los últimos días.

—No, la verdad es que no. No ha salido mucho de su habitación y creo que ha estado un par de días fuera, aunque ha seguido registrado, así que no lo sé con certeza. No se relaciona con nadie en el hotel. Es el huésped más huraño y reservado con el que me he topado nunca.

—Ya veo que entonces no debo tomarme su actitud como algo personal —comenté, mirando de reojo a aquel tío que nos daba la espalda a lo lejos.

—No, no, para nada. Conmigo también es bastante borde. Y el otro día a uno de los camareros le dejó en el sitio cuando intentó darle un poco de conversación al llegar al postre. Alan estaba cenando solo en un rincón del comedor. Steve quiso ser amable y hacerle sentir como en casa, algo habitual en el trato que damos en el Rosewood a los clientes, pero el pobre se dio de bruces con el «encantador» carácter del británico —me explicó Aanisa, entrecomillando con los dedos el apelativo que utilizó para definir a aquel tipo tan extraño—. A mí me parece que ese tío oculta algo…

—No lo sé, pero la verdad es que es bastante antipático.

—Debe de necesitar de veras alejarse de su país. Esta mañana me ha avisado de que quiere alargar su estancia al menos otra semana más.

10

Alan

Desde mi llegada, había estado la mayor parte del tiempo encerrado en mi habitación, dándole vueltas a todo y a nada con un vaso de whisky en la mano. Había intentado despejar mi mente saliendo a correr por aquella larguísima playa, pero la chica que me había recibido en el hotel andaba por allí sacando unas fotos y el objetivo de esa cámara me había hecho sentir muy incómodo. Me odiaba tanto que no quería que nadie capturara ninguna imagen mía.

Buscaba justo lo contrario. Desaparecer. Diluirme. Desdibujarme hasta no ser más que un simple borrón.

Una tarde en la que me animé a salir de mi guarida, bajé al bar del hotel y me senté en la barra exterior que había en la terraza. En el otro extremo del jardín vi a los dueños del hotel hablando con una pareja. Pedí un Johnnie on the Rocks y comencé a dar pequeños sorbos al vaso. Esta vez no lo iba a beber de forma compulsiva, iba a saborearlo.

Solo una copa que me daría el empujón que necesitaba para hablar. En cuanto aquella pareja, que iba saludando poco a poco a todos los huéspedes del hotel, se aproximara a mí, me presentaría y les explicaría que Richard había sido como mi padre. Cabía la posibilidad de que, al conocer el motivo por el que estaba alojado en su romántico hotel de playa, me detestaran de inmediato.

Pero tardaban en acercarse a mí. Llevaban un buen rato conversando con un grupo de clientes a los que parecían conocer bastante bien y yo me estaba impacientando.

Pedí otro whisky, y esta vez me lo bebí de un trago.

El tercero no tardó en caer en mis manos al tiempo que el camarero me aconsejaba que no bebiera tan rápido. Le contesté con un gruñido y también lo bebí sin parpadear.

¡Genial! Ya iba camino de estar como una cuba y me sentí un mierda por no haberme sabido contener. La rabia, el dolor, la culpa y la soledad me habían empujado una vez más a caer en los brazos de ese maldito líquido escocés.

¡Excusas baratas!

Seamos sinceros: sonaba muy melodramático y hasta casi me compadecí de mí mismo al pensarlo, pero no habían sido esos motivos los que me habían hecho beber sin control otra vez. Había sido únicamente yo y mi jodido vacío. Era como si solo consiguiera calentar el frío que me invadía por dentro con el alcohol.

Iba a pedir el cuarto cuando el camarero me miró con cara de sorpresa. Me sentí juzgado como un niño que comete una travesura, así que, de muy mala leche, me levanté del taburete y volví a mi habitación para seguir bebiendo a solas sin que nadie me mirara con condescendencia.

Ya no tenía ganas de hablar con la pareja.

Antes o después tendría que hacerlo, pero no esa noche.

No era el momento para revelar nada. Solo quería olvidar.

Y eso hice, me olvidé de todo por un par de días.

El Rosewood Inn me recordaba constantemente por qué había ido allí y lo cobarde que estaba siendo al encontrar una excusa tras otra para no enfrentarme a ellos, así que a la mañana siguiente alquilé un coche y me escapé al lago Tahoe. Fue el primer destino que se me ocurrió y no era un viaje demasiado largo desde Half Moon Bay. Tomé la carretera hacia San Francisco y, una vez crucé el Bay Bridge y dejé Berkeley atrás, seguí mi camino hacia el noreste, en dirección a las montañas de Sierra Nevada. Un colega americano con el que trabajaba me había hablado de aquel lugar y, por alguna razón, ese fue el primer destino que me había venido a la cabeza al despertarme por la mañana.

No sabía lo que me iba a encontrar exactamente, pero cuando llegué allí me di cuenta de que la paz y la belleza de aquellas montañas, sus bosques y aquel infinito lago cristalino era justo lo que necesitaba. Parecía que el destino me hubiera susurrado sin darme cuenta hacia dónde debía ir para acallar todas las voces que me juzgaban por dentro.

Mi destino final ya no fue cosa del azar. Cuando me quedaban unos pocos kilómetros para llegar a Truckee, un pueblo al norte del lago, paré a estirar las piernas y tomar un café en una pequeña estación de servicio. Allí estudié en mi móvil las opciones turísticas que ofrecía aquella zona y me decidí por un complejo de cabañas situadas en Zephyr Cove. Llamé antes para no ir hasta allí en vano y hubo suerte: tenían varias cabañas libres y la mujer con la que hablé me dio indicaciones de cómo llegar.

Debía conducir hasta la zona sur del lago y rodearlo hacia el este hasta pasar la frontera entre California y Nevada. Mientras conducía por la carretera que me llevaría hasta allí, fui divisando diferentes vistas panorámicas de las montañas, los bosques de pinos y aquella magnífica masa de agua de tonos azulados y turquesas salpicados de rocas que me dejaron con la boca abierta. Bajé las ventanillas delanteras; un fresco aroma a pino se coló en el interior del vehículo y me transportó a un estado de ánimo que hacía mucho que no sentía. Una inesperada ráfaga de paz me invadió y solté un liberador suspiro.

La sencilla cabaña de madera estaba situada muy cerca de la orilla del lago. Lo primero que hice fue dejar mi bolsa de equipaje sobre la cama, apagué el móvil y lo dejé también allí. A continuación, salí a correr. No quería contacto con nadie. Siempre estaba pendiente de las noticias que me llegaban del hospital en el que cuidaban de Rachel, pero en aquel momento necesitaba no saber, no pensar y tampoco esperar que se produjera un milagro.

Solo quería respirar ese aire puro y agotarme hasta caer rendido.

Necesitaba encontrar la calma suficiente para serenarme y enfrentarme de una vez por todas a aquella situación. Se lo debía. No quedaba otra.

Tenía que dejar de evitar mi mierda a base de anestesiarme con vasos de whisky. Podía ser muchas cosas, pero nunca había sido un cobarde que se escondiera tras una adicción, y últimamente no me reconocía.

Había elegido un camino profesional del que no me enorgullecía y las consecuencias de mis actos me estaban pasando factura. La gota que había colmado el vaso había sido aquel fatídico accidente.

Ese jodido Porsche...

Aquel deportivo con un motor de más de cuatrocientos caballos era el resultado de una vida dedicada única y exclusivamente a dejar atrás al chico que había crecido sin nada. Esa potente máquina de cuatro ruedas era, entre otras cosas materiales que me rodeaban, la prueba de que ahora era poderoso y capaz de manejar mi vida a mi antojo. Había manipulado con mucho esfuerzo y tesón el destino que la vida me tenía reservado, consiguiendo así dirigirme hacia la gloria en un tiempo récord.

O, mejor dicho, hacia el vacío.

Yo creía estar ascendiendo, pero, en realidad, cada peldaño era un paso más hacia abajo.

Y no sé qué da más vértigo: si mirar el precipicio desde esa cima en la que te crees inalcanzable o darte cuenta de que en realidad hace mucho tiempo que caíste a lo más bajo.

11

Amy

—¡Me encantan! —exclamó mi tía cuando por fin me animé a enseñarle las fotos que había sacado durante esa semana del hotel y su entorno.

En cuanto Aanisa y yo terminamos con la siguiente habitación de la lista tras nuestra comida en el café, dediqué el resto de la tarde a elegir en mi MacBook las fotos que más me gustaban de cada sesión. Decidí editar algunas de ellas para poder enseñarle a Ursula una muestra de lo que estaba haciendo y ver si iba por buen camino. Había retocado ligeramente el brillo, los contrastes y los matices de los colores para destacar aún más la belleza de lo que había fotografiado. Lo cierto es que no me llevó demasiado tiempo; no había sido difícil captar el espíritu de aquel lugar en esas imágenes. La mágica atmósfera del Rosewood y sus alrededores era increíble.

Nos encontrábamos en la isla de su amplia y acogedora cocina mientras, sentadas en los altos taburetes tapizados, mirábamos la pantalla de mi portátil y disfrutábamos de un delicioso merlot del valle de Napa.

—¿Crees entonces que este es el estilo que deben tener el resto de las fotos?

—¡Sin duda alguna! —declaró eufórica—. Creo que lo que me estás enseñando refleja con total exactitud lo que ofrecemos en el hotel. No solo se aprecia lo bonito y confortable que es, sino que estas fotos reflejan a su vez el cariño que hemos puesto en crearlo. Son imágenes con alma; me transmiten paz, magia y buenas vibraciones. Y eso es justo lo que buscábamos.

—¿En serio?

—Sí, lo digo totalmente en serio. Nunca alabaría tu trabajo si no me convenciera. ¡Estas fotos son increíbles!

—¡Qué alegría! —exclamé, entusiasmada por su respuesta. Di un sorbo a mi copa de vino para celebrarlo antes de seguir hablando—. He intentado que la luz sea muy cálida y natural, y que los colores sean vivos pero no estridentes.

—¡Lo has conseguido con creces! Creo que, si sigues esta misma línea en el resto de las fotos, el reportaje para la nueva web va a quedar espectacular.

—No sabes lo que me alegra que te guste esta muestra de lo que llevo hecho —suspiré aliviada—. Nunca había sacado fotos para nadie. Siempre me lo había tomado como una afición y me daba miedo no estar a la altura.

—No es que estés a la altura, es que has sobrepasado mis expectativas. Antes de decidirme a ofrecerte este encargo valoré el portafolio de otros fotógrafos con una amplia experiencia, y déjame decirte que tu trabajo es igual o mejor. Me alegro mucho de haber contado contigo.

—Yo me alegro más —dije con una gran sonrisa, pero se borró poco después—. Es una pena que mis padres no lo entiendan...

—¿Has vuelto a hablar con ellos sobre esto?

—Sí, varias veces, sobre todo con mi madre. Pero da igual lo que le diga; no está nada de acuerdo con mi decisión. Con mi padre apenas he hablado desde que llegué aquí, pero sé que opina lo mismo —respondí algo triste—. Ellos no me entienden, y no sé si algún día conseguiré que lo hagan. Están demasiado acostumbrados a dirigir todos mis movimientos.

—Los conozco y sé que les va a costar asimilar que quieras vivir la vida a tu manera —comenzó a decir Ursula, y dio un sorbo a su copa. Su mirada se perdió en el horizonte. Aquella línea dibujada entre el mar y el cielo, rodeada de los tonos dorados del atardecer, se divisaba a través del ventanal que separaba la cocina del jardín—. Pero finalmente lo aceptarán. Solo tienes que ser firme y vivir tal y como te dicte tu corazón. Yo lo hice y, aunque mi decisión de tomar un camino distinto al del resto de la familia causó un gran revuelo, terminaron aceptándolo. La idea de que me casara con John no les hizo ninguna gracia a mis padres.

»Yo le había conocido pocos meses antes; lo único que sabían de él era que se trataba de un chico inglés muy aventurero y emprendedor que me llevaría a vivir lejos de Luisiana. Imagínate cómo se pusieron al ver que su hija se iba a vivir a la ciudad más *hippie* del país. Mi madre, furiosa, me echó en cara que le iba a impedir disfrutar de sus futuros nietos. Cuando le dije que, si tanto le importaba la felicidad de mi descendencia, me dejara ser libre, aún se enfureció más conmigo. Pero seguí adelante. Si no hubiera sido valiente y hubiera elegido mi propio camino, ahora estaría en Baton Rouge viviendo una vida que no me correspondía.

»No fue fácil enfrentarme a ellos, y me dolió que no me apoyaran. Cuando tuve a Sandra, mi madre seguía enfadada y se perdió los primeros años de la infancia de mi hija, pero con el tiempo recapacitó. Tanto ella como mi padre comenzaron a visitarnos y, al ver lo felices que éramos aquí, dejaron de cuestionarme. Poco a poco nos volvimos a acercar.

—Ojalá yo consiga lo mismo… Por cierto, ¿qué tal le va a Sandra? —pregunté, acordándome de la hija de Ursula. Éramos más o menos de la misma edad, pero no la conocía mucho. Habíamos coincidido en alguna que otra reunión familiar a lo largo de los años y me había parecido una chica muy alegre.

—Está muy bien. Hace unos meses le surgió una gran oportunidad en Harvard para terminar sus estudios de Arquitectura y no lo dudó. Estaba un poco cansada de San Francisco y necesitaba un cambio.

—Debió de ser difícil para ti que se fuera tan lejos.

—Sí, un poco. Hemos pasado de vernos varias veces a la semana a solo hablar por teléfono o videollamada, pero la distancia no hace que estemos menos unidas. Quizá incluso ha reforzado nuestra relación.

—Eso es lo que me entristece de la dinámica que tenemos mi madre y yo. —Solté un ligero suspiro—. Nunca hemos conseguido estar unidas. Nos pasamos la vida discutiendo. Y no es que yo no lo haya intentado. Llevo toda la vida luchando por tener una buena relación con ella, pero no lo consigo. Y cuando me fui a estudiar a Nueva York la distancia enfrió todo aún más.

—Ella te quiere. Te lo puedo asegurar. Es solo que ve la vida de una forma muy diferente. Creo que lo que le pasa es que está convencida de que su deber es ejercer de tutora y no sabe muy bien cómo ser una madre cercana.

—¡Por Dios! Ya no soy una adolescente. La época de educarme ya pasó.

—No te lo tomes como algo personal —dijo Ursula, echándose a reír—. Tu madre intenta educarnos a todos. A mí, que soy la rebelde de la familia, siempre ha querido darme lecciones. Sé que en el fondo me adora, por eso nunca se lo he tenido muy en cuenta.

—Sí, ella y mi padre siempre te han visto como la oveja descarriada de la familia y no sé si han llegado a entenderte.

—¿Y qué más da? —dijo, volviendo su intensa mirada gris hacia mí—. Son ellos los que viven atrapados en sus convencionalismos y casi no han visto mundo. Yo, sin embargo, llevo años descubriendo la vida, saboreando cada nuevo hallazgo, empapándome de nuevas experiencias y, sobre todo, siendo profundamente feliz. Lo que tus padres y otros familiares opinen sobre mí no me afecta en absoluto. No desperdicio ni un segundo en buscar su aceptación. La vida pasa demasiado deprisa para perder el tiempo en batallas absurdas. Ellos se conforman con caminar de puntillas, y lo respeto, pero yo necesito dejar mis huellas bien marcadas en este camino que yo misma elegí.

—Fuiste muy valiente.

—No más que tú.

—La pena es que yo solo voy a estar aquí una temporada, mientras hago el reportaje —declaré apenada. Pensar que mi trabajo en Half Moon Bay era algo temporal me entristecía—. Cuando esta aventura toque a su fin tendré que regresar a Luisiana y eso me aterra.

—No adelantes acontecimientos. Disfruta lo que estás viviendo ahora. Cuando termines este proyecto, ya verás si vuelves con ellos. Quizá surja otra oportunidad. De hecho, tengo una idea al respecto, pero por ahora prefiero no decir nada. Cuando lo tenga claro, si veo que puede encajarte, hablaremos sobre ello.

—¿No me puedes decir al menos de qué se trata? —pregunté intrigada.

—Creo que es mejor que no lo haga —respondió con dulzura, pero también con determinación—. Prefiero que ahora mismo te centres en lo que tenemos entre manos para la web. Más adelante, ya veremos.

—De acuerdo —me conformé—. Seguiré a tope con este reportaje antes de hablar de nada más.

Ursula me sonrió complacida y añadió:

—John y yo nos vamos mañana a Los Ángeles porque ya falta muy poco para la inauguración de la exposición en la que va a participar. Necesito que en los próximos días saques las fotos de las habitaciones que quedan por retratar. Me interesa en especial el reportaje de la veinticuatro.

—Uy…, pues a ver cómo lo hacemos, porque justo esa es la habitación del inglés huraño y no creo que podamos fotografiarla hasta que se vaya. Se pasa el día ahí metido y, por lo que me ha dicho Aanisa, ha alargado su estancia una semana más.

—Voy a pedirle a Aanisa que hable con él para que se cambie a otra. La habitación veinticuatro es muy especial para nosotros. Necesito que la fotografíes lo antes posible. Tengo que enviar en pocos días un ejemplo de nuestros alojamientos a varios catálogos de hoteles con encanto y quiero que sea esa habitación la que nos represente. La vamos a llamar «Calma» porque nos parece que es una de las cualidades que mejor nos define.

—Si es necesario, ayudaré a Aanisa a convencerle. —Hice una pausa y terminé de un sorbo lo que quedaba en mi copa de vino—. Mucho me temo que la reacción de ese tío no va a estar a la altura del nombre que pronto tendrá esa habitación.

12

Alan

Fueron solo un par de días, pero me habían sentado bastante bien. Cuarenta y ocho horas en las que había estado alejado de la autocompasión y del alcohol. Me informé de todo lo que el lago Tahoe tenía que ofrecer y llené mi tiempo con un sinfín de actividades para no poder pararme a pensar ni un segundo: había corrido kilómetros por los agrestes senderos de los alrededores, y había descubierto gran parte del lago en kayak para luego alquilar una moto de agua y volver a surcar esas cristalinas aguas a toda velocidad.

Por las noches, absolutamente exhausto, me tumbaba en la cama de la cabaña y desde la ventana contemplaba ese cielo tan oscuro que se convertía en un lienzo perfecto para las estrellas. Se distinguían muchísimo mejor que en una ciudad y brillaban con mucha más intensidad. Alejado de todo, y absolutamente agotado, dibujaba constelaciones en mi mente en los pocos minutos que tardaba en quedarme dormido.

No es que me hubiera encontrado de repente con algún dios desconocido que me hubiera hecho sentir como una persona plena —para eso tendría que viajar al pasado y cambiar prácticamente todo lo que había hecho desde que dejé la universidad—, pero al menos había vuelto a Half Moon Bay con la mente más serena y la valentía necesaria para afrontar de una vez por todas lo que había ido a hacer allí.

Llegué hacia el mediodía y devolví el SUV en la oficina de alquiler de coches que se encontraba en el centro del pueblo. Comencé a andar hacia el Rosewood Inn, pero estaba muerto de hambre y no quería esperar hasta llegar allí. Me topé con un café en el que servían comidas, por lo que entré con la bolsa de viaje al hombro y estudié el menú en la pizarra que había tras el mostrador.

Cuando me puse a buscar una mesa libre donde sentarme, divisé a las chicas de hotel sentadas en el patio exterior. No me acordaba de sus nombres y no tenía ningunas ganas de darles conversación, así que me instalé en un discreto rincón en el interior del local. No tardaron en traerme el plato de pasta que había pedido. Mientras lo disfrutaba, las dos cruzaron hacia la salida sin percatarse de mi presencia.

Las observé.

Eran muy distintas. La que trabajaba en la recepción era menuda y tenía rasgos árabes. Siempre se había mostrado muy amable y sus ojos oscuros desprendían simpatía y cierta timidez. La otra, más alta y con una melena castaña surcada de finos mechones dorados, era otro cantar. En esos profundos ojos de color avellana no solo había belleza, sino también un toque de desafío que me irritaba tanto como me intrigaba.

Esa noche dormí sin la necesidad de beber. El estado en el que me había dejado mi escapada al lago Tahoe fue mi mejor somnífero y al despertarme por la mañana sentí la necesidad de salir a correr una vez más. Quería sudar la camiseta al máximo y empezar el día con un buen subidón de endorfinas. Eso me ayudaría en mi propósito.

Aún era muy temprano cuando salí del hotel y caminé hacia la playa. Empezaba a amanecer y la bruma matinal no me permitía ver con claridad el final de aquella larga bahía, pero eso no me desanimó. Llegué hasta la orilla y empecé a trotar, intensificando el ritmo poco a poco hasta que mis piernas y mi respiración alcanzaron el máximo de su capacidad. El océano Pacífico rugía a mi paso y dentro de mí algo le acompañaba, liberándose a gritos silenciosos, pero no por ello menos potentes. Llegué hasta el final de la playa. Me detuve unos instantes para admirar el mar y las vistas de los imponentes acantilados que me impedían avanzar más.

La bruma se había ido disipando y unos tímidos rayos de sol luchaban por salir de entre las nubes. Me despojé de la camiseta sudada, me quité las zapatillas y me lancé de cabeza hacia una de las olas que rompían con fuerza en la orilla. A lo lejos, unos surfistas aprovechaban para deslizarse sobre las olas. Yo prefería sumergirme en ellas, sentir el frío en todo mi ser y, sobre todo, luchar por avanzar. Dando fuertes brazadas, me adentré en el océano y encontré menos resistencia una vez que dejé atrás las olas que rompían en la orilla.

En el agua me sentía vivo, pero una vez fuera de ella la realidad me golpearía una vez más con toda su crudeza.

Por eso nadé hasta el límite de mis posibilidades. Fantaseé con la idea de permitir que aquella inmensa masa de agua salada me engullera, pero finalmente regresé a la orilla.

Tenía un objetivo que cumplir, y hasta que no lo hiciera no podía rendirme.

13

Amy

Cala correteaba feliz por la orilla. De vez en cuando se adentraba en el mar y nadaba como una auténtica profesional hasta que decidía alcanzarme y se sacudía a mi lado, empapándome sin remedio. Tampoco era un drama; vestía ropa deportiva y las gotas de agua que ella me regalaba me venían de perlas para refrescarme un poco mientras corría con ella a mi lado. Empezar la mañana haciendo un poco de ejercicio me ayudaba a estar más relajada y concentrada el resto del día, así que, a pesar del cansancio, puse todo mi empeño en no tirar la toalla. En aquella ocasión conseguí recorrer a buen ritmo los cuatro kilómetros que separaban el Rosewood Inn de los acantilados de Wavecrest Beach.

Al llegar a mi meta me detuve y, apoyando las palmas de las manos sobre los muslos, flexioné ligeramente las rodillas y me incliné hacia delante. En aquella posición, fui recuperando poco a poco el aliento. Necesitaba descansar unos minutos antes de reemprender el camino de vuelta, que pensaba hacer corriendo una vez más. Me senté sobre la arena. Cala ladraba feliz mientras correteaba a mi alrededor. Aquella perra era joven e incansable. En su olfateo, encontró enterrada una vieja y ajada pelota que a ella le pareció un tesoro de valor incalculable y me la trajo moviendo la cola. La dejó caer a mis pies, así que me incorporé y se la lancé hacia la orilla. Cala salió como un rayo a por ella. Al llegar allí vio algo que le llamó la atención más que la pelota.

Y no me extrañó, porque una alta e imponente figura masculina emergió de entre las olas, sacudiendo la cabeza para apartarse los mechones mojados de la frente. La perra fue a saludar de inmediato al dueño de aquel cuerpo escultural. El bañador oscuro, que estaba diseñado para llegar a medio muslo, se encontraba empapado y arremangado, dejando ver unas piernas fuertes y atléticas.

Lo que no era tan agradable es que todo ello perteneciera a Alan Clowe. Me había quedado embobada mirándole, pero cuando mi cerebro decidió que me diera cuenta de quién era el tipo que acariciaba a Cala, dejé de admirarle de inmediato. Un cuerpo así no tenía nada de interesante si el alma que encerraba era oscura y grosera.

Solté un bufido al pensar que encima tendría que acercarme a hablar con él. No podía escaquearme y dejarlo para otro momento: Cala no hacía caso a mis llamadas y él ya me había visto. Tendría que ir a por aquella perra enamoradiza y saludar al británico quisiera o no. Así que, ya puestos, iba a aprovechar para informarle de que necesitábamos que se cambiara de habitación, porque Aanisa no había podido hablar con él todavía.

Me dirigí hacia la orilla mientras observaba cómo Cala sacaba el máximo provecho de la situación. Retrocedió para buscar su pelota, que, agitada por las olas que rompían en la orilla, salía y entraba de nuevo en el mar. La cogió con sus afilados dientes y regresó junto a él para, tal y como había hecho antes conmigo, depositarla a sus pies. Alan esbozó una ligera sonrisa, la primera que se había dibujado en su serio semblante desde que había llegado. Su brazo derecho se alzó y lanzó la pelota. Esta dibujó en el aire una trayectoria perfecta y cayó en la orilla varias decenas de metros más allá. Cala tuvo que galopar como una posesa para alcanzarla.

—Buen lanzamiento —comenté una vez que estuve cerca.

—Gracias. No se me da del todo mal —se limitó a decir.

Ahora que estaba a apenas un metro de él, la visión de su cuerpo en primer plano y esas gotas de agua salada deslizándose por su piel hicieron que la situación me resultara algo incómoda. Y esa mirada tan arisca no ayudaba mucho. Por unos instantes no supe cómo continuar rompiendo el hielo, pero Cala me ayudó.

—Al parecer, ella opina lo mismo —dije al contemplar cómo la perra volvía a dejar la pelota a los pies de su nuevo compañero de juegos.

—Sí, eso parece. Veamos si esta vez la lanzamos aún más lejos, pequeñaja.

Le dedicó un guiño a Cala antes de volver a tirarle la pelota, lo que suavizó sus facciones y su mirada. Fue solo un instante, pero sus ojos desprendieron un brillo travieso que le dio otra expresión a su rostro. Por un fugaz momento dejó de ser ese autómata enfurruñado que parecía carecer de emociones.

Engañó a Cala por completo; la perra creyó que la descolorida pelota de tenis había vuelto a dirigirse hacia el mismo lugar de antes, pero en realidad él la había lanzado hacia atrás, y quedó semienterrada en la arena junto a una roca cercana a los acantilados.

Cala, confundida, comenzó a olfatear la arena totalmente concentrada. Movía la cola de un lado a otro a la velocidad de la luz en señal de que acababan de regalarle uno de sus pasatiempos favoritos. Después de unos segundos rastreando a su alrededor, terminó por encontrarla.

—¡Eres una campeona! —la felicité cuando por fin se acercó a nosotros.

—Sí, esta perra es una rastreadora nata —declaró él, dándole una palmada cariñosa en el lomo.

—Parece que conectas bastante con los perros.

—Sí, con ellos es fácil convivir —asintió, apartando la mirada—. Tienen muchas virtudes de las que nosotros carecemos.

—Aunque creo que no tenemos mucho en común, debo admitir que en eso estoy totalmente de acuerdo.

—Me alegra que en algo nos entendamos —dijo con una palpable ironía. Le importaba un comino encontrar un punto en el que coincidiéramos.

—A mí me alegraría mucho que estuviéramos de acuerdo en algo más —comencé a decir apuntándome a su tono jocoso—. Tengo que pedirte que te cambies de habitación y necesito que me digas que sí.

—¿Y eso por qué? Estoy muy a gusto allí.

—Estoy haciendo un reportaje fotográfico para el hotel y los dueños tienen un poco de prisa en tener listas las fotos de esa habitación. Es una de las más bonitas y representativas del Rosewood Inn.

—Por eso mismo no pienso cambiarme —respondió tajante.

—Mira, sé que es un inconveniente para ti, pero como mucho será solo una noche. En cuanto tenga las fotos volverás a instalarte allí.

—Ya te he dicho que no quiero irme a otra habitación —gruñó entre dientes—. Me iré en unos días, y entonces podrás sacar todas las fotos que quieras.

—No puedo esperar tanto. Necesito fotografiar esa suite lo antes posible —le pedí con tono de súplica. Lo que más me apetecía era mandarle a la mierda, pero no podía perder los estribos. Era un tiquismiquis de cuidado, y tenía que ganármelo—. Mira, si tengo suerte y la luz no me juega una mala pasada, con unas pocas horas será suficiente. Quizá no sea necesario que muevas todas tus cosas ni tengas que dormir en otra habitación. Ni siquiera tendrás que molestarte en guardar lo que haya a la vista. Aanisa y yo nos ocuparemos de hacerlo y volveremos a colocar todo en su lugar.

—No me gusta nada la idea de que andéis hurgando entre mis cosas —negó con la cabeza.

—¿Y qué me dices de recogerlo todo tú mismo? Incluso puedes estar presente en la sesión para que veas que no vamos a cotillear ninguna de tus pertenencias.

Se quedó pensando unos instantes antes de responder.

—Lo cierto es que nunca he estado involucrado en nada relacionado con la fotografía… —La forma en que entornó la mirada me dio una chispa de esperanza. A ver por dónde salía don Simpático.

—Siempre hay una primera vez, ¿no?

—Sí, eso es verdad —admitió algo más relajado.

—Entonces… ¿qué me dices? ¿Puedo sacar esas fotos, por favor?

—Vale, de acuerdo —se rindió—. Parece muy importante para ti y no quiero amargarte el día. Pero tendrás que apañártelas para que ese reportaje quede terminado hoy mismo. No quiero que invadas mi espacio más tiempo del estrictamente necesario.

—Se me ocurre una forma de asegurarnos de que hoy quede terminado.

—¿Cuál?

—Que nos ayudes a montar todo el tinglado necesario para acabar lo antes posible.

14

Amy

El británico fue muy diligente. Tras darse una ducha y cambiarse de ropa, dejó la habitación perfectamente recogida en menos de una hora. No quedaba ni rastro de sus cosas, que ahora estaban guardadas en el armario. Y también nos ayudó a subir las pantallas, los focos, el trípode y unas escaleras plegables que iba a utilizar para hacer algunos encuadres de la suite desde un punto de vista más elevado de lo que mi altura me permitía.

Una vez que la chica de la limpieza dejó aquella estancia impoluta y la ropa de cama a estrenar, Aanisa se ocupó de colocar las flores y el cesto con frutas en el interior. Trajo también unas velas nuevas para colocar junto a la bañera de ensueño y le pidió a una camarera que trajera un desayuno digno de una revista *gourmet*. Lo colocó cuidando cada detalle sobre el delicado mantel de lino que cubría la mesa de la terraza, desde la que se divisaba un soleado día de playa.

—Tengo que bajar a recepción a recibir a un grupo de huéspedes que están a punto de llegar —nos avisó mi compañera—. Alan, ya que has decidido acompañarnos durante la sesión de fotos, ¿sería mucho pedirte que ayudes a Amy en lo que necesite hasta que yo pueda volver?

—No, no me importa. Será una experiencia curiosa ejercer de asistente de una fotógrafa.

No podía creerme el amable tono con el que aquel tipo se había dirigido a Aanisa, por no decir la sonrisa con la que había acompañado sus palabras. Conmigo era siempre mucho más seco y distante. Quizá, después de todo, sí que me tenía que tomar su actitud como algo personal.

Aanisa le dio las gracias con su dulzura habitual y nos dejó a solas.

—¿En qué puedo ayudar? —me preguntó con un tono mucho más neutro que el que había utilizado con ella.

Solté un gruñido para mis adentros y me obligué a ser correcta. Si hubiera podido, le habría mandado a freír espárragos. Prefería mil veces sacar las fotos sola que tener que pedirle ningún favor a ese indeseable.

—Voy a empezar por la habitación. La luz es bastante buena, así que creo que no hará falta usar las pantallas reflectoras ni los focos. Pero necesito que muevas las cortinas de ese lado para permitir que entre aún más luminosidad y no haya sombras —le indiqué, señalando el ventanal que no saldría en esa foto.

Asintió sin decir una palabra e hizo lo que le había pedido.

Moví un poco el trípode hacia un lado y lo alejé de la cama hasta que di con el encuadre que buscaba para esa vista de la habitación. En la esquina inferior izquierda del visor de mi cámara aparecía una pequeña sombra.

—Por favor, aparta un poco más la cortina.

Alan hizo lo que le pedía y la imagen quedó perfecta.

—Gracias.

—De nada —se limitó a responder.

No hablaba apenas, pero sus ojos me escaneaban y me sentí algo incómoda. Habría sido mucho más fácil aceptar su ayuda si hubiese sido un poco más dicharachero.

Fui sacando diferentes encuadres siguiendo los comentarios que me había hecho Ursula sobre lo que buscaban destacar de esa habitación. Estaba quedando bien, pero me faltaba algo. Si esa habitación se iba a llamar Calma, me parecía que había que ir más allá de la preciosa decoración. Y fue en un descanso en el que Alan había salido a la terraza cuando tuve una idea.

Apoyado sobre la barandilla, de espaldas a mí, contemplaba el mar. Parecía perdido por completo en sus pensamientos, cuando, de pronto, una ola rompió y todo su cuerpo se tensó. Se llevó las manos a la frente y sus largos dedos recorrieron la espesa mata de pelo oscuro, despacio y con fuerza, hasta detenerse en la nuca. Tal y como le sucedía al océano, Alan parecía debatirse entre la calma y la intranquilidad.

Era un tío con un porte sensacional y un estilo innato. Un modelo profesional no habría sido una opción mejor y me pareció una foto perfecta para lo que queríamos transmitir. Se le veía a medias a través del vaporoso visillo y la ventana abierta. Dos tercios de su cuerpo se encontraban desdibujados por la tela de lino y tan solo una parte se apreciaba con total nitidez. Cogí la cámara con ambas manos y disparé varias fotos furtivas que captaron el instante en el que volvió a mostrarse relajado y en paz. No quería perder esa imagen. Estaba en una postura muy natural, con las manos apoyadas de nuevo sobre la barandilla y una luz perfecta iluminando su espalda. Si le pedía permiso, se movería y la imagen ya no sería igual de natural. Además, cabía la posibilidad de que me dijera que no y se marchara malhumorado de allí.

Seguramente me había arriesgado para nada; en cuanto se las enseñara se pondría hecho un basilisco. Aunque no se le veía el rostro y el encuadre hacía prácticamente imposible que se le reconociera, me acerqué a enseñarle una de las imágenes en la pantalla de la cámara, convencida de que me iba a obligar a borrarlas todas de inmediato.

—No soy una persona fácilmente impresionable —comenzó a decir con suavidad cuando oyó que me acercaba—, pero debo reconocer que este hotel tiene algo mágico. Es como si mantuviera un diálogo secreto con el océano.

Aquella frase tan poética me pilló totalmente por sorpresa. Jamás habría imaginado que fuera a escuchar algo así de un hombre con esa pinta de ejecutivo frío y estirado. Me había topado con muchos como él en Nueva York y no solían hacer ese tipo de comentarios. Les movían los negocios y la política, no el sonido del mar.

—Lo cierto es que parecías formar parte de esa magia, por eso me he tomado la licencia de capturarlo.

Le enseñé la foto y esperé a que explotara.

Tomó la cámara entre sus manos y se observó a sí mismo en la pequeña pantalla digital. No dijo nada. No emitió ningún sonido que me indicara si estaba enfadado o molesto. Sus rasgados ojos, de ese color indescriptible entre el verde y el dorado, estudiaban atentamente cada detalle de la imagen.

—¿Podrías darme una copia de esta foto?

—¿No te molesta que te la haya sacado? —pregunté confundida.

—No, no me importa. No se me reconoce en absoluto y he de admitir que es fabulosa.

—Me alegra que opines eso —suspiré aliviada—. Creo que este rincón del hotel tiene algo especial. Los dueños quieren sustituir los números por nombres en todas las habitaciones. Me ha parecido que esa imagen era perfecta para describir el que le van a poner a esta en concreto.

—¿Cómo la van a llamar?

—Calma.

—Es muy sencillo, pero me gusta. Sin duda, en esta terraza se puede sentir algo cercano a la paz… —susurró, desviando la mirada de nuevo hacia el horizonte.

—¿Puedo enseñarles esta foto a los dueños del hotel? —pregunté, alejándome un poco de él. El tono de su voz, anhelante y triste, me había puesto la piel de gallina. Algo en mi interior se estremeció de forma inesperada y decidí desviar la conversación hacia temas más prácticos—. Quieren elegir una imagen para unos catálogos de hoteles con encanto y creo que esta sería perfecta.

—Haz lo que quieras. Solo te pediré algo a cambio —me avisó, volviendo a utilizar un tono frío y distante—: necesito hablar hoy mismo con ellos.

—Eso va a ser imposible. Acaban de marcharse esta misma mañana a Los Ángeles y no volverán hasta dentro de una semana.

El semblante de Alan cambió por completo. Parecía que la información que acababa de darle le había descompuesto. Su rostro empalideció y un ligero temblor se apoderó de sus manos.

Pero lo más impactante fue la forma en que salió de la habitación, sin decir una palabra y dando un portazo.

¡Los cambios de humor de este tío eran para flipar!

15

Alan

La respuesta de Amy me dejó fuera de combate.

No podía esperar más a tener la conversación que me había llevado hasta California. Me negaba a pasar otra semana dándole vueltas a aquel asunto y, además, quería adelantar mi vuelta a Londres. Ya había desperdiciado demasiado tiempo; tenía que dar el paso. Aunque me mantenían informado en todo momento del estado de Rachel y no había ninguna novedad significativa, necesitaba hacer algún avance al respecto. No sabía si John y su mujer iban a ayudarme, pero tenía que intentarlo.

Traté de encontrar un vuelo a Los Ángeles para esa misma tarde, pero no hubo suerte. Cuando busqué para el día siguiente me topé con lo mismo; todos los vuelos estaban completos. Cabreado y frustrado, decidí dejar la habitación que ya había recuperado para mí solo y salí por la puerta principal del hotel con la intención de dar un paseo hasta el centro del pueblo. Me serviría para calmarme y, de paso, acercarme a la oficina de alquiler de coches. El recorrido a Los Ángeles por carretera era largo, pero tenía que ir quisiera o no.

Una vez en el jardín, me encontré con que yo no era el único que se marchaba de viaje, a juzgar por la maleta que Amy arrastraba con bastante dificultad por el camino de gravilla.

—Me parece que esas ruedas se niegan a rodar como deben —comenté mientras le arrebataba la pieza de equipaje.

Me miró sorprendida.

—Vaya…, gracias.

—¿Tanto te extraña que quiera echarte una mano?

—Pues sí, bastante, para qué mentirte.

—No seré muy hablador, pero te aseguro que soy un caballero.

—Lo cierto es que hoy te estás comportando como tal, pero normalmente eres bastante cortante y gruñón. De hecho, te sentó fatal que te llamara «caballero» el día que llegaste al hotel —me recordó sarcástica.

¿Tan huraño y desagradable me había vuelto, hasta llegar al punto de que una desconocida se extrañara de que estuviera dispuesto a ayudarla con su maleta?

No me gustó nada la respuesta a esas preguntas. No quería acabar siendo un tipo tan desagradable y amargado. Tenía muchas cosas a mis espaldas, y un futuro que no veía nada claro, pero eso no podía convertirme en un ogro.

—Sí, la verdad es que desde que llegué no es que te haya enseñado lo mejor de mí —admití—. Espero que puedas perdonarme. He tenido unos días un poco difíciles y mucho me temo que lo he pagado con todo el personal del hotel, y especialmente contigo.

—Agradezco tus disculpas, pero no tengo nada que perdonarte. No somos amigos.

—No, es evidente que no lo somos.

¿A quién quería engañar? Esa chica no iba a ser un encanto conmigo solo porque yo hubiera decidido ser amable después de haberme comportado como un engreído cada vez que me había topado con ella. La tregua de aquella mañana durante la sesión de fotos no parecía haber sido suficiente para que cambiara su opinión sobre mí. Y más cuando me había largado dando un sonoro portazo como única despedida.

No añadí nada más. La seguí con la maleta hasta el Mustang rojo que estaba aparcado en la entrada al recinto del Rosewood Inn. Ella abrió el maletero e introduje su equipaje.

—No sé adónde te diriges, pero espero que tengas un buen viaje —le dije a modo de despedida.

—Me voy a Los Ángeles —respondió—. No quiero perderme la inauguración de la exposición en la que va a participar mi tío. He dejado lo del billete de avión para el último minuto y no hay ninguno disponible hasta dentro de unos días. No me queda otra que conducir más de seiscientos kilómetros.

A juzgar por la expresión de su cara, no le hacía ninguna gracia emprender aquella solitaria aventura.

—¿Qué me dices de tener compañía en ese viaje? —solté sin pensar. No sabía muy bien por qué, pero de repente sentí lo mismo que ella: hacer ese recorrido por carretera a solas se me antojó algo amargo—. Podemos compartir los gastos de gasolina y nos turnaremos para conducir.

—No sé… —dudó.

—Sé que soy un poco cascarrabias, pero prometo portarme bien en esta ocasión —dije con una sonrisa para ver si así se decidía a aceptar mi propuesta.

—Tenía pensado hacer la ruta por la Highway 1 y disfrutar de ese largo recorrido por la costa de California. Se tarda bastante más que por la autopista del interior. Haré noche en algún motel del camino y no sé si tú querrás tomártelo con tanta calma.

—Lo cierto es que no tengo ninguna prisa —mentí a medias. Mi intención había sido llegar cuanto antes a Los Ángeles para encontrar las respuestas a los interrogantes que planteaba esa dichosa carta, pero de repente cambié de opinión y pensé que tardar un día más no iba a alterar demasiado las cosas—. Un tranquilo viaje por esa famosa ruta costera en un descapotable de los setenta suena como una gran idea. Y creo que es mucho mejor que vayas acompañada.

—¿Y se puede saber por qué quieres ir a Los Ángeles?

—Por lo mismo que tú. Necesito ir a esa inauguración. Debo hablar con tus tíos antes de volver a Londres.

—¿Te dedicas también a la hostelería?

—No exactamente, pero creo que podríamos tener intereses en común —respondí, esquivando su pregunta—. Bueno, ¿qué me dices? Vas a retrasar tu salida eternamente si sigues preguntándome tantas cosas.

—No, no quiero retrasarla más. Creo que podré seguir haciendo todas las preguntas que quiera en el viaje. Solo tengo una condición: si vas a venir conmigo, deberíamos empezar de cero. Hola, soy Amy.

Me tendió la mano y yo la estreché. Su piel era suave y cálida, y me hizo sentir un tonto cosquilleo para el que no estaba en absoluto preparado.

—Hola, Amy, encantado de conocerte. Soy Alan.

La traviesa sonrisa que se dibujó en sus labios también me pilló desprevenido.

16

Amy

Debía de estar tarada —y mucho— para haber aceptado que Alan me acompañara. No le conocía de nada y ahora íbamos a recorrer juntos la famosa carretera que bordeaba la costa de California de norte a sur. No podía dejar de darle vueltas a qué misterioso asunto se traía entre manos.

¿Qué sería lo que tenía que hablar con mis tíos? John era compatriota suyo, así que cabía la posibilidad de que estuviera relacionado con algo de su anterior vida en Inglaterra… No tenía ni la más remota idea de qué podía ser lo que Alan quería hablar con él, y mucho me temía que iba a pasarme todo el viaje inventando teorías al respecto. De hecho, ya tenía unas cuantas: Alan podía ser el hijo secreto de John y venía a darles a mis tíos la sorpresa de sus vidas. O quizá se tratara de un ajuste de cuentas. Otra opción, a juzgar por ese halo de tristeza que desprendía, era que conocieran a alguien en común que hubiera enfermado o fallecido y venía a informarles de lo sucedido.

Mi cabeza no paraba de imaginar posibles escenarios que bien podrían haberme servido para escribir una novela bastante enrevesada.

En vista de que no había encontrado ni un solo vuelo libre para ir a Los Ángeles, Ursula había insistido en que cogiera su coche para no perderme la inauguración. Tenía intención de disfrutar de ese recorrido por la costa, así que me obligué a olvidarme de todas esas suposiciones sobre quién narices era realmente ese tipo que se había apuntado a mi aventura. Quería tomármelo con calma y parar a fotografiar algunos puntos de los que me había hablado mi tía. Había sido ella quien había sugerido que evitara la aburrida autopista que atravesaba el interior del estado y aprovechara para disfrutar de ese magnífico tramo de la Highway 1. Se tardaba el doble, pero según ella, merecía mucho la pena.

Conducía admirando el océano Pacífico con la melena al viento, sin barreras. Habíamos dejado Half Moon Bay atrás y ahora, en dirección a Santa Cruz, avanzábamos por la carretera muy pegados a la costa, por lo que las vistas eran increíbles. No tenía en mente parar aún a sacar fotos; tenía varios puntos del recorrido apuntados para eso. Aunque mi nuevo lema era la improvisación, así que si veía algo que me dejara con la boca abierta, me detendría para capturarlo con mi Leica.

Alan no decía ni una palabra. Con un brazo apoyado sobre la puerta del acompañante, contemplaba el mar escondiendo sus ojos tras unas gafas oscuras. El viento jugaba con su espesa mata de pelo ondulado.

Como no decía ni pío, decidí encender la radio para hacer aquel silencio un poco menos incómodo. *Beautiful People* comenzó a sonar y subí el volumen. Aquella canción de Ed Sheeran me chiflaba. Su melodía parecía volar hacia el azul del mar y se mezclaba con las olas que rompían en la orilla. Unas nubes blancas y dispersas se movían perezosas hacia el interior y nos regalaban algunos momentos de tregua, ya que el sol de la tarde ardía con ganas.

Varias canciones después, Alan se giró hacia mí. Estábamos llegando a Santa Cruz y la carretera se alejaba de la costa para atravesar el centro de aquella localidad.

—¿Podrías parar en alguna cafetería? —Esas fueron sus primeras palabras después de casi una hora de trayecto.

—Todavía nos queda mucho camino. Preferiría avanzar un poco más.

—Necesito mirar algo en el móvil.

—Pues hazlo mientras conduzco.

—Me mareo con facilidad si fijo la vista en algo mientras voy de viaje, y me gustaría estudiar nuestras opciones de alojamiento para esta noche. Es evidente que tendremos que parar a dormir en algún sitio. ¿O ya tienes algo en mente?

—No, nada en concreto. Pensaba decidirlo sobre la marcha.

—Yo no dejaría eso al azar —opinó, mirando el elegante reloj que llevaba en la muñeca izquierda—. En un par de horas comenzará a anochecer y creo que es mejor tener aseguradas un par de habitaciones donde quedarnos. Esta es una ruta muy turística y me apuesto el cuello a que en esta época del año no nos resultará fácil encontrar alojamiento.

—Yo tenía pensado improvisar. Es lo que me pide el cuerpo últimamente —dije, encogiéndome de hombros.

—Pues yo soy más de asegurarme de no tener que dormir en un viejo descapotable —repuso con sorna—. Si no te importa, para en la siguiente cafetería que veas.

—Como estás tan preocupado por dónde vamos a dormir, si quieres me detengo ya mismo en el arcén para que puedas investigar en Google sin marearte —le ofrecí, poniendo los ojos en blanco. ¡Menudo tiquismiquis! Yo, que estaba sacando a relucir mi lado más *hippie*, justo me topaba en esta pequeña aventura por carretera con un compañero de viaje de lo más agonías.

—También necesito ir al baño y tomarme un café —añadió—. Lo primero, si quieres, lo puedo hacer en un arbusto, pero no creo que sea lo más cívico.

—Deja, deja… —dije, echándome a reír—. No hace falta que caigas tan bajo, señorito inglés. A mí también me sentará bien un café.

—¿Tienes algún problema con mi nacionalidad?

—No, ninguno. Pero eres de los más refinados que he conocido. Me imagino que no habrá sido fácil dejar tu castillo centenario atrás por una aventura en California.

—Para tu información, ni soy un lord ni vivo en un castillo —gruñó ofendido.

—Qué poco sentido del humor tienes —masculle al tiempo que accionaba el intermitente y frenaba para detener el coche frente a una pequeña cafetería que apareció en el camino—. ¿Este sitio te parece bien?

—Sí —se limitó a responder.

Después de tomar un café y de que Alan hubiera reservado dos habitaciones en un hotel que había encontrado en internet, proseguimos nuestro viaje. La luz era más suave ahora que se aproximaba el atardecer. Dejamos Santa Cruz atrás y nos dirigimos hacia Monterrey. La carretera ahora era de doble carril en cada sentido. Era más concurrida y se alejaba del mar durante una parte del trayecto, pero cuando dejamos Carmel atrás, volvió a acercarse al océano Pacífico. El coche disponía una vez más de un solo carril para avanzar y el tráfico era bastante más escaso. Un poco más adelante vi el cartel para la reserva natural de Point Lobos. Salí de la carretera y conduje por un camino que, a través de los árboles, se dirigía al aparcamiento más próximo a una cala llamada China Cove.

—¿Por qué te has desviado? —me preguntó sorprendido.

—Tengo varios sitios apuntados en esta ruta que merece la pena ver, y este es el primero de ellos.

—En una hora, como mucho, se pondrá el sol —refunfuñó—. Si tardamos demasiado, llegaremos de noche al hotel.

—¿Y qué más da?

—Por lo que he visto en su web, las vistas del Pacífico desde allí son increíbles. No me gustaría llegar y que esté tan oscuro que no podamos apreciarlas.

—Bueno, pues si llegamos allí una vez que haya anochecido, ya las veremos mañana al despertarnos.

—Tenía intención de proseguir el viaje antes del amanecer —me informó.

—Perdona, no quiero ser maleducada —comencé a decir, tratando de no mostrar lo mucho que me estaba cabreando su mandona actitud—, pero este viaje lo he planeado yo. Tú has decidido unirte sabiendo que no tengo prisa por llegar. La inauguración de la exposición en la que participa mi tío no es hasta pasado mañana por la noche, así que déjame hacer las paradas que quiera y olvídate de los madrugones innecesarios.

—Vale, vale —se rindió, levantando las manos—. Veamos si esta parada merece la pena.

Después de dejar el descapotable aparcado y ascender a pie por el sendero que llevaba hasta el borde de un acantilado, ambos nos quedamos con la boca abierta cuando contemplamos la maravillosa cala desde allí arriba.

Saqué mi cámara y retraté diferentes vistas de China Cove. Sus aguas color esmeralda bañaban una diminuta playa de arena blanca y fina que estaba perfectamente delimitada entre dos acantilados. La marea estaba baja, por lo que se podía apreciar una pequeña gruta y un arco de roca en uno de sus lados.

—Esto es increíble —admitió Alan después de llevar un rato callado. Estábamos solos en aquel lugar. Lo único que interrumpía la paz que nos rodeaba era el sonido del mar, cuyas olas llegaban con fuerza a la orilla y a las rocas de los laterales. Una suave brisa nos agitaba el pelo a ambos.

—Sí, lo es —asentí, apuntando con mi cámara hacia el arco que abría la roca y dejaba ver otra masa de agua igual de verde al otro lado—. ¿Ves cómo merecía la pena parar?

—Supongo que estoy demasiado acostumbrado a ir directo hacia el objetivo que me he marcado. No suelo tomar desvíos que me distraigan.

—Yo era igual, pero me he cansado. Esto es un buen ejemplo de que hay que disfrutar tanto o más del camino que del destino.

—No tienes pinta de haber sido nunca una persona muy cuadriculada.

—No, en realidad nunca lo he sido. Me obligaron a serlo.

Dicho esto, comencé a caminar bordeando el acantilado hasta llegar al camino que descendía hasta la estrecha y profunda cala. Alan me siguió en silencio. Pensaba que iba a protestar por bajar hasta allí, ya que eso nos retrasaría aún más. Pero no me había detenido únicamente para echarle un vistazo rápido a aquel pedacito de paraíso californiano. Quería sentirlo, saborearlo, cerrar los ojos y llenarme de ese aroma a naturaleza y mar.

Me senté sobre la arena y estiré las piernas. Tras sacar un par de fotos más desde esa nueva perspectiva, metí la cámara en su funda y me recosté sobre los codos.

Alan, al ver la parsimonia con la que yo me estaba tomando nuestro alto en el camino, miró el reloj y soltó un suspiro. Pero no dijo nada. Se limitó a sacar del bolsillo trasero de sus vaqueros una cajetilla de tabaco algo aplastada y se encendió un cigarrillo.

—Sé que te cuesta tomarlo con calma —dije, al tiempo que cerraba los ojos e inspiraba el fresco aroma de la brisa marina.

—No es fácil cambiar el chip. Soy un tío que va al grano. No suelo detenerme a no hacer nada.

—Esto no es no hacer nada —discrepé, con los ojos aún cerrados—. Esto es cargarse de energía.

Escuché como daba otra calada al cigarro y poco después exhalaba el humo antes de hablar.

—Si tú lo dices…

17

Amy

Era evidente que Alan era una persona impaciente, parecía arrastrar consigo un desasosiego continuo. Le costaba relajarse. Aunque juraría que lo intentó mientras yo entraba en estado zen en la playa de China Cove. Al final, inquieto, se fue a dar un paseo mientras yo terminaba de disfrutar de mi momento de paz absoluta.

No podía culparle. Yo misma había vivido en ese estado de constante ansiedad y prisa durante muchos meses. Y, una vez que me acostumbré a ir a la carrera a todas partes, perdí la capacidad de disfrutar de un merecido momento de tranquilidad. Era como si me sintiera culpable por no estar aprovechando cada segundo; la vida se me terminaba escapando por el miedo a desperdiciar alguno de los granitos de ese reloj de arena imaginario que me acompañaba a todas partes. Pero por fin había comprendido que los ratos de paz eran tan necesarios o más que los meramente productivos.

Sumida en esas reflexiones, abandoné la playa y fui en busca de Alan. Lo encontré junto al coche fumándose otro cigarro.

—¿No te han dicho que ese vicio mata? —comenté mientras me ponía al volante.

—Sí, pero me importa una mierda.

Su áspera respuesta hizo que yo no comentara nada más al respecto. Al fin y al cabo, lo que hiciera con su vida no era de mi incumbencia. No lo conocía de nada. Solo era un inesperado compañero de viaje. Una vez que llegáramos a Los Ángeles cada uno seguiría su camino.

Regresamos a la Highway 1 y continuamos el trayecto hacia el sur. El paisaje se iba volviendo cada vez más increíble. La carretera en ese tramo estaba muy próxima a los acantilados, y las vistas de las playas a sus pies eran preciosas. El sol estaba ya bajando y se acercaba poco a poco al horizonte. La luz era cada vez más cálida y suave, perfecta para la siguiente fotografía que quería sacar.

En tan solo veinte minutos volví a detener el coche en un mirador a la derecha de la carretera llamado Castle Rock Viewpoint.

—¿Nos detenemos otra vez? —preguntó Alan con un resoplido.

—Serán solo unos minutos. Mira hacía allí. —Señalé el espectacular puente de hormigón construido en los años treinta que hacía posible que esa famosa carretera pudiera salvar el cañón Bixby.

—Vaya… —comenzó a decir sin dar crédito a lo que sus ojos contemplaban—. La verdad es que es una vista espectacular. Esta imagen me suena mucho.

—Seguramente lo hayas visto muchas veces; es uno de los puentes más fotografiados de California y ha salido en muchas películas, series y anuncios. Nunca lo había visto en vivo y en directo, pero lo tengo en mi lista de lugares para visitar desde hace tiempo.

—Y creo que hemos llegado en el momento perfecto —comentó, mirando a su alrededor.

La luz del atardecer conseguía crear un contraste muy vivo entre las tonalidades verdes de la vegetación que lo rodeaba, el matiz amarillento de los últimos rayos de sol sobre el hormigón en forma de arco de la estructura del puente y el vivo azul del cielo y el océano. Alan metió las manos en los bolsillos de sus vaqueros y continuó observando aquella maravillosa estampa sin decir nada más. Parecía que en este segundo alto en el camino estaba más dispuesto a disfrutar de la maravilla que tenía ante sus ojos.

Saqué mi cámara de su funda y me concentré en capturar con

rapidez lo que tenía ante mí. El sol estaba descendiendo muy rápido, casi acariciaba ya la línea del horizonte y en pocos minutos desaparecería, devorado por aquella magnífica masa de agua casi infinita. El lugar más cercano a aquel punto eran las islas de Hawái, situadas a unos cuatro mil kilómetros. Por unos segundos, fantaseé con lo increíble que sería poder ir allí a perderme en medio del Pacífico y hacer fotos sin parar en todas las islas de ese exótico archipiélago.

Cuando el sol comenzó a esconderse, y el cielo se tiñó de rosas, dorados, rojos y violetas, saqué alguna foto más hacia el horizonte y después guardé mi cámara. Me limité a disfrutar de ese mágico momento sin necesidad de fotografiarlo más. Quería que mis ojos lo vieran en directo y no a través del visor de mi Leica.

—Alucinante —dijo Alan aún con las manos en los bolsillos. Se había quedado en esa postura sin pestañear desde que nos habíamos detenido allí.

—Sí, la verdad es que lo es —asentí en un susurro, totalmente hipnotizada por aquel atardecer de película.

—Pero empiezo a tener un hambre que también es alucinante —anunció con una media sonrisa—. ¿Te importa que retomemos el camino y lleguemos por fin al hotel?

Bajo la tenue luz del crepúsculo, cruzamos aquel famoso puente y continuamos el recorrido de esa zona de la costa de California llamada Big Sur. En poco más de veinte minutos llegamos al hotel que había elegido Alan. Estaba situado al borde de un acantilado, en una de las partes más increíbles de aquellos parajes, y estaba construido entre un frondoso bosque de secuoyas. Cuando aparcamos el Mustang, tan solo quedaba un hilo de luz, pero aun así pude apreciar lo bonito que era aquel lugar. Su arquitectura orgánica, de fachadas de madera y líneas sinuosas, se integraba a la perfección en el ambiente que lo rodeaba.

No parecía un motel cualquiera, por lo que me temí que no estuviera al alcance de mi ajustado presupuesto para aquella aventura.

Al entrar en la zona de la recepción, mi sensación de que aquel lugar escapaba a mis posibilidades se vio confirmada. Alan se dirigió con decisión a hablar con la mujer que se encontraba tras el mostrador, pero yo le agarré del brazo y lo detuve.

—Creo que sería mejor buscar otro sitio donde pasar la noche —le susurré. Se aproximó aún más a mí. El penetrante y seco aroma de su perfume, con esos toques de madera y cítricos, me rodeó. Era un olor que lo definía muy bien: cortante y atrayente al mismo tiempo.

—¿Por qué? —preguntó en voz baja con sus labios muy próximos a mi oído—. ¿No te gusta este lugar?

Un inesperado cosquilleo aleteó en mi estómago. Tragué saliva antes de responder.

—Sí, por supuesto que sí. Salta a la vista que es una pasada.

—Entonces ¿cuál es el problema?

—No creo que pueda permitírmelo.

—Y no tendrás que hacerlo. —Me estremecí sin remedio al sentir ese ronco susurro tan cerca de mi nuca—. Me he apuntado a tu viaje sin darte más opción. Esto corre de mi cuenta.

Y sin esperar mi respuesta, dio unos decididos pasos hacia el mostrador.

Sumergida en la enorme bañera de mi habitación, no daba crédito a lo que me rodeaba. A través del enorme ventanal del baño podía ver la luna casi llena. Y su estela me permitía distinguir el ondulante y oscuro océano.

El hotel ocupaba el largo de la propiedad. Las diferentes habitaciones eran, en realidad, cabañas individuales donde la piedra, la madera y el cristal se convertían en los protagonistas absolutos. El edificio principal, donde se encontraban las zonas comunes, estaba ubicado más o menos en el centro de aquella línea de alojamientos. Nos habían sugerido cenar en el restaurante, que al parecer tenía unas vistas increíbles del acantilado, pero estábamos demasiado cansados y ambos preferimos utilizar el servicio de habitaciones. De esa forma no nos veríamos obligados a afrontar una velada cara a cara en la que tendríamos que sacar conversación de entre las piedras. Alan no parecía ser muy charlatán y yo prefería evitar ser la protagonista de un incómodo monólogo.

Mi plan para esa noche era enfundarme el suave albornoz que había encontrado en el baño y cenar a solas junto a la chimenea de leña que había encendido antes de sumergirme en la bañera. El día primaveral había sido cálido, pero después de la caída del sol había refrescado y no sobraba un poco de calor natural para templar la estancia.

Una vez di por terminado aquel relajante y mágico baño de sales, llamé a la cafetería y pedí que me trajeran un sándwich y una ensalada de frutas. Jamás había podido permitirme un lujo así. ¡Lo estaba flipando en colores!

Mi sueldo de becaria había sido decente, pero entre pagar el apartamento que había compartido y lo caro que era todo en Nueva York, no había podido darme caprichos por mucho que la oferta del lujo en la Gran Manzana fuera interminable. Y ahora que mi único empleo era el reportaje para el Rosewood Inn, todavía tenía que vigilar más mis gastos. No sabía qué iba a hacer después de terminar esas fotos y mis ahorros no eran para tirar cohetes.

Así que aquel inesperado regalo era algo que estaba dispuesta a exprimir al máximo. No sabía cómo Alan, que como mucho rondaría los treinta, podía permitirse algo así. Se me ocurrían dos opciones: podía tener una mente privilegiada como mi hermano, que a los veintipocos ya empezó a ganar un sueldo estratosférico, o también cabía la posibilidad de que proviniera de una familia adinerada.

Una tercera opción vino a mi mente: quizá se dedicara a algún negocio turbio, de esos que dan mucha pasta. ¡Ay, Dios! A lo mejor estaba compartiendo viaje con un traficante o algo así. Y cabía la posibilidad de que eso estuviera relacionado con el asunto del que quería hablar con mis tíos…

¡Ya estaba otra vez imaginando escenarios! No podía dejar de darle vueltas a quién demonios era Alan en realidad, y me iba a volver loca. Como solo disponía de una única noche para disfrutar de esa increíble suite, traté de olvidar el asunto y decidí enviarle a mi madre un rápido mensaje para dar señales de vida en lugar de llamarla. No quería arruinar aquel momento con otra discusión.

En cuanto envié el wasap y dejé el móvil de nuevo en la mesilla, una cuarta posibilidad bastante absurda sobre Alan y sus misterios me vino a la mente. Puse los ojos en blanco y me entró la risa.

Estaba claro que no iba a poder dejar de pensar en eso por mucho que quisiera evitarlo.

18

Alan

No solía ser tan impulsivo. Unirme de repente al viaje de una desconocida no era algo que fuera con mi personalidad. Tampoco solía recorrer parajes increíbles sin prisa. Era un tío solitario que se había pasado la vida cumpliendo con un solo objetivo: no reencontrarme jamás con ese niño que había quedado atrás. Por eso me había dejado la piel viviendo únicamente para mi trabajo, sin importar qué consecuencias tuvieran mis actos. Y los escasos ratos de ocio de los que disfrutaba eran siempre una excusa para encontrar nuevas y productivas alianzas.

Pero la necesidad de llegar cuanto antes a Los Ángeles me había empujado a subirme a ese coche. La parsimonia con la que Amy encaraba aquella aventura me ponía nervioso. Si por mí hubiera sido, habría recorrido muchos más kilómetros esa tarde para conseguir dormir en algún lugar más cercano a nuestro destino. No me habría detenido a admirar aquellos rincones y mucho menos habría pasado casi una hora en aquella magnífica cala. Pero lo cierto es que me había apuntado voluntariamente a su plan. Ella me había avisado de que se lo iba a tomar con calma, y aun así yo había decidido acompañarla.

Era su aventura, así que no me quedaba otra que armarme de paciencia y consolarme con que al día siguiente, aunque fuera a medianoche —porque seguro que Amy querría detenerse en mil sitios más— llegaríamos a Los Ángeles. Una vez allí, iría al grano y cumpliría sin más distracciones con el objetivo que me había llevado hasta California.

En aquel momento no tenía nada que hacer. Era una sensación muy extraña; estaba acostumbrado a tener mi agenda siempre perfectamente organizada. Desde que había llegado a Half Moon Bay, mi calculada rutina se había ido a la mierda y estaba haciendo cosas tan inusuales en mí como escaparme al lago Tahoe y mirar las estrellas, correr por una playa y darme un baño en el mar sin pensarlo, o escaparme con una chica que disfrutaba de cada segundo como si fuera el último. Tanta intensidad me abrumaba, pero al mismo tiempo me mantenía en un estado electrizante que me ayudaba a olvidarme del dichoso whisky. Desde el accidente de Rachel, ese líquido escocés había sido mi único consuelo.

Rebusqué en el minibar de la habitación algo menos fuerte y encontré un botellín de Budweiser. Llevaba varios días alejado del alcohol, pero no me había convertido en un monje. En vista de que estaba viviendo mi particular versión del «sueño americano», decidí rendirle homenaje abriendo una cerveza de marca tan típicamente yanqui. Salí a la terraza y me senté en una de las butacas de mimbre para admirar la increíble luna de esa noche. Se oía el romper de las olas y puse los ojos en blanco pensando en lo jodidamente romántico que era aquel lugar.

Llevé una mano al bolsillo de mis vaqueros y saqué la cajetilla de tabaco. Recordé la lección que me había querido dar aquella chica de ojos chispeantes sobre lo nocivo que era aquel vicio y me reí entre dientes. Si ella supiera lo poco que me importaba lo que me pudiera suceder…

Di otro sorbo a la Budweiser buscando aliviar la oleada de amargura que me sobrevino. Acto seguido, encendí un cigarro y cerré los ojos.

Esa primera calada me supo a gloria y me ayudó a dejar la mente en blanco.

Fueron solo unos segundos, pero al menos durante ese corto intervalo de tiempo me libré de esas puñeteras voces en mi cabeza que no paraban de torturarme.

19

Amy

¡No me lo podía creer!

Era como si el Mustang de Ursula se hubiera acatarrado esa noche y no quisiera terminar de arrancar. Llevaba un buen rato intentado que el motor se pusiera en marcha, pero no había forma de que se dignara a funcionar.

—Déjame que le eche un vistazo —dijo Alan abriendo el capó.

—¿Sabes esa gente a la que no le importa mancharse de grasa? Pues no tienes ninguna pinta de ser de esos.

—Te equivocas. Una de las pocas cosas que realmente me relajan es cuidar de mis coches —dijo al tiempo que se inclinaba a inspeccionar aquel follón mecánico que escondía la parte delantera del descapotable. Para mí aquello era un galimatías indescifrable.

—¿Y cuál es el veredicto, señor Mecánico? —pregunté cuando Alan llevaba un rato mirando aquí y allá.

—No hay nada que yo pueda hacer. Se trata de algo más complejo de lo que pensaba. Vamos a necesitar llamar a una grúa para que lo lleven a un taller —bufó de muy mal humor. Sus manos estaban manchadas de grasa, así que, con el ceño fruncido, se encaminó hacia el edificio principal del hotel para ir directo al aseo a lavarse.

Me acerqué hasta el mostrador y pregunté por el taller más cercano. La recepcionista me avisó de que tendríamos que llamar a un servicio mecánico que vendría desde Carmel, ya que no había ninguno más cerca. Una hora y media después, por fin llegó el hombre con el que habíamos hablado y corroboró el diagnóstico de Alan: no podía arreglar el coche allí mismo porque parecía que el fallo estaba en el motor de arranque. Tenía que llevárselo hasta su taller y, si había suerte y tenía la pieza que necesitaba ese coche en concreto, lo tendría listo esa misma tarde. De no ser así, no podríamos recuperar el vehículo hasta el día siguiente.

—¡Menuda faena! —me lamenté mientras observaba cómo aquella enorme grúa se alejaba con el precioso descapotable a cuestas.

—Sí, es una putada, la verdad —asintió Alan, visiblemente molesto—. No vamos a poder llegar hoy a Los Ángeles. Estamos aquí atrapados.

—En realidad, tampoco es tan grave —repuse, mirando a mi alrededor. Una frondosa vegetación nos rodeaba y el océano Pacífico nos daba los buenos días ahora que el sol ya estaba más alto. Habíamos desayunado al alba un rápido café, cada uno en su habitación, por su empeño en salir cuanto antes—. Todo tiene su lado positivo. Tengo un hambre voraz y desayunar como Dios manda en la terraza de la cafetería es una idea muy tentadora.

—¿Te estresas alguna vez? —preguntó ladeando la cabeza, observándome como si yo fuera una extraterrestre.

—Solía hacerlo. Mucho. Pero he dado un giro a mi vida y no estoy dispuesta a dejar que esto me arruine el día —respondí categórica—. Este lugar es increíble. Y, la verdad, más que sentirme aquí atrapada, lo que yo veo en esta situación es una invitación a la libertad.

—Es increíble lo optimista y poética que eres —declaró, observándome como a un bicho raro.

—No sé cómo tomarme eso. En otra persona sonaría a halago, pero en ti parece más una crítica.

—No es ni lo uno ni lo otro. Es una simple observación.

—Pues a mí me ha sonado un poco a burla —repliqué dolida—. Lo único que intento es sacar el máximo partido a la situación.

Dicho esto, eché a andar hacia la terraza de la cafetería dispuesta a ignorar a Alan y sus comentarios. La vista desde allí era magnífica y el día prometía ser digno de disfrutar. No había ni una nube en el cielo. Y el mar, con sus diferentes tonalidades de azul, estaba en calma. Tomé asiento junto a una mesa situada frente a la barandilla y me deleité con la vista de esa plácida mañana de finales de mayo. Pedí un café y un desayuno completo a base de huevos revueltos, salchichas y tostadas. Llamé a Ursula para avisarle de que probablemente no llegaría hasta el día siguiente y ella se disculpó por no haber tenido el coche a punto. La pobre se agobió muchísimo. Al parecer se le había pasado hacerle la última revisión y se sentía muy culpable por el contratiempo. La tranquilicé y, al decirle en qué hotel me encontraba, se quedó más tranquila.

«No es un mal lugar para quedarse tirado», dijo riéndose. Conocía de sobra el Post Ranch Inn y me deseó una feliz estancia en aquel paraje de ensueño. También me recomendó que diera un paseo hasta Pfeiffer Beach al atardecer y que no olvidara llevar mi cámara.

Alan apareció poco después y se sentó frente a mí. Miró a su alrededor y después me observó detenidamente. Esos misteriosos ojos tenían un color difícil de precisar. A veces eran verdes, otras eran más dorados. Dependiendo de la luz, cambiaban por completo. Un poco como su humor.

—Siento mucho que te hayas sentido ofendida por lo que te he dicho antes —se disculpó—. No estoy acostumbrado a estar con gente capaz de sentirse libre y disfrutar de cada pequeño detalle.

—Claro, me ves como a un bicho raro, pero eso no te da derecho a criticarme.

—Y no lo hacía, te lo aseguro. —Sus palabras me parecieron sinceras y el rastro de arrepentimiento en su mirada por haberme hecho sentir mal era más que evidente.

—Gracias por las disculpas. ¿Sabes una cosa? Yo antes también estaba rodeada de gente que no veía más allá de sus narices, de datos financieros y de su ambición. Y durante bastante tiempo no fui valiente para ser libre, así que ahora cualquier excusa es buena para disfrutar de lo que me rodea y hacer poesía a mi manera.

—¿Puedo confesarte algo? —me preguntó, curvando la comisura de los labios para formar una sonrisa pícara que no era nada habitual en él. Una sonrisa que me sorprendió y me derritió a partes iguales.

—Confiesa, confiesa —le animé riendo.

—Eres el bicho raro más divertido y encantador con el que me he topado nunca...

El camarero nos interrumpió para preguntarle a Alan qué quería tomar, cargándose la magia de ese instante de tregua y buen rollo que había surgido entre nosotros.

—A ver si hay suerte y tenemos el coche para esta misma tarde —comentó Alan antes de darle un sorbo al café que acaban de servirle.

—No quiero desanimarte, pero me da en la nariz que no estará listo tan pronto. Y aunque nos lo trajeran de vuelta esta tarde, creo que lo mejor sería salir mañana temprano. Aún estamos muy lejos de Los Ángeles.

—No me importa llegar de madrugada. Conduciré yo. Tú puedes ir durmiendo si quieres.

—Como no sabemos siquiera si podremos salir hoy, ¿por qué no nos limitamos a disfrutar del tiempo que nos queda aquí? —propuse.

—Solo estaba informándote sobre mis planes —dijo poniendo los ojos en blanco.

—Planes que se basan en una suposición. Deberíamos centrarnos en qué hacer en las próximas horas.

—No hay mucho que hacer aquí, ¿no?

—Hay mucho más de lo que crees. Para empezar, ¡este desayuno es todo un planazo! Después podríamos dar una caminata por los bosques de alrededor y luego ir a la piscina para tostarnos al sol.

—¿Por qué hablas en plural?

—Suponía que, ya que estamos aquí juntos, podemos hacernos un poco de compañía, señor Antipático —gruñí.

—¿No has dicho que es mejor no planear lo improbable? —dijo con una media sonrisa sarcástica que me dio ganas de tirarle el café caliente en toda la cara.

—Nada, nada… —comencé a decir, levantando las manos—. Si tan horrible te parece disfrutar del hotel en mi compañía, tú mismo. Si lo prefieres, vete a tu lujosa cabañita a lamentarte por estar tirado en un sitio tan poco adecuado para ti. Yo me las apañaré estupendamente a mi bola.

—Sí, eso es justo lo que voy a hacer —anunció terminándose el café de un trago—. Quiero estar a solas. Y, además, tengo algunas llamadas pendientes que prefiero hacer desde mi habitación. Que disfrutes de tu día de naturaleza y relax.

Dicho esto, se levantó y me dejó allí tirada sin una disculpa.

Una vez más, me dejó de piedra.

Sus rarezas eran un puzle sin sentido.

—He pasado la mañana tostándome al sol y bañándome en la piscina, así que el fallo del coche no ha sido algo tan dramático —le expliqué a mi hermano riéndome.

Harry me había llamado para ver cómo iba todo en mi escapada a California. No hablábamos a diario, pero era un buen hermano mayor y siempre se acordaba de mí, aunque fuera con un breve mensaje. Todos los días tenía alguna ocurrencia suya en nuestro chat de WhatsApp. Estaba siempre muy ocupado y su vida era frenética, pero nunca se olvidaba de mí. Ya que la relación con mis padres nunca había sido muy fluida, estaba muy agradecida de que Harry y yo estuviéramos tan unidos.

—Da gusto ver lo optimista que te has vuelto. —Su voz al otro lado del teléfono sonó muy complacida.

—Es que ahora disfruto de cada momento y la improvisación me está funcionando.

—¿Has tenido algún nuevo ataque de ansiedad? —preguntó con suavidad. Sabía que no me gustaba hablar de eso y su tono no pudo ser más delicado.

—No, ninguno desde que llegué aquí.

—Pues entonces nunca te arrepentirás de tu decisión. Lo primero eres tú, enana.

Daba igual que ya no fuera una niña, para él siempre sería su «enana».

—Papá y mamá no opinan lo mismo —suspiré antes dar un sorbo a la copa de vino que me había pedido en el bar de esa maravillosa piscina que parecía flotar sobre el acantilado. El agua que se desbordaba daba la impresión de desaparecer hacia el vacío, aunque en realidad caía en cascada a un pilón alargado cubierto de piedras de canto de río que la filtraban y la llevaban de nuevo a la piscina.

—Lo que ellos opinen da igual —declaró con vehemencia.

—Ya, ya lo sé. Pero a veces siento un poco de vértigo.

—Eso es señal de que estás arriesgando, y el que no arriesga no gana. De haber seguido en Nueva York habrías terminado enferma. No podías seguir así, Amy. Lo primero es tu salud y tu felicidad.

—Ya, pero mírate a ti. Eres mucho más fuerte que yo. Vives bajo una presión continua y nunca pierdes los nervios.

—No soy más fuerte que tú —me corrigió con dulzura, pero con firmeza—. La diferencia es que a mí esta vida de locos en las finanzas me apasiona. Yo me dedico a esto porque es lo que siempre quise hacer. Tú lo hiciste por obligación. Y las cosas que se hacen sin pasión nos terminan anestesiando el alma.

Las palabras de mi hermano me hicieron sentir mejor, como siempre.

—Eres un poeta encerrado en el cuerpo de un hombre de negocios —bromeé con unas lágrimas de emoción en los ojos.

—¿Por qué te crees que me va tan bien? —dijo riendo—. Mi mente analítica, mezclada con mi toque creativo y emocional, dan como resultado el cóctel perfecto para llevarme de calle a todos los inversores.

—¡Eres un crac, hermanito!

—Y tú también, enana. Solo estás en un momento de cambio. Cuando completes tu metamorfosis, serás esa mariposa con grandes y coloridas alas que siempre has querido ser. Y volarás muy alto. No tengo ninguna duda.

20

Alan

Era absurdo.

No podía seguir encerrado en aquella maravillosa suite con el día tan increíble que hacía. Mi malhumor y mi amargura me estaban haciendo preso de mí mismo. Había tenido un momento de debilidad con Amy y hasta le había confesado que me parecía divertida y encantadora. Pero al final había sido un maleducado. Ella solo quería sacar el mejor partido a la situación y yo me había marchado del desayuno como un niño malcriado. Sabía que había sido un grosero en toda regla, pero esa facilidad suya para ver la vida a todo color me hacía sentir aún más miserable. Para mí todo era una foto en blanco y negro, y su compañía me desconcertaba.

Porque yo ya no sabía ver la vida a través de mis emociones. Las había anulado y dejaba que mi mente siempre fuera la que tomara el control. Nunca me había sentido culpable por nada, pero desde que Rachel había entrado en coma todo era distinto y los remordimientos me ahogaban.

Y esa chica, con la que me había subido a un coche sin pensarlo, era la persona más viva con la que me había encontrado jamás. El brillo que desprendía su mirada era algo a lo que me costaba enfrentarme; me recordaba constantemente que mis ojos eran un jodido pozo de oscuridad.

Me daba miedo su luz.

Por algún motivo que no alcanzaba a comprender, no quería que ella descubriera lo vacío que estaba. Nunca me había importado que la gente me juzgara, y por eso había conseguido llegar a lo alto de mi torre de cristal.

Sin embargo, con Amy era diferente.

No quería que se diera cuenta de que esa torre estaba construida a base de cristales blindados. Nadie podía entrar, pero yo tampoco podía salir.

Mi teléfono móvil me sacó de mis pensamientos. Era el mecánico que se había llevado el Mustang esa mañana. Me avisó de que le iba a ser imposible tenerlo listo para esa tarde. Me aseguró que en cuanto le llegara la pieza a primera hora del día siguiente se pondría manos a la obra y nos traería el coche de vuelta al hotel lo antes posible. Le di las gracias por la información siendo lo más amable que pude, pero en cuanto colgué el móvil solté un bufido. Iba a ser bastante complicado llegar a Los Ángeles a tiempo para la inauguración. Aproximarme a John para que pareciera que iba a hacerle un comentario sobre sus cuadros sería la excusa perfecta para hablar con él cara a cara.

Pero si no llegábamos a la fiesta en el MOCA, tendría que encontrar otra manera de cumplir con mi objetivo. Ni por asomo iba a volver a Londres sin la respuesta que buscaba. De una u otra forma, John Corwick tendría que enfrentarse al secreto del que llevaba siendo cómplice tantos años.

21

Amy

Después de comer regresé a mi habitación para quitarme el biquini y darme una ducha. Ya que el destino —y el bolsillo de Alan— había decidido que me quedara en esa habitación un día más, me tumbé en la cama a disfrutar de mi pequeño paraíso enfundada en el suave albornoz blanco de algodón egipcio que había en el baño.

Estaba ojeando una de las revistas que había sobre la mesilla cuando alguien tocó a la puerta. Salté de la cama y fui a abrir pensando que sería la camarera del servicio de habitaciones, ya que había pedido un poco de hielo y limón para prepararme un té helado.

—El coche no estará listo hasta mañana.

No, no era la camarera precisamente, y me quedé con la boca abierta.

Alan también pareció sorprendido de pillarme en albornoz.

Me sonrojé al percatarme de que mi escote estaba bastante expuesto.

Agarré las solapas de la prenda y las junté como si eso fuera a protegerme del lento y exhaustivo repaso que me dio de arriba abajo. Lo hizo sin disimulo, tomándose su tiempo para recorrer con esos ojazos verdes la imagen que tenía ante sí. Parecía deleitarse al verme de esa guisa, con el pelo suelto y húmedo, los labios entreabiertos y las piernas desnudas.

Me recompuse como pude y me dije a mí misma que no tenía nada de lo que avergonzarme. Era él quien había aparecido en mi habitación sin avisar.

—Siento mucho que no podamos retomar hoy el viaje —declaré cuando fui capaz de hablar, haciendo un gran esfuerzo por sonar natural, cuando en realidad me temblaba hasta la última célula del cuerpo. La chispa que brillaba en sus puñeteros ojos me hacía sentir un cosquilleo incontrolable.

—Yo también, pero no es tu culpa. Si alguien tiene que pedir perdón aquí soy yo. He sido un capullo dejándote tirada esta mañana en la mesa del desayuno. —Parecía sincero, y también algo taciturno. Por eso no me ensañé demasiado con él.

—Sí, has sido un capullo y un borde —admití sin acritud—. Está claro que te gusta ir a tu aire, así que no volveré a proponer más planes en común. Sé apañármelas sola.

—De eso no me cabe la menor duda. —Sus labios esbozaron un amago de sonrisa que no terminó de borrar ese halo de tristeza de sus ojos—. Bueno, te dejo disfrutar de tu habitación.

Se giró y comenzó a alejarse.

—En un rato voy a ir a dar un paseo por una playa cercana que me han dicho que es alucinante —anuncié a pesar de lo que acababa de decirle. Una voz en mi interior me susurró que en el fondo Alan necesitaba compañía, aunque ni él mismo quisiera aceptarlo—. No tienes que venir si no quieres. Pero, por si al final te animas, el hotel me ha ofrecido un coche de cortesía para llegar hasta allí. Estará a nuestra disposición en media hora.

—¿Hay algo en esta costa que no te interese? —Sus ojos se encontraron de nuevo con los míos y retrocedió unos pasos para volver a acercarse. Una sonrisa más relajada (y también jodidamente irresistible) se dibujó en su cara.

El trayecto en coche hasta Pfeiffer Beach desde el hotel era bastante corto. Yo había querido ir andando a través de los bosques, pero Susan, la amable recepcionista, me explicó que era muy difícil llegar hasta allí a pie por lo escarpado del terreno.

Dejamos el utilitario en el aparcamiento y nos dirigimos al camino. Estaba custodiado por las frondosas copas de los pinos y conducía hasta una playa cuyas arenas brillaban con un curioso tono violeta. Por lo que me había contado la recepcionista del hotel, eso era debido a que entre los minerales que la formaban abundaba el granate.

Cuando por fin llegamos, comprobé que era totalmente cierto y me quedé maravillada con la extraña tonalidad de la arena. El sol ya se disponía a despedirse y el panorama que teníamos ante nosotros era un espectáculo sin igual. Y aún lo fue más cuando, caminando por la orilla, llegamos hasta una zona en la que el horizonte se veía interrumpido por una enorme formación de rocas en cuya base había un arco abierto de forma natural, a través del cual se colaba un brillo de fuego. Era el sol, casi rojo y enorme, que acariciaba la línea del horizonte. El arco, excavado en las rocas por el incesante batir de las olas, enmarcaba el atardecer y proyectaba un haz de luz anaranjada sobre el agua.

Fue imposible no sacar la cámara. ¡Tenía que capturar aquello para siempre!

Era como estar en otro planeta. No solo por el inusual color de la arena y la increíble vista de aquella enorme roca agujereada por la que se colaban las olas cristalinas, sino porque había algo curioso en la mezcla del frescor de los pinos que nos habían cobijado hasta llegar a la playa y el aroma a mar. Me sentí muy lejos de todo y muy cerca de mí misma.

Solo había una forma de definir esa sensación: puro éxtasis.

—Esto es como estar dentro de un sueño —dijo Alan a mis espaldas mientras yo no paraba de hacer fotos.

—Me alegra que te hayas animado a acompañarme —dije, esbozando una sonrisa. Después enfoqué manualmente un detalle de aquel túnel que el batir de las olas había excavado en medio del mar.

—Y yo. Este lugar es, sin duda alguna, lo mejor que he visto hasta ahora en este viaje.

Alan se había sentado sobre la arena. Yo le imité después de guardar mi cámara en su funda. Parecía relajado y muy pensativo, mientras la brisa jugaba con aquella espesa mata de pelo oscuro y ondulado. Por primera vez desde que habíamos emprendido ese viaje parecía encontrarse a gusto simplemente contemplando lo que le rodeaba.

—Sí —asentí—, la cala de ayer era preciosa, pero esta playa es muy especial.

—Parece que en esta costa es normal que se formen túneles en las rocas. Ya es el segundo que vemos —comentó, señalando aquella especie de puerta al infinito. Situada justo en el centro inferior de la pequeña formación rocosa, las olas se colaban a través de ella en su camino hacia la orilla. El sol había bajado aún más y ahora el halo dorado que se vislumbraba por aquel curioso hueco era más suave.

—A juzgar por la fuerza de las olas, es evidente que después de miles de años muchas de estas formaciones de rocas terminan agujereadas como quesos —dije riendo.

—Igual que nosotros…

—¿A qué te refieres?

—La vida nos da muchos golpes. Los vas superando y te levantas, pero después de cada embestida tienes un trocito menos dentro de ti —explicó con un semblante muy serio mientras seguía mirando al horizonte—. Al final te faltan tantas partes de ti mismo que solo queda un enorme agujero.

Sus palabras fueron desoladoras. Un ligero temblor en su voz lo delató: no era tan frío ni insensible como quería aparentar. Nuestras manos estaban muy cerca y, en un impulso que no pude controlar, mi meñique buscó el suyo entre la arena. Creí que iba a rechazar mi contacto de inmediato, pero hizo todo lo contrario: sus dedos acariciaron con delicadeza el dorso de mi mano. Ese simple roce hizo que me estremeciera.

—La gran diferencia es que esas rocas ya no pueden reconstruirse a sí mismas. Sin embargo, el ser humano tiene la capacidad de cerrar esas heridas con nuevas ilusiones —declaré mientras sentía su leve contacto.

—Eso suena muy bonito, pero creo que eres demasiado idealista. Hay huecos en el alma que se quedan para siempre.

—Llámame idealista si quieres, pero yo tenía un desgaste brutal dentro de mí; cuando decidí reconstruirme, todo empezó a cambiar. No está resultando fácil, pero realmente siento que ese agujero se está cerrando poco a poco.

—¿Y no tienes miedo a que te quede una buena cicatriz?

Sus dedos se apartaron lentamente de mi piel y atraparon un puñado de arena que después soltó sobre mi mano muy despacio.

Mis ojos buscaron los suyos.

—No. Prefiero tener el alma con un remiendo a permitir que se me escapen los sueños por ese puñetero agujero negro.

22

Alan

Jamás habría pensado que una chica como Amy, tan joven y apasionada, fuera una persona con un agujero negro en su vida. Estos atrapan toda la luz que tenemos y nos dejan a oscuras. Si había algo de ella que me había descolocado desde un principio era esa mirada llena de vida que la caracterizaba. Al principio me había parecido muy irritante. Estaba sumido en las tinieblas y ver a alguien con tanta luz me cegaba, llenándome incluso de una malsana y asquerosa envidia. Pero ahora que se había convertido en mi compañera de viaje, lo poco que quedaba vivo dentro de mí sentía una creciente curiosidad y también quería contagiarse —aunque fuera solo un poco— de ese optimismo que ella desprendía.

Por eso no había rechazado su contacto e incluso había alargado el juego de nuestras manos.

Cuando abandonamos aquella playa y nos encaminamos de vuelta hacia el coche, olvidé mi plan de cenar como un ermitaño, a solas en mi habitación. Le propuse que cenáramos juntos en el restaurante del hotel y ella aceptó.

Nos dieron una mesa junto a uno de los enormes ventanales que desafiaban al acantilado. Desde allí pudimos terminar de disfrutar de los últimos coletazos de aquel crepúsculo plagado de fucsias y violetas que habíamos abandonado unos minutos atrás en Pfeiffer Beach.

Amy estudiaba la carta, ajena a los desorbitantes precios que yo sí veía descritos en la mía. Si había algo que no me preocupaba era el dinero; alguna ventaja tenía que tener haberme convertido en un cretino sin escrúpulos. Me había jurado a mí mismo no volver a pasar las penurias materiales que habían definido mi infancia y lo había logrado con creces en un tiempo récord. Había muy poca gente que a mi edad tuvieran una cuenta bancaria tan llena de pasta.

También había conseguido con ello vivir yo solito en lo alto de esa torre de poder que había escalado sin mirar atrás. Me había vuelto un tipo bastante solitario y amargado, pero con un único objetivo claro: mantener mis logros profesionales costara lo que costase, aunque eso supusiera estar hueco por dentro.

Pero algo inesperado me había golpeado como una bestia enfurecida y se había llevado por delante a una de las pocas personas que me importaban. Y con ello también le había quitado la razón a aquella obsesiva batalla que llevaba librando desde que había conseguido la beca para la universidad.

El poder y el estatus ya no tenían ningún sentido. No si ella no volvía a despertar jamás.

Y era bastante improbable que fuese a hacerlo. Por eso tenía que ayudarla como fuera, aunque terminara de romperme el corazón. Pero antes de tomar esa decisión tenía que intentar que ocurriera un milagro.

—Creo que me voy a dar un homenaje con el lomo de buey —declaró Amy, ajena por completo a ese batiburrillo de pensamientos que era el culpable de que yo mirara el menú sin leerlo realmente. Me concentré por fin en la lista de platos disponibles y elegí con rapidez.

—Yo voy a tomar el bacalao negro. Y, si me dejas, voy a pedir también un par de entrantes para abrir boca.

—No pienso protestar —dijo sonriendo. Y no lo hizo solo con los labios; sus ojos se iluminaron como un faro en plena noche.

Sentí una inesperada calidez al observarla. Volví a pensar en cómo era posible que alguien como ella, capaz de hacerme sentir una chispa de vida después de haber fantaseado incluso con acabar con todo de un plumazo, pudiera estar saliendo de una mala experiencia. No se la veía deprimida ni abatida, todo lo contrario. Quizá era cuestión de preguntarle por su terapeuta, porque, evidentemente, era cojonudo. O por las pastillas que le hubieran recetado; al parecer, funcionaban de maravilla.

—Me cuesta creer que alguien tan positivo como tú haya pasado por un desastre interior. —Me atreví a sacar de nuevo ese tema mientras esperábamos a que nos trajeran los primeros platos. Sentía una gran curiosidad por conocer mejor sus circunstancias.

—Pues es la verdad —dijo antes de dar un sorbo a su copa de vino.

—¿Qué ocurrió?

—Me sorprende tu interés. Creía que solo soy la chica que te ha facilitado poder llegar hasta Los Ángeles.

—Lo eras —admití—, pero lo que me has contado esta tarde en la playa ha despertado mi curiosidad.

—Y también tu amabilidad —añadió jocosa—. Esta cena es algo totalmente inesperado.

—Sí, lo es —admití sin rodeos—. Soy el primer sorprendido por no querer cenar solo. Me gusta tu compañía, y me interesa saber más sobre ese agujero negro que te estaba robando tus sueños.

—No me los estaba robando.

—¿Ah, no? —pregunté confundido.

—Los estaba destruyendo por completo —puntualizó con vehemencia.

—Quiero saber más. No termino de entenderte.

El camarero llegó con las setas salteadas y el salmón ahumado. En cuanto los colocó en el centro de la mesa y nos dejó a solas, Amy soltó un suspiro antes de empezar a hablar.

—Mis padres me obligaron a estudiar la carrera que ellos querían. Ahí empezó a formarse el agujero.

—¿No te rebelaste?

—Créeme, con ellos no es fácil hacerlo. Desde muy pequeña marcaron mi camino y si intentaba cambiarlo lo más mínimo, se montaba una buena en casa. Después de varios intentos, decidí que era mejor no llevarles la contraria y me mudé a Nueva York para estudiar Económicas.

—¿Y qué pasó después de la universidad?

—Al graduarme encontré un puesto de prácticas en una importante asesoría financiera en Manhattan. Pensé que podría dedicarme a eso durante un tiempo para callar a mis padres y ganar experiencia. No pagaban mucho, pero era suficiente para subsistir. Al principio fue excitante, pero poco a poco mi vida se redujo a trabajar sin descanso en algo que no me gustaba. Se me daba genial y tenía posibilidades de conseguir un puesto fijo y ascender, lo que al principio me dio una agradable sensación de seguridad. Trabajaba mil horas al día, luchaba con uñas y dientes para que mis compañeros no me hicieran sombra y me refugié cada vez más en ese puesto que, en un futuro, podía llenarme muy bien los bolsillos.

»Pero llegó un momento en el que me di cuenta de que mi alma se estaba evaporando. Ese agujero había crecido tanto que empezó a tragarme. Comencé a tener ataques de ansiedad. Me recetaron unas pastillas que mantenían a raya esos episodios, pero pasado un tiempo entendí que mi problema no se iba a solucionar con ansiolíticos. No quería vivir así, anestesiada y calmada, pero desconectada de lo que realmente me interesa. Simplemente me di cuenta de que había llegado el momento de empezar a vivir según mis normas y no las de mis padres. Dejé mi trabajo y volví a la casa donde me crie, en Baton Rouge, para tomarme un tiempo de reflexión.

—¿Y cómo acabaste en Half Moon Bay?

—Mis tíos me encargaron hacer el reportaje del Rosewood Inn y está siendo una gran oportunidad para empezar por fin mi carrera como fotógrafa. Hasta ahora solo había sido una afición, pero es lo que realmente quiero hacer de aquí en adelante.

—¿Por qué la fotografía?

—Porque la vida se va en un segundo. Lo que ahora es presente, en un instante es pasado. Pero en las fotos todo permanece. Se queda ahí para siempre.

—Bonita definición… ¿Cómo se lo han tomado tus padres?

—De culo —dijo riendo. Sus ojos esta vez no reflejaron lo que su boca. Había un halo de tristeza tras esa cálida risa—. Están que trinan con mi nueva vida.

—Pues parece que a ti te hace muy feliz. No deberías dejar que su opinión te afecte.

—Bueno, dejemos de hablar de mí. ¿Cuál es tu historia? —preguntó sirviéndose un poco más de salmón en su plato.

—Opuesta a la tuya. Por completo —comencé a decir. ¿En serio le iba a hablar de mí mismo? Nunca lo hacía, pero Amy tenía algo que me empujaba a abrirme—. Crecí en un pequeño pueblo donde había muy pocas salidas aparte de la gran fábrica que daba trabajo a la mayoría de los habitantes. En casa no querían que estudiara, pero yo insistí en acabar el Bachillerato. Mi padre se burló de mí. Me llamó soñador irresponsable. Mi madre me rogó que no me ilusionara con algo tan improbable, aconsejándome que dejara los estudios y empezara a ganar el dinero que tanta falta les hacía. Mi padre era un ludópata sin remedio y sus deudas nos estrangulaban. Pero yo no estaba dispuesto a pagar sus errores y no cedí. Finalmente, conseguí ir a la Universidad de Cambridge y eso cambió mi destino para siempre.

—¿Cómo conseguiste costearlo?

—Gracias a una beca. Acabé la carrera graduándome con honores, llegando por fin a la meta que llevaba persiguiendo tanto tiempo. Me mudé a Londres y encontré un trabajo en el que ascendí de forma vertiginosa.

—Me alegro de que no hicieras caso a tus padres y cumplieras tus sueños.

—Yo no tanto —dije con acritud.

—¿Te arrepientes de tu decisión?

—No de haber ido a la universidad, pero sí de haberme obsesionado con el dinero y el poder. Es lo único que he cosechado desde entonces. Esta tarde en Pfeiffer Beach me he dado cuenta de que me he perdido cosas increíbles que no cuestan nada. Mi trabajo me ha dado un estatus que está al alcance de muy pocos, y mucho menos a mi edad, pero no hace falta ser rico para disfrutar de un lugar como ese.

—Sí, la naturaleza está ahí para quien quiera descubrirla. No es necesario ser millonario para disfrutarla. Solo hay que tener tiempo y ganas de explorar.

—Cuando te obsesionas con que nadie te destrone, el tiempo libre no existe.

—¿En qué trabajas?

—En algo que me ha robado la decencia y los escrúpulos.

—¿Eres narco o algo así? —Siguió indagando, confundida con mis respuestas.

—No, algo peor. Soy abogado.

—No lo entiendo. El Derecho está para hacer justicia.

—No seas ingenua. Algunos lo utilizamos para asegurarnos de que la justicia se incline hacia nuestros intereses. Aplastamos al más débil y nos aprovechamos del sistema. He dejado en la miseria a mucha gente.

Me miró desconcertada y con cierto desagrado. Mi respuesta la hizo enmudecer durante unos instantes.

—Esa es una confesión muy jodida —sentenció con dureza al recobrar el aliento.

—Sí, lo es. Y te aseguro que no me enorgullezco de ello. Se ha convertido en mi condena.

—Y no es para menos —afirmó con rotundidad—. Todos somos responsables de nuestros actos. Y, por lo que dices, fuiste tú quien eligió ese camino en tu profesión. ¿Acaso no hay otras opciones más éticas para un abogado?

—Sí, por supuesto que las hay, aunque a veces las circunstancias te nublan y no eres consciente de la mala decisión que estás tomando hasta que ya es demasiado tarde.

—Nunca es tarde para rectificar. Dedícate a otra cosa.

—No es tan fácil.

—Esa respuesta es muy cobarde.

—Sí, lo es —admití.

—Si lo sabes, ¿por qué no haces algo al respecto para ser mejor persona?

—Este viaje se trata un poco de eso. Tengo que intentar enmendar un gran error.

—¿Y eso tiene algo que ver con esa conversación que quieres tener con John?

—Sí, él tiene la clave para ayudarme.

—¿Cómo es eso posible si ni siquiera os conocéis? ¿Tiene algo que ver con su pasado en Inglaterra?

—Se acabaron las preguntas, señorita. Esta noche te he contado más sobre mí de lo que mucha gente sabe.

—Ya, pero eso es porque soy buena compañía. Y, además, yo también te he contado cosas muy personales.

—Entonces supongo que estamos empatados —me limité a contestar. No tenía ninguna intención de desvelarle nada más a Amy sobre mi pasado.

Entreabrió la boca con la intención de responderme, pero llevé el dedo índice a sus labios para detenerla.

—Ya hemos hablado demasiado y necesito una dosis de azúcar antes de que sigas bombardeándome con tu curiosidad.

Miré la carta de postres y ella aprovechó para contratacar.

—Sí, pero…

La interrumpí sin darle opción a que siguiera intentando indagar más sobre cuál era el asunto que yo tenía que hablar con su tío.

—La siguiente pregunta de esta noche la voy a hacer yo, doña Curiosa —le avisé con un guiño. Amy conseguía que sacara a relucir mi lado más travieso a pesar de los temas de los que habíamos estado hablando—. Quiero seguir tu consejo de intentar ser mejor persona, así que voy a dejar mis preferencias a un lado y vas a ser tú la que le ponga el broche final a esta cena. ¿Qué prefieres? ¿Coulant de chocolate o tarta de manzana?

23

Amy

La cena había sido interesante, pero Alan no me aclaró qué demonios tenía que ver mi tío en su cruzada particular. Cuando intenté averiguar más, me lió para que yo eligiera el postre y luego, entre cucharadas de un delicioso coulant de chocolate, se las apañó para mostrar su lado más encantador y conducir la conversación hacia mis planes de futuro.

Cuando volví a mi habitación repasé mentalmente lo que me había contado y me di cuenta de que, en lugar de conocer mejor a mi compañero de viaje, había terminado con más interrogantes sobre él.

Cosas que tenía claras: era un tío superatractivo e inteligente. Se había labrado su propio camino sin importar que nada hubiera estado a su favor. Su infancia había sido difícil, pero él había conseguido desviarse del rumbo que le habían marcado. Había logrado sus metas muy joven, pero esto no le hacía feliz porque su carrera profesional había causado la desgracia de mucha gente.

Cosas que me desconcertaban por completo: si él era consciente de que sus actos habían causado tanto daño y le atormentaban, ¿por qué se negaba a cambiar la dirección de su vida? Y lo que más me intrigaba: ¿cuál era ese gran error del que me había hablado y que al parecer mi tío podía ayudarle a enmendar?

Me fui a dormir con una extraña sensación que me dejó en vela durante un buen rato.

Descubrir la verdad sobre Alan empezaba a convertirse en un reto para mí.

Y los desafíos me atraían demasiado…

A media mañana nos devolvieron el coche de Ursula y salimos poco después por la Highway 1 en dirección hacia el sur. Alan conducía esta vez. Cuando le dije que se detuviera para descubrir una increíble cascada llamada McWay Falls puso los ojos en blanco.

—Espero que no estemos aquí demasiado tiempo. Vamos muy justos para llegar a la inauguración en el museo —protestó.

—No te vuelvas a poner en modo cascarrabias —le regañé—. Me gusta más el Alan con el que fui a la playa ayer y que tuvo el detalle de invitarme a cenar.

—No te acostumbres mucho a él. No sale a la luz muy a menudo —respondió algo cortante.

Me bajé del coche preguntándome cómo podía ser tan volátil. Pero en cuanto comencé a andar por el sendero que conducía hasta el mirador de aquella pequeña playa, cobijada por un acantilado y las laderas llenas de flores, pasé por completo de su mal humor.

Era una vista espectacular.

Agua de color turquesa sobre una arena dorada salpicada de algunas rocas. Y en un extremo, la famosa cascada, que vertía sobre la playa un chorro continuo desde unos veinticinco metros de altura.

Saqué algunas fotos y me lo tomé con calma. Esa iba a ser la última parada que tenía prevista para ese viaje y quería disfrutarla.

—Al final siempre consigues que me interese por estos lugares de postal.

El cálido aliento de Alan rozó el lóbulo de mi oreja y me hizo dar un respingo. No lo había escuchado aproximarse y pensaba que seguía enfurruñado en el coche. Ese olor a madera y sándalo que le caracterizaba me rodeó por completo. Durante unos instantes me quedé en silencio disfrutando de ese aroma que, mezclado con la brisa del mar, me resultó absolutamente hipnótico.

—Es que eres un cabezota y un impaciente. Te pones de mal humor porque te hago parar unos minutos, pero luego siempre te das cuenta de que el motivo para detenernos merece mucho la pena.

—Sí, tienes razón. Perdona —admitió con una media sonrisa tan sexi como poco habitual en él. Unos segundos después desvió la vista hacia la cala—. Una vez más, me quedo sin palabras.

—Pues a ver si te dura un rato el silencio y no me regañas más. Empiezo a estar hambrienta y tengo la firme intención de parar a comer algo en cuanto veamos alguna cafetería en el camino.

La entrada a Los Ángeles puso a prueba los nervios de ambos.

Después de la sensación de libertad absoluta que nos había regalado la panorámica travesía por la Highway 1, habíamos tomado la mala decisión de no recorrerla hasta el final. Renunciamos a ver la playa de Malibú y en Ventura nos desviamos hacia la autopista 101, pensando que llegaríamos más rápido hasta el centro de Los Ángeles porque era una ruta más directa.

Gran error; nos habíamos topado con un atasco monumental al pasar la zona de Sherman Oaks y quedaba menos de una hora para la inauguración de la exposición. Alan había encontrado una habitación cerca del MOCA donde podríamos cambiarnos a toda prisa y, con un poco de suerte, llegar a tiempo al museo. Pero, en vista del denso tráfico, que a ratos nos dejaba totalmente parados en uno de los cinco carriles, mucho me temía que íbamos a llegar con muchísimo retraso. Alan empezaba a ponerse de los nervios.

—¿Puedes mirar en tu móvil qué alternativa tenemos para salir de esta puñetera ratonera? —me pidió, resoplando.

No chisté y me puse a ello. Yo también estaba harta de aquel horrible atasco y me daría mucha rabia llegar insultantemente tarde al evento que tan ilusionados tenía a John y Ursula. Desde niña me habían tratado como a una hija y en las últimas semanas ambos habían supuesto un apoyo muy importante para mí. Habían sido esos padres que los míos no supieron ser, y por eso no quería perderme aquel momento tan importante para ellos. Mi tía no iba a ser la protagonista, pero estaba incluso más emocionada que John con aquella increíble oportunidad. Tenía que llegar a tiempo, fuera como fuera, así que estudié detenidamente las diferentes opciones que me daba el iPhone para llegar al centro de Los Ángeles.

—¡Ya lo tengo! —exclamé, sonriendo al ver una ruta que restaba más de media hora al recorrido—. Ve hacia los carriles de la derecha. En cuanto este caos empiece a moverse de nuevo, tenemos que tomar la salida a la North Highway Avenue. Hay que dejar la autopista y callejear por Hollywood hasta llegar al centro de este lío de ciudad.

—Nunca había estado aquí, y ya lo estoy detestando —bufó Alan mientras se iba alejando poco a poco de los carriles de la izquierda.

—Yo solo he estado en una ocasión y tuve sensaciones contradictorias. No viviría en una ciudad tan extensa, en la que se necesita el coche absolutamente para todo, pero tiene algunos lugares que sí me gustaron.

—¿Por ejemplo?

—La playa de Malibú.

—Que te has empeñado en evitar —me reprochó, frunciendo el ceño.

—No te pongas borde, ¿vale? Creía que por aquí iríamos más directos.

—Habría estado bien que miraras cómo estaba el tráfico en esta maldita autopista antes de descartar ir por un lugar que merecía la pena ver —volvió a bufar.

—Si quieres, me dejas en Hollywood y te vas a recorrer Malibú —le espeté cabreada—. Ya me pillaré un taxi. No tengo ganas de aguantar tu mal humor.

—Perdona. Es que no llevo nada bien este horrible tráfico.

—Pues intenta tomártelo de otra forma, porque no eres el único que tiene ganas de llegar. Tengo el culo deformado de estar sentada en este coche y no me quejo.

Mi comentario le provocó una carcajada y pareció relajarse un poco. Al fin consiguió llegar al carril de la derecha y el vehículo empezó a avanzar con más soltura hacia la salida de la autopista.

—¿Qué otros sitios te gustaron?

—Santa Mónica es muy agradable y Venice Beach está muy bien. Pasear por la zona de Hollywood Boulevard, donde está el famoso teatro de los Oscar, es una experiencia curiosa —comencé a explicar, recordando el viaje que había hecho hacía unos años con unas compañeras de la universidad. Una de ellas era de Los Ángeles y nos llevó por todas partes—. También me gustó la zona alta de Sunset, desde la que se divisa buena parte de la ciudad. Recuerdo que una noche tomamos unos cócteles en la terraza de un hotel muy chulo mientras las luces de las calles se extendían hasta el infinito.

—No sé si voy a tener tiempo de hacer turismo —comentó, tomando por fin la salida hacia Hollywood. La autopista quedó atrás y avanzamos por la North Highway Avenue a un ritmo decente—. En cuanto hable con tu tío, volveré a Londres.

—Por lo que me dijiste anoche, me da la sensación de que allí has dejado un asunto bastante peliagudo por resolver. Quizá te venga bien disfrutar un poco.

—No tengo derecho a hacerlo. Alguien está en una situación muy difícil por mi culpa —dijo con un tono tan amargo que sentí que el aire a mi alrededor se volvía imposible de respirar.

—¿Vas a poder cambiar algo por volver cuanto antes?

—No, no lo creo. Pero tengo que estar ahí, y espero que con una respuesta.

—Podrías aprovechar la distancia que te separa de esa situación y recargar pilas mientras tanto. Así quizá vuelvas con esa respuesta de la que hablas.

—No hay distancia en este mundo que pueda separarme de lo que está ocurriendo. No hay un segundo en el que no piense en que Rachel está inconsciente en la habitación de ese deprimente hospital.

—¿Quién es Rachel? ¿Tu novia?

—No, una amiga… —murmuró aferrándose al volante. Su mirada buscó la mía por unos instantes y las emociones que se esforzaba por contener me zarandearon. Enseguida volvió a concentrarse en el tráfico de la calle, pero lo que había visto en sus ojos no dejaba lugar a duda: allí dentro había amor, miedo y mucho mucho dolor. Antes de continuar hablando inspiró profundamente—. La palabra «amiga» se queda corta. Rachel es como una hermana. Y es la única persona que ha llegado a verme de verdad.

24

Alan

La ruta que Amy me aconsejó que tomara resultó mucho más rápida que la congestionada 101. Recorrimos la calle por la que habíamos salido hasta llegar a la icónica Melrose Avenue, donde giramos hacia el sur camino del centro de Los Ángeles. Pasamos por delante de la entrada a los estudios de la Paramount mientras las esbeltas y altísimas palmeras de Los Ángeles nos recordaban constantemente que nos encontrábamos en la ciudad de las estrellas. La famosa señal de grandes letras blancas en lo alto de la colina se distinguía a lo lejos; me pareció un poco surrealista encontrarme en un lugar donde fabricaban sueños sin cesar, cuando yo estaba viviendo la peor de mis pesadillas desde hacía varias semanas.

We don't fit in well
'Cause we are just ourselves.

Beautiful People volvió a sonar en la radio. Cuando la escuchamos la primera tarde de aquel improvisado viaje, me pareció una melodía agradable, liberadora incluso, que se mezclaba con la brisa del océano Pacífico.

Ahora estábamos justo en la ciudad de la que hablaba. Era una noche calurosa de sábado y nos cruzábamos constantemente con coches lujosos por Melrose Avenue. Allí la letra de esa canción adquiría un poderoso sentido. Su mensaje se volvía tan potente que conduje en silencio dejando que su fuerza se metiera en mis venas. No era un tío muy musical, por lo que las emociones que me estaban provocando las notas y las voces que me rodeaban me pillaron por sorpresa. Agarré el volante con fuerza.

Amy comenzó a moverse en su asiento al ritmo de la canción.

«What d'you do?» and «Who d'you know?»
Surrounded, but still alone.

Así había sido mi vida en los últimos años. No había trabajado en Los Ángeles ni me dedicaba a la industria del entretenimiento. Pero había centrado mi vida en borrar mi pasado, construyendo un personaje que encajara a la perfección en las altas esferas londinenses. Me había colado en el teatro de la «gente guapa» y había representado mi papel de una forma impecable.

Solo Richard había sabido quién era yo realmente. Y Rachel terminó descubriéndolo también, pero nunca me había juzgado por ello.

Todos los demás veían un joven abogado de éxito, de modales perfectos y actitud distante que siempre vestía a la perfección. Me temían y me admiraban, y hasta hacía muy poco había estado absolutamente satisfecho con ese tipo de éxito. No había existido un hueco para una vida de verdad, y tampoco me había esforzado en buscarlo.

No obstante, de la noche a la mañana, todo lo que había conseguido ya no significaba nada. Sin nadie que me viera de verdad, era, simple y llanamente, una cáscara vacía.

Las dos únicas personas que habían llegado a conocerme se habían marchado. Richard había muerto y Rachel ya no estaba. Aquellas máquinas que la mantenían respirando no pensaban por ella. No sentían por ella. No me escuchaban ni me miraban por ella.

Pero Amy sí lo hacía. Y sus ojos estaban una vez más llenos de luz al tiempo que cantaba.

That's not who we are.
We are not beautiful.

No la seguí.

Permanecí discretamente a solas en un rincón con una copa de vino en la mano. Amy quiso presentarme a sus tíos en ese momento, pero le dije que parecían muy ocupados hablando con los asistentes y que me parecía más adecuado conocerlos al finalizar el evento. Mientras ella iba a saludarlos, yo observé el ambiente tan variopinto del lugar. Había gente muy bohemia y alternativa que se mezclaba sin problema con otra de aspecto más elegante y conservador. Y entre ellos, estaban los que no destacaban ni por lo uno ni por lo otro: gente normal que parecía estar allí para acercar a ambos polos. Y, de repente, entró un grupo con pinta de estrellas de Hollywood que añadió un toque aún más variado y excéntrico al panorama.

Tras observar uno a uno a todos esos personajes y los coloridos cuadros abstractos que colgaban de las paredes, mi mirada volvió a centrarse en Amy, que se había acercado a mí.

Llevaba un sencillo vestido de punto blanco que dibujaba las curvas de su cuerpo, y su melena castaña caía sobre su espalda de forma desenfadada y algo caótica. Hasta ahora siempre la había visto con vaqueros y camisetas. No es que se hubiera vestido o maquillado demasiado para la ocasión, pero cuando salió del baño de la habitación con ese vestido, que insinuaba lo mejor de su cuerpo, pensé en lo mucho que me jodía el hecho de que iba a dormir esa noche allí solo.

No vería esos ojos chispeantes que el ligero maquillaje oscuro resaltaba aún más. También extrañaría la sonrisa cómplice de esos labios, ahora rojos y más sensuales que nunca, que se había convertido en mi mejor compañera de viaje. Ya no habría más paradas al borde de un acantilado. Tampoco puestas de sol donde el tiempo se detenía y el pasado no existía. Y el futuro menos. Ni crepúsculos en los que lo único que importaba era ese preciso instante, con el sonido de las olas del Pacífico y el aroma a sal llenándolo todo, llevándose con cada embestida sobre las rocas un trocito más de dolor.

Pero el viaje se había acabado. Amy dormiría esa noche en la habitación que su tía le había reservado en el hotel donde ellos se alojaban y yo me acostaría enfrentándome de nuevo a la cruda realidad. En cuanto hablara con John sobre el motivo que me había llevado hasta allí, todo lo que mi mente había conseguido arrinconar durante unos días iba a salir a flote, nítido y más explosivo que nunca.

Cada vez más nervioso, decidí que ya era hora de cumplir con mi misión y dejar de ser un mero espectador. Con la excusa de ir a por una bebida, me alejé de Amy. Mi intención había sido esperar a que terminara la inauguración, pero ya no podía aguantar más. Tenía que conseguir hablar con John. No iba a ser fácil. Desde que habíamos llegado, le había visto pasar de una conversación a otra sin parar. Pero la suerte estuvo de mi lado. Le vi dejar a un grupo con el que había estado hablando para dirigirse a un extremo de la sala de exposiciones.

Iba hacia los aseos.

Lo seguí. Quizá los baños de un museo no eran el sitio más adecuado para mantener esa conversación, pero me daba igual. Ya había perdido demasiado tiempo.

25

Amy

La inauguración de la exposición fue un éxito rotundo. Los cuadros de John destacaban sin duda entre los de los demás pintores que lo acompañaban. Todos eran buenos, pero los de mi tío tenían más fuerza, más color y mucha más vida. Estaba segura de que los críticos de arte que habían deambulado por ahí iban a escribir maravillas sobre su pintura. Esa exposición iba a suponer un antes y un después en su carrera. No tenía la más mínima duda.

La fiesta de inauguración tocaba a su fin. Mientras me despedía de toda la gente con la que había estado charlando, entre los que estaban los otros tres pintores que participaban en la exposición, galeristas, críticos, coleccionistas y algún que otro famosete de Hollywood, caí en la cuenta de que hacía bastante rato que no veía a Alan. Lo busqué por la sala con la mirada, pero no lo vi por ninguna parte.

¿Dónde se habría metido?

Se suponía que había ido a buscar otra copa de vino, pero de eso hacía casi una hora. Quizá le había dado uno de sus arrebatos de mal humor y se había marchado sin despedirse. Por lo poco que le conocía, era más que probable.

Traté de no darle importancia, pero lo cierto era que me mosqueaba que se hubiera ido sin avisar. Y lo que más me preocupaba era la sensación de desilusión que sentía en el estómago. Había pensado que se uniría a nuestro plan de ir a tomar un último cóctel a la terraza del hotel de Sunset Boulevard, donde mis tíos y los demás artistas se hospedaban. También habían reservado una habitación para mí. Sandra, su hija, al final no había podido venir desde Boston por un contratiempo de última hora, por lo que mi presencia les animó bastante.

Cuando salimos a la calle, me recordé que tenía una razón más allá de mi curiosidad para localizar a Alan.

—Id yendo vosotros —les dije cuando pararon un taxi—. Necesito ir al hotel donde me he cambiado para coger mi maleta.

—¿Quieres que te acompañe? —se ofreció Ursula.

—No, no hace falta. Está aquí al lado. Además, será mejor que saque ya tu coche del garaje. Había pensado venir mañana a por él, pero apenas he bebido y puedo conducir sin problema.

Recé para que mi tía no insistiera en venir conmigo. Tenía el presentimiento de que Alan se había largado al bar de su hotel. Y quería manejar el asunto yo sola. Acababa de caer en la cuenta de que mi tío también había estado desaparecido durante un rato. Había vuelto finalmente a la sala de exposiciones y se había mezclado con los asistentes a la inauguración con una sonrisa, pero había visto algo extraño en su mirada.

Me apostaba el cuello a que Alan había conseguido finalmente hablar con él de aquel misterioso asunto que tanto me intrigaba. Y me daba en la nariz que justo después de eso se había pirado a ahogarse en un vaso de whisky.

Lo cierto era que no debería importarme una mierda lo que un desconocido hiciera con su vida. Pronto regresaría a Londres y nunca volvería a verle. No conocía el motivo de esa culpa de la que me había hablado la noche anterior y la relación que eso tenía con John. Pero había algo que sabía a ciencia cierta: no pensaba permitir que Alan desapareciera esa noche sin dejar rastro.

Algo me decía que, si no le buscaba, no volvería a verle.

Y aunque no tuviera ningún sentido, esa idea me encogió el estómago.

No me equivoqué en absoluto. Cuando llegué al hotel, tras caminar apenas una manzana, Alan estaba sentado en la barra del sofisticado bar del *lobby*.

—Gracias por avisarme de que te ibas.

Su espalda se irguió sobre el taburete en el que estaba sentado y se giró lentamente para mirarme. Esos ojos rasgados volvían a estar apagados.

—No sabía que tuviera que pedirte permiso para irme —declaró con ironía mientras le daba un sorbo al vaso que tenía en la mano. Había hablado con John, estaba segura. Y cualquiera que hubiera sido el contenido de la conversación, no le había dejado nada satisfecho.

Tomé asiento en el taburete que había junto al suyo y, en lugar de seguirle el juego y contestarle con otra bordería, le di un toque con el hombro sin hacer más comentarios. No se apartó, pero siguió con la vista fija en el vaso que tenía entre las manos sin hablar ni mostrar ninguna emoción en concreto. Sabía que esa actitud era un escudo para protegerse. Había algo que tenía muy claro tras nuestro viaje: Alan tenía mucha mierda a sus espaldas y se protegía siendo un capullo cuando se sentía incómodo.

—¿Quieres una copa? —se limitó a preguntar.

—No, aquí no. Este bar es muy impersonal.

—¿Dónde entonces?

—Si vienes conmigo, te enseñaré dónde me puedes invitar. Y de paso pedirme perdón por dejarme tirada. El trato era volver juntos a por mi maleta, ¿te acuerdas?

—Perdona, se me había olvidado ese pequeño detalle —dijo, esbozando una sonrisa entre malévola y divertida. Se comportaba como un gilipollas, pero yo sabía que lo hacía para ocultar esa parte de sí mismo que podía ser más amable y considerada.

—Dame la llave de tu habitación —exigí.

—Mejor te acompaño. —Dejó un billete al camarero y me escoltó hasta el ascensor—. Tengo curiosidad por saber adónde me vas a llevar. Te aviso de que no estoy de muy buen humor y no tengo ganas de unirme al grupo del museo.

—No soy idiota. Ya lo sé. También intuyo que has hablado con John y no has encontrado la respuesta que buscabas.

—¡No, no la he encontrado! —exclamó enfadado y visiblemente frustrado, dando un golpe a la pared del ascensor—. No me ha querido aclarar nada.

Las puertas del ascensor se abrieron y Alan se apresuró a ir a su habitación para coger mi maleta. Regresó enseguida y volví a la carga.

—¿Me vas a contar de una vez por todas qué narices tiene que ver él en ese asunto que has dejado sin resolver en Inglaterra?

—Si me emborracho como una cuba esta noche, quizá termine contándotelo.

—No creo que esa sea una buena idea. No soy tan entrometida como para dejar que ahogues tus penas en alcohol y así conseguir que me cuentes lo que has venido a hablar con mi tío.

—Iba a beber de todas formas. Mis penas son irremediables.

—Nada es irremediable.

—Créeme, hay cosas que no tienen solución. Mejor déjame solo.

—Ese es un plan de mierda. A partir de este momento, yo tomo las riendas de la noche. Y no admito que me lleves la contraria.

El timbre que anunciaba la llegada del ascensor sonó un segundo después. Las puertas se abrieron y tiré de su mano con la firme intención de conseguir que esa noche se olvidara de la puñetera mochila de amargura que le acompañaba a todas partes.

26

Alan

El aire nocturno me sentó bien.

Amy conducía el descapotable a buen ritmo. A esas horas ya no había atascos y llegamos a Santa Mónica en menos de media hora. Pero ella no se detuvo allí y continuó conduciendo hacia el norte. El océano Pacífico era de nuevo nuestro mejor cómplice.

—¿Adónde vamos? Creía que el plan era ir a tomar algo a Venice Beach —comenté confundido.

—He cambiado de opinión —se limitó a decir. *Beautiful People* volvía a sonar en la radio. Parecía perseguirnos. Amy subió el volumen y se puso a cantar. Sentí de nuevo que su potente mensaje y su melodía se metían una vez más en mis venas.

La conversación con John volvió a mi mente mientras el coche avanzaba en plena noche. Había sido una situación muy tensa. Lo había pillado totalmente por sorpresa. Al presentarme y revelarle quién era yo, se quedó petrificado frente al espejo del baño. Tuvo que apoyarse en el lavabo cuando le expliqué el motivo de mi presencia allí esa noche.

—No puedo decir nada sobre ese asunto —declaró al fin después de permanecer unos segundos en silencio.

—No juegue conmigo —bufé— ¡Tiene que darme esa información!

—Necesito aire —dijo con la voz entrecortada.

—Aquí está mi número de teléfono. —Le tendí una tarjeta con mis datos—. Cuando haya recapacitado, póngase en contacto conmigo.

John cogió la tarjeta a toda prisa con una mano temblorosa y salió del baño sin mirar atrás.

Yo también necesitaba aire.

Desde hacía mucho.

Y sentado en ese descapotable estaba recibiendo una buena dosis que me estaba sentando de miedo.

Amy condujo por la Highway 1 durante quince minutos más hasta que aminoró la marcha. Giró a la izquierda y detuvo el coche en el aparcamiento de un restaurante que estaba a pie de playa.

—Antes no hemos recorrido la Highway 1 hasta el final, pero lo acabo de arreglar. Ya estamos en Malibú. Y nos vamos a relajar en la terraza de este sitio hasta que me cuentes qué demonios pasa con mi tío.

—¿No tenías que estar en tu hotel con tus tíos y esa gente de la exposición? Puedo quedarme aquí y coger un taxi de vuelta. La verdad es que no necesito compañía.

No era del todo cierto. Prefería mil veces disfrutar de aquel lugar con ella. Pero no era una buena idea. Lo último que necesitaba eran distracciones que me alejaran del motivo por el que me encontraba allí. Además, Amy no me iba a dejar en paz hasta que le contara qué era lo que había hablado con John.

—Sí, debería estar allí, pero ya no me rijo por lo que se supone que tengo que hacer. Ahora mi lema es dejarme llevar.

—Así vas a perder el control —refunfuñé.

—No, no lo pierdo en absoluto. Todo lo contrario. Por primera vez en mi vida estoy recorriendo el camino a mi manera.

—Eres muy cabezota y bastante insistente.

—Sí, y también me merezco esa copa de disculpa que me has ofrecido antes.

Sin añadir nada más, se bajó del coche y echó a andar hacia la entrada al restaurante. Solté un suspiro de derrota y la seguí.

Llegamos a una terraza donde la fresca temperatura de la noche se atenuaba gracias a varias estufas de gas y una chimenea exterior de forma circular. Alrededor de esta había varias butacas de mimbre y Amy se sentó en una de ellas mirando hacia el océano.

—No suelo admitir mis errores —comencé a decir—, pero este sitio es mil veces mejor que el bar de mi hotel para invitarte a tomar algo y pedirte perdón por desaparecer sin avisarte.

—Estás perdonado. Me he imaginado que después de hablar con mi tío querías estar a solas.

—Si lo sabías, ¿por qué no me has dejado tranquilo?

—Por dos razones: necesitaba mi maleta y no pienso permitir que te anestesies hasta perder la consciencia.

—Apenas me conoces. Me sorprende muchísimo tu interés en que no acabe con un coma etílico.

—Te sorprendes porque no estás acostumbrado a que alguien quiera ayudarte sin más. Es evidente que estás en un túnel muy oscuro. Yo estoy viendo la luz al final del mío y me gustaría tenderte la mano para que empieces a ver la salida tú también.

—Eso suena muy bonito, pero nuestras circunstancias son muy diferentes. Y creo que sí tienes un motivo para querer ayudarme, pero no pienso contarte nada. Tendrás que tragarte tu curiosidad.

—Sí, es cierto que estoy muy intrigada con tus motivos para haber venido a California y me gustaría saber qué demonios pasa con John —admitió sin excusas—, pero eso no tiene nada que ver con esta noche. Ahora mismo mi único objetivo es que estés un rato fuera de tu madriguera.

—Eso es muy amable por tu parte, pero no soy un animal indefenso que necesite esconderse.

—Sí lo eres. Ibas a emborracharte para olvidar lo que sea que te atormenta —me recordó—, así que mejor que lo hagas acompañado. Voy a pedirme un daiquiri ahora mismo.

Llamó al camarero. Poco después tuvimos su cóctel rosado y mi whisky escocés con hielo sobre la mesita situada entre nuestras butacas. Había una ligera y fría brisa marina, pero el chisporroteante del fuego de la chimenea nos mantenía calientes.

Volví a observarla con ese vestido que le sentaba tan bien y sentí un agradable cosquilleo en el pecho. Era una chispa interna tan desconocida como inquietante. Me había sentido atraído por muchas chicas, pero nunca había notado ese aleteo travieso que me impedía marcharme de allí. Mi cabeza me decía que volviera al hotel y me olvidara de esos ojos que desprendían tanta luz. Sin embargo, una parte de mí que no solía tomar las riendas le mandó callar.

Si Amy había vivido dentro de un agujero oscuro, estaba claro que ahora estaba consiguiendo acabar con él. No había conocido nunca a nadie cuya mirada estuviera tan llena de esperanza.

Y eso era justo lo que más me atraía y me asustaba de ella.

27

Amy

Un par de daiquiris después, me di cuenta de que Alan se las había apañado una vez más para centrar la conversación en mí, lo que había evitado que tuviera que hablar de sí mismo y del motivo de su viaje hasta allí. Como estaba un poco achispada, no me dio ningún apuro intentar indagar. La curiosidad fue más fuerte que la prudencia.

—Te acabo de contar mil cosas sobre mí. Es tu turno para sincerarte.

—No me gusta nada hablar sobre mi vida. Ya sabes lo más importante —respondió, tensando su postura en la butaca.

—No, no lo sé. No me has contado lo que más me interesa. ¿Qué has venido a hablar con John?

—No te rindes, ¿eh? —suspiró poniendo los ojos en blanco al tiempo que se levantaba—. Necesito dar un paseo.

No me preguntó si quería acompañarle. Me cogió de la mano y tiró de mí con suavidad para que lo siguiera. Con paso firme, me guio hacia un acceso que conducía a la playa. Bajé los escalones de madera sintiendo un travieso aleteo en el estómago. El tacto de su mano sobre la mía me provocaba mil sensaciones desconocidas.

Me soltó al llegar a la arena y aprovechamos para quitarnos los zapatos. Los dejamos allí tirados y empezamos a caminar sintiendo la caricia de la arena. No dije ni una palabra y lo seguí hasta la orilla, donde las olas rompían suaves y rítmicas, lamiendo nuestros pies descalzos. El agua estaba fría, pero no me importó; de hecho, fue una sensación liberadora.

La luz de una luna casi llena dejaba su estela danzarina sobre el agua mientras ambos dábamos un paso tras otro en silencio, con el rítmico vaivén de las pequeñas olas espumosas como única compañía.

—Este paseo bajo la luna está muy bien, pero no has respondido a mi pregunta —dije al fin.

—Y no voy a hacerlo.

—¿Tan complicado es?

—Más de lo que imaginas…

—Si me lo cuentas, quizá lo veas desde otra perspectiva. A veces hacemos un mundo de algo que en realidad no es tan grave.

Alan se detuvo al fin y me miró fijamente. Bajo ese halo de luz plateada, pude distinguir que sus ojos estaban luchando por contener las lágrimas.

—¡He jodido la vida de una de las pocas personas que me importan! —gritó enfurecido—. ¡Es grave, muy grave! Y ese enfermizo optimismo que desprendes no va a cambiar nada.

Esa última frase me dolió como si me clavara un dardo. Di media vuelta y comencé a alejarme con la firme intención de ir directa al coche para largarme de allí.

Unas manos me agarraron por la cintura con decisión y me detuvieron.

—Por favor, no te vayas… Lo siento… Estoy al borde de un abismo y pierdo los estribos con demasiada facilidad.

El aliento de Alan sobre mi nuca me hizo sentir un escalofrío. Cerré los ojos e inspiré profundamente. Mi corazón se aceleró sin remedio al notar su pecho en mi espalda.

—No tienes ningún derecho a hablarme así —conseguí decir en un hilo de voz.

—Lo sé… Perdona.

Su nariz se coló entre los mechones de mi pelo.

—Me encanta cómo hueles —dijo en un susurro, acariciando con suavidad mi nuca con uno de sus pulgares. Ese gesto tan tierno e inesperado me despertó miles de sensaciones desconocidas.

Su piel cálida rozando la mía.

Despacio. Muy despacio.

Podía oír y sentir su respiración como si fuese la mía propia.

Nos sincronizamos, inspirando el aroma de la noche de Malibú al mismo tiempo.

Olía a mar. Olía a él…

La música que sonaba en el local se oía a lo lejos.

—Baila conmigo —susurró. Me estremecí sin remedio al notar el roce de sus labios sobre mi sien.

Cogió una de mis manos y alzó mi brazo, girándome con suavidad hasta que estuvimos de nuevo cara a cara. Al encontrarme con sus ojos ahogué un suspiro. La forma en que me observaba era bestial.

Abrasadora, suplicante y arrolladora.

Había tantas emociones encerradas allí dentro que no pude resistirme a que me atrajera hacia su pecho.

Cerré los ojos. Me dejé hipnotizar por el calor de su cuerpo y ese olor tan suyo que ahora percibía con mucha más intensidad. Comenzamos a mecernos sobre la arena, bailando con movimientos lentos. Alan me guiaba con suavidad, siguiendo el lamento de ese saxo que se escuchaba a lo lejos, mezclándose con el sonido del mar. Parecía sonar solo para nosotros. Y nosotros parecíamos existir solo para ese momento.

No sé cuánto tiempo estuvimos así, sumergidos en esa extraña sintonía bajo las estrellas.

Quizá unos segundos o mil horas.

¿Acaso importa? La intensidad del momento es lo único que recuerdo con total nitidez. Y esa mezcla de romanticismo y un deseo abrasador que se había adueñado de cada célula de mi cuerpo.

Cuando la canción dejó de sonar, alzó mi barbilla para obligarme a mirarle. A pesar de la oscuridad, pude distinguir que me observaba fijamente. El anhelo que esos ojos intentaban contener era tan intenso que tuve que hacer un esfuerzo titánico para no dejarme llevar. No podía sucumbir a ese beso que flotaba en el aire. Pero lo hice. Sus labios se acercaron a los míos, deteniéndose a escasos milímetros de mi boca. Soltó un suave suspiro que me acarició la piel y mi respiración se aceleró. Ya no me quedaban fuerzas. No tenía sentido detener lo inevitable. Le rodeé el cuello con los brazos y dejé que sus labios atraparan los míos.

Me besó con hambre, con desesperación incluso, y me atrajo hacia él atrapándome entre sus brazos. Su olor me envolvió y mi mente se apagó. Solo podía sentir, y lo hacía con tanta intensidad que era mágico y abrumador al mismo tiempo.

De repente, Alan interrumpió el beso y se separó de mí.

—Esto no está bien… —murmuró mientras seguía alejándose de mí—. No puedo arrastrarte conmigo. No tengo nada bueno que ofrecerte.

—¡No sé qué demonios te ocurre! —le espeté alzando la voz—. No tienes derecho a ridiculizarme, hacerme sentir mal por intentar ser optimista y luego detener el mundo con ese baile y ese beso.

—Amy… —pronunció mi nombre con esa voz tan grave y profunda, muy despacio, como si saboreara cada letra que lo componía—, lo siento. No debería haberte hablado así ni haberme dejado llevar por lo que tú me haces sentir. No eres la respuesta que estoy buscando y no quiero hacerte daño.

Dicho esto, dio media vuelta y me dejo allí plantada sin mirar atrás.

No podía dormir. Ese improvisado baile en la playa y nuestro maravilloso beso bajo la luz de la luna me habían dejado en shock. Además, el hermetismo de Alan no me permitía dejar de darle vueltas a la cabeza.

¿Qué conexión podía tener John con ese pasado que lo atormentaba?

¿Y por qué narices había compartido conmigo un momento tan íntimo, tan mágico y tan sensual para luego marcharse como alma que lleva el diablo?

Eran demasiadas preguntas y la cabeza me iba a explotar.

Me había quedado en la playa de Malibú tratando de que se me pasara el efecto de los daiquiris y de calmar la hoguera de sensaciones que él había despertado en mi interior. Por fin había conseguido salir a flote después de una temporada muy oscura y lo último que necesitaba era pillarme por un tipo que se iba a largar de vuelta a Inglaterra en cuanto encontrara esa puñetera y misteriosa respuesta de la que nunca me aclaraba nada. Todo lo contrario; cuantas más cosas me decía sobre ello, más me confundía.

Alan era complicado. Mucho. Por no decir que también era una contradicción constante, y yo necesitaba paz y buen rollo.

Una vez que mi mente estuvo más despejada y el efecto del ron de los daiquiris pareció haberse diluido un poco, conduje de vuelta hasta el hotel de Sunset Boulevard, donde mis tíos aún estaban celebrando lo bien que había ido la inauguración en el MOCA. Pedí disculpas por el retraso y me uní a la agradable reunión que estaba teniendo lugar en un rincón de la terraza del hotel, hasta que el cansancio y las sorpresas de esa noche me invitaron a refugiarme en mi habitación. Desde allí se veían las luces de toda la ciudad y me concentré en observarlas.

Tenía que dejar de pensar en ese tío. Olvidarme de la calidez de su aliento sobre mi piel, del sabor de sus labios, y borrar por completo de mi cabeza ese interrogante sobre qué sería lo que se traía entre manos.

Al día siguiente regresaría por la autopista interior, que en poco más de cinco horas me llevaría de vuelta a Half Moon Bay. Una vez allí, me centraría en terminar el reportaje del Rosewood lo antes posible. Tenía que pensar muy en serio en mi futuro como fotógrafa y dejar aquel surrealista episodio atrás lo antes posible.

No había ido hasta California para meterme en un follón emocional con un tipo tan complicado como misterioso.

Había ido hasta allí para encontrar esa parte de mí que se había rebelado y quería vivir sin ataques de pánico ni agujeros que se tragaran toda mi ilusión. Tenía que empezar a ganarme la vida haciendo algo que me apasionara y me hiciera sentir viva, pero no iba a ser fácil. Necesitaba centrarme por completo en encontrar mi isla desconocida. No podía permitirme distracciones que me hicieran naufragar en el intento.

28

Alan

Mi móvil vibró sobre la mesilla de noche. Abrí los ojos despacio y parpadeé varias veces hasta que me acostumbré a la luz de la mañana, que entraba a raudales por los ventanales de aquella moderna y anodina habitación.

«Estoy dispuesto a hablar. ¿Podemos vernos en una hora?».

Deduje que aquel mensaje de texto era de John. Seguramente habría pasado toda la noche en vela dándole vueltas a mi pregunta y por fin se había decidido a contactarme.

«Sí. Solo necesito saber dónde».

John me dio la dirección de un restaurante en Hollywood.

En poco más de sesenta minutos iba a conocer por fin su versión de la verdad.

Lo que no esperaba en absoluto era el irónico giro que el destino me tenía preparado.

29

Amy

Una vez de vuelta en Half Moon Bay intenté olvidar todo lo sucedido en los últimos días, pero me fue imposible. Estaba triste y desconcertada. No había rastro alguno de Alan y me preguntaba constantemente dónde demonios se habría metido.

John parecía evitarnos tanto a Ursula como a mí. Se encerraba en su estudio a pintar durante casi todo el día y apenas lo veíamos. Mi tía no le daba demasiada importancia; decía que cuando se sumergía en su proceso creativo siempre actuaba de aquella forma. Pero yo estaba segura de que estaba en modo ermitaño por la conversación que había tenido con Alan.

Durante los siguientes tres días me concentré en fotografiar todos los rincones del hotel que tenía pendientes, y mientras trabajaba conseguía apartar de mi mente casi por completo cualquier pensamiento sobre Alan y sus misterios.

De noche no era tan fácil. A solas en mi dormitorio, me venían *flashes* de los momentos que había compartido con él durante el viaje a Los Ángeles. Cerraba los ojos y podía sentir de nuevo sus labios sobre los míos. Para evitar quedarme enganchada a esos electrizantes recuerdos, me ponía a editar las fotos en mi portátil hasta que el agotamiento me mandaba directa a la cama.

Aanisa fue mi fiel compañera durante esos días y pasar tanto tiempo juntas propició que nuestra incipiente amistad cada vez fuese más fluida. Era un encanto de chica y conectábamos a las mil maravillas.

Después de sacar las últimas fotos para que el reportaje estuviera completo, decidimos salir al centro del pueblo a tomar algo. Queríamos celebrar que habíamos cumplido con nuestro objetivo.

Fuimos a un animado bar que nos encantaba y nos sentamos alrededor de una mesa situada en una esquina, junto al ventanal que daba a la calle. Ambas pedimos una copa de vino.

Aanisa parecía distraída. Mientras yo le hablaba de que me extrañaba que mi madre llevara unos días sin contactarme, a ella se le escapaba la mirada una y otra vez hacia el otro extremo del local. Me giré para ver qué era lo que le impedía prestarme atención.

¡Ajá! Ahora entendía por qué no me hacía mucho caso: había un grupo de tres chicos tomando una cerveza en la barra y uno de ellos también intercambiaba miradas con mi amiga. Era alto y rubio, y sus ojos azules me dieron muy buena espina.

—Oye, pillina —comencé a decir, dejando el tema de mi madre a un lado—, ¿quién es ese chico que te tiene tan ensimismada?

Aanisa se ruborizó y dio un sorbo a su copa de vino.

—Es Christian —respondió, esbozando una media sonrisa traviesa.

—¿Y de dónde ha salido?

—Trabaja en el Ritz Carlton, el superhotel que hay al otro lado del pueblo —me explicó alegre—. Lo conocí el otro día cuando vine a tomar algo con Kirsten, la alocada camarera del bar del Rosewood. Estuvimos hablando con él y otro de sus amigos, y la verdad es que me cayó muy bien.

—¿Te cayó muy bien? —pregunté riendo—. Yo diría que más bien tuviste un flechazo. Estás ensimismada mirándole.

Aanisa se echó a reír con mi insinuación y se sonrojó aún más.

—Sí, lo cierto es que me gusta un montón —admitió finalmente.

—¿Y qué haces aquí plantada? Vamos a hablar con ellos.

—¡No! —exclamó con rotundidad.

—¿Por qué no? Será divertido —dije, tirando de su mano—. Sus amigos están muy bien y a mí me apetece coquetear un poco.

—No, prefiero esperar a que se acerque él —repuso nerviosa.

—Bueno, como tú quieras —me rendí, volviendo a sentarme en la silla. Habría sido divertido charlar un poco con ellos y conocer a gente nueva, pero no iba a obligarla a hacer algo que le daba tanta vergüenza.

—Eres muy atrevida —dijo, dando otro sorbo a su bebida.

—No, no lo suelo ser. Pero desde que estoy aquí parece que estoy dejando mis miedos a un lado. Y no veo nada de malo en acercarnos a hablar con esos chicos. No es un delito querer ampliar los horizontes.

—Ya, pero es que no quiero parecer demasiado lanzada.

—Mira, yo llevo toda la vida dejándome guiar por una serie de estúpidas normas que me han hecho perderme un montón de buenas experiencias —comencé a decir, dispuesta a soltar un pequeño discurso—. Siempre he hecho lo que se suponía que era lo correcto. Dejar mi trabajo y venir a California ha sido mi primera y única locura. Desde que estoy aquí me he dado cuenta de que las reglas están para saltárselas. Sé que tú vienes de una cultura más restrictiva que la mía, pero créeme que yo también era de las que pensaban que los chicos han de tomar siempre la iniciativa. Y eso es una gilipollez como una casa. Si a ti te apetece hablar con él, pues vas y lo saludas.

—Pero es que puede pensar… —musitó ella, dubitativa.

—¡Qué piense lo que quiera! No es ningún delito ser simpática y extrovertida —declaré con vehemencia—. Y si es de esa clase de tíos que va a creer que eres una buscona por dar el primer paso, entonces no merece la pena en absoluto.

—Tienes razón —admitió con un mohín—. Ese tipo de chicos no merecen la pena. Lo que ocurre es que, aunque no lleve la cabeza cubierta, de vez en cuando me tome una copa de alcohol y mi actitud a primera vista sea la de una musulmana rebelde, en el fondo me siento culpable por saltarme las reglas.

—No deberías sentirte culpable. Estás siguiendo tu propio camino y eso no le hace daño a nadie.

—A mis padres les hace daño —susurró con un deje de culpabilidad en la voz.

—Eso es porque están demasiado apegados a sus creencias. Les incomodas porque cuestionas su forma de vivir. Puede que les moleste, pero tú no estás haciendo nada malo. Has crecido aquí, en un país cuyo principal lema es la libertad, por no decir la igualdad. ¿Acaso esperan que vivas como una chica sumisa que nunca ha conocido otra cosa?

—Sí, me he criado aquí, rodeada de gente supuestamente libre. Fui a un colegio normal y la mayoría de mis amigas no son musulmanas. Crecí creyendo que era como ellas, pero, llegado el momento de la verdad, mis padres esperan de mí que me comporte como si viviéramos en Irán. No son consecuentes con la decisión que tomaron al dejar su anterior vida atrás, y a estas alturas no deberían pretender que me comporte como ellos esperan.

—Te mostraron un mundo de posibilidades infinitas y ahora esperan que te conviertas en la joven esposa de alguien a quien ni siquiera conoces. Es muy contradictorio, la verdad.

—Sí, así son ellos —admitió, poniendo los ojos en blanco—. Adoran vivir en un país occidental y ser libres. Sin embargo, una parte de ellos quiere seguir siendo fiel a sus costumbres.

—Nadie les impide vivir según sus creencias; es su derecho. Pero no pueden pretender que tú quieras lo mismo. Deberían respetar tus decisiones.

—Ya, en teoría deberían hacerlo —asintió entristecida—. Y yo les he plantado cara, pero no puedo evitar que una parte de mí se sienta culpable por ello. Siento que les estoy traicionando.

—Creo que debes tener muy claro que no estás haciendo nada malo. Sería mucho peor fallarte a ti misma aceptando una vida que no quieres.

—Sí…, tiene que ser horrible mirar hacia atrás y saber que tomaste el camino equivocado por miedo a defraudar a los demás.

—Creo que el mayor miedo que las personas deberíamos tener es el de defraudarnos a nosotras mismas —dije muy convencida—, porque somos las que tendremos que vivir el resto de nuestra vida con las decisiones que tomemos.

—¡Qué razón tienes! —exclamó muy animada por mi conclusión. Alzó la copa y yo la imité para brindar—. Por las decisiones valientes.

—Y por esos tipos tan guapos que se están acercando hacia nosotras —añadí yo, al observar cómo Christian y sus dos amigos se encaminaban hacia nuestra mesa.

La mirada de Aanisa se iluminó y les dio la bienvenida a nuestros pretendientes más feliz que una perdiz. Me alegró comprobar que nuestra charla la había ayudado a sacudirse la culpa que sentía por negarse a ser la persona que sus padres esperaban. Conocía bien esa sensación. Por eso me empeñé en que diera un paso más en la única dirección que la llevaría hacia su propia verdad.

30

Amy

No quería acostarme tarde, así que cuando vi que Aanisa estaba la mar de contenta hablando con aquel chico y ya ni se acordaba de mí, me despedí de sus dos amigos y regresé caminando hasta el Rosewood Inn.

A cada paso que daba bajo aquellas brillantes estrellas, el último recuerdo que tenía de mi viaje con Alan se iba volviendo cada vez más nítido. Su olor, esa inquietante mirada y el tacto de sus dedos sobre mi piel parecían tan reales en mi mente que cuando llegué a mi destino fui incapaz de irme a dormir.

Dejé el caserón del hotel a mis espaldas y me dirigí a la playa. El sonido del mar y el cielo nocturno plagado de estrellas era muy parecido al de unas noches atrás en Malibú.

Caminé por la arena y me acerqué hasta la orilla. No hacía frío, así que me senté y cerré los ojos durante un buen rato mientras escuchaba el sonido del mar.

¿A quién quería engañar?

Echaba muchísimo de menos esos ojos verdes en los que había llegado a atisbar una chispa de luz.

No tenía ningún sentido. Apenas lo conocía. Pero lo cierto era que Alan había despertado algo en mí que se negaba a desaparecer.

No le había contado mucho a Aanisa sobre el tema, pero sí que habíamos hecho juntos el viaje por la Highway 1 y que ahora no sabía dónde se había metido. Ella me dio una pista: cuando había contactado con él para saber si la habitación que había dejado en el Rosewood le seguía interesando, Alan le había dicho que se la guardara porque en breve regresaría.

Aun así, jamás habría esperado escuchar en ese preciso momento esa voz grave y rasgada a mis espaldas. Me cogió absolutamente desprevenida y pegué un respingo que casi me lanza directa al agua.

—Buenas noches…

—¿Qué demonios haces aquí? —pregunté, girándome con el corazón acelerado.

—Yo también me alegro de verte —se limitó a responder.

—Permíteme que lo dude. Me dejaste tirada la otra noche y no has vuelto a dar señales de vida.

—He estado muy ocupado. ¿Qué tal ha sido tu vuelta a Half Moon Bay? —preguntó como si nada hubiera pasado.

—De acuerdo, juguemos a que no saliste huyendo como un cobarde la otra noche —respondí, esbozando una sonrisa irónica—. Ha ido bien. He terminado por fin de hacer todas las fotos.

—Me alegro —dijo, sentándose a mi lado sin mirarme. Sus ojos se perdieron en la oscuridad del océano mientras le daba un sorbo a la lata de cerveza que había traído consigo. Al menos había sustituido el whisky por algo con unos cuantos grados menos de alcohol.

—¿Y tú? ¿Has averiguado ya lo que buscabas?

—Sí, ya tengo la respuesta a mis preguntas —asintió, torciendo el gesto.

—No pareces muy satisfecho.

Se limitó a encenderse un cigarro y no dijo nada al respecto. Era evidente que algo le contrariaba, y mucho. No quise meter el dedo en la llaga y formulé mi siguiente pregunta.

—¿Cuándo vuelves a Londres?

—Lo antes posible.

—¡Vaya! Es todo un detalle que hayas venido a despedirte —exclamé con sarcasmo.

—No pensaba hacerlo, pero no podía dormir y he salido a dar un paseo. Al verte aquí he pensado que al menos debía decirte adiós —me explicó sin dejar de observar las olas, que rompían caprichosas unos metros delante de nosotros.

—¿Y qué es lo que te quita el sueño?

—La puta ironía de la vida —respondió con un suspiro que destilaba amargura—. No te haces una idea de lo retorcida que puede llegar a ser.

—¿Sabes? Hubo un momento hace unos días en el que realmente quise conocerte mejor. Pero está claro que las respuestas sinceras y directas no son lo tuyo. Estoy cansada de tanto misterio. Me lo pones demasiado difícil.

—Creía que te gustaban los retos…

Se acercó a mí y susurró aquellas palabras en mi oído. Una vez más, su cercanía me provocó un escalofrío. El penetrante olor de aquel perfume que se había vuelto tan familiar me envolvió.

—Y me gustan —balbuceé, algo aturdida por el efecto que me producía tenerlo tan cerca—. Pero contigo ya he tirado la toalla.

—¿Por qué? —preguntó, esbozando un lento atisbo de sonrisa.

—Porque no pareces tener el más mínimo interés en dejarte descubrir.

—Me encantaría que me descubrieras…, de verdad —musitó con un halo de tristeza, al tiempo que me miraba con una expresión tan intensa como indescifrable—. Pero quizá sea mejor para ti que las cosas se queden como están.

—¿Ves? Ya estás con los enigmas —repuse desesperada. Era imposible llegar a ningún lado con él. Nuestras conversaciones siempre acababan igual.

Alan se limitó a encogerse de hombros una vez más.

—¿Siempre te mantienes al margen de los demás? —le pregunté, incorporándome. No quería tenerle tan cerca.

—No, no siempre —respondió desviando la mirada al infinito de nuevo.

—Entonces ¿por qué eres tan esquivo conmigo?

—Porque, señorita Curiosa, prefiero guardar las distancias con ciertas personas.

—La última vez que nos vimos no guardaste las distancias precisamente —le recordé dolida.

—Aquello fue un error.

Esa afirmación me atravesó como un puñal. Y también me cabreó de lo lindo.

—Pues deberías medir las consecuencias de tus actos y no ser tan contradictorio.

—Veo que te gusta dar lecciones —observó con un tono ácido antes de atravesarme con la mirada.

—No te equivoques. No quiero darte ninguna lección, pero me entristece ver a alguien que se aísla de una forma enfermiza de todo lo que le rodea.

—No me conoces de nada, así que guarda tu tristeza para otros.

—¿Cómo puedes ser tan desagradecido? —inquirí furiosa.

—Ahora resulta que encima tengo que estar agradecido de que seas una entrometida —resopló.

¿Dónde narices estaba el tipo que me había pedido disculpas de una forma tan íntima y sensual la noche que estuvimos en Malibú?

—Sí, quizá sea un poco curiosa —comencé a decir, tratando de sonar calmada—, pero tú eres la persona más desagradable y contradictoria que he conocido nunca. Por mí puedes ahogarte en litros de cerveza. Es evidente que ni tú mismo te aguantas, así que bebe hasta que olvides quién eres.

Dicho esto, di unos pasos con la firme intención de marcharme. Me sentía una completa idiota por haber intentado averiguar qué se escondía detrás de aquella impenetrable coraza. Me había resistido a conformarme con esa imagen de hombre duro e insensible. Durante nuestro viaje había conseguido que me mostrara su mejor versión, pero estaba claro que no iba a volver a salir a la luz. ¡Era un completo gilipollas!

Lo que había visto en él unos días atrás debía de haber sido solo un espejismo.

Alan se incorporó y me cortó el paso.

—No tienes ni idea de quién soy… —masculló enfurecido, entornando los ojos y tensando todos los músculos del rostro—. No necesito que me juzgues. Eso ya lo hago yo cada día.

—¡Quítate de en medio! —le ordené.

—No sin antes aclarar una cosa —añadió, atravesándome con la mirada—. Lo último que buscaba era hacer un viaje con una desconocida que ve el mundo a todo color. Y fue tan impactante, tan esperanzador, que por unos días creí haber encontrado una salida que jamás creí posible. Despertaste dentro de mí algo que no sabía ni que existía.

—¿Y qué ha cambiado? —exigí saber ante aquel inesperado y vehemente discurso que me dejó totalmente fuera de combate.

—Todo…, Amy, ha cambiado todo…

Su voz se volvió más suave y ese sensual aroma que desprendía me obligó a inspirar y cerrar los ojos durante unos instantes. Cuando volví a abrirlos, él estaba muy cerca y la expresión de su mirada era muy distinta. Donde antes solo veía rabia y dolor, ahora apreciaba un profundo anhelo y esa chispa de luz volvía a brillar.

¿Qué coño estaba pasando y por qué era incapaz de apartarme? Me atrajo hacia él y una de sus manos alzó mi barbilla. Su pulgar dibujó mi labio inferior muy despacio mientras él se deleitaba observándolo. Unos instantes después, su boca rozó la mía. Sentí su respiración entrecortada sobre la comisura de mis labios y comencé a temblar como una hoja, impaciente por que me besara una vez más porque ya sabía lo que eso me hacía sentir. Pero no lo hizo. Se detuvo para mirarme y creí morir. Esos ojos, que a la luz del día eran verdes con chispas doradas, se habían oscurecido bajo las estrellas. El brillo que desprendían parecía haberle robado la luz a alguna de ellas.

Cerré los párpados y me dejé llevar.

Sus labios por fin rozaron los míos, suavemente al principio. Sentí como si una cálida pluma se hubiera posado sobre mi boca y todo mi cuerpo tembló. Acto seguido, atrapó mi labio inferior de forma juguetona y tiró de él. Solté un ronroneo de placer y le seguí el juego. Le rodeé el cuello con los brazos y él, agarrándome por las caderas, me aproximó aún más hacia su cuerpo. Una corriente de energía me llenó por completo al sentirle tan cerca. Era como si una cuerda tejida con miles de sentimientos, tan maravillosos como incomprensibles, nos hubiera conectado. Ahora era yo la que le buscaba sin poder contenerme mientras mi lengua jugaba con la suya.

No tenía ningún poder sobre la situación. Me había desarmado por completo con su repentino cambio de actitud y esas palabras tan intrigantes. Era el momento de sentir, no de pensar en las consecuencias.

31

Alan

Aquello era una locura, pero no podía detenerme.

Beso a beso, la arrastré hacia el hotel. Era casi media noche y todo estaba vacío; no nos encontramos con nadie. Tardamos una eternidad en llegar hasta allí porque apenas dejamos que nuestros labios se separaran. Una vez en el pasillo de la primera planta, camino a mi habitación, las paredes se convirtieron en el lugar sobre el cual Amy se rendía sin protestar a mis besos y mis caricias. Su espalda se deslizaba lentamente sobre aquella superficie de madera mientras yo no era capaz de apartar las manos de ese cuerpo menudo que, escondido bajo la ropa, me retaba a que lo descubriera. Ansiaba explorar cada una de sus curvas, cada uno de sus rincones.

Estaba ebrio, pero no por la cerveza, sino por su olor y la suavidad de su piel. Sus labios eran una tentación a la que no me podía resistir.

Cuando por fin llegamos a la puerta de mi habitación, la abrí y tiré de ella. Una vez dentro, la cerré de nuevo con rapidez, dejando a Amy atrapada entre mis brazos y la pared del pequeño recibidor que daba paso a la suite.

Ahora estábamos separados por completo del resto del mundo. Mi respiración se aceleró al pensar en lo que estaba a punto de suceder.

—Amy… —suspiré, separándome un poco de ella—. Quizá deberíamos detenernos.

Un ligero soplido de cordura vino a mi mente.

—Quizá… —repitió ella con la voz entrecortada—. Pero no quiero hacerlo.

Me agarró del jersey y me atrajo de nuevo hacia ella hasta que mi pecho rozó el suyo. Casi podía sentir los latidos de su corazón acompañando al mío.

Esa ráfaga de sentido común se esfumó tan rápido como había venido. Me dejé llevar por completo.

Sabía que iba a pagar muy caro ese momento, pero no podía evitarlo. Nunca había deseado tanto estar con una mujer. No era algo físico. Era como si mi alma hubiera tomado el control de mi cuerpo y necesitara encontrarse con la suya sin remedio.

No buscaba únicamente el placer físico. Ella me había convertido en un mendigo, hambriento y vulnerable, que suplicaba ser saciado. Aunque fuera solo esa noche, tenía que llenar mi vacío con la magia que desprendía Amy.

Necesitaba su luz, porque la oscuridad se acercaba cada vez más.

Y no me perseguía solo a mí.

32

Amy

Alan no se limitó a besarme hasta la eternidad. Exploró mi cuerpo milímetro a milímetro a medida que me desnudaba sin prisa. No me hizo el amor de inmediato. Se tomó todo el tiempo del mundo para regalarme placeres que nunca había imaginado. Y cuando por fin se decidió a llevar la situación a otro nivel… ¡Joder, cómo lo hizo!

Indescriptible.

Alucinante.

¡De otra galaxia!

Esa mirada llena de deseo que brillaba a través de sus pestañas.

Su poderoso cuerpo sobre el mío.

El fuego de su piel quemándome lentamente con cada roce.

Su lengua acercándose sin prisa a ese rincón de mi cuerpo que palpitaba descontrolado.

Me llevó poco a poco hacia una locura salvaje que me elevó hasta lo más alto de aquella montaña rusa de sensaciones. Y cuando ya estaba ahí arriba, a punto de desmayarme de placer, por fin se deslizó dentro de mí y me regaló el orgasmo más intenso de toda mi vida.

Una vez en tierra firme y recostada sobre su pecho, su mano se entretuvo dibujando lentos círculos sobre mi vientre con delicadeza. Su respiración, de nuevo pausada y suave, me hizo sentir una conexión inexplicable entre nosotros. Era extraño encontrarme de pronto en una situación tan íntima con él. Podría haberle pedido explicaciones sobre su errática actitud, pero preferí no cargarme la magia que había surgido entre nosotros. Ya buscaría respuestas a la luz del día.

—¿Qué me dices a estrenar esa bañera de revista conmigo? —propuso entre los mechones de mi pelo, provocándome un delicioso cosquilleo.

—Mmm…, suena bien, pero es que estoy tan a gusto aquí en la cama… —ronroneé perezosa.

—Venga, no puedes decir que no a un baño de espuma —insistió, haciéndome cosquillas hasta sacarme de la cama y llevarme hasta el baño a rastras mientras yo me hacía la remolona.

—¿Libro favorito? —me preguntó una vez que nos sumergimos juntos en la inmensa bañera de su suite. Unas titilantes velas repartidas a nuestro alrededor lanzaban pequeños destellos anaranjados mientras él me enjabonaba la espalda.

—*Memorias de una geisha* —respondí sin dudar.

—No lo he leído —susurró, acariciándome la nuca con los labios al tiempo que me pasaba la suave esponja por uno de los hombros. Sentí el enésimo escalofrío de esa noche.

—Cayó en mis manos hace unos años y se me quedó grabado en el corazón. La forma en la que se conecta con la protagonista es brutal. Y las imágenes que evoca…, maravillosas. Cuando lo lees es como viajar al Japón de antes de la Segunda Guerra Mundial.

—Por lo que dices, tendré que darle una oportunidad.

—¿Y tú? ¿Qué libro es el que más te ha marcado?

—Hace tiempo que no leo por placer. De niño devoraba, una tras otra, todas las novelas de aventuras y misterio que encontraba en la pequeña biblioteca del pueblo donde crecí. Julio Verne y Agatha Christie me ayudaban a evadirme de la realidad que me rodeaba —me explicó. Un rastro inconfundible de dolor se coló en su voz—.

Pero, en cuanto empecé la universidad, me limité a leer solo aquello que estuviera relacionado con el Derecho. Por algo me gradué con honores.

—Mmm…, ya va siendo hora de que… leas solo por el puro placer de… sumergirte en alguna novela que te apasione —balbuceé cerrando los ojos. Era difícil seguir la conversación mientras Alan, sentado a mi espalda, masajeaba mi piel con suavidad.

—Ya estoy viviendo algo apasionante… —susurró entre los mechones de mi pelo mojado, provocándome una brutal sacudida interna—. ¿Película favorita?

No pude contestar de inmediato, y no porque no tuviera clara mi respuesta, sino porque aquella potente sensación me había dejado noqueada.

—*Lost in translation.*

—Japón otra vez…

—Sí, debe de ser algo de mi subconsciente —asentí, soltando una suave carcajada—. ¿Y tú?

—La misma —confesó.

—¿En serio?

—Sí, lo digo totalmente en serio. Esa soledad compartida… es bestial.

—Sí, lo es.

El hecho de que ambos fuéramos fans de esa peli de Sofia Coppola me pareció muy revelador. Teníamos más en común de lo que parecía a simple vista.

—¿Canción? —Alan volvió a la carga.

—Uf…, esa es muy difícil —protesté—. No puedo elegir solo una.

—Inténtalo —susurró, jugando con mi pelo, peinándolo con los dedos.

Pensé durante unos segundos mientras mi vista se perdía en el negro océano que se divisaba a través del ventanal del baño.

—*Fast car* de Tracy Chapman —respondí al fin—. Mi padre la ponía constantemente cuando era pequeña y me encanta. ¿Y la tuya?
—*Where the streets have no name*, sin duda.

Estaba claro que éramos unos nostálgicos anticuados, ya que los dos habíamos elegido canciones de finales de los ochenta.

No hubo más preguntas. Jugamos a besarnos y a perdernos en miradas cómplices hasta que el agua empezó a enfriarse. Alan salió primero y pude admirar a mis anchas ese cuerpazo mientras buscaba un par de albornoces. Se puso uno y se acercó para cubrirme con el otro al tiempo que yo salía de la bañera.

Me miró divertido y me quitó con el pulgar un rastro de espuma de la nariz.

Ese Alan tan atento, travieso y cariñoso era alguien muy distinto al que había conocido hasta ahora. Y me estaba gustando demasiado. Volvimos a la cama, donde seguimos hablando de todo y de nada hasta que no pude evitar ponerme a hacer travesuras bajo ese albornoz que me separaba de su increíble cuerpo. Esta vez fui yo la que tomó las riendas y Alan se dejó guiar sin oponer resistencia alguna. Una vez más, caímos en la tentación de encontrarnos a través de nuestros cuerpos y lo hicimos incluso con más intensidad que la primera vez.

Desnuda y feliz, terminé dormida entre sus brazos. Me había dejado agotada y en un estado de plenitud absoluta.

Me desperté desorientada y tardé unos segundos en darme cuenta de que me encontraba en la preciosa habitación de Alan. Me froté los ojos y me incorporé ligeramente, apoyando mi espalda en el mullido tapizado del cabecero. Miré a mi alrededor y comprobé que estaba sola.

Me encontré con una nota sobre una de las almohadas.

Querida Amy:

Lo que pasó anoche fue increíble...

Pero no debí dejarme llevar.

Lo siento, no puedo quedarme.

ALAN

¡¿Qué demonios?!

¿Se había vuelto a marchar?

No entendía nada. Jamás habría esperado que, después de la noche tan mágica y especial que habíamos pasado juntos, fuera a desaparecer otra vez.

Desde el primer beso, había estado segura de que dejarme llevar era una absoluta temeridad. Aun así lo había hecho. Y no me arrepentía. Sin embargo, no pensaba que fuera a ser tan fugaz. Creía que nos despertaríamos juntos y hablaríamos sobre lo sucedido. Mi lado más ingenuo había fantaseado con que, después de aquella maravillosa experiencia, Alan se abriría por fin y me contaría muchas más cosas sobre sí mismo, incluyendo por qué había estado tan borde al principio conmigo en la playa y qué era lo que le atormentaba tanto.

Estaba claro que me había equivocado por completo.

Se había marchado sin decir nada. Aquella nota que tenía entre las manos me dejó más dolida y desconcertada de lo que habría imaginado jamás.

33

Amy

Y eso no fue lo único que me dejó descolocada aquel día.

Un rato después, cuando estaba en mi habitación editando más fotos en mi portátil, mi móvil comenzó a sonar. Atendí la llamada porque sabía que mi madre insistiría hasta que respondiera.

—¡¿Qué es esa tontería de que has decidido quedarte indefinidamente en California?! —El agudo chillido de mi madre casi me deja sorda.

Hacía un par de días había hablado con Ursula sobre mi decisión de volver a estudiar para prepararme de verdad para esa profesión. Mi tía estaba entusiasmada con la idea y, seguramente, se había ido de la lengua.

—Mamá, tranquilízate —dije con toda la paciencia de la que fui capaz—. Estoy terminando el reportaje fotográfico del Rosewood y creo que realmente ha quedado increíble. Por eso me estoy planteando muy en serio dedicarme a esto.

—¿Y por qué no me has dicho nada? He tenido que enterarme por Ursula —protestó.

—No he tenido tiempo. Además, pensaba contártelo cuando fuera algo seguro. He estado cotilleando la web de una universidad de San Francisco que ofrece un máster en Fotografía que viene muy recomendado. Tiene una pinta increíble y ya me he puesto en contacto con la directora del programa para ver si puedo concertar una entrevista con ella. Pero todavía no es una decisión definitiva.

—¿Y eso tiene algún futuro? —preguntó escéptica.

—Por supuesto que sí. No el que tú esperas para mí, pero me daría la oportunidad de encaminarme hacia donde yo quiero.

—¿Y qué tal se paga eso?

—¡Joder, mamá, lo único que te importa es la pasta!

—Me importa porque del aire no se vive, hija.

—Pues, para tu información, con el reportaje que estoy haciendo para el hotel voy a ganar bastante dinero. Y John no me va a pagar más por ser de la familia. Mis honorarios van a ser iguales a los que factura habitualmente un fotógrafo por un encargo de este tipo. Han trabajado con otros antes y lo que yo estoy haciendo les gusta mucho más. Están muy satisfechos con mis fotos.

—Eso está bien —se limitó a decir, algo más tranquila. Claro, ahora que veía que la fotografía podía ser lucrativa ya se relajaba. ¡No tenía remedio!

—Sí, mamá, está muy bien. Estoy ilusionada con mi futuro, me estoy planteando quedarme a vivir en un lugar de ensueño al que la mayoría de la gente viene de vacaciones, y encima estoy ganando dinero. ¿Te sigue pareciendo tan mal mi decisión?

—Bueno, también protesto porque te echo de menos —dijo, suavizando la voz—. Y aunque no lo creas, no solo me importa el dinero. Me alegra saber que estás satisfecha con las fotos que estás haciendo. Ya me enseñarás alguna.

¡Vaya! Aquel cambio de actitud en mi madre me sorprendió gratamente. Me hizo muy feliz ver un ápice de interés por mi trabajo.

—Yo también os extraño a ti y a papá. —Y era verdad. Aunque no me entendían, les quería muchísimo—. Pero créeme cuando te digo que esto es lo mejor que podría haber hecho.

—Creo que te alegrará el otro motivo por el que te llamo —anunció ilusionada—. ¡Tu hermano y yo vamos a ir a verte muy pronto!

—¡¿En serio?!

—Sí, lo digo totalmente en serio.

Mi madre no era muy dada a salir de su zona de confort y apenas había viajado en los últimos años. Realmente me había pillado por sorpresa.

—¿Y cuándo venís?

—Harry se está ocupando de encontrar los billetes. Nos gustaría estar allí en un par de días. Te lo confirmo en cuanto lo sepa con seguridad.

Aanisa tenía una sonrisa inevitable en su dulce rostro. Y sus ojos, tan oscuros y grandes, desprendían una ilusión contagiosa.

Nos habíamos vuelto a escapar juntas a cenar a una pizzería que había a pocas manzanas del hotel. Necesitaba urgentemente distraerme un poco.

Había intentado olvidar lo sucedido la noche anterior y concentrarme en trabajar en las fotos que debía tener listas cuanto antes para mis tíos. Pero no podía dejar de pensar en los besos y las caricias de Alan, y en el hecho de que, una vez más, había desaparecido. Y a juzgar por la nota que me había dejado, si volvía a verle, no sería un encuentro romántico. Esas palabras habían sido una despedida en toda regla. Un adiós antes de un comienzo. Era muy triste rozar el cielo y acariciar las estrellas para caer luego en picado, mucho más rápido de lo que había tardado en ascender.

Al menos mi madre y mi hermano vendrían muy pronto a verme. Y eso había sido una sorpresa tan inesperada como agradable. Mi madre era dura, pero después de nuestra conversación de esa tarde, comprendí que se preocupaba por mí. Y Harry siempre había sido mi ángel de la guarda. Necesitaba verle con urgencia.

—A juzgar por la expresión de tu cara, deduzco que anoche lo pasaste bien con Christian, ¿verdad? —pregunté.

—Deduces bien —respondió con una sonrisa de oreja a oreja—. ¡Mil gracias por animarme a hablar con él!

—¡Cuenta, cuenta! ¿Qué pasó?

—Nada romántico todavía. Pero estuvimos hablando hasta bien entrada la madrugada y es un encanto. Me pidió mi número de teléfono y se supone que mañana me va a llevar a cenar. Dijo que quería tener una cita conmigo en toda regla.

Me alegré mucho por ella. Parecía que había conocido a un tipo normal, dispuesto a empezar a conocerla despacio y sin prisas. Sin misterios, sin cambios de humor constantes y sin un trauma que le hubiera robado la ilusión.

Aanisa me miró con preocupación al ver que me perdía en mis pensamientos.

—Amy, ¿qué pasa?

—Nada, tranquila. Estaba pensando en lo genial que es que hayas conocido a alguien que te ilusiona.

—No me mientas. Tus ojos te delatan. Están tristes y apagados, y no suele ser así.

Aquella chica que tan rápido se había ganado mi aprecio alargó un brazo para cogerme la mano.

—¿Tan evidente es?

—Sí, para mí lo es —asintió.

Solté un largo y profundo suspiro que había estado conteniendo.

—Creo que me he enamorado como una idiota de un imposible.

—Alan, ¿verdad?

—¿Cómo lo sabes? —pregunté perpleja.

—No ha sido nada difícil. Solo tendrías que haberte visto la cara cuando me contabas vuestra aventura por la Highway 1.

—Sí que eres observadora. —Esbocé un atisbo de sonrisa.

—Sí, lo soy. Además, le he visto esta mañana. Es evidente que ha pasado la noche en el Rosewood. Se ha ido con su equipaje y ha pagado la cuenta de toda su estancia. Ha pedido un taxi para ir al aeropuerto, así que doy por hecho que va a regresar a Londres. ¿Qué pasó anoche?

—Pasó lo que no tendría que haber pasado jamás —dije, reprimiendo unas puñeteras lágrimas que luchaban por salir a borbotones. Había ido a cenar con ella con la firme intención de no contarle nada sobre lo sucedido. Mi historia con Alan era tan extraña y complicada que había decidido guardármela para mí. Pero sentía que era como una bola que se estaba enquistando y necesitaba abrirme la piel para evitar que se hiciera aún más grande.

Le conté con más detalle todo lo que había compartido con él en ese viaje y luego le confesé lo que había ocurrido la noche anterior.

—Lo siento mucho —dijo al escuchar el contenido de la nota que había encontrado al despertarme en esa cama vacía—. Parece un tipo oscuro y atormentado. ¿Qué será eso que oculta? ¿Y por qué te regala una noche romántica para luego marcharse de esa forma tan cobarde? —se preguntó pensativa.

Aanisa acababa de formular en voz alta dos de las miles de preguntas que yo llevaba todo el día haciéndome en silencio.

34

Amy

Mi madre estaba distinta.

Se mostró más cariñosa conmigo que de costumbre cuando la recogí en el aeropuerto de San Francisco. Me dio un abrazo interminable y luego en el coche, camino a Half Moon Bay, me sorprendió el genuino interés que mostró por el reportaje del Rosewood.

Una vez en el hotel, observó todo con mucha curiosidad e incluso alabó a Ursula por el encantador lugar que ella y su marido habían logrado crear. Esa fue otra sorpresa bastante agradable.

Comimos las tres juntas en el restaurante del Rosewood y después mi madre quiso descansar un poco en la habitación que tenían libre en la vivienda de su prima. Se había tenido que levantar a las cinco de la mañana para hacer el largo viaje en avión con escala en Houston y estaba bastante cansada.

Harry llegaría al día siguiente. Su frenético y absorbente trabajo no le había permitido venir antes. Como ya no tenían más espacio en su casa para tantos invitados, John le había asignado una habitación con vistas al mar en el segundo piso del hotel. Estaba segura de que al pijo de mi hermano le iba a chiflar.

Cuando mi madre se despertó de su siesta, fuimos a dar un paseo por la playa y nos llevamos a Cala con nosotras. Esa perra estaba siempre dispuesta a acompañarme adonde fuera.

—Ahora entiendo que te estés planteando quedarte por aquí

—dijo, mirándome con sus grandes ojos de color miel. Estos solían desprender cierto halo de tristeza, pero aquella tarde parecían haberse llenado de vida.

Caminábamos lentamente por la orilla. Mientras la arena mojada acariciaba nuestros pies desnudos, no pude evitar pensar en que ella había llevado siempre una vida llena de sacrificio, exenta por completo de experiencias que le llenaran el alma. Llevaba casi tres décadas trabajando en unos grandes almacenes. Hacía poco había conseguido llegar a ser la jefa de su departamento, pero eso había supuesto mucho esfuerzo a lo largo de los años. Mi padre era contable en una pequeña empresa y también llevaba toda la vida dejándose los cuernos para darnos a Harry y a mí una vida mejor. Nunca habían salido del país y se podían contar con los dedos de la mano las veces que se habían ido de vacaciones. Mi padre no se había unido al viaje porque estaba muy liado con el cierre del trimestre y no había podido tomarse unos días libres.

Les quedaban unos cuantos años todavía para jubilarse. Esperaba que cuando llegara ese momento pudieran disfrutar un poco de lo que el mundo tenía que ofrecerles.

—Me alegro mucho de que te guste este lugar.

—¿Cómo no iba a gustarme? —dijo extasiada, abriendo los brazos de par en par hacia la brisa marina que agitaba su melena.

—Como siempre eres tan crítica con todo…

—Hija, siento haber sido tan escéptica con tu decisión —suspiró—, pero es que después de haberme preocupado toda mi vida por que tuvieras tu futuro asegurado, el hecho de que dejaras todo atrás me daba pánico.

—Mamá, no dejaba *nada* atrás. Mi vida en Nueva York era un desastre y esta oportunidad vino en el momento perfecto. No la podía desperdiciar. Por fin estoy haciendo lo que realmente me gusta.

—Amy, tienes que comprendernos a tu padre y a mí. Después de lo mucho que te esforzaste para graduarte con las mejores notas y la increíble oportunidad que significaba haber conseguido entrar en una empresa tan prestigiosa, nos resultó bastante desconcertante que lo dejaras de la noche a la mañana. Y en lugar de pensar en tu futuro en ese campo, viniste a California para hacer algo muy distinto a lo que te habíamos ayudado a conseguir.

—Ahí está la clave —apunté—. La vida que he tenido hasta ahora se ha ceñido a lo que vosotros esperabais de mí, pero nunca ha sido lo que yo realmente quería.

—Tu padre y yo hemos sacrificado muchas cosas para que Harry y tú tuvierais la vida que nosotros nunca pudimos disfrutar.

—Ya lo sé. Y os estoy muy agradecida por lo mucho que habéis luchado por nosotros —le dije con dulzura—, pero yo no era feliz. Vivía en una rutina que me estaba ahogando. Me fui de Nueva York sin saber cuál sería mi siguiente paso, pero me daba igual. Estaba rota. Cuando Ursula me propuso venir aquí, me di cuenta de que el destino me estaba poniendo en bandeja una experiencia muy interesante.

—Has sido afortunada. No todo el mundo tiene un plan B al que agarrarse.

—Sí, mucha gente no tiene la oportunidad de cambiar su rumbo —admití—. He tenido mucha suerte, y me alegro mucho de haber sabido aprovechar este nuevo camino que la vida me ha ofrecido.

—Siento no haberte apoyado desde un principio —se disculpó mientras seguíamos paseando por la arena—. Me parecía una locura que dejaras atrás una prometedora carrera profesional que apenas estaba comenzando. Creía firmemente que lo mejor para ti era hacer ese máster que tu padre y yo te propusimos. Pero si lo que realmente deseas es ser fotógrafa, quiero que sepas que no hay una única opción. Puedes tener en cuenta también la Academia de Bellas Artes de Nueva Orleans. Una amiga me ha dicho que tienen unos cursos de fotografía increíbles. Estarías más cerca de casa y podríamos vernos muy a menudo.

—Vaya, mamá… Me estás sorprendiendo mucho —dije boquiabierta.

—Es que durante el tiempo que llevas aquí he pensado mucho. Al verte tan entusiasmada y feliz cada vez que hablábamos por teléfono, me he ido dando cuenta de que quizá mi empeño en que siguieras nuestros planes no era lo más acertado para ti. Y estoy muy orgullosa de lo valiente que has sido.

— ¿Y a qué vienen esas ganas de que no me aleje de ese nido que ya dejé atrás para irme a la universidad?

—Sé que no he sido la madre más cariñosa del mundo, pero ahora me gustaría poder compartir más cosas contigo. Si estudiaras cerca de Baton Rouge, tendría la oportunidad de estar mucho más presente en tu vida.

—¿Dónde está mi madre? —pregunté atónita.

Realmente me sorprendía su actitud. Ella no solía dar su brazo a torcer y no me podía creer que nada más llegar a Half Moon Bay estuviera ofreciéndome su apoyo. Había esperado otro sermón de los suyos, no que admitiera que había sido una madre bastante distante y mucho menos que deseara tenerme más cerca.

—Estoy aquí, y he venido dispuesta a disfrutar de unos días libres contigo —declaró con una cálida sonrisa—. Y si de paso consigo que consideres mudarte a Nueva Orleans, volveré a casa más feliz que una perdiz.

—Eso no entraba en mis planes —comenté pensativa—, pero es una posibilidad que prometo valorar.

Casi siempre la había visto preocupada o de mal humor. Esa actitud que veía ahora en ella le hacía parecer otra persona totalmente distinta, así que merecía la pena explorar esa opción de la Academia de Bellas Artes de Nueva Orleans. No estaba cerrada a nada.

Me lancé a abrazarla y me acogió sin reservas. Sentí una conexión con ella que jamás había experimentado antes. Siempre la había querido a pesar de nuestras diferencias. No obstante, era muy agradable sentir que, por primera vez, en lugar de criticarme por todo, intentaba comprenderme.

Mi madre y Harry, que acababa de llegar a Half Moon Bay, miraban la pantalla de mi ordenador sin pestañear. Lo primero que me había dicho mi hermano tras darme un enorme abrazo es que quería ver una muestra de mi trabajo.

—¡Son increíbles! —exclamó con tal entusiasmo al ver las fotografías que me hizo ahogar un grito de júbilo.

—Sí, lo son… —convino mi madre con la vista aún perdida en una de ellas—. La foto de esa silueta masculina en el balcón es muy especial.

Señaló con un dedo la foto que le había sacado a Alan con el visillo de lino desdibujando la mitad de la parte trasera de su cuerpo. Esa imagen también me gustaba a mí especialmente.

—Es muy evocadora… —añadió mi madre—. Me pregunto en qué estaría pensando ese chico.

—Lo mismo pensé yo mientras le hacía la foto —comenté, tratando de sonar despreocupada. Al verla de nuevo en la pantalla de mi portátil se me encogió el estómago.

—¿Quién es? —preguntó Harry sin tener ni idea de lo que aquel tío al que no se le veía el rostro había despertado en mí. El momento en que saqué esa foto fue determinante; la semilla por descubrir el misterio que Alan escondía germinó en aquel preciso instante, y había ido creciendo sin remedio desde entonces. Era como si mi cámara hubiese intuido algo sobre él que a simple vista a mí me había pasado desapercibido.

—Es un cliente del hotel que estaba alojado en esa habitación —respondí con el tono más neutro del que fui capaz—. Mientras sacaba las fotos se asomó a contemplar el océano y no pude evitar capturar ese momento.

—Pues te quedó genial —me felicitó mi hermano, visiblemente orgulloso.

Mi madre sonrió nerviosa y se despidió de nosotros con la excusa de que tenía que acompañar a Ursula a hacer un recado.

Algo no me cuadraba. Nunca se habían llevado precisamente bien, pero desde que había llegado estaban muy unidas. Mi madre parecía haber venido a visitarme con una actitud nueva hacia todo, y eso era una sorpresa muy agradable y alentadora. No obstante, algo me decía que detrás de aquella actitud había algo más que se me escapaba.

—¿Nos vamos a comer? —preguntó mi hermano, ajeno una vez más a lo que pasaba por mi cabeza—. ¡Me muero de hambre!

—Sí, yo también —mentí.

La dichosa foto que tanto les había gustado a ambos me había robado el apetito. No obstante, me vendría bien dar un paseo con Harry hasta el pueblo, así que traté de olvidar el nudo que se había instalado en mi estómago. Hacía un día precioso y seguro que la caminata me ayudaría a olvidar las sensaciones que esa imagen en mi portátil había despertado. Los recuerdos de Alan me entristecían y la actitud de mi madre me desconcertaba.

Necesitaba disfrutar de la compañía de mi hermano y dejar que sus bromas me ayudaran a recuperar el apetito.

35

Amy

—Me parece una idea buenísima que quieras volver a estudiar —comentó Harry mientras dábamos un tranquilo paseo por la playa, después de haber disfrutado de una comida en la que le había puesto al día sobre mis planes de futuro—. Además, esta vez será algo que realmente te apasiona y que, a juzgar por las fotos que he visto hoy, se te da condenadamente bien.

—No es algo seguro —le avisé—. El máster cuesta una pasta y, aunque tengo algunos ahorros, debo calcular muy bien lo que me va a suponer pasar más de un año estudiando y viviendo en San Francisco. Es una ciudad muy cara. Tengo que ver si voy a poder permitírmelo. Quizá podría compaginarlo con algún trabajo a tiempo parcial. Y mamá me ha comentado algo sobre estudiar en Nueva Orleans que no suena nada mal. Sería una opción más económica y me permitiría pasar más tiempo con ella.

—¿En serio? —preguntó, abriendo los ojos de par en par. Asentí con la cabeza y él esbozó una mueca de incredulidad—. Vaya, de repente está sacando su lado más maternal.

—Sí, yo estoy tan sorprendida como tú con su actitud. Es desconcertante y agradable al mismo tiempo.

—Ya era hora de que te apoyara en algo que te apasiona —comentó satisfecho—. Y yo también voy a hacerlo. No quiero que renuncies a tus sueños, enana. Cuenta conmigo si hace falta. Estaré encantado de darte la pasta que necesites, tanto si eliges quedarte en San Francisco como si finalmente vas a Nueva Orleans.

—No, no quiero pedir favores —me negué en rotundo—. He sido yo la que ha decidido dejarlo todo para empezar un nuevo camino. Tengo que sacarme las castañas del fuego yo solita.

—No seas orgullosa y cabezota —me regañó de forma cariñosa—. No tengo casi tiempo para gastar el dinero que gano, así que no se me ocurre nada mejor que ayudarte a conseguir tus metas.

—Te lo agradezco de veras —comencé a decir con una sonrisa—, pero te dejas la piel en tu trabajo y prefiero que amases esa fortuna para ti. Llegará el día que quizá quieras dar un giro total y necesites esos ahorros para hacerlo. Mira lo que me ha pasado a mí…

—No es lo mismo. Tú tomaste ese camino porque papá y mamá te dibujaron el sendero sin darte ninguna otra opción. Yo me dirigí solito a ese mundo. Dio la casualidad de que lo que ellos habían decidido para nosotros era justamente lo que yo quería hacer. A mí me pone estar inmerso en esa vorágine de los negocios y las inversiones. Consume la mayor parte de mi tiempo, pero disfruto con mi trabajo.

—Harry, ahora eres un tío joven y con energía. Puedes llevar bien el estrés, los viajes y las jornadas de curro de más de doce horas. Pero piensa que llegará el día en el que ya no querrás, o no podrás, dar todo a un trabajo. Quizá te enamores, formes una familia y necesites un estilo de vida diferente.

Mi hermano soltó una carcajada tan sonora que acalló el estruendo de las olas que nos acompañaba en nuestro paseo.

—Este es el estilo de vida que me atrae. Lo de parar el ritmo no creo que pase en mucho tiempo. Me gusta demasiado lo que hago y, sinceramente, no me veo casándome y comprándome una casita de cuento a las afueras.

—Vale, me rindo. Tu forma de vida te flipa, pero no creo que eso me dé derecho a que tengas que pagarme mis caprichos.

—No te equivoques; tu interés en volver a la universidad no es en absoluto un capricho, es una necesidad vital. Y no pienso permitir que renuncies a ello porque no puedas pagarlo —dijo con tal vehemencia que no me atreví a replicarle—. Vas a ir a hacer la entrevista con la directora de ese máster. Si lo que te cuenta coincide con lo que estás buscando, tendrás de inmediato en el banco la pasta necesaria para que puedas centrar tu atención única y exclusivamente en convertirte en la mejor versión de ti misma.

Le di las gracias con un abrazo y él me achuchó como siempre lo hacía. ¡Era el mejor hermano mayor del mundo!

Después de pasar un día increíble con Harry, poniéndonos al día y riéndonos como niños, mis preocupaciones se aligeraron bastante. Tenía la capacidad de hacerme sentir la persona más querida y protegida del planeta. Desde muy pequeños, había sido un hermano mayor con mayúsculas y daba gracias a la vida por haberle tenido en todo momento a mi lado. Mis padres no habían sido los más cariñosos del mundo, pero Harry siempre había compensado con creces esa circunstancia.

Esa noche cenamos todos juntos en casa de Ursula y la reunión fue sobre ruedas. Mi madre se mostró más relajada que cuando había salido de mi habitación esa misma mañana. Olvidé mis sospechas de que algo le preocupaba y disfruté de la entretenida conversación que surgió entre los cinco.

John y mi hermano fueron los primeros en acostarse y yo no tardé en seguirles, porque estaba bastante cansada. Había sido un buen día, pero le había enseñado a Harry los alrededores y no habíamos parado de caminar. Me despedí de Ursula y de mi madre, que se quedaron charlando en uno de los sofás del salón, y subí directa al que era mi dormitorio desde hacía unas semanas.

Ya en pijama, me di cuenta de que me había dejado el móvil en la mesa de centro del salón. Quería ponerlo a cargar para tenerlo listo para el día siguiente, así que me enfundé las cómodas zapatillas de andar por casa y bajé las escaleras.

Ursula y mi madre estaban tan enfrascadas en la conversación que no me escucharon aproximarme. Mi tía formuló una pregunta que incluía mi nombre. Me detuve en seco y retrocedí unos pasos hacia la escalera. No está bien espiar, pero estaban hablando de mí y no quería interrumpir su conversación.

—¿Cuándo vas a hablar con Amy?

—No lo sé... —respondió mi madre con un suspiro—. Estoy empezando a plantearme volver a Baton Rouge sin decirle nada al respecto.

—Pero debes hacerlo —le contradijo Ursula—. Se va a terminar enterando de otra forma y entonces será demasiado tarde. Los secretos nunca son buenos. Y cuanto más tiempo se ocultan, más daño hacen.

—Es por su bien. No tiene por qué enterarse todavía —insistió mi madre muy decidida.

—Amy ya no es una niña; está más que preparada para enfrentarse a esto.

—Nunca se está preparado para algo así. —Mi madre no mostró ni un atisbo de duda en su voz—. Es mejor que no lo sepa por ahora. Quiero pasar todo el tiempo que pueda con ella antes de decírselo.

La cabeza me daba vueltas. Un sudor frío perló mi frente y sentí que me mareaba.

¿A qué demonios se referían?

¿Estaría mi madre enferma?

Incapaz de seguir escuchando aquella conversación que no tenía ningún sentido para mí, me alejé temblorosa y decidí olvidarme del móvil. No quería que mi madre y Ursula descubrieran mi presencia. No me sentía preparada para preguntarles a qué se referían.

Confundida y con lágrimas en los ojos, regresé a la habitación. Fui directa hacia el ventanal que daba paso al balcón y salí para escuchar el sonido del mar.

La brisa nocturna jugó con los mechones de mi melena e inspiré profundamente, con la esperanza de que aquella bocanada de aire marino borrara de mi cabeza la conversación que había escuchado por accidente.

36

Alan

La mañana que me fui del Rosewood Inn le indiqué al taxista que me llevara al aeropuerto internacional de San Francisco. Mis ojos se perdieron a través del cristal de la ventanilla trasera. No obstante, no contemplé el paisaje; lo único que podía ver era una imagen tras otra de todo lo sucedido con Amy la noche anterior.

Esos ojos pardos que descubrían en mí algo que ni yo mismo era capaz de ver.

Las gotas que resbalaban por su espalda mientras yo jugaba con la esponja en la bañera.

Su piel desnuda contra la mía.

Su hipnótica sonrisa.

Los gestos de placer que me regalaba cuando la acariciaba…

—He cambiado de opinión —le dije al taxista—. Lléveme al Four Seasons, por favor.

Una vez llegamos al moderno hotel situado en Market Street, la arteria principal de la ciudad de los tranvías, me alojé en una habitación desde la que se podía contemplar una buena parte del distrito financiero.

No me sentía capaz de volver a Londres todavía. No podía alejarme de ella sin concederme al menos un tiempo para pensar. Llevaba varios días en San Francisco sin parar de darle vueltas a la posibilidad de regresar a Half Moon Bay y contarle toda la verdad a Amy.

Lo había sopesado al despertarme, durante los interminables paseos sin rumbo en los que había descubierto los rincones más bonitos de la ciudad y cada vez que me paraba a contemplar la bahía desde alguna de sus innumerables colinas.

Admiraba el icónico puente rojo y me imaginaba cruzándolo en coche rumbo al norte, con ella a mi lado riendo y tomándome el pelo por ser un tío tan cuadriculado. Imaginaba una ruta que bien podía llevarnos hacia los maravillosos bosques de secuoyas del condado de Marin, visitar las bodegas del valle de Napa o incluso llegar hasta la costa oeste de Canadá. El destino no importaba demasiado si era Amy quien me acompañaba. Habría sido jodidamente increíble emprender con ella otro viaje. Una aventura que fuera solo con billete de ida, en la que no hubiera cabida para la mierda que encerraba mi pasado y que borrara la cruda realidad que me esperaba en Inglaterra.

Veía los veleros surcar el agua y fantaseaba con compartir una travesía infinita en alguno de ellos con Amy.

Por las noches era incapaz de dormir y seguía dudando. La echaba tanto de menos que me dolían las entrañas y revivía en bucle todas las sensaciones que Amy me había regalado.

Tras darle un millón de vueltas, finalmente había decidido que era mejor dejar las cosas como estaban. Tenía que dejar de fantasear con absurdos cuentos de hadas que no me iban a llevar a ningún lado. Sabía de sobra que si le contaba la verdad que se ocultaba tras mi silencio, ella iba a odiarme. Y, simplemente, no podía enfrentarme a su rechazo. Todo era demasiado complicado y no creía que hubiera la más mínima posibilidad de construir un «nosotros». Además, después de haberme marchado como un jodido cobarde, ni siquiera iba a querer escucharme. Estaba seguro de que mi nota de despedida la habría dejado confundida y, sobre todo, muy cabreada conmigo.

Pero no había encontrado otra forma de hacerlo. Esa había sido la única opción para marcharme de Half Moon Bay sin herirla todavía más.

Mis besos habían sido reales, los más sinceros que había dado nunca. Sin embargo, también escondían una parte de mí que detestaba. Sentía que lo que habíamos vivido esa noche había sido como la calma que precede a la tormenta, y la mía en particular estaba a punto de desatarse con toda su furia.

Tenía que olvidarme de ella y volver a Londres de una vez por todas para ocuparme de la situación de Rachel. Había que tomar una decisión. Había hablado con los médicos y las cosas no habían mejorado en absoluto, todo lo contrario. Cada vez me quedaba menos tiempo.

Mi vuelo salía esa noche, así que aún tenía unas horas libres. Salí del hotel dispuesto a dar un último paseo hacia la bahía. El Ferry Building se adivinaba a lo lejos a través de la bruma de la mañana, con su torre del reloj como estandarte.

Cuando llegué a la esquina de Market con New Montgomery me detuve. El semáforo para peatones estaba en rojo.

De repente, todo se paró a mi alrededor.

Amy estaba al otro lado de la calle.

Caminaba a buen paso por la acera con una carpeta bajo el brazo. Cuando se detuvo el corazón me dio un vuelco; si se giraba me vería allí parado, al otro lado de la calle. Pero no lo hizo. Sacó un papel del bolsillo de su chaqueta de ante y comprobó algo. Lo guardó de nuevo y retomó el paso sin percatarse de mi presencia.

No esperé a que el semáforo se pusiera en verde. Crucé sorteando los coches y, cambiando mi rumbo por completo, la seguí a cierta distancia para que no me viera. Dos manzanas más adelante, aminoró el paso y se adentró en un edificio. Cuando llegué hasta allí no había rastro de ella.

Me fijé en el letrero que había sobre la puerta que daba acceso al vestíbulo de aquel edificio y comprobé que había entrado en la Academy of Art University.

No pensaba marcharme. Aquello tenía que ser una señal. Miré a mi alrededor y vi un Starbucks al otro lado de la calle. Crucé de nuevo y entré en el local. Pedí un capuchino y me senté en un taburete junto al ventanal, desde el que podía distinguir perfectamente quién entraba y salía de aquella universidad.

Sorbo a sorbo, esperé mi oportunidad.

37

Amy

Mientras esperaba a que la directora del máster me atendiera, pensé por enésima vez en lo que había escuchado a hurtadillas dos días atrás y no me había atrevido a sacar a la luz. Mi madre y Harry se habían marchado la tarde anterior y no había encontrado el momento de hablar con ella. O más bien, no había querido buscarlo.

Me aterrorizaba lo que tuviera que contarme, así que simplemente traté de olvidar la conversación que había escuchado por casualidad. No lo conseguí, pero disimulé el desconcierto que sentía lo mejor que pude. Mi madre se comportó de lo más normal y no hubo ningún momento en el que su actitud propiciara que yo sacara el tema. Pensaba ir a Baton Rouge lo antes posible porque quería explorar también la posibilidad que ella me había planteado de estudiar en Nueva Orleans. Una vez allí, a solas con mis padres, sacaría el tema a relucir para ver qué demonios se escondía tras las misteriosas palabras de Ursula y de mi madre. Si se trataba de algo tan grave como sospechaba, me enfrentaría a ello en la intimidad de la casa que me había visto crecer.

Una voz femenina dijo mi nombre y me sacó inmediatamente de mis pensamientos. Estaba allí para conocer mejor lo que aquella universidad tenía que ofrecerme. Debía dejar a un lado la comedura de tarro y centrarme en esa entrevista que podía ser clave para mi futuro.

Ya lidiaría con lo que me ocultaban en otro momento.

Una hora después, salí de aquel despacho muy satisfecha con la charla que había mantenido con la directora, una mujer pausada e increíblemente amable. Me había gustado muchísimo todo lo que me había contado sobre el máster. Y, a juzgar por sus comentarios sobre la selección de fotografías que había llevado, la sensación fue mutua.

Aquella primera impresión había sido fantástica, así que, a no ser que en Nueva Orleans me sorprendieran aún más, creía que mi decisión estaba bastante clara. Sentí un excitante hormigueo de ilusión en el estómago al imaginarme cómo podía ser mi vida en los próximos meses. La sola idea de volver a la universidad me hizo sentir como una niña con zapatos nuevos.

Una nueva vida.

Un nuevo comienzo.

Todo ello alejado de la vida fría y monótona que había llevado en Nueva York.

Cuando el ascensor llegó a la planta baja, crucé el vestíbulo y me dirigí a la calle con una gran sonrisa dibujada en la cara.

Pero se borró enseguida.

La sorpresa de verle allí, apoyado de costado sobre una farola, me encogió el pecho e hizo que me detuviera en seco. La expresión de mi rostro cambió por completo.

¡¿Qué demonios hacía Alan allí?! Se suponía que se había ido a Londres hacía unos días.

—Buenos días, Amy —me saludó con una expresión indescifrable en esos ojos rasgados.

No pude contestar. Me quedé callada mirándole sin pestañear si quiera. El muy cabrón estaba de infarto con esos vaqueros que definían sus largas piernas y el estiloso chubasquero tres cuartos azul marino, que le protegía de la húmeda bruma matinal, tan propia de San Francisco en esa época del año.

—Siento haberte pillado por sorpresa… —añadió, dando un paso hacia mí.

—Eso no es lo único por lo que tienes que disculparte. —Al fin conseguí reaccionar y mi tono fue muy cortante.

—Lo sé… —admitió con un susurro.

—¿Qué haces aquí? Pensaba que habrías vuelto ya a Inglaterra.

No pude evitar que un tono de reproche se colara en mi voz. Hubiera preferido sonar fría y distante, pero me dolía demasiado que hubiera estado tan cerca en los últimos días y no se hubiera dignado a venir a explicarme cara a cara el motivo por el que me había dejado esa maldita nota.

—Iba a hacerlo, pero algo me retuvo.

—¿El qué, si puede saberse?

—La duda —se limitó a responder con un profundo suspiro.

¡Joder! Una vez más, sus respuestas eran un puñetero galimatías.

—¡Estoy hasta el moño de tus intrigas! No sé qué demonios ocurre en tu vida. Eres incapaz de ser sincero —bufé—. Nunca he conocido a nadie tan cobarde.

—¿Quieres respuestas sinceras?

—No, ya no. Ahora lo que quiero es olvidar que existes y comenzar cuanto antes un nuevo capítulo donde nadie escriba el guion, excepto yo.

Dicho esto, di media vuelta sintiendo que me temblaban las entrañas. Comencé a andar lo más deprisa que pude hacia Market Street con la firme intención de no mirar atrás. Se me había removido el alma al verle, pero tenía que olvidarme de Alan para siempre.

Una vez en la arteria principal de San Francisco, me coloqué al borde de la acera con la intención de parar un taxi cuanto antes.

Necesitaba subirme a uno de esos enormes coches amarillos y dejar atrás el capítulo más extraño de mi vida. Cuando por fin uno de ellos me vio y paró junto a la acera, me dispuse a abrir la puerta trasera, deseando deslizarme en el asiento rápidamente. Pero no llegué a agarrar la manija; una mano grande y fuerte me apartó del taxi. Ese puñetero aroma que tanto me gustaba me rodeó y se me encogió el estómago durante unos instantes.

—¿Qué demonios crees que estás haciendo? —rugí cuando logré reaccionar.

—Quieres respuestas y voy a dártelas. —Me miró con tanta intensidad que me dejó paralizada—. Creía que ya las habrías obtenido de otra forma, pero, por tu actitud, es evidente que no. Tengo muchos defectos, no voy a negarlo. Pero la cobardía no es uno de ellos.

El aplomo y la seguridad con los que dijo aquellas palabras me dejaron fuera de combate. Con su mano en mi espalda, me guio hacia una cafetería que había a tan solo unos metros mientras yo trataba de calmar la furia que me invadía. Me había dejado secuestrar por Alan como una tonta. Estaba cabreada con él, pero había una parte de mí que ansiaba tener esas respuestas que había prometido darme. Era esa parte la que había decidido cerrar la boca y dejar que él tomara las riendas de la situación.

Entramos en el local y nos acomodamos en una pequeña mesa junto a una de las grandes ventanas. No quería mirarle a los ojos, así que desvié la vista hacia el exterior. La niebla matutina había dado paso a un cielo plomizo que amenazaba lluvia.

—¿Qué desean tomar?

La pregunta de la camarera me sacó de mis pensamientos, que se habían dejado mecer por la melancólica canción de James Arthur que sonaba de fondo.

—Un capuchino, por favor —respondí.

—Yo tomaré lo mismo.

La chica se fue a la barra para preparar nuestro pedido y volví a mirar por la ventana sin decir nada.

—Sé que la forma en que me fui el otro día no fue la más apropiada —dijo con un tono de disculpa.

—No, no lo fue —asentí sin mirarle—. Me dejaste muy confundida y triste. ¡Joder, Alan, me echaste dos polvos y luego desapareciste sin más!

—No fueron solo dos polvos, fue mucho más —respondió con vehemencia—. No te dije adiós cara a cara, pero lo que te decía en esa nota es verdad. Esa noche fue inccreíble. Un jodido tesoro.

Me decidí a mirarle por fin. Sus ojos trataban de esconder muchas emociones, tantas que se enredaban y no terminaba de entender qué me querían decir.

—¿Y por qué no te quedaste?

—Porque cuando te cuente lo que llevo a mis espaldas no creo que te guste mucho mi compañía.

—Solo hay una forma de saberlo. Has prometido ser sincero y darme las respuestas de quién eres realmente, así que desembucha o me largo de aquí.

—Antes de hacerlo, déjame que te pregunte algo —dijo, removiendo el café que la camarera acababa de traernos—. ¿Tu tío te ha contado algo sobre lo que hablé con él?

—No, no me ha dicho nada. Y yo tampoco le he preguntado. Apenas lo he visto. Mi madre y mi hermano vinieron a visitarme hace unos días y dediqué casi todo mi tiempo a enseñarles los alrededores de Half Moon Bay —le expliqué—. He tenido mis propios quebraderos de cabeza. Mi madre tuvo una actitud un tanto extraña.

—¿Extraña por qué?

—Estuvo mucho más cariñosa y comprensiva que de costumbre, y está intentando convencerme de que, en lugar de quedarme aquí, vaya a estudiar un curso de fotografía a Nueva Orleans para que estemos más cerca la una de la otra. Nunca había mostrado ese interés. Cuando vivía en Nueva York jamás hizo ningún comentario sobre la distancia que nos separaba.

—Quizá estaba tan orgullosa de lo que habías logrado que, aunque te echara de menos, no te lo decía para no condicionarte.

—No la conoces. Te aseguro que este repentino interés por compartir más tiempo conmigo no es propio de ella.

—La gente recapacita…

—Y oculta cosas —masculló antes de dar un sorbo a mi café. Me refería a mi madre, pero también a él.

—¿Cómo sabes que ella te oculta algo?

—Porque escuché por error una conversación entre Ursula y ella —respondí.

—¿Y de qué hablaban?

—De algo que mi madre prefiere no contarme.

—¿Hablaste con ella después? —preguntó nervioso.

—No, no pude. Esperé a que ella me diera pie a hacerlo, pero no fue así. Y antes de que me diera cuenta, ya se había marchado de vuelta a Baton Rouge. Ahora me he quedado muy preocupada. Creo que está enferma y no me lo quiere decir.

—Deberías hablar con ella.

—Voy a ir a casa en unos días para averiguar qué le ocurre.

—Amy, es muy importante que te enfrentes a lo que te está ocultando. Te aconsejo que vayas cuanto antes.

—¿Qué sabes tú sobre todo esto? —pregunté exasperada—. No entiendo qué conexión puede haber entre lo que hablaste con John y lo que mi madre me está ocultando.

—Está totalmente conectado, y estoy dispuesto a contártelo todo. Pero quizá sería mejor que cogieras hoy mismo un avión para que la verdad llegue a ti a través de las personas adecuadas. No creo que yo sea una de ellas.

—¡No pienso esperar ni un segundo más! Me estás confundiendo… No entiendo qué papel juegas tú en todo esto ni qué tiene que ver contigo lo que sea que le ocurre a mi madre. ¡Me estoy volviendo loca! —exclamé, subiendo el tono. La camarera me miró sorprendida. Menos mal que en aquel momento nosotros éramos los únicos clientes del local. Respiré hondo y seguí hablando algo más tranquila—. No voy a coger ningún avión. Me vas a contar ahora mismo lo que está pasando para que compartiéramos una noche de película y luego me dejaras tirada como si no hubiera significado nada. Quiero que se acaben los secretos de una vez por todas.

—¿Estás totalmente segura?

—Sí.

Alan se acercó a la barra, pagó la cuenta y sin decir nada me indicó con un gesto de la cabeza que saliéramos de allí. Quería respuestas, así que no protesté y le seguí.

Caminamos un par de manzanas sumidos en un tenso e incómodo silencio hasta un moderno y bonito parque. Una vez allí, nos sentamos en un banco.

—¿Por qué no nos hemos quedado en el café? —protesté. Hacía frío a pesar de ser casi junio y parecía que se iba a poner a llover de un momento a otro.

—Porque necesitas tranquilizarte y tomar una buena bocanada de aire, todo el que puedas respirar.

—Déjate de pamplinas y habla de una vez.

—Sabes que he dejado algo atrás en Londres que me atormenta…

—Por lo poco que me has contado, no es una sola cosa. Parece que llevas una mochila de arrepentimiento bastante importante a tus espaldas.

—Sí, hay mucho en mi pasado de lo que me arrepiento —admitió, frunciendo el ceño—. Pero ahora me refiero a un error en concreto. El mayor de mi vida y por el que vine hasta aquí para encontrar a alguien.

—Eso ya lo sé. Viniste a ver a John.

—Sí, vine a hablar con él para localizar a una chica. Creía que se trataba de su hija, pero descubrí sin esperarlo que la persona que buscaba eres tú.

—¿Yo? —pregunté perpleja—. ¿Qué tengo yo que ver con tu error?

—Mucho, Amy, mucho —suspiró, haciendo una larga pausa—. Por mi culpa hay una persona en coma, debatiéndose entre la vida y la muerte. Solo queda una mínima esperanza de que se salve y tú eres la única que puede hacer que eso suceda.

—¿De qué estás hablando? —pregunté más confundida que nunca.

—De la posibilidad de que al sentir tu tacto y escuchar tu voz, Rachel reaccione y luche por vivir.

—No lo entiendo... ¿Qué tengo yo de especial para esa chica si ni siquiera me conoce?

—No, no te conoce, pero estaba intentando encontrarte antes de que ese accidente lo jodiera todo.

—¿Por qué me buscaba?

—Porque es tu hermana.

SEGUNDA PARTE

Una carta

38

Dos meses atrás

Desde su llegada al aeropuerto de Pulkovo, Rachel se había sentido extraña. Las cosas parecían funcionar de manera ligeramente distinta allí. Por muy moderna que fuera esa flamante terminal, sintió que estaba en un lugar muy diferente a cualquier otro que hubiera visitado antes.

Esa sensación se incrementó cuando llegó a la zona de control de inmigración: una oficial rusa, muy seria y distante, inspeccionó su visado en silencio. La miró con tanto recelo que Rachel tragó saliva, temiendo que no fuera a permitirle la entrada al país. Llamó a otro policía y este, en un inglés muy básico, le pidió que aportara otros documentos. Sacó de su bolso lo que le pedían y puso los papeles (que incluían la confirmación de reserva del hotel y el billete de vuelta a Londres) sobre el mostrador. Sin decir una sola palabra, empezaron a analizarlos con mucha parsimonia y el ceño bien fruncido. Hablaban entre ellos en ruso con cara de muy pocos amigos y Rachel empezó a angustiarse. ¡Por Dios! Ni que estuvieran todavía en la época de la Unión Soviética. ¿Acaso creían que era una espía o algo así?

Finalmente, el hombre le dijo algo a la oficial y se marchó. Después de lanzarle otra mirada bastante intimidatoria a la turista británica, por fin la mujer selló su pasaporte y le indicó con un gesto de cabeza que avanzara. Al acceder a la zona de recogida de equipajes cogió su maleta y se dispuso a salir por la puerta de aduanas. Afortunadamente, nadie la detuvo para inspeccionar lo que traía. Estaba demasiado cansada para que volvieran a hacerle pasar un mal rato, y en su Samsonite no había nada que ocultar.

Al salir de la terminal se puso el abrigo a toda prisa. El frío era muy intenso y el cielo plomizo descargaba unos densos copos de nieve. Su vuelo había llegado con adelanto y, aunque había concertado con el hotel que la fueran a recoger, por ahora no había ni rastro del conductor. Se suponía que se identificaría con un cartel en el que pondría su nombre y apellidos. Así que, mientras esperaba a que llegara el *transfer* del hotel, se entretuvo observando lo que sucedía a su alrededor.

Una pareja joven y ostentosa se subió a un reluciente Porsche Cayenne con las lunas tintadas. Acto seguido, una señora que llevaba un atuendo mucho más humilde saludó al que parecía ser su marido y se adentró en un Lada Zhiguli destartalado.

Rachel no tardaría en darse cuenta de que aquellos contrastes eran muy habituales en Rusia.

Mientras se hallaba absorta observando el ir y venir de la gente y los coches, alguien se le acercó. Se trataba de un chico vestido de oscuro que portaba un cartel en el que ponía su nombre. Respiró aliviada; empezaba a congelarse de frío, a pesar de ir muy abrigada. El conductor se dirigió a Rachel en inglés y, al comprobar que ella era la persona que había ido a recoger al aeropuerto, se ofreció a llevar su maleta y le pidió que le siguiera.

Una vez sentada en la parte de atrás del vehículo, abandonaron el recinto del aeropuerto y se dirigieron hacia la avenida Moskovski, por la cual avanzarían lentamente al corazón de la ciudad de los zares. El tráfico era muy intenso y parecía que el recorrido en coche hasta el hotel les llevaría un buen rato, así que decidió acomodarse en el asiento mientras sus pensamientos se perdían en la familiar música de Mozart que sonaba en los altavoces del vehículo.

Había sido una semana dura y agotadora para ella. Ocho días atrás, su padre había fallecido tras una larga y dolorosa enfermedad. Habían sido compañeros inseparables. Siempre se habían apoyado el uno al otro. Y ahora lo único que le quedaba de él era aquella carta que le había dado el notario al leer el testamento, en la que, escrita de su puño y letra, Richard le instaba a viajar a San Petersburgo para encontrarse con una desconocida que tenía algo que entregarle.

Nunca había sabido nada de sus orígenes; cuando Rachel tuvo uso de razón su padre se había limitado a decirle que había sido adoptada con apenas unos meses de vida, sin darle más información al respecto. Sintió curiosidad por saber de dónde venía, pero, siempre que intentaba indagar al respecto, Richard le decía que no le diera más vueltas, que la pareja que se había desentendido de ella no merecía que se hiciera esas preguntas. Le aseguraba constantemente que el mejor lugar en el mundo para ella era junto a él. Durante un tiempo consiguió aplacar la curiosidad de esa niña que, rodeada de tanto amor en su preciosa casa del barrio de Chelsea, creció feliz en Londres. Aquel solterón de oro le había dado todo el cariño que se pudiera pedir jamás, así que en su infancia y adolescencia Rachel silenció esa voz en su interior que le instaba a descubrir lo que escondían las evasivas de su padre.

Con el paso de los años las preguntas regresaron, cada vez con más intensidad, pero no consiguió averiguar absolutamente nada sobre la adopción.

Pero ahora que ya no estaba, Richard había decidido guiarle por fin hacia esas respuestas.

El bar del Gran Hotel Europa se iba llenando de hombres de negocios y turistas según avanzaba la tarde. Era un lugar idóneo para encuentros entre ejecutivos, para tomar una copa después del trabajo o tras un largo día visitando la Venecia del Norte, como muchos llaman a San Petersburgo.

Rachel se encontraba sentada en una cómoda butaca junto a una mesita en un rincón del espacioso bar. Con la mirada perdida hacia las artísticas vidrieras de estilo *art nouveau* que desdibujaban la calle Mijailovskaia en un sinfín de colores, escuchaba los murmullos que se mezclaban a su alrededor; conversaciones en ruso y en inglés, de repente una frase en francés y después un saludo en lo que podía ser finlandés.

Mientras esperaba a la mujer con la que había quedado, se sentía como en otro mundo, entre lo conocido y lo extraño. Esa mezcla de idiomas ininteligibles para ella, salvo el inglés, se le antojaban un galimatías indescifrable. La sensación de estar perdida en una ciudad que desconocía por completo se atenuaba ligeramente al poder disfrutar de su café irlandés en aquel lugar que, por su clientela y su clásica decoración occidental, le evocaba cierto aire familiar. Podía ser el bar de un hotel situado en cualquier gran ciudad de Europa. El ambiente internacional que allí se respiraba le hacía sentirse un poco menos fuera de lugar.

Por lo que su padre decía en la carta, ella había nacido en Rusia. Sin embargo, no había nada que le hiciera sentir conexión alguna con aquel país. Lo que había visto hasta ahora de la ciudad le había hecho sentirse una completa extranjera en una metrópoli repleta de carteles escritos en alfabeto cirílico y una decadencia gris algo deprimente.

—¿Es usted la señorita Thompson? —preguntó una voz femenina en su idioma, pero con un fuerte acento ruso, que la sacó de sus pensamientos.

—Sí, soy yo —asintió.

—Perdone el retraso —se disculpó aquella mujer de mediana edad que parecía estar siendo engullida por un pesado abrigo que casi le llegaba hasta los zapatos.

—Siéntese, por favor. ¿Le apetece tomar algo? —le ofreció Rachel.

—No, gracias. No puedo quedarme —declaró la mujer con un evidente nerviosismo—. Solo he venido a entregarle esto.

Le tendió un sobre y se dispuso a marcharse.

—¡Por favor! —la llamó Rachel—. No se vaya aún. Necesito las respuestas a muchas preguntas.

—Todo lo que busca está en esa carta —se limitó a responder aquella mujer antes de dar media vuelta y desaparecer por el pasillo que conducía al vestíbulo del hotel.

39

Amy

Todo puede cambiar en un instante.

En un simple parpadeo.

Y ya no eres la misma persona.

Intentas con todas tus fuerzas regresar al segundo anterior, a ese momento en el que todavía tenías claro quién eras y cuál era tu camino, pero las agujas del reloj no retroceden.

De repente, solo hay un antes y un después. Y son tan opuestos que te desorientas.

Un antes en el que sales llena de luz y esperanza de una entrevista, convencida de que cada vez estás más cerca de encontrar tu isla desconocida.

Y un después en el que ya no la atisbas y ni siquiera sabes qué rumbo tomar para volver a intuirla.

Todo sucede en un segundo, un maldito soplo que se alarga para siempre en tu cabeza mientras intentas procesar esas cuatro palabras:

«Porque es tu hermana».

40

Alan

Amy me miraba muy confundida. No tenía ni la más remota idea de lo que le hablaba.

—¡Esto es una broma de muy mal gusto! No tengo ninguna hermana. Mi madre solo nos tuvo a Harry y a mí.

—Yo no he dicho lo contrario. Déjame que te lo explique.

—No puede ser... Tienes... tienes que estar equivocado —balbuceó confusa.

Se levantó del banco y comenzó a caminar sin un destino concreto. La seguí hasta detenerla.

—Tú misma has dicho que tu madre te oculta algo.

—Sí, pero... ¡ni por asomo puede tratarse de algo así! Todo esto tiene que ser un malentendido.

—No, no lo es. Si me escuchas, te contaré todo desde el principio. He cometido el error de empezar la historia por el tejado.

—Parece que eres un experto en cometer errores...

Tenía todo el derecho de ser cruel conmigo. La estaba desconcertando cada vez más, pero eso no hacía que la puñalada doliera menos. Y dolía porque tenía razón.

—Sí, lo soy —admití sin titubear—. Pero al menos deja que te explique todo desde el principio.

Amy soltó un suspiro y regresó al banco. La imité y me senté junto a ella.

—Como ya te dije, soy de un pequeño pueblo donde no había muchas opciones para mí. Cuando acabé la carrera, conseguí entrar a trabajar en un importante bufete de abogados en Londres. El dueño principal era Richard Thompson, quien no solo fue mi mentor, sino también como un padre para mí. Me convertí en su mano derecha, tanto en lo profesional como en lo personal. Y debido a eso, su hija Rachel pasó a ser como una hermana pequeña para mí y se convirtió en mi mejor amiga.

—Si ella es su hija, ¿cómo demonios puedes decir que es mi hermana? —me interrumpió Amy, nerviosa.

—No te adelantes. Sé un poco paciente y déjame terminar. John y Richard eran amigos de la infancia. Este último nunca se casó y no tuvo demasiado interés en ninguna mujer. Mantenía relaciones muy discretas con otros hombres, pero nunca quiso establecer nada serio con ninguno. Aun así, había algo con lo que sí quería comprometerse por completo a parte de su trabajo: quería ser padre. Sin embargo, no estaba dispuesto a compartir la experiencia con nadie, fuera hombre o mujer. A su vez, John estaba ayudando a tus padres a encontrar un camino más fácil que el oficial para adoptar un bebé. Después de haber tenido a tu hermano no conseguían volver a concebir, y tu madre soñaba con tener una niña.

Amy me miró de hito en hito sin dar crédito a mis palabras.

—¿Es verdad lo que me estás diciendo?

—Te prometo que todo lo que te estoy contando es absolutamente cierto.

—Necesito sentarme un momento —dijo casi sin aliento—. ¿Soy adoptada? —me preguntó, totalmente desconcertada. Sus preciosos ojos castaños se habían teñido de tristeza y desengaño.

—Sí, tanto tú como Rachel sois adoptadas. Sois mellizas y nacisteis en Rusia, pero cuando apenas teníais unos meses Richard os llevó a Londres.

—Pero ¿por qué nos separaron?

—Richard era un hombre muy peculiar. A pesar de nadar en la abundancia, creía firmemente que solo podría cuidar como era debido a una niña. No se veía capaz de hacerse cargo emocionalmente de dos criaturas, así que buscó la fórmula que más le convenía. A través de una agencia privada que tenía su principal fuente de niños en Rusia y los países del Este, Richard organizó vuestra adopción. Mediante su amigo John, contactó con tus padres para que ellos se quedaran contigo. No les pidió nada a cambio, salvo el compromiso de que se ocuparan de ti sin arrepentimientos y que jamás te contaran la verdad. Ellos, desesperados tras un largo y difícil periodo intentando adoptar de forma convencional, accedieron a ese trato sin dudarlo.

—Entonces ¿tú sabías que yo era la persona que habías venido a buscar desde el momento que llegaste a Half Moon Bay? —me reprochó.

—No, no lo sabía. Lo único que Richard me contó poco antes de morir era que John se había llevado a la hermana melliza de Rachel a Estados Unidos. Y yo asumí que eran él y su mujer quienes la habían adoptado. Creía que Sandra era la persona que yo había venido a buscar. John me sacó de mi error cuando contactó conmigo en Los Ángeles y me contó muchos detalles que yo desconocía sobre esta historia.

—Yo soy esa niña…

—Sí, eres tú.

—¿Richard está muerto? —preguntó tras un largo silencio que yo no me había atrevido a interrumpir. Estaba en todo su derecho de reaccionar como le viniera en gana a aquella difícil historia sobre quién era ella realmente.

—Sí, murió hace poco más de dos meses tras padecer una larga enfermedad.

—Joder, esta historia cada vez es más trágica y rocambolesca —suspiró, poniendo los ojos en blanco.

—Sé que lo que te estoy contando no es fácil de digerir.

—Esa chica…, Rachel, ¿cómo es posible que estuviera buscándome antes de sufrir ese accidente que la ha dejado en coma? Su padre nos separó y me imagino que no quiso que ella supiera de mi existencia.

—No, él nunca se lo dijo. Pero poco antes de morir, sintiéndose culpable por lo que había hecho, escribió una carta en la que le daba las pistas necesarias para que investigara sobre sus orígenes. Ahora que él ya no iba a estar a su lado, quería que Rachel, si así lo deseaba, supiera de dónde venía y descubriera tu existencia. Y a mí me hizo su cómplice para que, llegado el momento, la ayudara a encontrarte.

—¿Y se fue a Rusia?

—Sí. —Asentí, recordando lo nerviosa que había estado Rachel antes del viaje. Yo había insistido en acompañarla, pero no me dejó hacerlo.

—¿Y qué encontró? ¿Conoció a nuestros padres biológicos?

—No, no los conoció. Tan solo consiguió que alguien cercano a vuestra madre le diera otra carta, y eso le bastó.

—¿Por qué?

—Porque en ese mismo instante entendió que Richard no le había hecho viajar hasta allí para reencontrarse con aquellos que se habían desentendido de ella sin mirar atrás, sino para que descubriera lo que él nunca se había atrevido a revelarle. En aquella carta, escrita por su madre biológica, no encontró arrepentimiento ni pena, pero sí la sorpresa de que no había sido el único bebé del que se había desprendido —le expliqué, ahogando un suspiro—. Descubrió que tenía una hermana melliza de la que hasta entonces nunca había sabido nada, y en cuanto volvió a Londres empezó a intentar dar con tu paradero de una forma obsesiva. Se encerró en el que había sido el despacho de Richard, buscando en vano alguna pista entre los miles de papeles archivados que había allí. Yo sabía que John tenía la clave para ayudarla a encontrarte, pero estaba demasiado alterada por lo que había averiguado en San Petersburgo. Decidí alejarla de Londres durante unos días y esperar a que se serenara un poco antes de contarle nada.

—¿Y estás totalmente convencido de que esa chica soy yo?

—Sí. Estoy seguro de que John no me ha mentido.

—¿Tienes aquí esa carta de la que se supone que es mi verdadera madre?

—La tengo en el hotel.

—Quiero leerla.

—No creo que sea buena idea que lo hagas hoy mismo... ¿Estás segura?

—No, no lo estoy. ¡No estoy segura de nada! ¡Todo esto es una locura! —exclamó antes de echarse a reír de forma nerviosa.

—Creo que será mejor que por ahora no te cuente nada más.

—Eso ni lo sueñes. Tú destapaste la caja de Pandora viniendo hasta aquí. Termina de una vez antes de que me desmaye.

41

Amy

No daba crédito a lo que Alan me estaba contando. Era como si estuviera viendo una película. Se suponía que yo era una de las protagonistas de aquella inverosímil historia, pero me sentía como una mera espectadora.

Sin embargo, todo encajaba. Yo misma había sido testigo de la extraña conversación entre mi madre y Ursula. Lo que él me estaba explicando daba un nuevo sentido a lo que yo había escuchado; ellas no se habían referido a ninguna enfermedad, sino a un secreto sobre mi pasado.

Pero no podía procesarlo.

Era demasiado.

Empezaba a sentirme algo mareada. No solía beber vino como si fuera agua, pero la situación era tan surrealista que casi me habría venido bien. Me encontraba sentada en un parque con el tío por el que me había chiflado como una imbécil y este me estaba diciendo que la vida que yo había conocido hasta el momento era una absoluta y completa mentira.

Quizá debería haberme marchado. Ya había escuchado suficiente por aquel día, pero, ya que estaba descubriendo una verdad tan inesperada, decidí quedarme hasta tener el esquema completo ante mis narices.

Luego ya vería si me iba directa a ver a un psiquiatra o a tomarme varias copas seguidas.

—No queda mucho más que contar —dijo con amargura.

—No me has dicho nada sobre el accidente que ha dejado a Rachel en coma.

—No quiero hacerlo. Lo único que tienes que saber es que fue mi culpa —masculló, apretando la mandíbula.

—¿Fue un accidente de tráfico?

—Sí.

—¿Conducías tú?

—No.

—Entonces ¿cómo pudo ser tu culpa?

—Porque yo la animé a hacer algo para que sacara toda esa rabia que la estaba consumiendo.

—Rabia… ¿por qué?

—Ella nunca había querido hurgar en el pasado; había crecido feliz con el amor de un único progenitor, aunque no fuera su verdadero padre. Pero ahora que había descubierto de dónde venía, no podía aceptar que una madre no sintiera remordimiento alguno por haberse deshecho de sus dos hijas.

—¿Tan fuerte es esa carta?

—Más que fuerte, es brutalmente sincera.

—Voy a tener que leerla para terminar de entender todo esto.

—Y lo harás, pero todo a su debido tiempo.

—Sí, vayamos por partes. Me estoy desviando —dije, tratando de pensar con claridad. Estaba muy tocada y los pensamientos se agolpaban unos sobre otros—. Volviendo a lo del accidente, que le dejaras un coche no te convierte en el culpable.

—Sí, sí lo soy. Estaba tan fuera de sí, tan llena de rabia, que la empujé a hacer una auténtica locura que terminó dejándola en coma.

—¿Qué le empujaste a hacer?

—La animé a probar mi último capricho, un flamante Porsche. Puse un motor de más de cuatrocientos caballos a disposición de una persona que estaba al borde del abismo. Ella aceptó y se subió a ese misil sin dudarlo.

—Y nunca volvió…

—No —dijo cerrando los ojos—, no lo hizo. Un coche se saltó un stop y no la vio venir. Rachel conducía a tal velocidad que el impacto fue brutal.

—¿Y quién iba en el otro vehículo?

—Una madre y su hijo de dos años. Los dos muertos.

Me llevé la mano a la boca.

Me había quedado inmóvil como una estatua.

Y fría como el hielo.

Cuando conseguí reaccionar, me levanté del banco y le dejé solo. La cabeza me daba vueltas y no sabía ni qué pensar. Comencé a andar sin un rumbo fijo hasta llegar a una de las calles que bordeaban el parque.

Alan no tardó en alcanzarme y dio unos pasos a mi lado en silencio.

—¿Cómo pudiste proponerle algo así? —pregunté, parándome en seco.

Aquella ridícula y peligrosa idea era una ocurrencia propia de un adolescente irresponsable, pero en absoluto la de un abogado hecho y derecho. No conocía a Rachel de nada, pero me parecía indignante que Alan la hubiera empujado a cometer semejante locura cuando, después de ese doloroso viaje a Rusia, no debía de encontrarse en su mejor momento psicológico. Para ella, probar ese deportivo tan potente había sido la excusa perfecta para descargar una buena dosis de adrenalina. Nunca debería habérselo puesto en bandeja.

—Estábamos a las afueras de Londres, en una casa de campo preciosa que tenía Richard en una zona muy poco poblada. Siempre que algo le preocupaba, Rachel encontraba allí la paz que necesitaba. Y yo tenía la firme intención de contarle lo que sabía sobre John en cuanto ella se calmase un poco. Pero no pude hacerlo; todo se jodió cuando le dejé mi coche esa maldita noche. Nunca pensé que…

—Su voz se quebró. Inspiró profundamente y luego soltó el aire con fuerza. Estaba comenzando a jarrear, pero ninguno de los dos nos movimos—. Nunca pensé que a las dos de la madrugada otro vehículo fuera a circular por una de esas solitarias carreteras comarcales por las que nunca pasaba ni un alma. ¿Cómo iba a imaginar que una joven madre iba a salir en plena noche en busca de un centro médico porque su hijo pequeño no se encontraba bien?

—Y en lugar de conseguir llegar a la sala de urgencias de algún hospital para que ayudaran a ese niño, ambos murieron al darse de bruces con tu Porsche.

Un aguijonazo de tristeza me llenó los ojos de lágrimas. Alan me miró; él también estaba llorando.

—Sí…, ¡ese jodido deportivo mató a dos personas! Y también dejó a Rachel en coma antes de que pudiera contarle lo que yo sabía sobre John.

—No te equivoques —rugí al tiempo que me enjugaba las lágrimas. La lluvia no paraba y los coches que pasaban por la calle nos salpicaban a su paso—. Ese Porsche no es el culpable… ¡Fue tu maldita idea de bombero!

—Lo sé… Y te aseguro que desde esa noche vivo en un infierno constante.

—Pues espero que te quedes ahí para siempre —masculló despacio, llena de rabia y dolor—. ¡Pasaste la noche conmigo ocultándome todo esto! ¡Eres el mayor mentiroso que he conocido jamás!

Intentó acariciarme la cara, pero lo aparté de un manotazo.

—Sé que te mentí, pero no pude evitarlo. Sabía que en el momento que supieras toda la verdad me odiarías. Era mi única oportunidad para saciarme de ti. No lo había planeado, pero cuando te encontré esa noche en la playa no pude evitar besarte. Luego me fue imposible parar. Lo que sentía era más fuerte que yo. —Detuvo su apasionado discurso unos instantes para inspirar hondo. Me miró fijamente, aún con lágrimas en los ojos, y continuó hablando—: Cuando vine a

California no podía imaginar ni por lo más remoto que fuera a enamorarme como un adolescente de la chica que había venido a buscar. Quería encontrarte porque necesito que intentes despertar a Rachel de ese sueño infinito del que no quiere salir. Ahora más que nunca, tengo el presentimiento de que si escucha tu voz, si siente tu tacto, algo dentro de ella luchará por sobrevivir. Amy, estás llena de luz y de ilusión. Sé que tú podrás ayudarla.

—No soy un hada, ¡joder! No pongas sobre mis hombros esa responsabilidad.

—No, no eres un hada, pero hay algo en ti tan mágico y especial que incluso has conseguido despertarme a mí también. El viaje que hicimos juntos y esa noche no se van a repetir, pero gracias a esa aventura sé que todavía queda algo dentro de mí que merece la pena. Tú me hiciste sentir que soy algo más que un monstruo sin escrúpulos.

Sus vehementes palabras y el brillo en sus ojos me paralizaron por unos instantes. Pero la rabia, la confusión y el dolor no tardaron en apoderarse de mí. Su lado más apasionado y romántico había vuelto a aparecer, pero esta vez no me elevó a un lugar maravilloso.

Todo lo contrario.

Ese fuego estaba destruyendo lo más profundo de mi ser.

—Ya no veo nada en ti que merezca la pena —escupí envenenada por la ira—. ¡Vuelve a Londres y no te atrevas a regresar nunca más!

42

Amy

Paré un taxi y dejé a Alan plantado en la acera, calado hasta los huesos y con el rostro desencajado. Yo también estaba empapada y sentía que de un momento a otro iba a sufrir un ataque de ansiedad. Conocía los síntomas de sobra, así que, respirando con dificultad y con las manos temblorosas, rebusqué en mi bolso hasta encontrar el pastillero que siempre llevaba conmigo por precaución. Hacía semanas que no necesitaba de la ayuda de ese medicamento que me habían recetado en Nueva York, pero la calma que había encontrado desde que había dejado atrás esa vida que tanto me asfixiaba se acababa de esfumar. Estaba en shock y mi mente no podía procesar todo lo que Alan me había explicado, por lo que mi cuerpo estaba reaccionando de la única forma que era capaz: con un pedazo de ataque de pánico que tenía que conseguir parar como fuera. No quería que el taxista se acojonara pensando que estaba completamente chiflada y me dejara tirada en plena calle, a merced de la lluvia y el viento.

Me tomé la pastilla y bajé el cristal de la ventanilla para que el aire me ayudara a tranquilizarme. Me esforcé por controlar el frenético ritmo que me agitaba el pecho y, tras unos minutos bastante agobiantes, conseguí empezar a calmarme. El ansiolítico, sumado a mi determinación por no perder por completo el control, había funcionado.

Y menos mal que había conseguido detener aquella puñetera crisis de ansiedad, porque había estado a punto de liarla parda en ese taxi.

Lo que no pude evitar fueron las lágrimas que empezaron a resbalarme por las mejillas. Eran liberadoras, así que no hice nada por detener mi silencioso llanto mientras observaba el tráfico de una de las calles más concurridas de San Francisco.

Mi móvil sonó.

Era Ursula.

Seguramente estaría extrañada de que aún no hubiera aparecido por el restaurante en el que habíamos quedado para comer después de mi entrevista. Me había llevado hasta la ciudad esa mañana y había aprovechado para ir a hacer unas compras. Rechacé la llamada. No tenía ganas de hablar con nadie. Ursula formaba parte del engaño, al igual que John y mis padres.

¡Dios!

¡¿Cómo podían haberme ocultado algo así todos esos años?!

Estaba dolida, triste y, sobre todo, sentía que mi vida había sido una gran mentira. Justo ahora que empezaba a encontrar mi camino me sentía más perdida que nunca. Por fin había conseguido subir a lo alto de la colina y, de repente, al otro lado solo había un precipicio oscuro y lleno de incertidumbre.

Mi móvil volvió a sonar y, una vez más, rechacé la llamada.

Ursula seguiría insistiendo hasta saber dónde narices me había metido, así que le mandé un escueto mensaje de WhatsApp.

«Me he enterado de la verdad. No tengo ganas de ver a nadie. No me esperes para volver a Half Moon Bay».

No quise ver su respuesta. Apagué el móvil y lo volví a guardar en el bolso. Una vez que el taxi me dejó en el barrio de Haight Ashbury, empecé a caminar por sus calles sin un rumbo fijo. Seguía lloviendo, pero me dio exactamente igual. Perdí la noción del tiempo mientras miraba los estrafalarios escaparates con el único propósito de no pensar.

Y, sobre todo, de no sentir.

Varias horas después, calada hasta los huesos y exhausta de tanto caminar, entré en un pequeño café y decidí llamar a Aanisa. Sabía que era su día libre. Quizá con un poco de suerte no anduviera lejos. Ella iba a la ciudad siempre que podía. Encendí mi móvil e inmediatamente empezaron a entrar un sinfín de notificaciones de mensajes que ignoré. Busqué en la agenda el contacto de mi amiga.

Gracias a Dios, no tardó en responder. No estaba en San Francisco, pero andaba cerca y llegó al cabo de poco rato. No le di demasiada información sobre lo que había pasado, así que cuando apareció en el local donde yo la esperaba, con la vista perdida en un psicodélico póster de los años sesenta, su cara de preocupación era todo un poema.

—Pero, Amy, ¿qué te ha pasado? —preguntó confundida—. ¿No habías venido con Ursula?

—Sí, pero me he dado de bruces con algo que no esperaba y he tenido un ataque de ansiedad —le expliqué cuando llegó a la mesa donde llevaba ya un buen rato—, pero ya estoy bien. Solo un poco adormilada por la pastilla que me he tomado para calmarme.

—No entiendo qué ha sucedido para que te hayas puesto tan mal —insistió, todavía preocupada—. ¿Ha sido por la entrevista? ¿No les han gustado tus fotos?

—No, la entrevista ha ido bien —respondí sin mucho énfasis—. Ya te lo contaré. Ahora mismo lo único que quiero es irme de aquí. Estoy agotada y necesito dormir.

—Vale, pero no puedes seguir así de empapada. Vamos primero a comprarte algo para que te cambies y después te llevo directamente al Rosewood.

—Prefiero no ir allí. ¿Podríamos ir a tu apartamento?

No tenía ganas de enfrentarme a mis tíos. No estaba preparada para hablar. Necesitaba procesar la información antes de hacer ningún reproche ni pedir explicaciones.

Aanisa me miró muy sorprendida.

—Amy, no entiendo nada. No has querido que avisara a Ursula para que te viniera a buscar cuando ella está en la ciudad. Y ahora no quieres ir a su casa. ¿Qué demonios está pasando?

—Es demasiado largo para contártelo ahora —respondí cansada—. Por favor, llévame a tu apartamento. Prometo explicarte todo cuando me haya echado una siesta y me encuentre más despejada.

Me desperté desorientada y con la respiración agitada.

Había tenido una pesadilla en la que se habían mezclado partes del relato de Alan con escenas de mi infancia.

Respiré hondo y entonces recordé que estaba en el dormitorio de Aanisa. La habitación estaba en penumbra. Debía de haber dormido toda la tarde. Me desperecé despacio mientras mi respiración se normalizaba.

Varios fragmentos de la conversación de esa mañana vinieron a mi mente a fogonazos.

«Tú puedes ayudar a Rachel. Es tu hermana.

Fuisteis adoptadas en Rusia.

Una madre y su hijo…, muertos.

Lo último que esperaba era enamorarme de la persona que había venido a buscar».

Eran demasiadas cosas a la vez y la cabeza me iba a explotar.

Salí del dormitorio y encontré a Aanisa leyendo un libro en el sofá de su coqueta sala de estar. Era un apartamento pequeño, pero muy acogedor.

—¿Qué tal estás? ¿Has descansado? —me preguntó, interrumpiendo su lectura para mirarme.

—Estoy bien, dentro de lo que cabe. Me siento menos atontada y tengo un poco de hambre.

—¿Preparo algo o prefieres que salgamos?

—Creo que me vendría bien salir a dar un paseo.

Ya no llovía y no hacía demasiado frío. Anduvimos en silencio hasta la calle principal de Half Moon Bay y nos mezclamos entre la gente que paseaba por allí al anochecer. Aanisa fue muy considerada y no preguntó nada. Sabía de sobra que algo importante me preocupaba, pero me dio espacio y se limitó a caminar a mi lado sin más.

Tras dar una larga vuelta por el pueblo, decidimos cenar en un tranquilo restaurante japonés que estaba de camino a su casa. No me apetecía ir a ninguno de los concurridos locales del centro. Lo último que necesitaba era encontrarme con alguien que trabajara en el hotel o incluso con Ursula y John, quienes salían a menudo a cenar por allí.

Aanisa me pidió que entrara yo primero al restaurante y la esperara. Se había dejado el móvil en casa y estaba esperando una llamada de Christian. Parecía que su historia con ese chico iba viento en popa y al pensar en ello esbocé una ligera sonrisa, la primera desde que me había topado de sopetón con Alan al salir de la entrevista. Él se había ocupado de borrar de mi cara la felicidad que había sentido tras la charla con la directora del máster.

Me senté a solas en una mesa y saqué mi teléfono del bolso. Lo había vuelto a apagar tras llamar a mi amiga y me imaginé que tendría mil llamadas perdidas de Ursula y, si le había dicho algo sobre mi mensaje a mis padres, otras tantas de ellos.

No lo encendí.

No estaba preparada para hablar con nadie.

No sabía todavía qué iba a hacer con toda esa abrumadora información. Lo más sensato habría sido asegurarme primero de si era verdad. En realidad, apenas conocía a ese tío y lo que me había dicho podía ser una broma de muy mal gusto. Alan podía estar totalmente trastornado y haber inventado esa locura.

Pero yo había escuchado a mi madre y a mi tía hablar de un secreto.

No podía ser una simple casualidad.

43

Amy

—Antes de nada, creo que debes asegurarte de que todo esto sea realmente verdad —dijo Aanisa cuando consiguió salir de su asombro.

Durante la cena terminé contándole el extraño capítulo que había vivido ese día y ella me había escuchado sin pestañear siquiera.

—Sí, tengo que hacerlo, pero mucho me temo que Alan no se lo ha inventado —suspiré—. Necesito un poco de tiempo para enfrentarme a esta situación. Esta noche no puedo hacerlo. Estoy desbordada.

—Hagamos una cosa. Voy a llamar a Ursula para decirle que estás bien. Después del mensaje que le has enviado estará preocupada por ti y, aunque tienes todo el derecho del mundo a no querer verla ni a ella ni a tu tío, será mejor que sepan que no estás deambulando sola por San Francisco. Vas a dormir esta noche en mi apartamento y mañana ya verás qué quieres hacer.

—Muchas gracias por ayudarme. —Unas lágrimas de alivio asomaron a mis ojos. Lo último que quería era volver al Rosewood esa noche.

—No me las des. Estás pasando por una situación extremadamente delicada y es lo mínimo que puedo hacer para ayudarte. Lo que me has contado esta noche es la historia más trágica y extraña que he oído jamás. Es lógico que estés desbordada y traumatizada. Alan se ha comportado como un auténtico cobarde. Tendría que haberte contado todo esto en cuanto supo quién eras tú.

—¿Qué voy a hacer si todo esto es cierto? —Las lágrimas me caían a borbotones por el rostro.

—Enfrentarte a ello con valentía. —Aanisa cogió mis manos entre las suyas y me dio un cariñoso apretón—. No te queda otra. No va a ser nada fácil, lo sé, pero estoy segura de que lo superarás.

Aanisa, con su apoyo incondicional, me estaba haciendo sentir mucho menos perdida y angustiada. Ella era una nueva amiga, pero desde que nos habíamos conocido habíamos pasado tanto tiempo juntas que casi se había convertido en una hermana para mí. Su cariño y serenidad eran como un bálsamo. Y eso me hizo pensar en que los lazos de sangre no sirven de nada si no se viven experiencias en común. Al final, lo que te une a los que te rodean son los momentos compartidos, las sonrisas, las lágrimas e incluso las discusiones que acaban en un fuerte abrazo de reconciliación.

Esa tal Rachel quizá fuera mi hermana biológica, pero no había nada en absoluto que me uniera a ella. Ni siquiera conocía su rostro ni el tono de su voz.

Entonces pensé en Harry. Esto también le afectaba a él.

¿Sabría algo al respecto? ¿O había crecido también ajeno a toda esa locura?

Solté otro suspiro. La imagen imprecisa de una chica inmóvil en una cama se dibujó en mi mente.

—Puede que yo lo supere…, sin embargo, hay alguien a más de ocho mil kilómetros de distancia que dudo mucho que vaya a hacerlo —musité tras haber permanecido un buen rato en silencio—. Y si sobrevive, lo que le espera al despertarse va a ser el peor de los infiernos. ¿Quién puede retomar su vida y seguir adelante después de enterarse de lo que sucedió esa noche?

No pude pegar ojo hasta bien entrada la madrugada. Intenté ver en la tele una de mis series favoritas para distraerme, pero no conseguí concentrarme en el argumento. Mi cabeza no paraba de repetir una y otra vez el extraño episodio que había vivido la mañana anterior. Sin previo aviso, me había convertido en la protagonista de una telenovela mucho más inverosímil y enrevesada que cualquiera de los dramones a los que solía engancharme.

Finalmente conseguí dormir algo, pero tuve unos sueños tan extraños que me desperté al amanecer y ya no conseguí volver a dormirme. Acomodé la almohada mil veces y me cambié de postura otras tantas, pero no encontré consuelo alguno bajo la suave colcha que Aanisa me había dado para que estuviera lo más confortable posible en el sofá cama de su salón. Mi cabeza no paraba de darle vueltas a todo lo que Alan me había contado.

Cansada de pensar en bucle, decidí tirar la toalla y me levanté. El apartamento era pequeño y no quise despertar a mi amiga trasteando en la cocina, que, unida al salón, conectaba directamente con su dormitorio. Me vestí sin hacer ruido y bajé a la cafetería que había justo en una esquina de su edificio. Tuve suerte; acababan de abrir y pude tomarme un café bien cargado para despejarme. La noche anterior no había conseguido dar más que un par de bocados a la cena por culpa de los nervios, así que también me di el lujo de pedir un bollo, que estaba recién horneado y me supo a gloria.

La cafeína hizo su efecto y tomé una decisión.

Pagué mi desayuno, me despedí del amable camarero y me encaminé hacia la playa.

Esa mañana no había la habitual bruma matinal y la luz del sol, que ya asomaba por el este, iluminaba la avenida Kelly de un cálido amarillo. Encontré bastante irónico el contraste de lo que veían mis ojos con la intensa niebla en la que me había sumergido.

Recorrí aquella calle hasta el final y en quince minutos llegué a la playa. Una vez allí podría haber caminado por el sendero que bordeaba la costa en dirección norte, lo que habría hecho más fácil mi paseo hasta el Rosewood, pero no tenía prisa. Tomé el acceso hasta la playa y cuando llegué a la arena me descalcé. Fui hasta la orilla y dejé que la espuma de las olas jugara con mis pies. La suave brisa marina rozó mi cara. Cerré los ojos e inspiré con fuerza. Necesitaba esos instantes de absoluta paz antes de continuar andando. El sonido del mar me rodeó y me sentí arropada. Las olas seguían bailando sin cesar sobre la arena. Y ese aroma a libertad, que se había convertido en algo tan familiar en las últimas semanas, también seguía intacto. La certeza de que había maravillas que permanecerían igual pasara lo que pasara en mi vida me dio la fuerza necesaria para seguir caminando hacia mi destino.

Cuando llegué frente al Rosewood, me alejé de la orilla y crucé la playa hasta el hotel. Rodeé la zona del jardín que estaba destinada a los clientes y llegué hasta la puerta de madera que daba acceso a la esquina de la parcela donde vivían Ursula y John.

Entré en el jardín. Todo estaba en calma en aquel pequeño paraíso vegetal que mi tía cuidaba con tanto esmero. El sonido del agua de la fuente que caía al pequeño estanque se mezcló con el piar de unos pájaros que se escondían en el árbol de la esquina. Cerré los ojos e inspiré profundamente. Ojalá hubiera podido refugiarme allí para siempre y olvidar lo que acababa de descubrir.

Un ladrido de alegría me delató. Cala me recibió moviendo la cola de forma frenética y saltó a llenarme de lametones. Cogí esa cabeza de color canela entre mis manos y la acaricié con suavidad. Era increíble lo mucho que esa perra y yo nos habíamos encariñado la una con la otra en tan poco tiempo.

—Buenos días, Amy.

Levanté la vista. Ursula estaba sentada en el porche con una taza de café en las manos. Seguía en pijama y, por la expresión cansada de su rostro, me dio la impresión de que ella tampoco había dormido demasiado aquella noche.

—Buenos días —respondí, dando unos pasos hacia ella con Cala pegada a mis piernas.

—¿Quieres un café?

—Ya he tomado uno, pero me vendrá bien un poco más de cafeína para afrontar la conversación que tenemos pendiente.

Ursula se levantó para entrar en la cocina y yo me senté en una de las butacas de mimbre que había alrededor de la mesa. Cala se tumbó a mis pies. Poco después, mi tía regresó con una taza humeante y la dejó a mi lado.

—Pareces cansada. ¿Has conseguido dormir algo esta noche?

—No, no mucho.

—Supongo que tienes muchas preguntas —dijo una vez que se hubo sentado de nuevo—, pero quizá sea mejor que te acuestes un rato y hablemos más tarde.

—No, no quiero acostarme ahora. —Lo último que necesitaba era dormir. Quería ir directa al grano—. ¿Por qué me ocultasteis la verdad?

—¿A qué verdad te refieres? —Ursula iba con pies de plomo. Era evidente que no quería dar por sentado a lo que me refería.

—A lo que me contó ayer Alan.

—¿Te llamó? —preguntó extrañada.

—No, me lo encontré por sorpresa al salir de la entrevista con la directora del máster.

—Pero ¿qué demonios hacía allí? —preguntó perpleja—. Creía que había vuelto a Inglaterra.

—Yo también lo creía, pero en realidad llevaba unos días en un hotel en San Francisco.

—¿Y qué te dijo?

—Que soy adoptada y tengo una hermana melliza que está en coma en un hospital de Londres —respondí, intentando que no se me quebrara la voz—. Por favor…, dime que ese tío está trastornado y me ha contado una historia absurda.

212

En lo más profundo de mi ser sabía que Alan había dicho la verdad. Pero tenía la pequeña esperanza de estar equivocada.

Ursula se acercó a mí y me cogió las manos.

—Amy, te prometo que jamás estuve de acuerdo con que te lo ocultaran…

Con eso fue suficiente. Rompí a llorar una vez más sin poder controlar los temblores que me sacudían.

—Lo sé… —dije entre sollozos—. Sé que no estás de acuerdo.

—¿Cómo lo sabes?

—La otra noche os escuché a ti y a mi madre hablar sobre ello —le confesé—. Por eso vino a verme tan de repente, ¿verdad?

Ursula intentó abrazarme, pero yo la rechacé. Estaba demasiado tocada para aceptar ese gesto de cariño.

—Sí, John nos avisó de que alguien que había sido muy cercano a Richard te estaba buscando, por lo que ibas a terminar descubriendo la verdad —respondió al fin—. ¿Por qué no nos dijiste nada?

—Me bloqueé y no supe cómo preguntarle a mi madre qué era eso que me ocultabais. Llegué a pensar que ella estaba gravemente enferma y me asusté. No encontré el momento adecuado. Supongo que tenía miedo a su respuesta.

—Yo te puedo explicar muchas cosas —empezó a decir, volviendo a sentarse—, pero creo que lo mejor sería que hables con tus padres. Son ellos los que deben contarte cómo llegaste a su vida. Lo que quiero que sepas es que hay algo que yo también acabo de descubrir —añadió sacando un papel de su chaqueta—: no tenía ni idea de que tuvieras una hermana. En eso estoy tan sorprendida y enfadada como tú. Anoche un mensajero trajo un sobre a mi nombre. Cuando lo abrí, había una nota firmada por Alan pidiéndome que te diera la carta que contenía.

A mi corazón se le saltó un latido. Esa carta tenía que ser la misma que había puesto la vida de Rachel patas arriba.

—¿La has leído?

—Sí —asintió—. Y me quedé de piedra. En cuanto la leí fui a hablar con John porque no entendía nada. Se quedó pálido como un fantasma; me confesó que todo lo que acababa de descubrir era cierto y que encima él había sido uno de los cómplices de semejante plan —me explicó mortificada.

—¿Te dijo por qué accedió a formar parte de este lío?

—Según él, se limitó a encontrar la mejor solución para ambas partes —respondió con un suspiro—. Al parecer, Richard buscaba a alguien que deseara con todo su corazón a esa otra niña que él no se veía capaz de cuidar. Y John sabía que tus padres eran los candidatos perfectos para acogerte.

—No lo entiendo… ¿Cómo un hombre con tantos recursos como ese señor pudo separar a dos hermanas? —pregunté confundida—. ¿Por qué buscó a dos mellizas si él solo quería una sola hija?

—No os buscó a propósito. La intermediaria con la que estaba en contacto para encontrar esa niña que él quería adoptar le habló de vuestro caso. Erais dos hermanas que necesitaban un hogar con urgencia, así que decidió acogeros a las dos hasta encontrar unos padres adoptivos para una de vosotras. Bajo su extravagante perspectiva, era incluso un gesto noble y altruista. No solo él sería feliz formando una familia con una de esas niñas, sino que también daría una enorme alegría a los que se quedaran con el otro bebé.

—Esa es una forma muy curiosa de verlo… —solté irónica—. ¿Y por qué nuestro caso era distinto al de otros niños?

—Porque vuestra vida corría peligro.

44

Katerina

Él no os quería.

Y yo lo sabía.

Erais un obstáculo para su carrera. Y aunque me costara admitirlo, también lo erais para la mía.

La gran diferencia es que yo nunca os habría hecho daño. Sin embargo, Sergei era una amenaza para vosotras. Desde que llegasteis os veía como la razón por la que nuestra relación se había deteriorado. Y también os culpaba por su cansancio, motivo por el cual no estaba bailando al nivel que él y el teatro le exigían. No era el primer bailarín del Mariinski por casualidad. Tenía un talento prodigioso, pero se había dejado la piel para llegar hasta allí.

Y el llanto de dos bebés que no le dejaban dormir por las noches y que exigían el máximo de su paciencia lo estaba desquiciando.

Él solo quería bailar.

Yo también.

Ambos habíamos dejado atrás una vida miserable para llegar a ser algo, para volar muy alto, para viajar por los cinco continentes con una de las compañías de ballet más importantes del mundo.

Y desde vuestra llegada, mi cuerpo ya no hacía magia.

Mis pasos ya no deleitaban al público. No volaban sobre un escenario, solo se arrastraban por el suelo desgastado de nuestro pequeño apartamento.

Sergei os culpaba de esos pasos perdidos. Él nunca os quiso. Cuando me quedé embarazada por un descuido, se enfadó mucho e incluso me planteó que no siguiera adelante. Eso no era una opción para mí. Aunque no os hubiera buscado conscientemente, no podía hacer lo que él me pedía. Y me convencí de que cuando llegarais a este mundo los dos os íbamos a adorar.

Pero no fue así.

Y no solo para Sergei. Entre el embarazo y los primeros meses desde vuestro nacimiento llevaba casi un año sin bailar. Las noches sin dormir, el constante sacrificio de criar a dos mellizas sin ayuda y la frustración por no poder volver a formar parte de la compañía me estaban pasando factura.

La maternidad me estaba asfixiando. Intentaba con todas mis fuerzas ser consecuente con la decisión que había tomado y trataba de ser feliz cuidando de vosotras. Aun así, cada día estaba más deprimida y empezaba a sentirme incapaz de atenderos como debía.

También temía por vuestro bienestar. Sergei cada vez estaba más furioso e irritable. Una noche casi os lastima gravemente. Si no hubiera llegado a tiempo para detenerle, no sé qué habría pasado. Fue ahí cuando me di cuenta de que no éramos los padres que necesitabais. Tampoco vivíamos en el mejor país para vuestro futuro. Había lugares donde la vida os resultaría más fácil y tendríais muchas más oportunidades. Viviríais con una familia que estaba deseando acogeros y tendríais el amor que nosotros nunca podríamos daros. Ni Sergei ni yo podíamos amar sin condiciones. Hacía mucho tiempo que habíamos perdido esa capacidad.

Crecí como hija única, sin cariño ni apoyo, soportando los delirios de una madre enferma en un lugar gélido e inhóspito. A mi padre nunca lo conocí porque yo había sido fruto de un descuido con un extraño. Cuando ella murió lo dejé todo atrás y me mudé a San Petersburgo para cumplir mi sueño de ser bailarina. Allí conocí a Sergei y me enamoré perdidamente de él a pesar de lo complicado que era.

Tenía un pasado oscuro, su padre lo había maltratado y sus cicatrices emocionales eran incurables.

Me dejé la piel en la escuela de baile y conseguí llegar a ser prima *ballerina* del ballet del teatro Mariinski. Y por primera vez me sentí completa y feliz.

Vuestra llegada me había robado las alas. Cuidar de vosotras suponía renunciar a todo lo que me hacía vibrar y sentirme viva.

Recuerdo que el día que fui a entregaros a aquella mujer, que os llevaría a Inglaterra con una familia que estaba deseosa de cuidaros, os miré fijamente a ambas.

Primero me despedí de Olga, con unos ojos azules idénticos a los míos mirándome fijamente. Besé con suavidad esa nariz, pequeña y afilada, tan parecida a como yo la tenía de niña.

Después fijé mi vista en Anya. Sus grandes ojos castaños me miraron con inocencia. Eran iguales a los de Sergei, la gran diferencia es que los suyos desprendían pureza. Los del hombre al que amaba como una demente solo brillaban en contadas ocasiones, como cuando me suspendía en el aire y la emoción de bailar conseguía romper su coraza.

A ella también le di un rápido beso en su diminuta frente.

Nunca tuve hermanos, así que me alegro de que al menos mi descuido diera como fruto a dos niñas que han crecido juntas. No tuve el valor ni la generosidad para cuidaros, por eso tengo la certeza de que hice lo mejor para vosotras al apartaros de mi lado.

Sergei era mi vida.

El ballet también.

No había sitio para nada más.

A él ya no lo tengo. Un ataque al corazón me lo arrebató hace unos años.

Me imagino que os gustaría que os diera más detalles sobre mí y supongo que también queréis saber si alguna vez me he arrepentido de esa decisión, pero no puedo extenderme porque no hay más palabras que decir.

Por favor, no intentéis contactarme de nuevo.

El día que me despedí de vosotras fue para siempre.

No me busquéis. Olvidadme y mirad hacia delante.

Lo que ya ha ocurrido se borra, segundo a segundo, y no hay ninguna forma de recuperarlo.

Sed felices y cuidaos mucho.

Vsevo dobrava,

KATERINA

45

Amy

Vsevo dobrava…
Saqué el móvil y busqué en internet el significado de esa expresión rusa.

No era un hasta luego ni un simple adiós. Era una forma de despedida que se utilizaba cuando no tenías intención de volver a ver a esa persona y le deseabas que todo le fuera bien.

No sé cuántas veces leí esa larga nota mientras las lágrimas me resbalaban por las mejillas sin parar.

Alan no se había equivocado: era brutalmente sincera.

Y dolía.

Nos habían abandonado. Sin ningún remordimiento. Sin mirar atrás.

Lo más desconcertante de todo era que estaba sufriendo por un pasado que veinticuatro horas atrás no sabía que existía. Y por una hermana a la que ni siquiera recordaba.

¿Cómo enfrentarse a algo tan extraño?

No sabía cómo reaccionar. Estaba paralizada.

El mar rugía frente a mí. Cuando Ursula me entregó la carta no quise leerla en su presencia. Sin decir una palabra, me encaminé hacia la playa. Cala me siguió. Estaba sentada a mi lado y me llenaba de lametones, como si de alguna manera comprendiera que necesitaba su apoyo. Por fin doblé aquellos folios manuscritos en tinta azul y los guardé en el bolsillo de mi cazadora. Acaricié la cabeza de la perra y solté un suspiro.

—No sé qué voy a hacer... —susurré en su oreja mientras la abrazaba. Su calor llenó mi pecho y mis brazos. Acercó su nariz a la mía y me olisqueó. Después me dio otro lametón y se tumbó apoyando la cabeza en mi regazo.

Había crecido con la sensación de ser una pieza que no terminaba de encajar donde le correspondía. Siempre había sentido que, de alguna forma, no pertenecía al lugar en el que me había criado. Mis padres, tan distintos a mí, habían sido buenos, pero siempre había existido un abismo entre nosotros que nunca había llegado a comprender. Ahora ya sabía por qué mi carácter era tan distinto al de ellos.

Yo no era Amy.

Era Anya.

Idéntica, al menos por fuera, a un hombre que me había detestado y que podía haber llegado incluso a lastimarme. Y mi verdadera madre se había deshecho de mí y de esa hermana que tendría que haber crecido a mi lado.

En la carta se justificaba. Decía que lo había hecho para ponernos a salvo de ese monstruo, pero lo cierto es que ella lo había amado a él más que a sus propias hijas. ¿Qué tipo de persona hace algo así?

Poco a poco mis emociones empezaron a aflorar. El desconcierto inicial se estaba convirtiendo en indignación y furia.

¡Las razones de Katerina no me valían! Me parecían extremadamente egoístas y cobardes. Había preferido vivir su vida bajo los focos de un escenario a luchar por mantener a su lado a dos bebés indefensos. ¿No deberíamos haber sido nosotras la luz de su vida?

Ella era la principal culpable de la situación, pero lo más irónico era que al mismo tiempo también era una víctima. Era evidente que la habían engañado. Por lo que decía en esa extensa carta, estaba absolutamente convencida de que sus dos hijas habían crecido juntas.

Pero no. Nos habían separado. Y con ello nos habían robado un tiempo precioso que ya no podríamos recuperar. Y si Alan no se equivocaba, también la posibilidad de encontrarnos en ese punto del camino. Tenía una hermana en coma a miles de kilómetros de distancia. Nunca la había visto. Nunca había escuchado su voz y mucho me temía que jamás lo haría.

Esa situación tan surrealista y extraña tenía demasiados culpables.

Sergei y Richard estaban muertos, pero las demás personas involucradas en semejante engaño iban a tener que darme muchas explicaciones.

Todas las necesarias hasta que Anya y Amy pudieran encontrarse para descubrir quién demonios eran en realidad.

46

Alan

No sabía si había hecho lo correcto.

Amy debería de haberse enterado de aquel secreto sobre su pasado a través de sus padres adoptivos. Pero no había podido evitar soltar esa bomba explosiva. Necesitaba liberarme de una vez por todas del secreto que me había obligado a separarme de ella sin despedirme cara a cara. No podía haber sido una simple casualidad verla caminar calle abajo esa mañana en San Francisco. Era como si el destino me dijese que ya no podía huir más. Que debía contárselo todo.

Ahora que ella ya sabía la verdad, estaba convencido de que jamás podría volver a tenerla entre mis brazos. La noche que pasamos juntos había sido muy especial. Lo mejor que me había ocurrido nunca. Revivía esa escena en mi cabeza una y otra vez. Al menos me quedaba eso; un recuerdo imborrable que electrizaba cada molécula de mi ser y me hacía sentir más vivo que nunca.

No podía pegar ojo. Había aterrizado esa misma mañana en el aeropuerto de Heathrow y al llegar a mi piso me había tumbado en el enorme sofá del salón. Pasé horas allí inmóvil, dándole vueltas a la cabeza. Eran ya las tres de la madrugada y no conseguía conciliar el sueño. Y no se debía al *jet lag*, sino a que no había manera alguna de detener esos pensamientos que me atormentaban.

Mi mejor amiga, casi mi hermana, se estaba debatiendo entre la vida y la muerte y ni siquiera era consciente de ello. Estaba sumida en un sueño infinito del que parecía no querer despertar. Quizá su subconsciente fuera tan sabio que había decidido ahorrarle el mal trago de descubrir que mi jodida idea la había llevado a cometer la peor locura de su vida. Esa estúpida ocurrencia le había arrebatado la vida a una mujer y a su pequeño. Era muy improbable que Rachel se despertara, pero, de ser así, lo que tendría por delante no iba a ser precisamente un camino de rosas. Solo se encontraría con sus espinas, y se le iban a clavar hasta lo más profundo del alma. No me preocupaban las repercusiones legales. La mujer que conducía el otro coche se había saltado un stop, por lo que ella era técnicamente la responsable de lo sucedido. Si Rachel recuperaba la consciencia, no tendría que enfrentarse a la sentencia de ningún juez, pero sus heridas físicas y emocionales iban a ser su penitencia.

La preocupación y la tristeza me llevaron a servirme una copa para intentar relajarme. Con el vaso de whisky en la mano, me acerqué hasta el enorme ventanal que me aislaba del exterior. La calle estaba tranquila y una fina lluvia caía suave pero incesante. Unos instantes después un taxi paró frente al portal. Una joven de pelo castaño se apeó del vehículo y mi corazón dio un vuelco.

¿Sería posible que hubiera volado hasta Londres y hubiera averiguado mi dirección?

Cuando se giró para cruzar la calle sentí una punzada de desilusión. No, no era Amy. Mi mente me había jugado una mala pasada una vez más. Era la segunda ocasión en la que me parecía verla. En el aeropuerto de San Francisco había divisado una melena a lo lejos entre la gente y me apresuré a acercarme. Cuando llegué junto a la mujer descubrí que no era quien yo creía. Esta vez la chica del taxi tampoco era la persona que me había roto todos los esquemas. Amy había resquebrajado la gruesa coraza que llevaba años blindando mi alma. Quería volver a cerrarla, protegerme por completo de todo lo que no podía controlar, pero me estaba costando mucho hacerlo.

Pensaba en Amy a todas horas. Si cerraba los ojos, podía oler su piel y sentir el calor de esa mirada llena de ilusión y coraje. Amy se había metido como una droga en mis venas y necesitaba chutarme otra dosis de su alegría más que respirar.

Me pregunté cómo estaría.

Seguramente seguiría muy tocada por todo lo que le había revelado la mañana anterior. La imagen de su precioso rostro empapado por la lluvia y la fulminante expresión de sus ojos al decirme que no quería volver a verme nunca más se habían quedado grabadas a fuego en mis retinas.

Di otro sorbo al vaso que tenía en la mano y avancé unos pasos hacia la mesa donde había dejado el móvil. Lo cogí y busqué en Google el teléfono del Rosewood Inn. Pulsé sobre el número que apareció en la pantalla. Quería ver si había suerte y podía engatusar a Aanisa para que me diera el contacto de Amy. Eran aproximadamente las siete y media de la tarde en California y esa amable chica de rasgos árabes solía estar a esas horas en la recepción.

Después de dos tonos sin respuesta me arrepentí de haber realizado esa llamada y colgué. ¿A quién quería engañar? Aunque consiguiera su contacto, Amy no querría saber nada de mí. Seguramente, se encontraría sumida en un torbellino de emociones demasiado complicadas como para responder una sospechosa llamada de un número de Inglaterra.

Tenía que conseguir olvidarme de ella. Ahora lo más importante era intentar dormir unas horas. Quería ir al hospital al día siguiente con la cabeza lo suficientemente despejada para afrontar la dura conversación que tenía pendiente con el equipo médico que llevaba el caso de Rachel.

Durante las semanas que había estado en California aquella situación me había parecido algo de otra vida, como si se tratara de un mal sueño del que terminaría despertando. Pero ahora volvía a ser muy real, y las cosas estaban peor que antes de marcharme. En la última conversación telefónica con su médico, este ya me había adelantado que la situación era cada vez más crítica. Rachel llevaba inconsciente casi seis semanas y las probabilidades de que despertara eran cada vez más escasas.

Tenía la débil esperanza de que en las próximas horas ocurriera un milagro, pero no osé ponerme a rezar. Ningún dios escucharía las plegarias de alguien que había traspasado los límites en tantas ocasiones.

De nuevo, como tantas veces antes, estaba solo.

47

Amy

El *loft* de Harry era un remanso de paz. Estaba ubicado en un edificio de estilo industrial situado en una tranquila calle de TriBeCa en la que apenas había tránsito. Mi hermano había decidido vivir en ese barrio de Manhattan porque estaba muy de moda y quedaba bastante próximo al rascacielos del distrito financiero donde él trabajaba. En ese momento se encontraba en una reunión que se estaba alargando, pero, gracias a Dios, su portero me había dejado las llaves para que no tuviera que esperarle dando vueltas por la ciudad con mi maleta a cuestas.

Había conseguido el primer vuelo que encontré, pero no con destino a Baton Rouge, sino a Nueva York. Necesitaba urgentemente ver a mi hermano. Aún no había hablado con mis padres. Me negaba a tener una conversación tan difícil sin que fuera cara a cara. Ursula se ocupó de informarles de la situación y buscaron los primeros billetes de avión disponibles. Mi madre me llamó poco después, pero no respondí. Insistió una y otra vez. Yo seguí ignorando sus llamadas. Finalmente me envió un mensaje de texto en el que su angustia y preocupación eran más que evidentes.

Le contesté con un simple «ya hablaremos en Nueva York».

No podía decirle nada más. Estaba bloqueada, triste y perdida. Además, aquello era un asunto demasiado delicado y doloroso para hablarlo por teléfono.

Tanto John como Ursula habían querido acompañarme hasta allí, pero me negué en rotundo. Ambos se sentían muy mal por lo sucedido e insistieron varias veces hasta que vieron que yo no tenía la más mínima intención de dar mi brazo a torcer. Seguía enfadada con ellos por haber sido cómplices de aquel secreto durante tantos años, especialmente con John. ¡Él mismo me había traído desde Inglaterra sabiendo que me separaba de mi hermana para siempre! ¿Cómo podía haber accedido a hacer algo así?

¡Por Dios! Estaba rodeada de una panda de chalados y mentirosos. Lo que habían hecho era inmoral y mezquino.

No podía dejar de darle vueltas a todo aquello y a cómo se lo iba a tomar mi hermano. Estaba convencida de que él tampoco sabía nada al respecto y mucho me temía que los sólidos cimientos que siempre le habían mantenido estable iban a recibir una buena sacudida. Mientras trataba de distraerme buscando algo en la sofisticada y gigante *smart TV* del salón, recibí un mensaje de Harry avisándome de que se iba a retrasar aún más. En vista de eso y de que el vuelo de mis padres no llegaría hasta la noche, finalmente decidí salir a dar una vuelta para despejarme. Desde hacía dos días estaba al límite de perder la cabeza. Si seguía sola en aquel piso, dándole vueltas a lo mismo una y otra vez, iba a terminar enloqueciendo del todo.

El ritmo de ese barrio era más tranquilo y pausado que el del resto de la Gran Manzana. Era un oasis dentro del caos, reservado para ese puñado de privilegiados que podían pagar lo que costaba alquilar o comprar un piso en TriBeCa. Mi hermano se había mudado allí hacía un par de años y, antes de que me marchara de Nueva York, siempre que podía iba a visitarle para disfrutar juntos durante unas horas de ese pedacito de paz donde olvidar el frenesí que inundaba el resto de la ciudad. Comíamos en alguno de los coquetos restaurantes próximos a su piso y luego dábamos un paseo hasta el parque del río Hudson, donde nos poníamos al día de nuestras respectivas vidas. Harry siempre había estado allí para escucharme y apoyarme.

Varios interrogantes me acecharon y sentí una punzada de temor.

¿Cambiaría nuestra relación a partir de ese momento?

¿Me vería con ojos distintos al descubrir que nuestros genes no eran los mismos?

Decidí apartar esos pensamientos tan sombríos de mi mente y seguí caminando.

El escaparate de una pequeña tienda de ropa me llamó la atención. Ir de compras no era algo prioritario en ese momento, pero no tenía nada más que hacer y necesitaba distraerme con urgencia.

Navegué con lentitud entré los percheros repletos de prendas veraniegas y coloridas. Decidí probarme un par de vestidos muy alegres. Ambos me sentaban bien y sus telas vaporosas anunciaban a gritos la libertad del verano, que estaba a punto de llegar. Costaban un pastón, así que decidí quedarme solo con uno. Me decanté por el que era de color verde y pagué con mi tarjeta de crédito aquel desorbitante capricho. La verdad era que, en ese paréntesis tan extraño de mi vida, me importaba una mierda si le estaba haciendo un agujero a mi cuenta de ahorros. No tenía la más mínima idea de qué camino iba a tomar a partir de ese momento. Ese plan de futuro que tan claro había tenido hasta hacía un par de días se había desdibujado de repente y ya no podía ver con claridad qué iba a hacer con mi vida. Cuando por fin había creído encontrarme a mí misma, un zarpazo del destino me había arrebatado de golpe la ilusión por mi futuro. El pasado había sido una enorme mentira. Mis orígenes estaban en un país al otro lado del mundo que me era totalmente ajeno y del que apenas conocía nada.

Rusia era mi lugar de nacimiento, pero para mí era algo lejano y extraño que únicamente había visto en el cine. Y lo más irónico de todo era que, sin previo aviso, me había convertido en la protagonista de una película con un guion tan surrealista como inverosímil.

—¿Dónde te has metido? —preguntó Harry cuando respondí su llamada—. Acabo de llegar a casa y no estás.

—Estaba un poco aburrida en tu fantástico y enorme *loft*, así que he salido a dar una vuelta por el barrio —respondí, tratando de sonar natural y despreocupada. No iba a decirle que el silencio de su diáfano piso de techos interminables no paraba de recordarme el motivo real de mi repentina visita. Cuando le avisé de que iba a coger un avión para ir a verle no mencioné nada sobre la verdad que había descubierto. Me limité a decirle que le echaba terriblemente de menos y necesitaba un par de días de «hermanos».

—He tenido una jornada de locos y voy a darme una ducha rápida. ¿Qué te parece si nos encontramos en veinte minutos en ese restaurante italiano que te encanta?

—¡Me parece estupendo! —exclamé, disimulando el nudo que atenazaba mi garganta. Cuando estuviéramos frente a frente tendría que decirle por fin la verdadera razón por la que me encontraba en Nueva York.

—¿Puedes ir yendo hacia allí para pillar una mesa en la terraza? Hace una tarde espectacular y me apetece cenar al aire libre. Prometo darme prisa y no hacerte esperar mucho.

—De acuerdo. Ahora mismo voy —acepté—. Estoy bastante cerca.

—¡Genial! Pide una botella de ese vino tinto que tanto te gustó la última vez. Necesito relajarme un poco. ¡Ha sido un día de locos en la oficina!

Por supuesto que iba a pedir vino. Harry iba a necesitar más de una copa para digerir lo que tenía que contarle.

—¿Estás segura de que esta rocambolesca historia no es una broma de mal gusto? —Mi hermano me miraba de hito en hito sin pestañear siquiera. Su rostro había empalidecido varios tonos tras escucharme.

—Yo pensé lo mismo cuando ese tipo me contó todo esto —dije antes de dar otro trago al vino—, pero resulta que es verdad.

Harry me imitó. Omití por completo lo que había llegado a sentir por Alan y lo que había sucedido en su habitación del Rosewood Inn. Mi hermano ya tenía bastante con lo de mi adopción. No necesitaba saber que también me habían roto el corazón.

—Creo que voy a necesitar algo más fuerte que esto —anunció, dejando su copa de vino, ya vacía, sobre la mesa.

—Yo también. Creo que, en lugar de ese tiramisú que siempre nos zampamos, hoy deberíamos pasar directamente al whisky o a la ginebra —dije, tratando de bromear.

—O mezclar los dos —propuso con una risa nerviosa.

—¿Nunca sospechaste nada?

—En absoluto. Yo tenía poco más de cuatro años cuando naciste… ¡Joder! Debería decir cuando llegaste a casa… —dijo totalmente descolocado—. No recuerdo nada. Siempre has estado en mi vida. Nunca escuché ni vi nada que me hiciera sospechar. Además, fíjate en nosotros…, si es que hasta nos parecemos. Los dos tenemos los ojos castaños, la tez pálida y nuestro color de pelo es muy similar.

Harry trataba de asimilar sin mucho éxito la bomba que acababa de soltarle.

—Sí, es verdad que tenemos un aire…

—Joder, Amy, estoy flipando tanto que no sé muy bien cómo reaccionar. —Se pellizcó el puente de la nariz al tiempo que movía la cabeza ligeramente de un lado al otro. Cogió aire y me miró a los ojos. Acto seguido, tomó mis manos entre las suyas—. Pero hay algo que quiero decirte: me importa una mierda si realmente naciste en San Petersburgo y tus padres biológicos no son los mismos que los míos. Eres mi hermana, con todas las letras, y eso jamás cambiará.

Unas lágrimas resbalaron por mis mejillas. Intenté hablar, pero el labio inferior me temblaba tanto que no pude articular palabra. Harry se levantó de la silla y se acercó a mí para darme un abrazo de oso que me ayudó a sentirme menos perdida.

Al notar su calor tuve la certeza de que no había naufragado del todo. Él era ese hogar al que siempre podría regresar.

Me habían arrebatado el pasado y una hermana melliza a la que ni siquiera conocía. Había temido que Harry se sintiera tan mal al escuchar lo que tenía que contarle que, de alguna forma, necesitara marcar las distancias conmigo, pero no lo había hecho. Estaba desconcertado y confundido, sin embargo, eso no le había impedido darme ese abrazo tan sincero y protector. En ese momento supe que nada ni nadie podría destruir nuestro vínculo. Era demasiado fuerte. Quizá la verdad nos hiciera tambalearnos a los dos, pero no nos iba a destruir. Siempre habíamos sido inseparables, y no pensaba permitir que el hecho de que no compartiéramos sangre fuera un obstáculo en nuestra relación. Pasara lo que pasara, él siempre sería mi hermano. Llevábamos toda nuestra vida siéndolo y nada ni nadie podría arrebatarnos nuestros recuerdos.

Estaba absolutamente segura de eso. Nuestro vínculo era sagrado.

Harry y yo no teníamos responsabilidad alguna en aquel asunto, así que no teníamos nada que perdonarnos.

Sin embargo, no podía decir lo mismo sobre mis padres.

Estaban a punto de llegar a Nueva York y les esperaba un fuerte temporal al que enfrentarse.

48

Amy

—¿Me estáis tomando el pelo?

Mi padre no salía de su asombro. Y mi madre, en silencio junto a él, también nos miraba con los ojos como platos. A juzgar por las marcadas ojeras que traían, ninguno de los dos había descansado mucho desde que John había hablado con ellos. Y supongo que encontrar a sus hijos tomándose un par de gin-tonics con música de jazz de fondo no les encajaba para nada con la gravedad de la situación que les había obligado a volar hasta Nueva York.

No lo habíamos planeado. No nos estábamos burlando de ellos. Simplemente nos habíamos marchado del restaurante bastante tocados por la situación tan surrealista que estábamos viviendo, así que al volver a casa de Harry habíamos decidido tomar unas copas hasta que mis padres aparecieran.

—No, papá, no te estamos tomando el pelo —respondió mi hermano, conteniendo a duras penas la rabia que sentía. Solía ser muy comedido en sus reacciones, pero el efecto de la ginebra, mezclado con todo lo que yo le había revelado en la cena, sacó a relucir su lado más visceral—. Lo único que estamos intentando es relajarnos un poco y tratar de digerir vuestra asquerosa mentira.

—¿Se lo has contado? —me preguntó mi madre con un tono de reproche.

—Oh, disculpa —comencé a decir, llevándome una mano a la

boca de forma teatral y exagerada—. No tenía intención de arruinar vuestra sorpresa, pero es que se me ha escapado.

—Creo que las bromitas sobran —masculló mi padre.

—¡Aquí lo que sobran son mentirosos! —grité, perdiendo el control—. Lleváis toda una vida ocultando de dónde vengo realmente. Y encima mamá vino a verme a Half Moon Bay con la excusa de que me echaba de menos, pero no fue más que puro teatro.

—¡No, no lo fue! —se defendió.

—Jugaste a ser la madre comprensiva y cercana que nunca habías sido para convencerme de que volviera a Luisiana. Y yo, tonta de mí, me lo tragué. Realmente pensé que por fin me comprendías, pero lo único que querías era alejarme de California para evitar que me enterase de la verdad.

—Te juro que fui sincera sobre todo lo que te dije acerca de tus fotos y lo feliz que te veía. Y sí, quería tenerte más cerca. John nos avisó de que un amigo de Richard te estaba buscando y me entró miedo. Sabía que si te enterabas de dónde venías ibas a sufrir mucho —me explicó con voz temblorosa—. Quería protegerte y ser la madre que necesitas. Admito que en muchas ocasiones me he equivocado. Siempre he sido muy dura y exigente contigo, pero por fin he comprendido que necesitas ser libre y hacer lo que realmente te hace feliz. Cumpliste tu parte del trato. Fuiste una buena estudiante y has trabajado muy duro en lo que nosotros decidimos para ti. Sin embargo, cuando fui a visitarte por fin comprendí que lo que tenía que hacer era apoyarte sin condiciones en lo que tú consideras que debe ser tu futuro a partir de ahora. Y contarte la verdad sobre tu pasado iba a destruir la serenidad y la ilusión que por fin tenías.

Su explicación me aplacó un poco, pero no a Harry.

—¡¿Acaso pensabais ocultarnos la verdad para siempre?! —preguntó él. Ahora su rabia había tomado el control y no intentó disimularla.

—Sí —admitió ella, dando unos pasos hacia nosotros. Harry se apartó torciendo el gesto y yo lo imité.

—¿Por qué? —preguntó Harry, noqueado por la apabullante sinceridad de la respuesta.

—¿Acaso no lo ves? Estáis los dos fuera de control, desgarrados por lo que ese imprudente le desveló a tu hermana. ¿Qué necesidad había de destapar un pasado que ya no cambia nada? Os criamos a los dos con el mismo amor y la misma dedicación. Ambos sois igual de importantes para nosotros.

—Ese pasado me pertenece. ¡No teníais ningún derecho a ocultármelo! —declaré arrastrando un poco la lengua. El gin-tonic, que iba bien cargadito de una ginebra superprémium que mi hermano podía darse el lujo de comprar sin pestañear, me estaba pasando factura.

—Lo que de verdad te pertenece es la vida que nosotros te dimos —intervino mi padre con un tono más tranquilo y cariñoso que el que había utilizado al llegar—. Ese pasado del que hablas no puede aportarte nada. Tus padres biológicos se deshicieron de ti sin mirar atrás cuando eras tan solo un bebé de cuatro meses.

—Lo sé, leí una carta escrita por Katerina…

—¿Una carta? —preguntó mi madre muy confundida—. Esa mujer no sabe dónde te criaste y jamás he tenido noticias de que te estuviera buscando.

—Tienes razón. Ella no me estaba buscando —admití, sentándome en el sofá. Me sentía mareada.

—Entonces ¡¿cómo demonios ha llegado a tus manos una carta de esa mujer?! —Mi padre estaba volviendo a perder los nervios. La situación le estaba superando.

—Lo más grave no es que no me dijerais que soy adoptada —comencé a decir con voz triste y cansada—. Lo más doloroso es que me separarais sin escrúpulos de mi hermana melliza. Fue ella quien, al morir su padre adoptivo, viajó a San Petersburgo en busca de respuestas y lo único que obtuvo fue esa carta.

—¿De qué hermana estás hablando? —preguntó mi madre, sacudiendo la cabeza con incredulidad.

—¡No te hagas la tonta! —grité una vez más, perdiendo los estribos.

—Te juro que no sé de lo que me hablas —insistió ella antes de romper a llorar.

Entonces lo comprendí y la grieta que había comenzado a formarse dentro de mí en San Francisco se abrió por completo. Por eso John y Ursula habían insistido tanto en viajar conmigo a Nueva York. Yo no era la única que había sido engañada. A juzgar por la expresión en su rostro, mi madre no tenía ni idea de que al adoptarme me habían separado de Rachel para siempre.

—Mamá, Amy tiene una hermana melliza que se quedó en Londres —intervino Harry al ver que yo era incapaz de seguir hablando.

Ella se quedó inmóvil durante unos instantes, inexpresiva y congelada. Cuando sus ojos empezaron a mostrar un brillo de furia contenida se giró hacia su marido.

—¿Tú lo sabías?

—Sí, Hellen, lo sabía.

—¡¿Y por qué me lo ocultaste?! —rugió, dejando por fin que su ira se desparramara por toda la estancia.

—Porque eso no cambiaba nada. A Amy no la querían en Londres. Si no la hubiéramos adoptado nosotros, ese amigo de John le habría encontrado otra familia. Recuerda que estábamos desesperados por tener otro hijo.

—Sí, lo estábamos, pero eso no es excusa para separar a dos hermanas para siempre. ¡Por Dios, James, lo que hicimos es gravísimo! —Mi madre empezó a dar vueltas por el salón nerviosa y agitada—. Harry, ¿sabes qué? Ponme un gin-tonic como el que estáis tomando vosotros. Lo necesito para calmarme un poco.

Mi hermano asintió y se lo preparó rápidamente en silencio.

—No entiendo cómo me tuvisteis a mí y después decidisteis adoptar —dijo Harry después de entregarle la copa a mi madre. Ella se sentó de nuevo en el sofá y le dio un largo sorbo antes de responder.

—Unos meses después de nacer tú nos enteramos de que esperábamos otro bebé —empezó a explicarle después de tomar una profunda bocanada de aire—. Al poco de saber que iba a ser una niña tuve un aborto inesperado que nos dejó destrozados. No tiramos la toalla, lo seguimos intentando durante varios años, pero no conseguimos volver a concebir. Entramos en un proceso de adopción convencional, pero era muy complicado. No nos aseguraban nada y mucho menos nos podían garantizar que fuera a ser una niña. Cuando tu padre me habló de que John tenía una opción más rápida y confidencial, que además nos garantizaba por completo que la adopción sería directa, me sentí muy esperanzada. Me dijo que tu madre se había deshecho de ti en Rusia y que estabas en Londres con un amigo de John de forma temporal. Era urgente que encontraras una familia. Tú nos necesitabas y para nosotros eras un regalo. El mejor que la vida podía darnos.

—Soy… la sustituta de ese bebé que perdisteis… —dije con voz entrecortada. Me faltaba el aire—. Fui vuestro premio de consolación, un parche para el dolor.

—¡No, no te permito que digas eso! —exclamó mi madre, sentándose a mi lado. Cogió mi rostro entre sus manos y me obligó a mirarla—. Escúchame. Tú eres mi hija. Ese bebé que perdí jamás estuvo entre mis brazos ni me robó el corazón como lo hiciste tú. No eres la sustituta de nadie. Junto a Harry, tú eres lo más valioso que la vida pudo darnos a tu padre y a mí.

—Si es así, ¿por qué nunca he sentido que lo fuera? ¿Por qué os empeñasteis en hacer de mí alguien tan distinto a quien soy en realidad?

Me separé de mi madre y me senté en el otro extremo del sofá.

—Porque siempre le exigimos el máximo a tu hermano y no podíamos hacer una excepción contigo —me explicó mi padre. Se mantenía a cierta distancia mientras miraba hacia la calle por uno de los altos ventanales—. Eras nuestra hija, igual que él, y no queríamos arriesgarnos a que hundieras tu vida por seguir un camino que no te diera para comer.

—Papá, en esta vida no todo es trabajar en una gran empresa y ganar dinero que no tienes ni tiempo para gastar. Habría sido mucho más feliz si me hubierais permitido explorar a mis anchas lo que necesitaba ser.

—Eso lo comprendimos demasiado tarde. Es evidente que tú no eres como Harry. Necesitas libertad para seguir tu camino, y estamos dispuestos a apoyarte.

—Agradezco tus palabras, pero ahora mismo eso ya no es lo más importante.

—¿Y qué es lo que importa ahora? —preguntó mi padre, dando unos pasos hacia mí.

—Estar en paz con todo esto. Y no va a ser fácil.

—Sé que no lo va a ser —dijo mi madre sin moverse del otro extremo del sofá. Yo había marcado las distancias y ella lo estaba respetando—. Pero creo que lo mejor que puedes hacer es intentar seguir con tu vida mientras decides qué paso quieres dar. No dejes que esto destruya tus sueños.

—Qué bien suena eso, pero no es tan fácil seguir con mi vida como si nada.

—Supongo que quieres conocer a esa chica —intervino mi padre.

—No lo sé… Esto es demasiado —suspiré—. ¿Cómo pudiste acceder a lo que John te proponía sabiendo que te llevabas solo una mitad? ¿Cómo pudiste ocultárselo a mamá?

—Ya os lo he dicho —dijo sin ningún atisbo de arrepentimiento en la voz—. Richard solo quería quedarse con una de las niñas. Al parecer él consideraba que era mejor repartir ese amor. Y si nosotros no te hubiéramos adoptado, habría encontrado otra familia dispuesta a quererte. Era inevitable. Y si no le dije nada a tu madre fue porque sabía que entonces se negaría y perderíamos la gran oportunidad que se nos había presentado. Por fin se acabaría esa larga y agónica espera y podríamos dedicar todo nuestro tiempo a criar a nuestra familia. Eras un bebé precioso y no podíamos perder el tiempo con dudas morales.

—No tenías derecho a tomar tú solo esa decisión —le recriminó su mujer—. Y lo peor de todo es que jamás me lo hayas contado. Podríamos haber rectificado y haber encontrado la solución para que esas niñas se reencontraran de alguna forma.

—Richard jamás lo habría permitido. Le di mi palabra de que nunca rompería el trato que habíamos hecho. Él nos daba a Amy sin preguntas, pero había una condición innegociable: ni tú ni ella debíais enteraros jamás de la existencia de la otra. ¿Por qué crees que le encantó la idea de que viviéramos en una pequeña ciudad del sur de Estados Unidos? La probabilidad de que los caminos de ambas se volvieran a cruzar era bastante baja.

—El destino es más astuto que todos los secretos y que esos silencios imperdonables —sentenció mi madre, terminando de un sorbo el resto del gin-tonic. Estaba más tranquila, aunque no creía que fuera a durarle mucho, porque la forma en que miraba a mi padre indicaba que se aproximaba otra tormenta—. Al final la verdad ha salido a la luz y Amy tiene derecho a decidir qué quiere hacer con toda esta información tan abrumadora.

—Tú lo has dicho. Es abrumadora y dolorosa. Y la verdad es que me siento paralizada. No sé hacia dónde debo dirigirme a partir de ahora.

—No tienes que tomar ninguna decisión precipitada. Date un tiempo. —La mujer a la que yo había llamado mamá desde que tenía uso de razón trataba inútilmente de reconfortarme—. Quizá puedas hablar con ella por teléfono o intercambiar unos correos electrónicos antes de veros cara a cara.

—No tengo tiempo. La verdad ha llegado demasiado tarde. ¡Esa chica ahora está en coma! —grité, volviendo a perder el control. Desde que me había enterado de todo aquello mis emociones se habían subido al vagón de una impredecible montaña rusa—. Papá, ¡tu mentira me ha robado la oportunidad de conocerla!

La copa de mi madre se cayó al suelo al escuchar mis palabras y se rompió en miles de trocitos de cristal. Su rostro se había quedado tan pálido e inexpresivo que parecía una estatua. Cuando por fin reaccionó, no dijo nada. Se levantó del sofá, cogió su bolso y salió del salón en dirección a la puerta principal sin mirar atrás.

Esa última revelación había sido demasiado para ella. Desapareció dando un sonoro portazo.

49

Alan

Una suave y cálida luz de mediodía se colaba en la habitación de Rachel y acariciaba las paredes. Las vistas desde allí eran bonitas. Había un parque justo en frente y los árboles estaban rebosantes de esplendorosas hojas verdes que se recortaban contra el azul cian del cielo. Desde hacía un par de días no había ni una sola nube sobre Londres y el sol brillaba anunciando la llegada del verano. No duraría mucho, así que las largas explanadas de césped de aquel majestuoso parque estaban repletas de gente disfrutando de un sábado al aire libre.

Fuera todo era vida.

Sin embargo, aquella pulcra e inmaculada habitación de hospital se había congelado.

Y no había ninguna pista que indicara que el calor fuera a regresar.

Rachel, con los párpados cerrados, rodeada de tubos y pitidos, no era consciente del precioso día que hacía en el exterior. Estaba inerte, encerrada en su mundo interior. Y las noticias que me habían dado esa mañana los médicos no eran nada esperanzadoras.

La probabilidad de que despertara era casi nula y, en el remoto caso de que saliera del estado de coma, probablemente su recuperación física y mental no sería completa.

Me senté a su lado y tomé su mano derecha. Era muy fina y delicada, como todo su cuerpo. Rachel, al igual que sus padres biológicos, era bailarina. Ese amor por la danza, esa facilidad para hacer magia a través de los movimientos de su cuerpo, eran algo heredado e inconsciente. Lo llevaba grabado a fuego en los genes. Desde muy pequeña había sentido pasión por interpretar el ritmo de la música a través de su menudo cuerpo. Todas esas clases de ballet que se había empeñado en dar desde que tenía cuatro años habían dado su fruto. No obstante, su pasión no era el ballet clásico, sino la danza contemporánea. Decía que el primero estaba demasiado lleno de normas y movimientos establecidos. Ella bailaba para expresarse, para emocionar, y necesitaba ser libre para poder hacerlo sin límites. Junto con unos compañeros de la escuela donde se había formado, fundó una compañía de baile por la que se había dejado la piel para conseguir que llegara a destacar a nivel nacional. Justo cuando iban a tener su primera actuación fuera de Inglaterra, ese jodido accidente lo había impedido. Rachel nunca iría a bailar a ese teatro de París.

No iba a ser capaz de perdonármelo nunca. Y Amy, la única persona que me había dado un soplo de vida desde lo ocurrido, tampoco lo haría.

De repente sentí que me ahogaba allí dentro. Me acerqué hasta la cama donde yacía Rachel y le di un beso en la frente.

—Volveré luego —le susurré en voz baja—. Y te traeré un ramo de esas flores blancas que tanto te gustan.

Necesitaba dar un paseo para pensar con claridad. Una idea se estaba formando en mi mente y pensé que caminar durante un rato por el parque bajo el sol podría ayudarme a tomar finalmente una decisión sobre si merecía la pena hacer ese último intento.

50

Amy

Mi madre dio otro sorbo a su taza de café con la vista perdida en alguno de los frondosos árboles de Central Park.

Tras su dramática marcha la noche anterior, mi padre la había seguido para intentar tranquilizarla, por lo que Harry y yo nos quedamos solos de nuevo. Estuvimos hablando sobre el tema hasta bien entrada la madrugada y cuando por fin nos fuimos a dormir nos encontrábamos algo más tranquilos. El hecho de tenernos el uno al otro sin condiciones ayudaba, y mucho, a digerir lo que habíamos descubierto.

—Cuando te he llamado esta mañana estaba aterrada de que ni siquiera me cogieras el teléfono.

Mi madre por fin se atrevió a romper el silencio que se había interpuesto entre nosotras desde que nos habíamos encontrado a la entrada del parque. Ninguna había sido capaz de comenzar a hablar y llevábamos un buen rato calladas, sentadas en un banco, mientras bebíamos lentamente los capuchinos que habíamos comprado en un puesto ambulante.

Estábamos rodeadas de vida, de risas, de juegos de niños, de gente charlando, de perros corriendo detrás de pelotas y frisbis por la pradera que teníamos delante, pero nosotras seguíamos petrificadas dentro de una extraña burbuja.

Yo estaba intentando comprenderla y perdonarla.

Ella estaba asimilando lo que mi padre le había ocultado.

—No serviría de nada ignorarte —declaré con calma antes de dar otro sorbo al café—. Y, además, ayer comprendí que Harry y yo no somos los únicos que nos estamos enfrentando a una verdad totalmente inesperada.

—Te juro que nunca tuve la más mínima sospecha sobre la existencia de tu hermana —dijo, mirándome por fin. Una profunda tristeza se asomó a sus ojos cansados.

—Te creo.

—No sé si voy a poder perdonarle a tu padre que me lo ocultara.

—No eres la única —suspiré—. No tenía ningún derecho a guardarse esa información para él solo, y John tampoco. ¡Estoy furiosa con los dos!

—¿Crees que Ursula también lo sabe?

—Sí, lo sabe, pero me dijo que ella también acababa de descubrirlo. Y parecía sincera.

—Voy a hablar luego con ella. Necesito saber con certeza si soy la única tonta a la que han engañado durante todos estos años. Te prometo que de haberlo sabido jamás habría permitido que os separaran.

—Lo sé. Pero eso no te libera de la responsabilidad de haberme ocultado mis auténticos orígenes —le reproché con dureza.

—¿Qué habría cambiado si te lo hubiera contado? Tu vida ya no era la de ese bebé que su verdadera madre rechazó sin dudarlo. ¿De qué te habría servido conocer esa dolorosa verdad?

—De mucho, mamá. Desde niña me he preguntado por qué tú y yo somos tan distintas. Saber la verdad me habría ayudado a entender que hay una parte de mí que pertenece a otro lugar.

—¡Tienes todos los valores que yo te di! Eso es lo importante —declaró con vehemencia.

—Sí, los tengo, y los agradezco. Pero mi identidad no depende solo de la educación que me disteis ni de las circunstancias en las que crecí. Probablemente algunos rasgos de mi carácter son hereditarios y tenía derecho a saber cuál era mi verdadero pasado.

—Siento no habértelo contado…, pero realmente creía que era lo mejor para ti. —Las palabras le salían a trompicones. Los labios le temblaban y una lágrima le resbaló poco a poco por la mejilla—. Y tu padre pensaba exactamente lo mismo. Lo que yo no sabía es que tenía otros motivos para no querer que te enteraras…

—¿Por qué no ha venido a Central Park contigo? —pregunté, dolida y enfadada—. Os equivocasteis, pero al menos tú estás presente. Lo primero que has hecho esta mañana es llamarme para seguir hablando de esto cara a cara.

—No tengo ni idea de dónde está —respondió más tranquila, al tiempo que se limpiaba el rastro de esa lágrima con el dorso de la mano—. Cuando vino al hotel tuvimos una discusión muy fuerte y le dije que me dejara sola. Se marchó y no he sabido nada de él desde entonces —me explicó, encogiéndose de hombros—. Estoy furiosa con él y me importa bastante poco dónde narices se ha metido. Para mí lo más importante en estos momentos es asegurarme de que Harry y tú estéis bien.

—Pues no lo estamos. Hemos descubierto algo que nos ha abierto en canal y tardaremos en recuperarnos —le reproché, sintiendo que la rabia y el dolor volvían a despertarse dentro de mí—. El pobre se ha ido esta mañana a trabajar hecho un guiñapo.

—No sé qué hará tu padre a partir de ahora, pero te aseguro que yo no voy a irme a ninguna parte hasta conseguir que me perdonéis los dos.

—¿Y tu adorado trabajo? —pregunté con un poquito de mala leche.

—Eso no importa ahora mismo.

Mi madre, por primera vez en su vida, nos anteponía a Harry y a mí. Su puesto en esos grandes almacenes siempre había sido su prioridad. El miedo a quedarse sin ese sueldo la había atenazado durante décadas. Ahora que yo había descubierto que ella no me había llevado en su vientre, por fin se estaba comportando como una verdadera madre. Quería estar ahí para nosotros sin importar las consecuencias.

Qué irónica puede ser la vida a veces…

Estuvimos allí un rato más. Mi madre quiso conocer los detalles de cómo me había enterado de la verdad y del grave estado de esa chica de la que tampoco ella había sabido nada hasta ahora.

—Es muy triste… —dijo con la mirada perdida entre los árboles una vez más—. No sabes cuánto lo siento. Me imagino lo desconcertada que debes de estar.

—No, no te lo imaginas. Es muy difícil de describir. Es como entrar de repente en un mundo paralelo a la realidad. Un mundo que se supone que te pertenece, pero del que no sabes absolutamente nada. Siento tristeza y angustia por alguien a quien estuve ligada cuando nací y de quien no recuerdo nada en absoluto. Es un sentimiento tan surrealista que no sé ni cómo definirlo.

—Deberías viajar a Londres —dijo con decisión—. Tienes que conocer a esa chica, aunque esté inconsciente en un hospital. Si es necesario, iré contigo.

—No sé… ¿De qué serviría? —suspiré—. No soy capaz de decidir cuál debe ser mi siguiente paso. Estoy paralizada. Todo se ha detenido y estoy atrapada en este paréntesis sin sentido.

—Creo que lo que necesitas es un poco de tiempo a solas. Cuando veas claro qué paso quieres dar, estaré aquí para acompañarte en el camino —dijo con una dulzura que no era nada habitual en ella—. ¿Tienes aquí tu cámara?

—Sí, en casa de Harry. ¿Por qué lo preguntas?

—Porque hoy la necesitas más que nunca. Ve a por ella. Dedica el día a recorrer esta ciudad que ya no es tu prisión y descubre a través del objetivo todo lo que no has visto en estos últimos años. Tengo la corazonada de que si consigues olvidarte durante unas horas de este asunto y centras tu atención en capturar lo que te rodea, encontrarás la serenidad que necesitas para hallar esa difícil respuesta.

Nos despedimos a la salida del parque. Ella se fue para intentar localizar al cobarde de su marido y yo volví en metro a TriBeCa decidida a hacer caso a la idea que me había dado mi madre. Fui directa a casa de Harry para coger mi cámara. Estaba cansada. Había dormido muy poco, pero no quise acostarme y perderme la magia de aquella luminosa mañana de junio que tenía la ciudad de una calidez veraniega de la que nunca había disfrutado. Cuando trabajaba en Manhattan la mayor parte de mis días transcurría en una aséptica oficina bañada por una blanca y fría luz artificial.

Había llegado el momento de descubrir ese lado de la Gran Manzana que no había sido capaz de ver mientras vivía allí. Ahora disponía de todo el tiempo del mundo y no tenía que correr de un lado al otro sin ver lo que realmente tenía delante.

Con mi Leica colgada del cuello, salí a pasear primero por TriBeCa. Recorrí sus tranquilas y antiguas calles adoquinadas con parsimonia, fijándome en cada detalle que aparecía ante mis ojos.

La vieja bicicleta rodeada de flores en la esquina donde estaba el anticuario.

La señora que se tomaba un expreso con calma en el café de estilo francés dos calles más abajo.

La chica que, sentada en una escalerilla de incendios, reía feliz mientras hablaba por su móvil y fumaba un cigarrillo.

El curioso contraste de esos callejones que hablaban en silencio del pasado de Nueva York con el altísimo rascacielos que asomaba por lo alto y me recordaba que estaba en el presente.

Había miles de escenas y detalles que fotografiar. Pasé toda la mañana deambulando por la ciudad, apuntando con mi objetivo todo aquello que llamaba mi atención. Me olvidé de mis padres, de

Alan, de mi hermana secreta y de esa madre que nos había abandonado.

Solo importaba encontrar los colores, las luces, las sombras, las sonrisas...

También esa escultura de las alas de una mariposa a la que la gente se subía ansiando echar a volar para atrapar la libertad.

Y esos ojos tristes del vagabundo que observaba la escena sentado en el suelo.

Lo fotografié todo.

Lo sentí todo.

Me llené de sensaciones y me vacié de esa angustia que desde hacía días me encogía el estómago.

Una vez en casa de Harry, agotada pero en paz, me desplomé en el sofá y me quedé dormida sin darme tiempo a pensar si quiera.

El sonido del móvil me despertó cuando ya era de noche. Aturdida por aquella larga siesta, lo busqué a tientas. Lo había dejado sobre la mesa del salón y mi mano no lograba encontrarlo. Cuando por fin lo atrapé, vi en la pantalla un número muy largo, seguramente extranjero.

No contesté y esperé a que dejara de sonar.

Tuve una corazonada y miré en internet ese prefijo. Era de Inglaterra; estaba segura de que quien me había llamado había sido Alan.

Sentí un absurdo cosquilleo en el estómago. No lo podía controlar. A pesar de todo, una parte de mí extrañaba ese marcado acento británico y esa sexi voz rasgada.

Mi corazón se detuvo unos instantes y sentí que me faltaba la respiración. Con solo recordar su voz algo se despertó en mi interior.

Mariposas.

Fuego.

Hielo.

Rabia.

Todas a la vez, mezcladas y revueltas, haciendo que no supiera qué sentir ni cómo reaccionar.

Estuve a punto de devolver la llamada y descubrir si realmente se trataba de él, pero, al recordar el último episodio que habíamos vivido, recobré la cordura.

No le había dado mi número de móvil, así que tenía que haberlo conseguido por mis tíos. No me apetecía hablar con ellos. Decidí indagar a través de otra persona.

—Hola, Aanisa —dije cuando ella contestó mi llamada.

—¡Hola! —me saludó muy efusiva—. ¿Cómo va todo por allí?

—Bueno, podemos decir que va.

—¿Has hablado ya con Harry y con tus padres?

—Sí, ya hemos hablado, y está todo un poco revuelto —respondí, levantándome del sofá para dirigirme a la cocina. Necesitaba con urgencia un vaso de agua—. Mi madre no tenía ni idea de que tuviera una hermana biológica.

—¿En serio?

—Sí, totalmente. Se quedó de piedra al descubrirlo. Mi padre y John nunca se lo dijeron.

—Vaya… Parece que es una historia bastante complicada.

—Sí, lo es… Ya no se trata solo de cómo va a ser mi relación con mis padres a partir de ahora, o la de Harry, quien está que trina con ellos —le expliqué tras dar un largo sorbo al vaso de agua—. Después de lo que descubrió anoche mi madre, mucho me temo que su matrimonio no va a seguir igual de ahora en adelante. Esta historia tiene muchos personajes y muchas mentiras.

—Sí, al parecer es así, y uno de esos personajes de los que hablas creo que va a aparecer en escena de nuevo.

—¿A qué te refieres?

—Alan ha llamado al hotel hace un rato y ha preguntado por ti. En cuanto he colgado el teléfono iba a llamarte, pero han entrado unos clientes y no he podido hacerlo.

—Me acaban de llamar desde Inglaterra. ¿Le has dado mi número?

—Sí, Amy, lo he hecho. Y espero que no te enfades —me suplicó—. Necesita hablar contigo. No me ha dicho de qué se trata exactamente. Solo sé que es urgente.

—No me voy a enfadar contigo, pero ojalá lo hubiera sabido a tiempo; casi se me para el corazón al ver ese número de teléfono extranjero. Mi intuición me ha avisado de que se trataba de él.

—¿Y qué te ha dicho?

—Nada, porque no he respondido.

—No quiero ser entrometida, pero creo que debes llamarle y averiguar por qué te busca.

—Lo último que necesito ahora mismo es escuchar su maldita voz —masculló.

—Ya, eso ya lo sé. Pero si no le llamas, probablemente te arrepientas. Por el tono de su voz creo que es muy importante que hables con él. Me ha dicho que necesita contactar contigo con urgencia. Parecía muy angustiado.

—¿No ha dicho nada más?

—No. Ha sido una conversación muy breve.

Solté un profundo suspiro antes de seguir hablando.

—Voy a darme un baño en la megabañera que tiene mi hermano. Necesito relajarme. Después decidiré si le llamo o no.

—Espero que lo hagas lo antes posible. Puedes ignorarle, pero solo estarás retrasando una conversación que debes tener antes o después.

51

Alan

La canción de Ed Sheeran era mi único consuelo.

La escuchaba varias veces al día porque al hacerlo volvía a estar sentado en ese viejo descapotable surcando las calles de Hollywood con Amy sentada a mi lado.

Su melena al viento. Su sonrisa llenándolo todo de luz.

Y eso me hacía sentir bien. Durante poco más de tres minutos todo volvía a tener sentido y la culpa se desvanecía. Era un espejismo, un oasis, un refugio… Era un parche para el dolor. Era la cura para el demonio que llevaba dentro. Era la esperanza de que ocurriera un milagro.

La canción terminó y aterricé de nuevo en la cruda realidad.

Después de varias semanas había ido a mi despacho en el bufete para revisar algunos asuntos. No tenía pensado volver al trabajo todavía, de hecho, ni siquiera sabía si quería hacerlo. Había delegado los casos más urgentes en mis compañeros y me estaba limitando únicamente a supervisar algunos asuntos importantes. Mi tiempo ahora era para Rachel. Pasaba la mayor parte del día junto a ella en el hospital y cuando volvía a casa investigaba sin cesar casos de pacientes que hubieran salido del estado de coma después de que los médicos hubieran perdido la esperanza.

Analizaba cada detalle y trataba de encontrar el motivo que podía haber provocado que esas personas se hubieran recuperado. No había nada concreto que me diera la solución, pero sí vi un denominador común: un estímulo externo había sido la chispa que los había hecho volver.

Había muchas historias de gente que había recobrado la consciencia tras un largo estado de coma y parecía que, en muchas de ellas, algo que resultaba vital para el paciente era lo que había conseguido despertarles. Y no había nada más importante para Rachel que encontrar a su hermana.

Por eso me había decidido a llamar al Rosewood Inn para contactar con Amy. Ella no estaba allí, pero al menos Aanisa me dio su número. Llamé inmediatamente; no hubo respuesta. No me quedaba mucho tiempo. Si Rachel no salía del coma en los próximos días, la esperanza real de que lo hiciera más adelante y volviera a ser ella misma sería casi nula.

¡No podía perder a la única persona que consideraba parte de mi familia!

Apenas tenía trato con mis hermanos de sangre. Mi éxito les daba alergia y, si soy sincero, tampoco es que yo me hubiera esforzado demasiado por seguir en contacto con mi anterior vida en el pueblo una vez que llegué a Londres. Ellos nunca me habían apoyado. Lo había conseguido todo solo. Había escalado esa montaña que parecía inalcanzable piedra a piedra, con mucho esfuerzo, magullándome las manos y los pies una y otra vez hasta llegar a la cima.

Una vez arriba todos ellos quedaron muy lejos, pequeños e insignificantes desde lo alto. Sus míseras vidas eran el recuerdo de lo que había dejado atrás y, salvo en contadas ocasiones, no había vuelto a tener trato ni con mis padres ni con mis hermanos.

Por eso cuando Rachel entró en mi vida no tardó en convertirse en una hermana para mí. Su padre me había acogido en su prestigioso bufete como a un hijo, apreciando mi potencial y empujándome sin descanso a que me convirtiera en un tiempo récord en uno de los mejores abogados corporativos de todo el país. Llegué a ser su mano derecha y pasé a formar parte de su vida y de la de su hija.

En el trabajo era implacable. No me apiadaba de nadie. Jamás dudé en retorcer la ley a mi antojo e incluso aportar pruebas falsas si era necesario. Trabajaba para empresas muy poderosas con los medios suficientes para convertirse en corderitos a los ojos de un juez. Si hacía falta, se usaba el chantaje o la extorsión, se compraba a los policías y se sobornaba a los testigos.

Richard había fundado la firma varias décadas atrás y la había llevado hasta lo más alto, consiguiendo representar legalmente a muchas grandes empresas que estaban dispuestas a pagar lo que fuera para que les quitáramos las piedras del camino.

Metido en esa rueda de éxito y poder, cerré con candado mi conciencia para olvidar que lo que allí hacíamos jodía la vida de muchas personas. Gente sin recursos a la que las corporaciones pisoteaban sin ningún miramiento.

Cuando pasaba tiempo con Rachel, al menos recuperaba algo de mi humanidad. Ella era todo sentimiento y pasión. Ajena a lo que ocurría en el bufete de su padre, los ratos en su compañía le daban una chispa de humanidad a mi existencia. Era algo inocente y etérea, pero su energía y determinación la hacían pisar con firmeza el suelo. También era idealista y luchadora, y tenía un corazón de oro que no sabía de envidias ni luchas de poder. Estar con ella era como recibir un baño de bondad e ilusión. Y eso la había convertido en mi adicción.

Mis sentimientos hacia ella jamás pasaron de ser fraternales. La veía como esa hermana pequeña que nunca había tenido y con la que disfrutaba como un niño cuando pasábamos tiempo juntos. Rachel me conectaba de nuevo con el mundo. Era la única que conseguía que bajara de mi torre de cristal y viera a través de sus ojos la vida cotidiana, llena de emociones, de altos y bajos, a la que la mayoría de las personas se enfrentaban cada día. Había crecido rodeada de cuidados y lujos, pero se alejó de ese frívolo mundo en cuanto pudo decidir. Sus amigos eran gente normal, sin tantos medios económicos ni ganas de aparentar como la mayoría de las chicas del elitista internado al que Richard la había mandado al cumplir los diez años. Allí ella nunca encajó, y cuando volvió a Londres y consiguió vivir la vida que realmente quería, por fin encontró su lugar entre sus compañeros de la escuela de ballet.

Rachel había sido mi refugio. Y no podía renunciar a ella.

Después del accidente realmente sopesé acabar con todo. Por mi culpa la única persona de este mundo que me conectaba con lo mejor de mí estaba inconsciente en una cama. Y encima un niño y su madre habían muerto.

Pero no podía quitarme de en medio sin antes intentar darle lo que más quería desde que había vuelto de San Petersburgo. La necesidad de encontrar a su hermana pospuso mis intenciones.

Lo último que habría imaginado era que al conocerla iba a descubrir que ya no era Rachel la única que podía conectarme con la vida. Amy también lo había hecho, y de una forma mucho más brutal.

La chica que estaba en esa cama de hospital era casi mi hermana. La adoraba. Pero no me atraía de forma incontrolable. Me había encariñado con ella a lo largo de los años, a fuego lento. Lo que más quería en el mundo era que se recuperara y siguiera con su vida. Que se enamorara, que vibrara, que sintiera.

Amy, en cambio, había irrumpido en mi vida como un relámpago inesperado. Era una tentación que no había buscado. Y lo último que deseaba era que otro tío la tocara.

Se había convertido en la única mujer por la que me estaba planteando cambiar por completo de vida. Ella había conseguido que deseara empezar a vivir de verdad. Incluso si Rachel no lograba salir adelante.

Amy me había destronado. Me importaba una mierda mantener mi poder en esa torre tan alta como solitaria. Ella había roto los cristales en mil pedazos. Por fin podía respirar aire de verdad. Sabía que eso me exponía al mundo real, un lugar del que había huido como de la peste y al que ahora tenía que volver a acostumbrarme.

Sentir no es fácil, y mucho menos si tienes tantos errores a tus espaldas.

Pasé la tarde en la silenciosa habitación del hospital donde Rachel seguía sin mostrar mejoría alguna. Una vez en la soledad de mi piso, sentí la necesidad de ponerme una copa y escuchar de nuevo esa canción que me alejaba de la angustia.

We don't fit in well
'Cause we are just ourselves.

No, ni Amy ni yo encajábamos en ningún lugar concreto. Yo era un chico de pueblo venido a más que había hecho lo imposible por hacerme un hueco en las altas esferas de Londres. A primera vista parecía que ese era mi sitio, había pulido mis modales y me comportaba con una apabullante seguridad en el círculo social en el que me había colado, pero yo sabía que había vendido mi alma al diablo para pertenecer a un lugar que no me correspondía. Ella había tratado inútilmente de encajar en ese mundo corporativo al que sus padres adoptivos la habían empujado, pero no era su lugar y estaba luchando con uñas y dientes para ser ella misma.

Si nos despojábamos de nuestras máscaras, éramos simplemente nosotros mismos. Y encajábamos mejor que las piezas de cualquier rompecabezas.

Una llamada pausó la canción, pero no me importó; esa interrupción no podía llegar en mejor momento.

No habría aguantado ni un segundo más sin escuchar su voz.

52

Amy

—Hola, Amy.

La voz de Alan al otro lado de la línea me quitó la respiración. Detrás de esas simples palabras había mucho más. El mensaje me llegó directo al estómago, encogiéndolo y creando un nudo que luego me costaría mucho desatar.

—Tenía… una llamada perdida de este número… —farfullé nerviosa.

—Sí, te he llamado hace un rato.

—Me imaginaba que se trataba de ti. Por eso no he contestado —le confesé, ahora con más seguridad y decisión.

—Gracias por tu sinceridad —repuso con ironía. Intuí su sonrisa canalla al otro lado de la línea y sentí ese puñetero cosquilleo en las entrañas que solo él era capaz de despertar.

—He hablado con Aanisa. ¿Qué es eso tan urgente que tienes que decirme?

Fui directa al grano. Necesitaba que esa conversación no se alargara demasiado.

—Antes de nada, me gustaría saber cómo estás. Te solté aquella bomba y la última imagen que tengo de ti es entrando, empapada y descompuesta, en ese taxi de San Francisco.

—Estoy bien, dentro de lo que cabe.

—¿Has hablado con tus padres?

—Sí, y es todo bastante complicado. Esto también afecta a mi hermano. Y mi madre no sabía nada de la existencia de Rachel, así que estamos lidiando con todo esto como podemos. Mi familia está al borde de desmoronarse. Solo espero que podamos superarlo.

—Lo siento mucho…

—Si lo sintieras, no habrías permitido que sucediera nada entre nosotros —masculé.

—Amy… Yo…

—Deja tus disculpas —le interrumpí. No quería que esa llamada se convirtiera en un laberinto que me confundiera aún más. Debía ceñirme a obtener la información que él tenía que darme—. Dime para qué me has llamado.

—Rachel sigue en coma. No hay avances y los médicos cada vez son más pesimistas. —Parecía desesperado y sus palabras formaron un nudo en mi estómago—. No obstante, yo estoy convencido de que si tú vinieras a verla y hablaras con ella, algo podría despertarse dentro de su cabeza.

—Comprendo que te aferres a un clavo ardiendo, pero no creo que porque yo la visite la situación vaya a cambiar. No me conoce, por lo que ni mi presencia ni mi voz le causarán ningún efecto.

—¡Te equivocas! Antes del accidente su objetivo principal era encontrarte. Al volver de Rusia lo único que le importaba era el contenido de esa carta. Estoy convencido de que si te siente cerca, si le hablas y le dices quién eres, algo podría cambiar. Creo que eres la única que puede sacarla de ese estado.

—¡Lo que me pides no es justo! —exclamé, sintiendo que unas lágrimas asomaban a mis ojos—. No sé si puedo aceptar esa responsabilidad. ¿Y si voy y no consigo nada?

—Al menos lo habrás intentado.

—¿Y si no despierta? ¿Qué otra opción hay?

—Si no despierta en las próximas semanas, consideraré seriamente seguir el consejo de los médicos.

—¿Y qué dicen ellos?

—Que, si nada cambia, la desconecte y la deje ir en paz.

—¿Crees que si hubiera crecido en otro lugar, yo sería diferente? Le hice aquella pregunta a Harry mientras su coche avanzaba a dos por hora. El atasco para llegar hasta el túnel Lincoln era insoportable.

—Creo que tu esencia estaría ahí —respondió, intentando cambiarse de carril para sortear a un autobús que parecía una ballena varada en pleno Manhattan—. No creo que fueras muy distinta en tu personalidad y tu forma de sentir, pero las circunstancias en las que crecemos son una parte fundamental de quiénes somos. Me parece que tu pregunta no es fácil de responder.

—No, no lo es... —suspiré.

—A juzgar por lo que me has contado, no serías más feliz que ahora. Con un padre agresivo y narcisista, que prefería que no hubierais nacido, creo que tu niñez no habría sido muy agradable. Probablemente vivirías todavía en San Petersburgo y tratarías de recuperarte de una infancia bastante dura. Si tu verdadera madre no hubiera decidido entregaros a esa mujer que os llevó a Inglaterra, estoy convencido de que tanto tú como esa chica lo habríais pasado bastante mal.

—Sí, creo que tienes razón —suspiré—. Seguramente salí ganando con su decisión, pero no puedo evitar preguntarme cómo habría sido mi vida de haber permanecido allí.

—¿Sabes qué? A pesar de que sigo muy cabreado con todo esto, me alegro de que John te trajera con nosotros. De no haber sido así, yo no tendría una hermana maravillosa ni ninguna aliada para criticar a papá y a mamá.

—Visto de esa forma, debería resultarnos más fácil lidiar con sus mentiras —dije, echándome a reír.

—No, no lo es. Su engaño no tiene excusas. Nos llevará un tiempo asimilarlo del todo para poder perdonarles, aunque espero que llegue el día que podamos hacerlo. Para mí su error no fue adoptarte, sino ocultarnos la verdad. Y en el caso de papá, no decirle a mamá nada sobre la existencia de esa otra niña.

—¿Crees que estoy haciendo lo correcto?

—Sí, no puedes ignorar que ella existe, y tienes que conocerla. Aunque no consigas que despierte, al menos podrás verla mientras sigue con vida. Creo que sería un gran error que no cogieras ese avión esta noche.

El tráfico empezó a moverse. Harry aceleró para entrar en el túnel y después tomó la autovía que nos llevaría hasta el aeropuerto JFK.

Mi hermano había insistido en acompañarme a Londres. Mi madre también. Mi padre, en cambio, seguía ignorando la realidad. Había regresado a Baton Rouge y había vuelto al trabajo. Su forma de lidiar con la situación era hacer como si nada hubiera pasado. Y mi madre estaba indignada y furiosa.

No dejé que ni ella ni Harry viajaran conmigo. Necesitaba hacer ese extraño viaje sin compañía. Solo así podría encontrar de nuevo mi camino.

Me llevé conmigo el calor del largo y sentido abrazo que me dio mi hermano antes de que pasara el control de seguridad. Su familiar olor se quedó impregnado en mi ropa y eso me ayudó a alejarme de él. Aunque habría sido más sencillo aceptar su oferta de venir conmigo a Londres, realmente creía que lo mejor era ir sola. Iba a ser más difícil, pero era lo correcto. Debía enfrentarme a una hermana en coma que ni siquiera conocía y también a mis contradictorios sentimientos por Alan. Tenía que cerrar ese capítulo de una vez por todas para poder dejar que mi corazón se liberara, y para ello no podía tener a nadie tan protector como Harry revoloteando a mi alrededor. A la primera sospecha que tuviera de que ese tío me había herido, simplemente le partiría la cara. Y no era así como quería zanjar ese asunto.

Harry me había dado ánimos para enfrentarme a lo que me esperaba en la habitación del hospital, pero no había podido darme ningún consejo para enfrentarme a Alan porque no tenía la más mínima sospecha de la huella que ese tipo me había dejado.

Aanisa sí lo sabía. Mientras esperaba en la sala de embarque, la llamé.

—Estoy cagada de miedo —le confesé en cuanto respondió a mi llamada.

—Lo sé, pero es algo que tienes que hacer. Te quedan dos asuntos pendientes que debes solucionar para poder hacer borrón y cuenta nueva: Rachel y Alan. La primera necesita tu ayuda para volver a la realidad o descansar en paz. Y tú necesitas verla para saber a quién dejaste involuntariamente atrás cuando eras un bebé. Es parte de tu identidad, y para encontrarte por completo a ti misma necesitas coger su mano, aunque sea una vez.

Sus palabras me arrancaron unas discretas lágrimas que intenté disimular. Estaba rodeada de pasajeros que estaban a punto de coger el mismo vuelo que yo con destino a Londres, y pasaba de montar un numerito.

—¿Y qué hago con el segundo? —pregunté entre sollozos.

—Lo que necesites.

—No se trata de lo que necesito. Se trata de lo que me conviene. Da igual lo que sienta por él. Es un tío muy complicado, que además me ocultó la verdad una vez que supo quién era yo. ¡Joder, me llevó hasta el cielo para destruirme después!

—Sé que te hizo daño, y eres tú la que debes decidir qué hacer con tus sentimientos. Verle de nuevo va a ser duro, pero es la manera más adecuada de que zanjes este asunto, si eso es lo mejor para ti.

—Sí, creo que lo es —dije algo más tranquila—. No veo ningún futuro con alguien que está metido en un agujero tan oscuro. Se odia a sí mismo, y no pienso convertirme en su antídoto para el dolor. Me arrastraría con él.

—Estaré aquí para lo que necesites, sin importar la diferencia horaria, ¿vale?

—Gracias… —susurré de corazón—. Ayúdame a distraerme, ¿qué tal estás tú? ¿Cómo va todo por allí?

—Bien. El hotel está a tope y no paramos.

—No me refería a eso precisamente…

Aanisa se echó a reír.

—Con Christian todo va genial. Es un tío alucinante y entre nosotros hay una magia que nunca había sentido —me contó muy animada. De repente su tono cambió y se volvió más apesadumbrado—: Pero mis padres no me lo están poniendo nada fácil.

—¿Les has contado que estás saliendo con él?

—Sí, y se han puesto como fieras. Dicen que ya es muy osado por mi parte que no quiera casarme con un musulmán, así que salir con un chico que no sigue ninguna religión, y cuya pasión es el surf, les parece una falta de respeto absoluta. Mi padre no me habla desde que se enteró y mi madre llora sin parar como si estuviera echando mi vida a perder.

—Dales tiempo. Terminarán aceptándolo.

—No lo sé. Lo veo bastante complicado…

—Bueno, si por algo encajamos tan bien las dos desde un principio es porque no nos conformamos con las cosas fáciles, ¿verdad?

—Sí, eso es cierto —dijo algo más animada—. Tú tienes un buen lío entre manos, así que no voy a quejarme más. De una forma u otra, todo se solucionará.

Me quedé con el mensaje positivo de Aanisa y me dispuse a embarcar un poco más tranquila. Una vez que despegáramos, intentaría pasar a mi modo de *stand by*. Los viajes en avión siempre me hacían sentir de una forma curiosa. Creo que esa sensación de libertad al estar entre el origen y el destino, en ningún lugar en concreto y en todos al mismo tiempo, es lo que me hacía sumirme en un extraño estado que me alejaba de la realidad.

Durante unas horas lo único que tendría bajo mis pies sería el océano Atlántico. Y pensaba aprovechar que no hubiera tierra firme a la vista para olvidar lo que dejaba atrás y no pensar en lo que me esperaba de ahora en adelante.

Mi presente en aquel momento se encontraba dentro de ese enorme pájaro de acero que desafiaría durante varias horas la fuerza de la gravedad.

53

Amy

Una vez en Heathrow, los nervios y la angustia volvieron a instalarse a sus anchas en el piso que se habían montado entre mi estómago y mi pecho. Estaba empezando a plantearme muy en serio cobrarles el alquiler.

Durante el vuelo conseguí disfrutar de una entretenida comedia romántica y luego dormí varias horas. Pero en cuanto pasé el control de pasaportes y recogí mi maleta de la cinta, fui plenamente consciente de que aquel no era un divertido viaje turístico a Londres.

Estaba allí para enfrentarme a la cruda realidad.

Y cuando, para mi sorpresa, la vi frente a mí, sentí que me mareaba y estuve tentada de esconderme detrás de alguna columna para que no me viera. Pero esa realidad y sus profundos ojos estaban mirándome directamente. No tenía escapatoria. Ya me había visto.

Ahora los inquilinos del piso habían invitado a su amiga la rabia y se estaban montando un fiestón a mi costa.

Tiré de la maleta con lentitud. Me costaba un mundo dar cada paso. Enfrentarme a Alan cara a cara en el aeropuerto no había entrado para nada en mis planes.

Pero allí estaba. Alto e imponente, con ese pelo ondulado y esas facciones tan marcadas que parecían haber sido creadas con precisas pinceladas por un artista enamorado de las líneas rectas.

Y lo peor de todo era esa penetrante mirada que me atravesaba sin contemplaciones.

—¿Se puede saber qué demonios haces aquí? —le espeté cuando ya estuve a poco más de un metro de él—. Te dije que cogería un taxi hasta el hotel.

—Ya lo sé, pero no pienso permitir que después de un vuelo tan largo y cansado tengas que hacer una cola interminable para conseguir un taxi.

—Me las apañaré —bufé, dando media vuelta para alejarme de él tirando de mi maleta.

Alan me alcanzó y me detuvo poniéndome una mano sobre el hombro.

—No seas cabezota. Déjame que te haga un poco más fácil esta situación.

—¡Es que tu presencia no la hace más fácil!

—Te prometo que voy a limitarme a llevarte hasta tu hotel.

—Quedamos en que nos veríamos mañana en el hospital. No intentes cambiar los planes. Déjame mi espacio, por favor. No quiero discutir ni montar una escena en público.

—No tenemos por qué discutir. Vas a tardar más de una hora en conseguir un taxi y, con esa maleta a cuestas, coger el tren hasta el centro es una opción bastante incómoda. Ya estoy aquí y tengo el coche en el aparcamiento.

Respiré muy hondo y lo pensé otra vez. La verdad es que estaba muy cansada. Ir con él sería la forma más rápida y cómoda de llegar al centro de la ciudad. Solté un suspiro y me preparé mentalmente para estar a solas con Alan en su coche durante el tiempo que durara el trayecto.

El atasco que bloqueaba la autovía en dirección a Londres era interminable. Íbamos a tardar una eternidad en llegar hasta el hotel donde había reservado una habitación, por lo que comencé a arrepentirme de haber aceptado su oferta. Alan había puesto la radio, así que al menos la animada música que sonaba en el habitáculo de aquel enorme Audi diluía un poco la tensión que había entre nosotros.

—¿Qué tal ha ido el vuelo? —preguntó Alan en un intento de entablar conversación.

—Muy tranquilo —me limité a responder.

—¿Has dormido algo?

—Sí.

—¿Tienes hambre? Podría llevarte a comer algo si quieres.

—No, no tengo hambre.

Ante mis cortantes respuestas, Alan subió el volumen de la radio y tiró la toalla. Le había quedado claro que no tenía ninguna intención de que mantuviéramos una conversación.

Cuando por fin llegamos al centro, Alan me llevó hasta la puerta del hotel. Se empeñó en acompañarme hasta la recepción a pesar de que yo insistí en que se fuera. Después de hacer la cola para que me atendieran, por fin pude hablar con el recepcionista.

Y lo que me dijo no me gustó un pelo.

Por algún extraño motivo, mi reserva se había perdido en el sistema informático y no aparecía por ningún lado.

—Bueno, no se preocupe —le dije, tratando de no perder los nervios—, deme otra habitación, aunque la tarifa sea más elevada.

—Lo siento, pero estamos llenos y no hay ninguna habitación disponible.

—Pues entonces búsqueme una alternativa en otro hotel —exigí, empezando a encenderme.

—Lo haría con mucho gusto, pero esta semana hay una convención muy importante en Londres y me temo que no queda ninguna plaza hotelera en todo el centro —me explicó sin inmutarse—. Quizá podría encontrarle algo a las afueras.

—No se moleste —intervino Alan—. Yo tengo otra solución.

—Sí debe molestarse —exigí muy cabreada—. Ustedes han perdido mi reserva y es su deber solucionar este problema. ¡No pienso irme a un hotel en el quinto pino!

—Siento muchísimo el contratiempo —se disculpó una vez más—. Quizá pueda ofrecerle una habitación en un par de días.

—Olvídese de este asunto —le dijo Alan al insulso recepcionista. Dicho esto, cogió mi maleta y echó a andar hacia la salida. Le seguí a regañadientes.

—¿Y adónde demonios me vas a llevar? —pregunté exasperada mientras él volvía a meter mi maleta en el SUV.

—A mi casa.

Mantuvimos una encendida discusión en el coche camino a su piso. Estaba indignada por que hubiera decidido secuestrarme de esa forma. Lo último que necesitaba en esos momentos era dormir bajo el mismo techo que él. Me puse a buscar como una loca opciones de alojamiento en el móvil, pero tal y como me había dicho el tipo del hotel, no había ni una sola habitación libre en toda la ciudad.

Al final me rendí. Estaba demasiado cansada para seguir tratando de dar con una solución.

—Está bien, hoy me quedaré en tu casa. Pero mañana encontraré algún lugar donde alojarme. Esta situación es bastante difícil para mí y necesito mi espacio.

—Te aseguro que vas a tener espacio de sobra. Mi piso es enorme y apenas nos vamos a cruzar. Hoy descansa y, si quieres, mañana buscamos otro hotel. Pero es un gasto que te puedes ahorrar.

—Estás tomando muchas decisiones sin mi consentimiento y no me parece buena idea.

—Ya sé que te gusta llevar las riendas de tu vida. No tengo ninguna intención de controlarte. Pero estás aquí para enfrentarte a una situación muy dolorosa y creo que lo menos que puedo hacer es intentar que las cosas te resulten un poco más fáciles.

—Pues no lo consigues. Tu presencia me pone más nerviosa —refunfuñé.

—Es una pena que sea así.

No seguí hablando. Me limité a observar los magníficos y elegantes edificios que rodeaban Hyde Park y los icónicos autobuses rojos de doble piso. Al adentrarnos en Knightsbridge, vislumbré los famosos almacenes Harrods un poco más adelante. La calle Brompton estaba de lo más animada; si no hubiera estado tan cansada y abrumada, le habría pedido a Alan que nos detuviéramos allí para «turistear» un poco.

Él continuó conduciendo en silencio y, poco después, giró a la izquierda para adentrarse en el distinguido barrio de Chelsea. Callejeó con el coche por aquella tranquila y elegante zona residencial hasta llegar a una plaza, en cuyo centro había un cuidado y frondoso parque. Aparcó el Audi en un hueco reservado para residentes y me avisó de que ya habíamos llegado.

Su piso estaba situado en un antiguo edificio de ladrillo rojo perfectamente mantenido. Las ventanas y balcones de madera estaban pintados en un inmaculado blanco y destacaban sobre la fachada. Tuve que admitir que vivía en un sitio precioso.

Cuando llegamos a su piso, me sentí aún más impresionada. Era enorme, con techos muy altos. Las estancias eran amplias y diáfanas, y la decoración, de revista; los tonos neutros y los grises eran los protagonistas. Alan me condujo por un largo y ancho pasillo hasta un dormitorio muy luminoso que tenía su propio vestidor y un baño enorme. Tenía que admitir que era bastante más confortable y bonito que el que había visto en las fotos del moderno hotel de tres estrellas donde habían perdido mi reserva.

—Esta será tu habitación —anunció, dejando mi maleta junto a la enorme cama—. La mía está en el otro extremo, pasado el salón.

No me verás mucho. La asistenta viene todas las mañanas y se ocupará de todo. La nevera está llena y puedes coger lo que te apetezca.

—Gracias —dije sin mucho énfasis, disimulando la buena impresión que me había causado aquel increíble piso. No quería que se diera cuenta de que, si apenas nos íbamos a ver, la idea de quedarme allí empezaba a no resultarme tan desagradable.

—Te dejo ya tranquila para que descanses. Tengo que ir a hacer unas gestiones y no creo que vuelva hasta la noche. Dejaré un juego de llaves en el mueble de la entrada por si luego quieres salir a dar una vuelta por la zona.

—Gracias —repetí.

Lo dije por la comodidad que me ofrecía aquella preciosa habitación de invitados y, sobre todo, por el alivio de saber que Alan me iba a dejar el resto del día a mis anchas.

Después de darme una ducha y cambiarme de ropa, me tumbé en la cama y mandé un mensaje a mi madre y a Harry informándoles de que había llegado bien. La casa estaba en absoluto silencio y el *jet lag* hizo que me quedara dormida. Me desperté algo desorientada un par de horas después. Todavía era de día, aunque la luz que entraba por las ventanas ya no era tan brillante como a mi llegada.

No se escuchaba ningún ruido, así que supuse que seguía sola en aquel enorme piso. Fui hasta la cocina y abrí la nevera. Tenía un poco de hambre, pero me limité a servirme un vaso de zumo de naranja. Me resultó incómodo prepararme algo en esa impoluta cocina que se asemejaba más bien a un decorado. Además, me pareció un poco deprimente sentarme yo sola a comer en uno de los taburetes de diseño que se alineaban al otro lado de la isla de mármol. Tanto silencio y perfección me agobiaron, así que regresé al dormitorio a coger mi bolso. Una vez que encontré las llaves que Alan había mencionado, salí del piso y me fui a dar un paseo. No tardé en toparme con un pequeño y tranquilo café donde servían sándwiches. Decidí hacer una parada para comer algo y después seguí caminando hasta adentrarme en el que, según Google Maps, era el barrio de Belgravia. Deambulé por sus tranquilas y elegantes calles sin saber muy bien adónde dirigirme. En mi camino me topé con un par de hoteles muy coquetos con pinta de ser carísimos. Aun así, entré a preguntar si, por algún maravilloso capricho del destino, tenían alguna una habitación disponible. En ambos me dijeron que estaban completos durante toda la semana.

Algo decepcionada, seguí caminando. Por lo menos lo había intentado. Tendría que conformarme con pasar esa noche en casa de Alan. Al día siguiente seguiría probando suerte. ¡En algún lugar tenía que haber una habitación para mí que me librara de dormir bajo el mismo techo que él!

Seguí paseando sin un rumbo fijo y por fin me topé con un enorme parque que permitía la entrada a cualquiera. Para mi sorpresa, la mayoría de los bonitos jardines que había visto hasta el momento eran privados y de uso exclusivo para los vecinos.

Una vez más, mi móvil fue mi mejor aliado y descubrí que estaba en el parque Saint James. Caminé un poco más y llegué hasta un increíble lago con unas vistas impresionantes del palacio de Buckingham.

Me senté en un banco de madera y me entretuve observando los chorros de las fuentes y los graciosos patos que avanzaban tranquilamente por el agua al atardecer. La escena era tan bucólica, tan de cuento de hadas, que por unos instantes olvidé el motivo por el que me encontraba en esa ciudad.

Lamenté haber dejado la cámara de fotos en el piso de Alan. Si conseguía superar el drama que me esperaba al día siguiente en la habitación del hospital, encontraría algún momento para volver a ese lugar y capturar la maravillosa estampa que tenía ante mis ojos.

54

Alan

No era cierto que tuviera cosas que hacer, pero le dije eso a Amy para dejarle un poco de espacio. Sabía lo abrumada que estaba por todo lo que se le había venido encima de repente, y el contratiempo de que el hotel la hubiera cagado con su reserva la había puesto al límite. Había llegado cansada y entumecida tras un largo vuelo y se había encontrado con que tenía que quedarse a dormir en casa de «ese tipo» al que detestaba tanto.

Necesitaba respirar y relajarse. Por eso me había largado a pesar de que me moría de ganas de estar con ella. De perderme en esos ojos llenos de luz, de pasar los dedos entre los mechones de su sedosa y ondulada melena, de dibujar cada línea de su rostro con el pulgar, de oler su piel…

Tras hacer una visita vespertina a Rachel, decidí meterme en el cine a ver una película de acción que me ayudara a olvidar durante un rato la realidad que me rodeaba. No era un ingenuo; sabía que la presencia de Amy en Londres no garantizaba nada. Cuando al día siguiente entrara en esa fría habitación, donde Rachel llevaba inconsciente más de un mes, podía asustarse y no querer volver más. Si había alguna posibilidad de que su presencia ayudara a su hermana, creía que iban a ser necesarias varias visitas para que Rachel terminara reaccionando. Y aun así podía no mejorar en absoluto.

Todo era un quizá y, para alguien a quien le gustaban las certezas, ese continuo interrogante era exasperante a más no poder.

Otra duda que me mantenía en vilo era si Amy terminaría perdonándome. A juzgar por la forma en que me había mirado al descubrir que la estaba esperando en el aeropuerto, mucho me temía que era bastante improbable que lo hiciera. Y yo necesitaba su perdón para no terminar de enloquecer.

Había empujado a Rachel a cometer una imprudencia cuyas consecuencias me martirizaban. Yo era mi peor juez y tenía muy clara la sentencia que merecía. Si además Amy no volvía a mirarme como lo había hecho aquella noche que pasamos juntos en mi habitación del Rosewood Inn, la pena por mis errores sería equivalente a estar en el corredor de la muerte.

Las dos únicas mujeres que conseguían que dejara de ser ese cretino que no le sonreía a nadie se estaban alejando de mí. Si no las recuperaba, nada volvería a tener sentido.

Cuando por fin me decidí a regresar a casa, Amy no estaba allí. Supuse que había salido a dar una vuelta, así que, tras hacer un pedido a domicilio a mi restaurante japonés favorito, fui a mi dormitorio y me di una larga ducha. Cuando volví a salir de mi habitación, vestido con unos cómodos pantalones de algodón y una camiseta, oí el sonido de la cerradura. En cuanto la vi aparecer noté un aleteo en el estómago. Parecía más contenta y relajada, aunque en cuanto se percató de mi presencia su semblante cambió por completo.

—Hola… —saludó sin mucho énfasis.

—Hola —respondí—. ¿Has salido a dar una vuelta?

—Sí, necesitaba estirar las piernas.

—¿Qué te ha parecido la zona?

—Muy bonita, y con pinta de ser muy cara.

—Sí, no está al alcance de muchos vivir en este barrio —admití—. Ser un canalla tiene algunas recompensas…

—Creo que no merece la pena vivir con tantas comodidades si eso te obliga a ser mala persona —declaró incisiva.

—Supongo que eso depende de las prioridades de cada uno —me limité a decir, pasando por alto su hiriente comentario—. Por cierto, he pedido algo de cena. No tardará en llegar.

—Gracias, pero ya he picado algo. Buenas noches.

Dicho esto, se alejó por el pasillo y me dejó allí plantado. Había sido la conversación más breve y forzada que había tenido nunca con nadie. Y también la más decepcionante. Por alguna infantil y estúpida razón me había hecho ilusiones de que, tras su primera excursión por los alrededores, volviera con ganas de disfrutar conmigo del pedido de sushi que justo en ese momento llegaba a mi puerta.

Era evidente que, en lo que respectaba a Amy, siempre me comportaba como un gilipollas. Solo un niño pequeño podría haber fantaseado con que ella fuera a querer pasar un rato conmigo antes de acostarse.

Yo era un tío implacable que no se hacía pajas mentales con nada. Siempre había tenido los objetivos muy claros y mis expectativas habían sido realistas.

Pero algo estaba cambiando. Y no me gustaba demasiado.

Lo último que necesitaba era que esos grandes ojos castaños, que al mirarme me condenaban sin contemplaciones, me hicieran sentir tan jodidamente vulnerable.

55

Amy

A pesar de estar casi en verano, esa mañana hacía algo de frío y el cielo se había teñido de un color gris plomizo. La lluvia caía sin tregua y los limpiaparabrisas del coche de Alan trabajaban a destajo para permitir que se pudiera ver decentemente a través del cristal.

Nos dirigíamos hacia el hospital. Estaba nerviosa y cansada. El *jet lag* me había tenido como un búho hasta bien entrada la madrugada. No podía parar de juguetear con un padrastro que tenía en el pulgar. Y, encima, ese día tan triste no me ayudaba a sentirme más tranquila. Temía que fuera un mal augurio de lo que me esperaba.

Alan estaba muy serio. Desde que nos habíamos despertado apenas me había hablado y ahora conducía con el ceño fruncido sin decir una sola palabra.

Cuando entramos en el aparcamiento subterráneo del hospital, un nudo se formó en mi estómago y se hizo aún más grande cuando nos metimos en el ascensor. Subimos hasta la tercera planta en silencio. Una vez en el anodino y largo pasillo, al fondo del cual se encontraba la habitación de Rachel, sentí que me mareaba. Cada paso que daba me costaba un mundo; era como si la fuerza de la gravedad se hubiera multiplicado por diez. Sentí que no iba a ser capaz de enfrentarme a aquello.

Tuve que detenerme unos instantes para recuperar el aliento y la compostura. Me senté en una de las sillas que había en el pasillo.

—¿Estás bien? —me preguntó Alan al ver la palidez de mi cara.

—Necesito respirar un poco antes de verla.

—Si no estás preparada, podemos venir mañana…

—Mañana me sentiré igual que ahora. Posponerlo solo servirá para alargar la espera, y la ansiedad acabará por matarme —respondí al tiempo que me incorporaba—. Será mejor acabar con esto lo antes posible. No he cruzado un océano para dejar que el pánico pueda conmigo.

Seguía nerviosa, pero conseguí rebajar mi nivel de estrés lo suficiente para llegar hasta la puerta de la habitación tras la que se encontraba esa chica que era una completa extraña para mí.

—¿Te acompaño? —preguntó Alan. Seguía distante conmigo, pero su mirada era un poco más cálida que antes.

—Sí, por favor —respondí, jugando de nuevo con el padrastro que ya se había convertido en una pequeña herida—. Estoy muy nerviosa. Prefiero no entrar sola.

Alan asintió y llevó una mano al picaporte de la puerta. Respiré hondo y apreté los puños tan fuerte que casi me clavo las uñas en las palmas. La puerta se abrió de par en par y escuché los rítmicos pitidos de las máquinas que monitorizaban a Rachel. Alan dio unos pasos y yo le seguí sin dejar de apretar las manos.

Había un pequeño pasillo que daba paso al baño, así que aún no había visto la cama. La estancia se encontraba en penumbra. Por la amplia ventana apenas entraba la luz natural, ya que el día era muy sombrío.

—Normalmente esta habitación es muy luminosa… —comentó él como si me hubiera leído el pensamiento.

Dimos unos pasos más y por fin llegamos hasta la habitación. Sobre la cama, una chica de pelo rubio se encontraba completamente inmóvil. Si no hubiera sido por el tubo que se introducía en su boca para ayudarla a respirar, me habría parecido que simplemente estaba dormida.

Alan se acercó a ella y le dio un beso en la frente.

—Hola, Rachel… —le susurró con dulzura—. Hoy no he venido solo. Tienes una visita muy especial. No te lo vas a creer, pero Amy (o Anya, según decía esa carta) está aquí y quiere hablar contigo.

No hubo ninguna reacción. Aquel cuerpo no se movió ni un ápice.

—Os voy a dejar a solas —anunció, desviando la mirada hacia mí. Sus ojos estaban empañados—. Creo que merecéis algo de privacidad. Para cualquier cosa, estaré fuera.

Dicho esto, Alan abandonó la habitación.

Al principio no me moví. Tardé un poco en reaccionar. Cuando finalmente conseguí dar los pasos necesarios para situarme junto a la cama, acerqué un sillón que había en una esquina y me senté.

Guardé silencio durante un rato. No me salían las palabras. Observé aquel cuerpo inerte y sentí escalofríos. Su rostro no era idéntico al mío, pero su complexión sí. Debíamos de tener más o menos la misma estatura y sus manos, situadas a ambos lados de su cuerpo sobre las sábanas, me recordaron muchísimo a las mías.

Éramos mellizas, pero no habíamos compartido ni una sola experiencia, excepto las de los primeros meses de nuestra vida, de los que, obviamente, no recordaba absolutamente nada.

Después de darle vueltas a aquella extraña situación por enésima vez, me centré en lo que había ido a hacer allí. Volví a juguetear con la herida del pulgar para calmar los nervios.

—Hola… —Esa primera palabra salió de mi garganta con dificultad y tuve que carraspear para poder continuar—. Hola, Rachel. Soy Amy…

No hubo ninguna reacción por su parte. Su cuerpo seguía inmóvil y los pitidos de las máquinas continuaron con el mismo ritmo que antes.

¿Merecía la pena todo aquello? Esa chica no percibía mi presencia en absoluto.

—He venido desde Estados Unidos para conocerte —continué hablando. Tenía que intentarlo—. Al parecer, tú descubriste que nos separaron cuando éramos apenas unos bebés. Yo nunca sospeché nada. Si hubiera sabido que tenía una hermana en Inglaterra, te prometo que habría movido cielo y tierra para conocerte.

Todo seguía igual. No había ni una sola indicación de que me estuviera escuchando. Pero ahora que había empezado a hablar, no iba a tirar la toalla.

—Sé que, en cuanto descubriste mi existencia, conocerme pasó a ser tu prioridad. Siento mucho que ese accidente te haya sumido en este estado. Tengo la esperanza de que de alguna forma sepas que estoy aquí y termines despertando. Me encantaría que pudiéramos llegar a conocernos. Y no me refiero a saludarnos y ponernos cara la una a la otra. Me gustaría conocerte de verdad. Descubrir qué tenemos en común, en qué somos distintas, qué nos emociona, qué nos enfada…

Unas lágrimas comenzaron a asomarse a mis ojos. Respiré hondo y me tomé un breve descanso para poder seguir con mi presentación sin romper a llorar descontroladamente. Me incorporé del sillón y di un pequeño paseo por la diáfana habitación. Me acerqué al ventanal y observé el parque que había justo enfrente. El día seguía de lo más encapotado y llovía con fuerza.

Me sequé las lágrimas con los dedos y, cuando me sentí algo más tranquila, regresé junto a ella.

Me senté de nuevo. Con la mano temblorosa, extendí un brazo hacia la cama. Cuando mis dedos rozaron su piel sentí un extraño escalofrío. Pero no me detuve y rodeé su mano con la mía. Ella no reaccionó, pero de repente sentí una inexplicable y placentera sensación que se propagó por todo mi cuerpo. En mi mente apareció una imagen muy nítida, como si de alguna forma una película en alta definición se hubiera colado en mi cabeza. Vi lo que parecía el salón de un elegante hotel de estilo clásico. Había una enorme ventana;

fuera nevaba. Una señora muy abrigada se alejaba por la acera y se metía en un coche. Parecía que la imagen era de una ciudad rusa.

También oía el murmullo de unas conversaciones a mi alrededor y el trajín de los camareros manipulando las vajillas. Y lo más impactante de todo fue que incluso podía percibir un agradable aroma a café.

Asustada por aquella escena que había visualizado con tanta claridad como si yo misma hubiera estado allí, le solté la mano. Tenía la respiración agitada y sentí que me faltaba el aire.

Salí de la habitación como una exhalación y empecé a caminar con rapidez por el pasillo. Necesitaba salir a la calle.

Alan, que estaba sentado en una de esas sillas que había a medio camino hasta los ascensores, se incorporó al verme salir huyendo y me detuvo.

—¿Ha pasado algo? —preguntó nervioso—. ¿Ha reaccionado?

—No… —dije aturdida—. No se ha movido ni ha habido ningún cambio. No se trata de si ella ha reaccionado… Es lo que he percibido yo al tomar su mano.

—¿Qué has sentido? —preguntó confundido.

—No te lo puedo explicar… Yo… ¡Necesito salir de aquí!

56

Amy

Entré como una exhalación en el parque.

Me daba igual que estuviera lloviendo. Necesitaba soltar de alguna forma la descarga emocional que había recibido mientras sujetaba la mano de Rachel. Había sido una conexión brutal, inexplicable, y temí estar tan sugestionada por la situación que mi cabeza estuviera perdiendo el norte.

Busqué en el bolso el móvil y los auriculares. Necesitaba calmarme. No quería enfrentarme a otro puñetero ataque de ansiedad. La música siempre me ayudaba, así que inspeccioné la larga lista de canciones que tenía guardadas en el teléfono.

The Silence de Manchester Orchestra comenzó a sonar de forma aleatoria. Mientras la lluvia caía sobre mí, me sumergí entre sus primeras y tristes notas.

El silencio…

Eso era lo que más me había impactado al estar con Rachel.

Y luego esa visión que había sido como entrar de lleno en sus recuerdos.

But you, amplified in the silence
Justified in the way you make me bruise
Magnified in the science
Anatomically proved that you don't need me.

Esa estrofa de la canción me atravesó como un cuchillo. Me sentía como si el silencio amplificara la presencia invisible de mi hermana, y el cuchillo se me clavaba más hondo cada vez que pensaba que nunca llegaría a conocerla, si los médicos estaban en lo cierto. Y lo peor de todo era que ella tampoco parecía necesitarme a mí. Había hecho todo ese viaje para encontrarme con un cuerpo inerte.

Sin embargo, una parte de ella tenía que seguir allí. De lo contrario, no habría compartido conmigo una experiencia de su viaje a San Petersburgo.

Con cada frase de esa canción yo lloraba aún más fuerte. Me detuve bajo un árbol para tratar de protegerme del aguacero. Tenía el pelo mojado y la ropa empapada. Y mis lágrimas no se distinguían de las gotas de lluvia que resbalaban por mi rostro. Esperaba que toda esa agua se llevara de alguna forma la angustia que estaba sintiendo.

Little girl you are cursed by my ancestry
There is nothing but darkness and agony
I can not only see, but you stopped me from blinking.

Ambas éramos esa niña pequeña de la que hablaba la canción, con esos potentes bajos y esa melancólica melodía. Estábamos malditas por nuestra ascendencia. No había nada más que oscuridad y agonía en esos padres que nos abandonaron. Ellos habían sido niños rotos, y no habían tenido el coraje de luchar para darnos la infancia que ellos no tuvieron. Había sido más fácil sacarnos de la ecuación que intentar compaginar su profesión con ser padres. Seguro que habría existido una solución para mantenernos junto a ellos, pero no la buscaron. Recurrieron a la salida más fácil: quitarnos de en medio para seguir bailando cada noche como si nada hubiera pasado.

57

Katerina

Esos dos bebés ya no lloraban por la noche.

No había un solo ruido y al principio fue liberador.

Así fue como intenté seguir adelante sin mirar atrás. Subida de nuevo a un escenario, siguiendo la música de la maravillosa orquesta que tocaba de forma magistral *La bella durmiente*. Sergei me guiaba y hacíamos magia con cada movimiento; era como si un polvo fino y dorado cayera sobre nosotros con suavidad. En ese momento nada dolía. Era feliz entre sus brazos y la culpa se desvanecía.

Después, ebrios con los aplausos del público, volvíamos a los camerinos. Nos quitábamos despacio el delicado vestuario y el maquillaje. Volvía a ser yo y cuando me miraba en el espejo la verdad asomaba a mis ojos. Implacable. Triste. Desoladora.

Una vez en la calle, éramos otra vez seres de este mundo. Su mano agarraba la mía, pero fuera del teatro su contacto no llenaba el agujero que sentía en el pecho.

Y al llegar a casa, de nuevo el silencio…

Un silencio que me gritaba tan fuerte que no conseguía conciliar el sueño.

58

Alan

En cuanto llegamos a mi piso, obligué a Amy a darse un baño caliente y a cambiarse la ropa mojada por algo limpio y seco.

Cuando salí del hospital para buscarla, la vi cruzar hacia el parque sin apenas detenerse a mirar si venía algún coche. Fue una suerte que ningún vehículo pasara en ese momento por ahí. De lo contrario, habría tenido que visitarla a ella también en la sala de urgencias.

No sabía qué demonios había ocurrido dentro de esa habitación cuando la dejé a solas. Lo único que me dijo fue que Rachel no había mostrado ninguna reacción. Se encerró en su habitación y no salió de allí en todo el día. Algo la había trastocado y estaba decidido a descubrirlo. No estaba seguro de si saldría de su madriguera, pero, por si acaso, pedí algo de cena. Esta vez llamé a un restaurante italiano que nos traería unos platos de pasta increíbles.

Apareció en mi cocina un rato después vestida con unas cómodas mallas y una sudadera.

—¿Qué tal estás?

—Un poco mejor. Estoy menos destemplada —respondió sin mucho énfasis—. ¿Tienes un poco de vino?

—Sí, por supuesto. ¿Tinto o blanco?

—Tinto, por favor.

—Buena elección. El tinto va perfecto con la cena que he encargado.

—No tengo hambre. Solo quiero una copa.

Algo en la expresión de su rostro me indicó que, más que querer esa copa, la necesitaba. Estaba convencido de que era para reponerse de lo que le había hecho salir como una exhalación del hospital. Había sucedido algo que la había asustado y necesitaba que me lo contara.

De entre los vinos que tenía en mi pequeña bodega, elegí uno español que me parecía sublime. Lo abrí y lo serví en dos copas. No pensaba dejar que bebiera sola. A mí también me vendría bien relajarme un poco.

Al rato sonó el timbre y fui a abrir la puerta para atender al repartidor. La pasta llegaba justo en el punto perfecto para disfrutarla, así que la serví en unos platos y la puse sobre la mesa del comedor.

—Son *tagliatelle* con trufa y setas silvestres —le expliqué—. Te prometo que son una exquisitez. No comas todo si no quieres, pero, por favor, pruébalos. Además, acompañados de este vino están aún mejor.

Ella no dijo nada, pero se sentó a la mesa frente a mí y supe que la había convencido. No había comido nada en todo el día. Tenía que estar muerta de hambre, aunque no quisiera admitirlo.

—Tenías razón. Están buenísimos —declaró antes de darle otro sorbo a su copa—. Y el tinto es increíble. Te aviso de que quizá me beba toda la botella.

—Sé que hoy no ha sido un día fácil para ti, así que es toda tuya.

—No, no lo ha sido —admitió en un hilo de voz.

—Siento muchísimo que vuestro primer encuentro haya sido así. No sabes lo que daría por que todo fuera distinto…

—Ojalá no la hubieras incitado a conducir ese maldito Porsche.

—Soy el primero que piensa eso todos los días.

—Pero creo que hay una pequeña posibilidad de que se despierte.

—¿Qué te hace pensar eso? —pregunté esperanzado—. ¿Qué ha pasado en esa habitación?

—Cuando he cogido su mano, primero he sentido algo muy extraño. Ha sido una sensación muy agradable e intensa.

—¿Y después?

—Después he tenido una visión. Por lo que he visto y oído, creo que era algo que debió de suceder cuando viajó a Rusia.

—¿Has visto un recuerdo suyo? —pregunté atónito.

—Más que verlo, lo he vivido. He percibido todo, incluso sus sensaciones. Eso tiene que significar que su cerebro no está del todo apagado.

—Una vez escuché que entre los hermanos gemelos y los mellizos hay una conexión tan fuerte que pueden llegar a tener telepatía —recordé en voz alta.

—Estaba tan desconcertada con lo que ha pasado que al principio he perdido los nervios. Pero una vez de vuelta aquí, he conseguido tranquilizarme lo suficiente para investigar en internet sobre el tema. Lo que dices es cierto. No está científicamente comprobado, pero al parecer hay muchos casos de hermanos gemelos o mellizos que declaran tener telepatía. Incluso hay testimonios sobre que, si uno se pone enfermo, el otro puede llegar a tener los mismos síntomas.

—Entonces, igual que tú has podido sentir esa conexión tan increíble…

—Cabe la posibilidad de que ella haya percibido también algo muy intenso al notar mi mano. —Amy acabó la frase por mí—. Y por eso creo que quizá mi visita consiga darle la fuerza necesaria para salir del coma. No quiero ilusionarte demasiado, pero es lo que llevo pensando toda la tarde.

—¿Quieres volver a verla mañana?

—Sí, tengo que estar todo el tiempo que pueda con ella. Creo que es nuestra única esperanza.

—Si consigues que salga de ese estado, no podré agradecértelo lo suficiente.

—Te prometo que voy a intentarlo con todas mis fuerzas —declaró con vehemencia—. He venido a conocer a mi hermana, y estoy decidida a sacarle de ese maldito silencio. Necesito que viva; de lo contrario, todo esto que he descubierto no tendrá ningún sentido y ni tú ni yo podremos seguir adelante.

59

Amy

Estuvimos charlando un rato más en el salón, pero no tardé en irme a dormir. Estaba cansada y me asustó comprobar que empezaba a sentirme demasiado a gusto en su compañía. Me recordé a mí misma que no estaba allí para compartir una agradable velada con Alan, bebiendo un vino delicioso como si nada hubiera pasado.

El empeño en sacar a Rachel de ese puñetero coma era nuestra meta en común y debíamos estar unidos. Estaba realmente preocupado por mi hermana y eso había hecho que bajara la guardia. Además, desde mi llegada se estaba portando de diez conmigo, acogiéndome en su casa, cuidándome e intentando facilitarme las cosas al máximo, lo que me estaba ablandando el corazón. Pero no debía dejar que eso me confundiera, más aún cuando sus ojos me seguían desarmando cada vez que me miraban. Me había hecho daño, mucho, pero no podía evitar seguir sintiendo algo muy intenso cuando lo tenía delante. Era incontrolable. La atracción que sentía por Alan era algo que iba más allá de la razón.

Sabía que, si pasábamos mucho tiempo juntos, él volvería a pedirme perdón por no haberme contado la verdad a tiempo y yo terminaría sucumbiendo a las emociones que me provocaba. El volcán se despertaría y no sería capaz de detener la explosión.

Ya empezaba a encenderse en mis entrañas. Tenía que conseguir que se apagara de una vez por todas o terminaría abrasándome.

Lo primero que debía hacer al respecto era encontrar alojamiento en algún hotel cercano al hospital. Eso me daría más independencia a la hora de visitar a Rachel. Abrí mi portátil y retomé la búsqueda en internet. No encontré nada asequible para el día siguiente, pero reservé una habitación a la que podía mudarme en cuarenta y ocho horas.

Solo tenía que conseguir evitar a mi anfitrión hasta entonces.

A la mañana siguiente sentí una punzada de desilusión al ver su nota en la cocina.

«He tenido que ir a la oficina por un asunto urgente. Intentaré ir luego al hospital. Si hay algún cambio significativo, por favor, llámame. Un beso, Alan».

Debería de haberme sentido aliviada. Era infinitamente mejor para mi salud mental que no pasáramos demasiado tiempo juntos. Al día siguiente me instalaría en el hotel y todo sería mucho más sencillo. Pero eso era lo que me decía la cabeza. Había otra parte de mí a la que le habría gustado encontrarse con él en esa preciosa cocina.

Me preparé un café y unas tostadas. Desayuné con calma mientras recordaba lo que Aanisa me había dicho la noche anterior cuando había hablado con ella.

«Tienes muchos frentes abiertos. Tus padres, esa chica y Alan. No puedes lidiar con todos ellos a la vez. Empieza por lo más urgente y después ya irás encontrando la forma de solucionar todo lo demás».

Tenía razón. Era necesario ir paso a paso. Lo más importante era intentar que Rachel regresara para poder conocer realmente a mi hermana biológica. Tenía que sacarla de ese puñetero estado de coma. Ella tenía muchas respuestas que yo necesitaba para poder continuar mi camino. Lo demás era secundario en esos momentos.

Una vez que estuve vestida, pedí un taxi que me llevó al hospital. Subí al tercer piso y me dirigí con tranquilidad a la habitación de la que había salido tan alterada la mañana anterior. Si volvía a sentir o visualizar algo extraño, ya no me pillaría por sorpresa. Una enfermera la estaba aseando cuando llegué. Me dijo que esperara un momento fuera y en cuanto terminó su tarea me dejó entrar. Lo primero que percibí fue que la habitación olía bien, a jabón y a colonia. Luego me fijé en Rachel. El tono de su rostro había mejorado. Seguía inmóvil y dormida, pero tenía mejor aspecto.

—Buenos días —le saludé, tomando asiento junto a ella.

Cogí su mano y volví a sentir una agradable sensación. No fue tan intensa como el día anterior, pero, aun así, un suave cosquilleo volvió a erizarme la piel.

Esta vez no tuve ninguna visión. Y sentí miedo de que, por alguna razón médica, su cerebro estuviera menos despierto y fuera un signo de que las cosas podían empeorar.

Decidí seguir hablándole.

—No te voy a negar que todo esto me ha pillado por sorpresa y ha puesto mi vida patas arriba. Cuando Alan me contó la verdad sobre mi pasado casi me da un infarto. Pero aquí estoy, en Inglaterra, porque lo que más deseo es que te recuperes y podamos conocernos. Somos hermanas, y tenemos derecho a arreglar la equivocación que cometieron al separarnos.

No pasó nada. Rachel no se movió ni un ápice y sus dedos en mi mano seguían inertes. Tampoco sentí nada inusual.

—Esta noticia me ha pillado en un momento de mi vida un poco extraño —seguí explicándole—. No sé si de niña jugaste alguna vez con una de esas casitas de madera que tienen agujeros de distintas formas geométricas. Cada uno tiene una pieza que le corresponde y no hay lugar para interpretaciones. El triángulo se mete en el triángulo. El hexágono en el hexágono. No hay más vuelta de hoja. Aprendes a pensar que cada cosa tiene su lugar y te ayuda a tener un pensamiento lógico. En mi caso no fue así; pasé mi infancia intentando que el círculo encajara en el cuadrado. Lo manoseé tanto que al final terminó entrando por el agujero. Al principio cabía bien allí dentro, pero poco a poco fue creciendo hasta que sus líneas, de nuevo redondeadas, chocaron contra los bordes. Fue inevitable que luchara para poder salir de esa caja que se había convertido en una jaula. Hasta hace unos días creía haber encontrado el lugar adecuado para que mi círculo siguiera desarrollándose en libertad. Sin embargo, desde que me enteré de quién soy realmente, ya no tengo claro qué forma tengo.

No era fácil hablarle a alguien que no sabía si podía oírme, y que mucho menos iba a responderme. Era un monólogo que anhelaba transformarse en una conversación.

—Me imagino que a ti te pasó algo parecido. Debió de ser muy duro viajar a San Petersburgo con la esperanza de hablar cara a cara con esa mujer… —dije, pensando en alto—. Leí la carta de Katerina. Es muy cruda y sincera. La verdad es que me dejó muy tocada. Supongo que para ti tampoco fue fácil.

Y entonces ocurrió otra vez. Volví a ver una escena parecida a la del día anterior. Aunque fue más breve y directa. Era el mismo lugar, los mismos sonidos de fondo, pero se centraba sobre todo en la imagen de unas manos temblorosas sujetando esa carta manuscrita.

No podía ser una simple casualidad.

—¡Tenemos que contárselo a los médicos! —le dije a Alan.

Había venido a buscarme al hospital y se había empeñado en que saliéramos a cenar algo a la terraza de un restaurante próximo a su casa. Yo intenté escaquearme para evitar estar con él, pero él insistió hasta convencerme. Su argumento fue que yo llevaba todo el día encerrada en esa habitación del hospital y que necesitaba airearme un poco antes de irme a dormir.

—Ya lo he hecho —me aseguró. No se había mostrado demasiado optimista cuando le conté que había vuelto a conectar con ella y ahora iba a entender por qué—. Después de lo que me contaste anoche, esta mañana he llamado a su médico, pero no le ha dado demasiada importancia.

—¿Por qué? —pregunté indignada.

—Dice que pueden estar pasando dos cosas: la primera, que sean imaginaciones tuyas por la intensidad de la situación.

—¡¿Cómo?! —exclamé sin dar crédito a lo que me decía—. Te juro que no soy nada fantasiosa. No me monto películas con facilidad. En la vida me había pasado algo así y estoy segura de que Rachel se está comunicando conmigo de la única forma que puede en el silencio de esa habitación. No me lo estoy imaginando.

—Eso le he dicho yo, y ahí es cuando me ha explicado su segunda teoría: que, de ser posible la telepatía entre vosotras, puedes estar accediendo al rincón de su cerebro donde guarda los recuerdos. Según él, eso no significa que ella lo esté compartiendo contigo conscientemente.

—Vaya…, eso es muy decepcionante —murmuré abatida—. Aun así, sigo creyendo que cabe la posibilidad de que se haya dado cuenta de mi presencia.

—Yo también pienso que es posible. Aunque prefiero ser realista y prepararme para lo peor…

—¿Te ha vuelto a hablar de desconectarla? —pregunté en un hilo de voz.

—No, solo ha dicho que le parece buena idea que sigas visitándola para ver si hay algún cambio.

—¿Le has contado la verdad sobre nosotras?

—Sí, y por eso quiere ver si tu presencia hace que ella reaccione.

—Eso es positivo, ¿no?

—Puede ser. Pero me parece que ha preferido no ser cruel y ha evitado recordarme que antes o después tendremos que tomar una decisión.

—Voy a seguir yendo a diario al hospital —declaré con determinación—. Mañana me voy a un hotel que está muy cerca de allí, así que voy a pasar con ella todo el tiempo que pueda.

El rostro de Alan cambió de expresión al escucharme, pero no dijo nada para convencerme de lo contrario. Seguramente él también necesitaba su espacio.

—Hoy has estado allí muchas horas. ¿No es muy duro para ti?

—No te voy a engañar, no es fácil. Pero le he contado mi vida en verso, y ha sido como una terapia de choque. Al hablar yo sola durante tanto rato sobre quién soy ha sido un poco como estar tumbada en el diván de un psicoanalista. No sé si conseguiré que reaccione abriéndome a ella de par en par, pero creo que, de alguna forma, me servirá para analizar mi vida y tener la conciencia tranquila. Al menos estoy intentando que me conozca.

—Desde que se enteró de la verdad es lo que más deseaba. Encontrarte se convirtió en su prioridad absoluta —declaró con vehemencia—. Todo sería muy distinto si esa noche no le hubiera animado a subirse a ese coche...

—Lo sé, y es mejor que no hablemos de eso porque ya no se puede cambiar nada.

—Aunque no lo hablemos, la culpa sigue ahí.

—Sí, pero creo que darle vueltas no nos va a ayudar a ninguno de los dos.

—¿Y de qué quieres que hablemos?

—De Rachel. Me he dado cuenta de que apenas sé nada de ella. No nos parecemos demasiado físicamente, debemos de haber sacado cada una rasgos muy distintos de nuestros padres.

—En la carta lo decía —comentó él—. Al parecer Rachel se llamaba Olga y era clavada a Katerina.

—Sí, y a mí me llamaron Anya y era muy parecida a ese cabrón que tanto nos detestaba —escupí con rabia.

—No pienses en eso. Lo único que conseguirás es hacerte daño.

—Ya, intento no hacerlo, pero es muy difícil. Esa carta es desgarradora.

—Sí, lo es, y lo primero que puedo decirte sobre tu hermana es que a ella las palabras de Katerina también la dejaron muy tocada. También puedo contarte que es verdad que vuestros rostros no son parecidos. De haber sido así, me habría dado cuenta de quién eras mucho antes y las cosas no se habrían complicado tanto. Siempre pensé que la niña que John se había llevado se había criado con él y con Ursula y estaba convencido de que su hija era adoptada. Cuando John me sacó de mi error ya era demasiado tarde. Tú ya te habías metido bajo mi piel.

—Prefiero que no hablemos sobre eso… —murmuré, intentando olvidar su última frase—. Es evidente que por fuera no nos parecemos. Pero ¿y por dentro?

—Mucho más de lo que puedas imaginar.

60

Amy

Todo lo que Alan me contó sobre Rachel me gustó. No éramos idénticas, pero teníamos muchas cosas en común. Nos gustaba el arte y necesitábamos expresarlo. Ella como bailarina. Yo como fotógrafa. Eran formas distintas de hacerlo, pero tenían en común la creatividad. Rachel, evidentemente, había heredado su don para el ballet de nuestros verdaderos padres y desde niña lo había practicado. En mi caso, tendría que intentar descubrir si alguien entre mis antepasados me había contagiado la pasión por capturar para siempre los lugares y situaciones que me impactaban.

Otra cosa que teníamos en común era el hecho de que nuestros padres adoptivos nos hubieran trazado un camino que no reflejaba quiénes éramos en realidad. Su padre la había empujado a pertenecer a un círculo social en el que ella se ahogaba. Tuvo que sobrevivir en ese elitista internado porque no tuvo otra opción. No obstante, una vez que fue mayor de edad, eligió su propio destino. A pesar de que Richard quería que ella fuese a la universidad, Rachel no dio su brazo a torcer; decidió dedicarse en cuerpo y alma a la danza, y le importó un comino que su padre pusiera el grito en el cielo al enterarse de sus intenciones.

Mi hermana fue valiente y supo rebelarse a tiempo para encontrar su sitio. Yo, en cambio, había agachado la cabeza y había aceptado el deseo de mis padres, pero al menos ahora estaba intentando encontrar mi propio camino.

Creo que, de entre todo lo que Alan me contó, el hecho de que ella fuera más extrovertida era lo que más nos diferenciaba. Tenía muchísimos amigos y, por lo visto, entre los ensayos y funciones con su compañía de danza moderna y su activa vida social, apenas paraba en casa. Yo era un poco más tranquila y reservada. No hacía amigos con facilidad. Mi hermano siempre había sido mi refugio, y con el alto nivel de exigencia que me había autoimpuesto en los últimos años, primero en la universidad y luego en la oficina, tampoco había tenido mucho tiempo libre para cuidar esa faceta de mi vida. Por eso la conexión que había tenido con Aanisa había sido un regalo para mí. Era la primera persona que me veía de verdad y a la que había podido llamar amiga en mucho tiempo.

Charlaba con ella por teléfono todas las noches. Con Harry y con mi madre apenas había hablado, me comunicaba con ellos sobre todo por mensajes. Por alguna razón, me costaba compartir con mi familia todo lo que estaba viviendo en Londres. Pero con Aanisa me resultaba muy sencillo expresarme. No tenía miedo de herirla o de que alguna de mis palabras sonara a reproche. Además, ella estaba al tanto de que los sentimientos que me desbordaban no solo eran aquellos que empezaba a despertarme mi hermana. Sabía que mi interior intentaba mantener a raya otros más románticos y explosivos. Alan me había dejado fuera de combate al decirme que me había metido bajo su piel.

—Antes todo esto era algo intangible y abstracto. Sabía que estaba ahí, pero no lo terminaba de entender —le expliqué cuando, ya a solas en mi habitación, pude llamarla—. Pero ahora Rachel comienza a ser algo muy real y necesito que salga adelante. Ya no es una completa extraña. Empiezo a conocer quién es a través de lo que Alan me cuenta y entre nosotras está surgiendo una extraña conexión a pesar de que no pueda hablar conmigo ni sepa que estoy allí. Sé que, de algún modo, estamos conectadas. Si se va, echaré de menos la oportunidad de no haber podido conocerla del todo. Es alguien con quien no tengo recuerdos, pero me dolerá mucho perder un futuro en el que poder construirlos.

—Ojalá se despierte. Sería precioso que pudierais recuperar todos estos años que no habéis pasado juntas. Pero si no es así, al menos tendrás la tranquilidad de que has estado ahí para intentarlo.

—Sí, pero si al final ella no sale adelante, creo que me va a costar mucho superarlo.

—Seguramente sea así, pero no lo pienses ahora. Y, si estás tan convencida de que Rachel sabe que estás ahí, pasa todo el tiempo que puedas con ella. Es la única oportunidad que tienes de que salga del coma. No pierdes nada por intentarlo.

—Sí, eso es cierto. Además, si sigue mostrándome esas visiones, será una forma de conocerla un poco mejor.

—Aférrate a esa sensación que tienes cuando le coges la mano y disfruta de su calor mientras puedas. No sé si podréis tener un futuro como hermanas, pero ahora lo importante es que te estás encontrando con ella en ese silencio del que puedes aprender más de lo que imaginas.

Seguí el consejo de mi amiga. En los días sucesivos, ya instalada en el hotel, mi rutina diaria consistió en visitar a Rachel mañana y tarde. Cuando no estaba en el hospital, aprovechaba para pasear por Londres e intentar comprender por qué demonios no había vuelto a tener ninguna visión cuando cogía su mano. Me preocupaba que se estuviera alejando definitivamente de mí, de la vida. O quizá se había acostumbrado a mi presencia y su cerebro ya no reaccionaba con tanta intensidad a mi contacto.

Lo que sí había visto con claridad era que, en realidad, todo el tiempo que pasaba en esa habitación no era solo para encontrarme con ella, sino también conmigo misma. Había ratos en los que no paraba de hablar y le contaba mil anécdotas sobre mi vida, pero había otros momentos en los que me quedaba callada y me limitaba a coger su mano. Estaba siendo una experiencia catártica, porque me estaba dando cuenta de todo lo bueno que mis padres me habían dado. Siempre me había centrado en quejarme de sus reglas y exigencias, pero había muchas otras cosas que habían compartido conmigo que eran muy positivas.

Aquellos viajes a la playa cada verano en los que mi padre se dedicaba única y exclusivamente a jugar con nosotros en el mar.

Las barbacoas en el jardín de casa en las que lo pasábamos tan bien.

Las noches en vela de mi madre cuando había estado enferma.

O el disfraz que me cosió con sus propias manos para mi primera fiesta de Halloween.

A pesar de lo duros que habían sido conmigo en lo que respectaba a mis estudios, me habían regalado una infancia feliz. No habían sido los padres más cariñosos del mundo, pero me habían demostrado su amor de muchas formas. Y me estaba dando cuenta de que su empeño en que Harry y yo nos esforzáramos al máximo en todo lo que hacíamos había sido otra forma de amor. Solo se habían equivocado en no dejarme elegir mi camino profesional, pero me habían inculcado el valor del esfuerzo y la disciplina. Y gracias a eso me habían ayudado a convertirme en una persona fuerte y luchadora.

Durante esos días en el hospital me di cuenta de que, si no me había derrumbado ante esa situación tan dura y estresante, era gracias a los firmes cimientos que ellos me habían dado. Y también comprendí que, aunque una parte de mi personalidad estuviera ligada a mis genes, lo que más me definía era todo lo que había vivido con ellos, tanto lo bueno como lo malo.

No había visto mucho a Alan desde que me había ido de su casa. Habíamos coincidido un par de veces en el hospital, pero habían sido encuentros breves en los que apenas habíamos hablado. Aunque no quisiera admitirlo, echaba de menos su compañía. Era la única persona que conocía en aquella ciudad y tenía que hacer un gran esfuerzo para no llamarle. Me apetecía compartir con él todo lo que estaba experimentando.

Ese sábado salí del hospital bastante desanimada. Una vez más, no había percibido nada al coger la mano de Rachel. Ya era el cuarto día consecutivo en el que no se comunicaba conmigo de esa curiosa forma para la que los médicos no tenían explicación. Y comenzaba a asustarme de verdad que su estado de coma fuera aún más profundo que a mi llegada.

Iba caminando hacia el hotel, intentando entender por qué demonios Rachel no me mostraba nada, cuando mi móvil comenzó a sonar. Me sorprendí mucho al ver de quién se trataba; desde aquella noche en el piso de Harry no había vuelto a saber nada de mi padre. Estaba muy cabreada con él, pero, aun así, contesté la llamada.

—Hola, papá —dije sin mucho énfasis.

—Hola, Amy… ¿Qué tal estás?

—¿Tú qué crees?

—Me imagino que pasando por algo muy difícil…

—Tú lo has dicho. Conocer a mi hermana, inconsciente en la habitación de un hospital, no es algo que entrara en mis planes. Todo mi mundo se ha puesto patas arriba.

—Lo sé… Y lo siento. —La voz de mi padre sonaba realmente triste y arrepentida—. Amy… Sé que me equivoqué.

—¿Y por qué has tardado tanto en admitirlo? No se puede salir huyendo como lo hiciste.

—Necesitaba tiempo. Pero si quieres, podemos hablar de todo esto ahora.

—No creo que sea el tipo de conversación que deberíamos tener por teléfono.

—No va a ser una conversación telefónica. Acabo de llegar a Londres. Dime dónde quieres que nos encontremos. Calculo que en una hora, más o menos, estaré allí.

61

Amy

Mi padre estaba sentado frente a mí en la cafetería que había justo al lado del hotel donde me alojaba. Era un local sencillo y práctico donde no se habían molestado en disimular el paso del tiempo. Y creo que por eso me gustaba; era un lugar donde la realidad se imponía y los adornos sobraban. Allí las cosas eran lo que eran y ya está. Agradecía ese toque de franqueza después de tantas mentiras.

Estaba bastante asombrada de que él hubiera recorrido más de siete mil kilómetros en avión para hablar conmigo cara a cara cuando no iba a pasar ni veinticuatro horas en Londres. Tenía que regresar a la mañana siguiente porque no podía faltar a su trabajo el lunes. Y sabía que pagar ese billete, sacado a última hora, habría supuesto un buen sablazo a su cuenta de ahorros. En casa nunca nos había faltado de nada, pero tampoco había sobrado. Tanto mi padre como mi madre llevaban toda la vida trabajando muy duro para mantener a flote la economía familiar.

—Te juro que si no le conté la verdad a tu madre fue porque pensé que era lo mejor para todos —dijo al tiempo que unas lágrimas asomaban a sus ojos.

—La mentira nunca es la mejor opción.

—No estoy de acuerdo —se defendió con suavidad—. Hay circunstancias en que es necesaria para proteger lo que más quieres.

—¿En serio lo crees así?

—Sí. Tu madre no habría querido quedarse contigo si hubiera sabido la verdad y habríamos perdido la oportunidad que nos sacó del vacío. Tú trajiste la alegría de nuevo a nuestra casa. Y nosotros te dimos la vida que merecías. Ya te lo dije, si no te hubiéramos adoptado, lo habría hecho otra familia. Ese amigo de John que os había sacado de Rusia solo se había encaprichado de una de vosotras.

—Sí, ya he escuchado eso varias veces —dije molesta—. No sé por qué me cogió tanta manía. ¡Era tan solo un bebé indefenso!

—No se trata de que te tuviera manía. Nunca lo conocí en persona, pero por lo que John me contó sobre él, era un tipo muy particular. Su idea siempre fue adoptar solo a una de las dos y nada hizo que cambiara de parecer. Estaba convencido de que lo más justo era que una pareja que deseaba tanto ampliar su familia disfrutara de ese otro bebé.

—Tenía medios de sobra para habernos mantenido a ambas. Le he dado muchísimas vueltas y sigo sin entenderlo. Ya he escuchado varias veces esa estrafalaria idea de que así repartía más amor, pero no deja de sonarme a excusa barata.

—Amy, hay cosas que simplemente no tienen explicación —declaró, extendiendo las manos sobre la mesa para coger las mías. Seguía disgustada con él, pero no le rechacé—. En la carta que él nos escribió antes de que llegaras decía algo que nunca olvidaré: «Mi corazón solo tiene espacio para una de ellas. No me veo capaz de amarlas por igual, y no sería justo que esta niña, que para vosotros va a ser tan importante, se quede aquí para crecer en segundo plano. Será más feliz y llenará ese vacío que tanto os duele».

—Papá… Es muy duro descubrir que fui rechazada dos veces… —dije sollozando—. Primero Katerina se deshizo de nosotras. Y luego Richard prefirió separarme de Rachel porque no se veía capaz de querernos por igual.

—Sí, se equivocó, pero su error fue el mayor acierto para nosotros porque, al igual que Harry, creciste siendo la luz de nuestra vida.

No tuviste a tu hermana biológica, pero no te quedaste en un segundo plano y ganaste un hermano que te adora.

—Sí, eso ya lo sé. Harry es alguien imprescindible en mi vida —admití sin dudarlo mientras me secaba las lágrimas.

—Si esa chica logra recuperarse, puede que termines teniéndoles a los dos. Quizá esta enrevesada historia no acabe tan mal.

—Ojalá suceda eso, pero me parece que Rachel está cada vez más cerca de cruzar al otro lado —le confesé—. ¡Tendríais que haberme contado la verdad hace mucho tiempo!

—Quise hacerlo, te lo prometo, sobre todo porque sabía que tenías derecho a conocerla. No sabes cuánto lo siento… —Ahora eran sus ojos los que se empañaban—. Pero si te lo hubiera contado, habría roto el acuerdo que cerré con ese hombre. Le prometí por escrito ocultaros la existencia de Rachel tanto a tu madre como a ti.

—Richard murió hace unos meses. Esa promesa ya no importaba. Era el momento de la verdad, y seguiste callado —le reproché sin alterarme—. Tenías que haber sido valiente y haber aprovechado para enmendar el gran error que cometiste.

—Sí, debería haberlo hecho, pero me daban tanto miedo las consecuencias…

—Las consecuencias de seguir callado han sido peores. Mi hermana está entre la vida y la muerte, y lo más probable es que nunca pueda conocerla de verdad. De haber sabido todo esto, yo habría contactado con ella antes de que viajara a San Petersburgo. Allí fue donde descubrió que le habían ocultado mi existencia. Si hubiéramos ido juntas a Rusia a buscar respuestas, todo habría sido muy distinto. ¡Jamás se hubiera subido a ese jodido deportivo!

Mi padre dejó su silla y se sentó junto a mí. Pasó un brazo por mis hombros y me atrajo hacia él. Nunca había sido muy dado a las muestras de afecto, así que su forma de arroparme me descolocó por completo. Rompí a llorar con fuerza y él me abrazó más fuerte, consolándome sin palabras. Ninguno de los dos hablamos durante un buen rato.

—Tu madre volvió hace unos días a casa —susurró finalmente sin separarse de mí—. Sigue enfadada conmigo, pero está algo más tranquila y al menos mantuvimos una conversación civilizada sobre todo esto. Harry no contesta a mis llamadas, pero confío en que podamos hablar cuando él esté preparado. Y espero que tú, que eres la más afectada por todo esto, me perdones algún día. Solo le pido al cielo que esa chica salga adelante, porque si no seré yo el que no consiga estar nunca en paz consigo mismo.

Tardaría en perdonarle. El caos que había originado ese secreto que él había guardado bajo llave durante tantos años era demasiado grande. Sin embargo, he de admitir que la actitud que estaba mostrando en aquella improvisada visita era un primer paso en esa dirección. Sus últimas palabras en aquella cafetería también me ablandaron bastante.

Mi padre había salido el viernes al mediodía de Baton Rouge para viajar durante más de quince horas seguidas y así poder hablar conmigo frente a frente. Estaba agotado física y emocionalmente, por lo que decidí zanjar por el momento nuestra conversación. Nos acercamos a pie hasta mi hotel y la suerte estuvo de nuestro lado; tenían otra habitación libre, así que subió a darse una ducha y dormir un rato. Quedamos en salir a dar un paseo por la ciudad cuando él estuviera más descansado.

Oxford Street era un hervidero de gente. Aquel sábado por la tarde las aceras estaban atestadas de viandantes, y de los comercios salían y entraban riadas de gente. Mi padre, acostumbrado a vivir en una ciudad tranquila y pequeña, estaba un poco estresado con tanto jaleo. Poco a poco nos alejamos de aquel tremendo barullo para llegar hasta Hyde Park. A pesar de que mucha gente paseaba también por allí, las grandes avenidas pavimentadas nos permitieron caminar sin agobios en aquella soleada tarde. Nos adentramos en el parque hasta llegar al lago Serpentine. Al ver una cafetería desde la que se divisaba el ir y venir de los cisnes, no dudamos en sentarnos a tomar algo. Necesitábamos descansar un poco después de la larga caminata que habíamos dado desde nuestro hotel, situado en la parte más al norte del barrio de Marylebone.

—Si las circunstancias fueran otras, diría que es un lujo estar aquí —dijo mi padre, una vez que nos trajeron los cafés que habíamos pedido.

—Lo es igualmente, papá —declaré, mirando a mi alrededor. Las vistas del lago y de la arboleda que lo rodeaba eran una maravilla, especialmente bajo esa cálida luz vespertina—. A mí también me habría gustado estar en esta ciudad siendo simplemente una turista más. Pero ya que esta inesperada vuelta de tuerca en mi vida me ha traído hasta aquí, tengo que intentar disfrutar de los pocos momentos en los que puedo ir conociendo algunos rincones de Londres.

—¿Y qué te está pareciendo por ahora?

—Me está encantando. Está llena de contrastes, y esa dualidad me atrae. Es moderna y tradicional al mismo tiempo. Puedes visitar a Van Gogh y a Monet en la National Gallery o viajar al futuro con Rothko en la Tate. Hay gente de todas partes…

—Mmm… No sé por qué me da que como te quedes aquí un poco más ya no te veremos el pelo al otro lado del océano —comentó mi padre mientras saboreaba su capuchino.

—No me lo había planteado… —murmuré pensativa.

—¿Has sabido algo de la universidad de San Francisco donde hiciste la entrevista para ese máster? —me preguntó con genuino interés. Parecía que, como mi madre, él también quería apoyarme de verdad con el nuevo rumbo que había decidido darle a mi vida.

—Sí, de hecho ayer tuve noticias del departamento de Admisiones.

—¿Y…?

—¡Me han admitido! —exclamé, sonriendo de oreja a oreja por primera vez en mucho tiempo. Había visto ese correo electrónico al irme a dormir la noche anterior, pero no reaccioné de forma demasiado efusiva al leer su contenido en la soledad de mi habitación. Me encontraba triste y cansada tras pasar otra tarde con Rachel en la que nada había cambiado, y en ese preciso momento aquella noticia no me pareció demasiado relevante. Ahora que respondía la pregunta de mi padre, me di cuenta de lo mucho que me alegraba saber que mis fotos eran lo suficientemente buenas para que hubieran decidido dejarme entrar en aquel prestigioso curso de posgrado.

—¡Me alegro mucho! —celebró mi padre.

—Pero no sé si aceptar —dije dubitativa—. Me gustaría explorar otras opciones antes de tomar mi decisión final.

—Quizá lo que dijo tu madre sobre Nueva Orleans pueda ser una alternativa, ¿no? —me recordó—. No te voy a engañar, esa sería una gran noticia para nosotros. Tanto ella como yo estamos deseando tenerte más cerca y así compensar, en la medida de lo posible, el sinsabor de lo que has descubierto. Siempre hemos sido muy exigentes y autoritarios contigo porque pensábamos que eso era lo mejor para ti. Pero ya no eres una niña y pareces tener las cosas muy claras. Creemos que ahora estás en todo tu derecho de tomar las riendas de tu vida y nos encantaría estar a tu lado para apoyarte.

—Te agradezco mucho esas palabras, papá —dije con un nudo en la garganta—. No sé qué voy a hacer. Estoy en una especie de limbo vital y no puedo tomar ahora ninguna decisión sobre mi futuro. Aunque es improbable, si Rachel al final sale adelante me gustaría estar cerca de ella para llegar a conocerla bien.

—No tienes que decidir nada por ahora. Estás en todo tu derecho de quedarte en Londres el tiempo que necesites. Ojalá esa chica despierte y tengas la oportunidad de recuperar lo que John y yo te quitamos.

—Ahora que lo mencionas… ¿Cómo es posible que no se haya puesto en contacto conmigo desde que me fui de Half Moon Bay? Ursula me ha escrito en varias ocasiones, pero de él no he sabido nada.

—Yo sí he hablado con él. Está hundido. No sabe qué decirte —me explicó con tristeza—. Ursula también está muy enfadada con todo esto. Ella tampoco conocía la existencia de Rachel. Se enteró cuando recibió el sobre que incluía la carta de Katerina y una nota adjunta en la que ese tal Alan le pedía que te la entregara. Te puedo asegurar que su matrimonio no está pasando por su mejor momento.

Me entristeció escuchar eso.

Era increíble la cantidad de vidas que se habían visto afectadas por la egoísta decisión de Katerina. Pero ella no era la única culpable; Sergei nunca nos quiso en su vida y ese poderoso y rico inglés que nos había separado para siempre se había llevado a la tumba una decisión imperdonable.

62

Alan

—… y se fue ayer. Ha sido una visita muy breve, pero muy positiva. Después de cómo reaccionó en Nueva York, que apareciera por sorpresa aquí en Londres me ha ayudado mucho. Me he dado cuenta de que, a pesar de que se equivocó, mi padre me quiere con locura y no piensa permitir que la verdad nos destruya.

Al entrar en la habitación escuché aquel fragmento de lo que Amy le estaba contando a Rachel mientras le cogía la mano. Al parecer, su padre había venido a verla, pero, como llevaba varios días sin saber nada de ella, no me había enterado y yo había preferido mantener las distancias para no agobiarla.

Pero ahora debía hablar con ella. Acababa de mantener una conversación con los médicos y Amy tenía derecho a saber lo que me habían dicho.

—Buenos días —dije en voz baja para no sobresaltarla. Se giró y me miró sin mostrar ninguna emoción en concreto.

—Buenos días —repitió con suavidad.

—No he podido evitar escuchar lo que le contabas a Rachel. Me alegro de que tu padre viniera a verte.

—Gracias…

—¿Salimos a tomar un café? Tengo algo que contarte.

Amy asintió en silencio. Le dio un beso en la frente a su hermana y se levantó de la silla.

Fuimos a una cafetería próxima al hospital y nos sentamos uno frente al otro. No pude evitar fijarme en que había algo distinto en su mirada. Donde antes había ansiedad y desconcierto, ahora se veía cierta paz.

—¿Qué querías contarme?

—He hablado con los médicos de Rachel hace un rato y la situación está empeorando. Sospechan que su actividad cerebral está disminuyendo y van a hacer una serie de pruebas para confirmarlo.

—Y si es así, ¿qué va a pasar?

—Si los resultados concluyen que no hay posibilidad alguna de recuperación, tendremos que plantearnos muy en serio lo que ya me dijeron hace unas semanas.

—¿A qué te refieres exactamente? —preguntó angustiada—. ¿A desconectarla?

—Sí, es lo que ellos sugieren que hagamos si se determina que no hay nada más que hacer.

—¿Qué crees que querría ella? —preguntó al tiempo que unas lágrimas se asomaron a sus ojos. Me esforcé por mantenerme sereno y no imitarla. Sentí una imperiosa necesidad de abrazarla, pero me contuve.

—Creo que odiaría vivir así, siendo un vegetal. Rachel no querría que su alma se quedara atrapada en un cuerpo que ya no le pertenece —dije con un nudo en la garganta—. Sé que preferiría volar alto, bailar hasta el cielo y acariciar las nubes en libertad.

—Me habría encantado verla bailar…

Amy se rompió en mil pedazos tras decir esas palabras y no pude contenerme más. Me levanté de la silla y la rodeé con los brazos. Sentí cada una de las sacudidas de su menudo cuerpo sobre mi pecho mientras lloraba y yo me rompí también.

—Esto tiene que ser un castigo por todo lo que he hecho… —mascullé lleno de dolor y de rabia.

—¿A qué te refieres? —preguntó, separándose de mí mientras se limpiaba las lágrimas que le resbalaban por las mejillas.

—No te lo voy a contar. Te lo voy a mostrar.

63

Katerina

Alargué la mano hacia la suya, pero me temblaba tanto que la volví a poner en mi regazo. Respiré hondo y dediqué unos minutos a intentar calmarme.

—No sé si debería estar aquí y tampoco si mi presencia servirá de algo —comencé a decir sin atreverme aún a tocarla—. Nunca pensé que tendría que volver a despedirme de ninguna de vosotras. Eso ya lo hice hace mucho tiempo y es una experiencia que no quería volver a vivir. La decisión que tomé ya no tiene marcha atrás. Llevo años diciéndome a mí misma que fue lo mejor para todos, pero eso no significa que no fuera duro. Quiero que sepas que nunca imaginé que os fueran a separar. Si algo me ha consolado durante todos estos años, cuando algún recuerdo me acechaba, era pensar que siempre os habíais tenido la una a la otra.

Hice una pausa y observé a aquella chica que ahora llamaban Rachel. Seguía inerte y nada parecía indicar que se estuviera percatando de mi presencia ni de mis palabras.

—Sin embargo, estoy aquí. Esa estadounidense que me llamó hace unos días me contó vuestra verdadera historia —hice una pausa y tomé aire antes de continuar hablando—. Me quedé de piedra al descubrir que crecisteis separadas, sin saber de la existencia de esa otra mitad que os completaba. Como te conté en esa carta que escribí al enterarme de que venías a San Petersburgo, Sergei no quería que siguiera adelante con ese embarazo sorpresa. No obstante, me convencí de que podría ser madre y bailarina al mismo tiempo. Y lo intenté, te juro que lo hice, pero renunciar a mi carrera y perder a Sergei era un precio demasiado alto que no estuve dispuesta a pagar. Suena cobarde y egoísta, lo sé. —Las palabras se me atragantaban y tragué saliva para intentar deshacer el nudo que atenazaba mi garganta—. Siento ser tan cruda, pero lo cierto es que vuestra presencia me ahogaba. Me sentía anulada y deprimida, como si yo ya no fuera a ser nunca más yo misma. No quería ser la madre de nadie. Quería ser, simplemente, Katerina. Me convencí de que ibais a estar mejor creciendo juntas con una familia que os pudiera dar todo lo que nosotros éramos incapaces de ofreceros. Y no me refiero al dinero, sino al tiempo y a la dedicación que dos bebés tan preciosos se merecían. Quería que os criara una madre que no sintiera que vuestra existencia acabaría con la suya propia.

Me esforcé por no romper a llorar. Sabía que estaba siendo extremadamente sincera, quizá incluso cruel, pero no había volado a Londres desde San Petersburgo para interpretar un papel falso. Había ido a despedirme de una de las niñas que había traído al mundo porque era lo único que podía hacer a esas alturas. Ella había llegado a este mundo de mi mano, y si se tenía que ir, al menos quería estar allí para acompañarla. No les restaría ninguna culpa a mis actos del pasado, pero al menos tendría el consuelo de haber estado con ella durante unos instantes antes de que se fuera para siempre. Era mi última oportunidad para intentar que se aferrara a la vida.

—Me he enterado de que tú también bailas… —dije esforzándome por no romper a llorar—. Ojalá consigas despertar y volver a hacerlo, porque sé por propia experiencia lo maravilloso que es ser libre a través de los movimientos de tu cuerpo. El baile ha sido, es y será siempre mi mejor forma de comunicarme con el mundo. Sin palabras, sin reproches, sin arrepentimientos… Solo la música y mi cuerpo, movido por el volcán de emociones que el sonido de los instrumentos despierta dentro de mí.

Al fin me animé a coger una de sus manos entre las mías. Ya no me temblaban. Ahora me encontraba más preparada para sentir la suave y cálida piel de esos dedos tan parecidos a los míos. Largos, delgados y pálidos.

—Sin saberlo, te robé la oportunidad de crecer junto a tu hermana. Y por eso sí te pido perdón, una y mil veces si es necesario. —Perdí la batalla y unas lágrimas comenzaron a resbalar por mis mejillas—. Renuncié a ser vuestra madre, pero jamás pretendí que os separaran. No tenía ni idea de que la persona que os recibió en Londres fuera un tipo soltero, poderoso y extravagante que solo tendría ojos para ti. Estaba convencida de que os esperaba una pareja que os recibiría a ambas con los brazos abiertos.

Hice una pausa para coger fuerzas antes de continuar hablando.

—¡Olga, por eso tienes que luchar! No has tenido una infancia junto a Anya, pero si consigues salir de este estado, si te alejas de esa otra realidad a la que pareces querer irte definitivamente, podrás recuperar todo lo que entre unos y otros te robamos. Esta vida es tuya, sin importar que en un momento de desesperación te pusieras al volante de ese coche en plena noche. ¡No te culpes! ¡No te rindas! Lucha por volver, porque hay alguien esperándote que necesita que vivas para estar completa. Hay algo que debes saber: la historia entre Sergei y yo fue única. Nos quisimos sin límites, tanto y de una forma tan obsesiva que no pudimos permitir que nadie más se interpusiera entre nosotros, ni siquiera vosotras. Es cierto que no supimos amaros, pero debes tener claro que sois fruto del amor.

Me detuve unos instantes para limpiarme las lágrimas con el dorso de la mano.

—Os fallé, lo sé. Y no pretendo que lo entendáis ni me perdonéis. No lo merezco. Pero voy a tomarme la licencia de darte un consejo: no dejes de luchar por miedo a las consecuencias que tuvo aquel accidente. Lo que te espera es mucho más grande que esa culpa. Viniste a buscarme a San Petersburgo pensando que encontrarías a esa madre que nunca tuviste. Siento mucho si te decepcioné al enviar en mi lugar a una buena amiga para que te diera mi carta. No fui capaz de encontrarme contigo cara a cara, pero me alegro de haber escrito al menos esas palabras, porque fue así como descubriste que tu hermana también existe. Un océano os separó durante demasiado tiempo, pero no dejes que la muerte te aleje para siempre de ella. A través de Anya terminarás de conocerte a ti misma. Juntas encontraréis vuestro *sushchnost'*. Sergei y yo no pudimos daros la infancia que merecíais, y no debéis buscar vuestras raíces en el lugar en el que nacisteis, porque no están allí. Es el vínculo que os une, a pesar de todo, el que os guiará a partir de ahora. Sé que juntas llegaréis a ser la mejor versión de vosotras mismas.

64

Amy

Alan conducía deprisa por la autovía que nos alejaba de Londres. A ambos lados de la carretera se divisaban extensos campos verdes salpicados de ovejas y ganado. Había accedido a acompañarle porque sentía curiosidad por lo que quería mostrarme. Además, yo también necesitaba dejar la ciudad atrás y perderme en esa campiña interminable. Después de lo que me había dicho, sentía como si una bola de cemento hubiera caído sobre mí para aplastar el pedacito de esperanza que aún me quedaba. Quería alejarme de ese hospital aunque fuera por unas horas y olvidar esas pruebas que podían ser la sentencia final para Rachel.

No sabía adónde nos dirigíamos, pero no tenía prisa por descubrirlo. Necesitaba ese paréntesis en el que mis ojos solo veían esos parajes verdes e infinitos. Aproximadamente un par de horas después, dejamos la autovía y nos adentramos en una carretera secundaria que nos llevó hasta un pueblo típicamente inglés, cuyo centro histórico estaba salpicado de casas donde la hiedra trepaba a sus anchas por las fachadas de piedra, llegando en muchas de ellas hasta los inclinados tejados de pizarra.

—Qué sitio tan bonito —comenté, mirando a través de la ventanilla del acompañante.

—Sí, lo es —admitió Alan sin detener el coche—. Pero el lugar que quiero enseñarte está a las afueras.

Cruzamos despacio aquella pintoresca localidad y, cuando la dejamos atrás, el coche aceleró sin vacilar por una sinuosa carretera. Después de llegar hasta lo alto de una loma, la carretera descendía hacia un río. A lo lejos se distinguía una fábrica de cuyas chimeneas salía un espeso y denso humo oscuro. Alan desvió el coche hacia un sendero que nos llevó hasta la orilla. Justo enfrente, al otro lado del río, se levantaba aquel horrendo edificio industrial que rompía por completo la armonía de la naturaleza que lo rodeaba. No solo contaminaba el aire con aquel humo constante que teñía el cielo de gris, sino que de sus entrañas salían litros de lo que parecían residuos químicos que formaban una espuma verdosa al mezclarse con el agua, desplazándose impunemente corriente abajo.

—¿Qué hacemos aquí? —pregunté confundida una vez que nos bajamos del Audi.

—Te he dicho que te iba a mostrar el motivo por el que merezco ser castigado.

—No lo entiendo… ¿Qué tiene que ver este lugar contigo? ¿Acaso esta es la fábrica donde habrías trabajado si no hubieras ido a la universidad?

—No. No lo es, pero no es un lugar muy diferente al que me vio crecer y del que salí huyendo como alma que lleva el diablo.

Sus palabras destilaban tristeza y amargura.

—Entonces ¿qué significa este sitio para ti?

—Este lugar me recuerda cuando me traicioné a mí mismo por primera vez. Perdí mis principios y la ética a cambio de convertirme en el ojito derecho de Richard. Era mi oportunidad para demostrarle que, a pesar de ser un pipiolo que hacía poco que se había incorporado al bufete, podía ser tan despiadado y cabrón como se esperaba de mí —me explicó, lanzando una piedra al río—. Sabía que si conseguía que ganáramos el caso por el que nos habían contratado los propietarios de esta fábrica de productos químicos, no volvería a ser jamás un don nadie, un pobre de mierda que tenía demasiado en común con los habitantes del pueblo que acabamos de cruzar.

—¿Qué hiciste exactamente?

—Conseguir que el tribunal hiciera caso omiso de las graves acusaciones de varios vecinos y agricultores de la zona.

—¿No es eso lo que hace un abogado? ¿Defender a su cliente aunque sepa que es culpable?

—Esa fábrica contaminaba el agua del río con un componente que estaba enfermando tanto a animales como a personas, incluidos niños —respondió. Otra piedra cayó al río, ahora con más fuerza—. Acepté formar parte del caso sabiendo la verdad. Y, sí, un abogado tiene la responsabilidad de defender a su cliente a toda costa, pero debe hacerlo con ética. No tiene derecho a sobornar, extorsionar y presentar pruebas falsas para aplastar al más débil. Convencí al tribunal de que esa empresa no estaba haciendo nada malo, así que todos los afectados se quedaron sin voz y sin justicia. Eso sí, me convertí de la noche a la mañana en el abogado más joven en llegar a la cima. Y me enganché al éxito como un gilipollas. —Lanzó una tercera piedra. Esta vez con tanta rabia que casi llega a la otra orilla.

—Y desde entonces vives como un rey a costa de destruir las vidas de gente inocente —escupí escandalizada—. Gracias a ti, esa empresa no solo no pagó por lo que había hecho hasta el momento, sino que, a juzgar por lo que veo, sigue dañando lo que le rodea.

—Les aconsejé que para evitar problemas futuros y nuevas denuncias sustituyeran ese componente tan nocivo por otro más inocuo en sus procesos de fabricación —respondió, apoyándose en el capó de su coche—. Pero no me escucharon.

—¿Y por qué no te hicieron caso?

—Por dinero. Ese componente tan nocivo es mucho más barato que el que deberían usar. En las empresas, muchas veces la reducción de costes es más importante que la ética.

—Joder, a algunos solo les importa ganar, cueste lo que cueste y dañen a quien dañen —suspiré, poniendo los ojos en blanco.

—¿Ahora entiendes por qué siento que lo que le está ocurriendo a tu hermana es mi castigo?

—Tu castigo no es que Rachel esté en coma —le corregí—. Es el vacío que te carcome por dentro. Ahora entiendo mucho mejor lo que me contaste en nuestro viaje a Los Ángeles. Supongo que ese fue el primer caso de muchos en los que tergiversaste los hechos para ganar a toda costa, ¿me equivoco?

—No, no te equivocas... —admitió, desviando la mirada hacia el río—. En los últimos años es a lo que me he dedicado en cuerpo y alma.

—Y ese Porsche, con el que Rachel tuvo el accidente, es uno de esos caprichos que te has podido permitir gracias a enriquecerte destruyendo a los más débiles.

—Sí, es cierto... De no ser por mi fama de abogado infalible, jamás habría llegado tan alto. Las empresas pagan lo que sea necesario para que defienda sus intereses.

—Felicidades —masculé con bastante mala leche al tiempo que daba unas lentas palmadas en el aire—. Te avergonzabas de ser un chico pobre de un pueblo obrero y has conseguido destruirlo por completo. Me apuesto el cuello a que ese niño creció con principios y sentimientos, pero has hecho un buen trabajo borrándolo por completo. Solo espero que quede algo ahí dentro que consiga vencer al monstruo en el que te has convertido.

—¡Sí queda algo de él! Creía que no era así, creía que ya no había nada que pudiera despertarlo de nuevo. Lo dejé atrás cuando me fui a la universidad y me juré a mí mismo que no volvería a permitir que los sentimientos dirigieran mi vida —gritó, dando un puñetazo sobre la carrocería del coche—. Crecí siendo un niño sensible e introvertido. Intentaba integrarme en el colegio, pero lo único que recibía eran los palos de mis compañeros. Incluso mis hermanos se reían y abusaban de mí en casa. El día que decidí aceptar esa beca que me alejaría de aquel infierno, me prometí a mí mismo que jamás volvería a ser vulnerable. Y lo había conseguido. Ya nada me afectaba… Pero cuando Rachel quedó postrada en la cama de ese jodido hospital, y esa mujer y ese niño murieron por mi culpa, me di cuenta de que vivía en una torre solitaria y vacía de la que ya no sabía cómo bajar. Quise acabar con todo. Lo tenía decidido. Primero te encontraría para que Rachel te tuviera a su lado cuando despertara y luego pagaría con mi vida todo el mal que he hecho…

—¿Sigues queriendo hacerlo? —pregunté. Mi desprecio se convirtió en temor tras escuchar sus últimas palabras.

—No, ya no.

—¿Qué ha cambiado?

Alan se levantó del capó y dio unos pasos hacia mí. Su mirada era tan intensa que no pude moverme ni pestañear. Había un mundo entero encerrado dentro de esos ojos verdes, un montón de sentimientos que estaban luchando por encontrar la salida. Y la forma en que parecía que iban a liberarse me dejó petrificada.

Por miedo.

Por curiosidad.

Por anhelo.

Y, porque, por mucho que quisiera evitarlo, por más complicado y jodido que fuera su pasado, por más que detestara las consecuencias de sus actos, no podía negar que sentía algo muy intenso por él. Mi cámara había capturado su lado bueno y ese inmenso dolor que arrastraba, y desde entonces algo dentro de mí se había quedado prendado de esa parte de su corazón que ni él mismo sabía que seguía latiendo.

Sin saber muy bien por qué, yo era capaz de escucharlo. Me susurraba al oído que Alan era mucho más que el hombre calculador que se había empeñado en renegar de su pasado.

Era irracional, no tenía sentido y no era el momento adecuado. No permitiría que me besara. Antes tenía que solucionar mi propia vida. No podía dejar que su caos y el mío se mezclaran.

—Lo que ha cambiado es que al buscarte no sabía que te encontraría —respondió al fin, parándose justo delante de mí—. Te buscaba para Rachel, pero me di de bruces contigo en esos silencios junto a los acantilados de la Highway 1. En esos momentos en los que tú sacabas fotos al océano y yo me quedaba como un gilipollas mirándote. En esa sonrisa que me acompañó hasta Los Ángeles y me hizo volver a creer que las cosas podían ser fáciles. En que una simple canción podía conectarme a alguien de una forma incomprensible. Porque todo el lujo, el poder y el estatus social que me he empeñado en tener a mi alrededor importan una mierda si alguien como tú me mira. Contigo solo tengo que ser yo. Desde que llegué a Londres me rodeé de mucha gente importante, en los negocios, en las fiestas, en los clubes privados..., pero no estaba realmente cerca de nadie. Y de repente llegaste tú, natural y sincera, sin una gota de maquillaje y siempre con la verdad por delante. Los kilómetros que recorrí a tu lado fueron la mejor experiencia de mi vida. Jamás me he sentido tan conectado y atraído por nadie. ¡Joder, Amy, estoy tan enamorado de ti que ya no veo el mundo en blanco y negro!

Todos los motivos por los que no era buena idea dejar que se siguiera acercando se diluyeron después de ese intenso discurso. Sus brazos me atraparon contra el coche y una de sus manos ascendió lentamente por mi cuello hasta sujetar mi barbilla. Cerré los ojos y me estremecí sin remedio mientras su pulgar dibujaba con delicadeza el contorno de mi rostro.

Cuando al fin sus labios rozaron los míos, tardó unos instantes en dar el paso definitivo para devorarlos sin contemplaciones. No fui capaz de detenerle. Por mucho que me lo hubiera negado a mí misma, había anhelado ese momento desde aquella mañana en la que me había despertado sola en su habitación del Rosewood Inn. La razón me había dicho una y otra vez que no podía volver a dejar que Alan me nublara el sentido común. Sin embargo, en aquel preciso instante en el que sentí sus labios adueñándose de los míos, mi corazón fue el que tomó las riendas de la situación. Un corazón que correspondió a ese beso sensual y desesperado con la misma intensidad. Estaba tan hambrienta de él que me dejé llevar. En aquel instante no quedaba nada por decir ni excusas que pudieran protegerme de mis sentimientos. No dijimos ni una sola palabra más y nos limitamos a encontrarnos. Nuestra conversación la formaron las caricias, los besos y las miradas que nos mantuvieron alejados de la cruda realidad durante el rato que pasamos en aquel claro frente al río.

Estábamos perdidos en ninguna parte. Y nos descubrimos el uno al otro en todas a la vez.

65

Alan

Me costaba creer que Amy no hubiera salido huyendo.

Cuando me aproximé a ella, estaba convencido de que iba a rechazarme de pleno. Aun así, no había podido evitarlo. La intensidad de la conversación me había llevado a sincerarme sin remedio y, aunque me esperaba un tortazo en plena cara por intentarlo siquiera, necesitaba sentirla cerca de mí una vez más, así que me arriesgué. Ella era la única que podía ayudarme a olvidar lo que los médicos me habían dicho esa mañana. Estaba acojonado ante la posibilidad de que Rachel nunca volviera y el calor del menudo cuerpo de Amy, tan próximo al mío, era lo único que podía consolarme.

Cuando por fin conseguí separarme de ella, nos subimos al coche y regresamos a Londres. No sabía si estaba enfadada o en shock por lo que acababa de suceder entre nosotros, pero no dijo ni una palabra en todo el camino de vuelta. Yo tampoco tenía nada que decir por el momento, así que me limité a conducir lo más rápido que el tráfico me permitió.

Una vez en el centro de la ciudad, tomé el camino que llevaba a su hotel.

—No quiero estar sola ni cerca de ese hospital... —musitó. Esas fueron sus primeras palabras después de dos horas sin decir nada.

Asentí con la cabeza y cambié el rumbo. Fuimos a mi casa y ella no protestó. Una vez que entramos en el recibidor, cerré la puerta a mis espaldas. Amy se quedó mirándome fijamente. La expresión de sus ojos me resultó indescifrable.

—¿Quieres una copa de vino? —pregunté para romper el hielo.

—No lo sé… Quizá debería irme a dar un paseo antes de que suceda lo que ambos deseamos…

—¿Qué es lo que crees que va a suceder? —pregunté, sintiendo una irrefrenable oleada de deseo.

—Lo que no debería haberse interrumpido nunca en Half Moon Bay. Jamás debí despertarme sola en aquella habitación —susurró, desviando la mirada hacia el enorme y carísimo cuadro abstracto que colgaba de la pared que daba paso al salón—. Me dejaste suspendida en un limbo repleto de incertidumbres. Y luego lo llenaste de dolor.

—¿Crees que puedo hacerte olvidar ese error que cometí?

—Puedes intentarlo… —respondió con otro susurro, apartando sus ojos del cuadro para volver a mirarme. Lo hizo de tal forma que mi corazón se detuvo por un segundo antes de desbocarse.

No pregunté nada más. Me acerqué a ella y la atrapé entre mi pecho y la pared. Mis labios volvieron a encontrarse con los suyos y los saboreé sin pedir permiso. Amy me hacía perder por completo el sentido común. En la situación que nos encontrábamos quizá lo mejor habría sido no complicar más las cosas, pero la necesidad de sentirla era más apremiante que ninguna otra cosa.

Después de saborear sus labios y jugar con su lengua, la cogí en brazos y la llevé hasta mi dormitorio. La deposité sobre mi cama y me senté a su lado. Ella se subió a horcajadas sobre mis muslos y pegó su pecho al mío. Cogí su rostro entre las manos y la observé con detenimiento.

Era preciosa: su rostro era dulce y armónico, y sus ojos desprendían una luz que me llenaba de vida.

Amy era verdad.

Era alegría.

Era un volcán en erupción por cuya cima salían sin control sus emociones.

Con solo mirarla comprendía mejor las mías. Todos mis miedos, todas mis inseguridades y todos los errores que me habían llevado a convertirme en ese hombre que quería enterrar para siempre. Ella hacía que quisiera recuperar al chico con buen corazón que había dejado atrás en aquel pueblo que me vio nacer.

Y, sobre todo, conseguía comunicarse conmigo de una forma que iba más allá de las palabras. Nos hablábamos con la mirada, con el tacto, con el olor, con los escalofríos que nuestras caricias nos producían y con ese rastro de esperanza que compartíamos por que al final el dolor desapareciera.

Amy me ayudaba a vislumbrar algo de luz al final del túnel. Y lo que más deseaba en esos momentos era que su energía me iluminara de arriba abajo. Con ella no tenía miedo a desnudarme por completo, en cuerpo y alma.

Sin dejar de mirarla, comencé a desabrochar los botones de su blusa. Mis dedos exploraron la piel de su escote y noté cómo se estremecía al sentir mi contacto. Su respiración se aceleró y la mía también.

La desnudé despacio mientras besaba cada centímetro de su piel. Le quité el sujetador y mi lengua se deleitó con sus pequeños y firmes pechos. Los acaricié y bebí de ellos.

Llegados a ese punto, ella tomó las riendas y me despojó de la camiseta que llevaba puesta. Trazó un mapa sobre mi abdomen con sus largos dedos; sentí que iba a enloquecer. Después me rodeó el cuello con los brazos y sus senos rozaron la piel de mi pecho, encendiendo todavía más el fuego que ardía dentro de mí.

Me giré y la tumbé sobre la cama. Me deshice de los pantalones y luego le quité a ella los ceñidos vaqueros, que dibujaban las femeninas curvas que estaba deseando volver a descubrir. Ya la había visto desnuda en una ocasión, pero para mí era como si fuera la primera vez. Había pasado demasiado tiempo desde aquella noche y me moría de impaciencia por volver a contemplarla sin nada que cubriera ese cuerpo tan sexi y suave.

Vestidos únicamente con ropa interior, nos entretuvimos durante un buen rato.

Acariciándonos.

Descubriéndonos.

Ascendiendo poco a poco hacia ese cielo que ya habíamos tocado juntos en Half Moon Bay y que ambos anhelábamos volver a conquistar.

Llegados a ese punto, ya no pude más; deslicé aquellas braguitas blancas tan sencillas como seductoras por sus piernas y ella me ayudó a liberarme de la última prenda que me cubría.

Ahora ya no había ninguna barrera entre nosotros y dejé que mi instinto tomara el control. Me introduje dentro de ella y el húmedo calor de su cuerpo me recibió sin reservas. Comencé a embestir con suavidad. Cada vez que me hundía dentro de ella una corriente eléctrica me invadía. Amy gemía de placer y agarraba mis nalgas con las manos para ayudarme a marcar el ritmo.

Cuando ella quiso dirigir nuestra melodía, no se lo impedí. Me gustaba tener el control y no permitía que las mujeres con las que mantenía encuentros sexuales tomaran las riendas de la situación. Pero con Amy era distinto. Con ella no me daba miedo sentirme vulnerable. Me encantaba sentir su fuerza y determinación, y contemplar su cuerpo desnudo sobre el mío. Sus pechos eran una tentación que necesitaba sentir, y los cubrí con mis manos mientras ella se movía sobre mí. Lo hacía cada vez más rápido, marcando con las caderas ese movimiento que permitía que me hundiera dentro de ella cada vez con más profundidad y la sintiera cada vez más húmeda.

Estaba tan cerca de correrme que le supliqué que fuera un poco más lento. Quería alargar el placer. Me hizo caso y detuvo unos instantes su descontrolado baile, pero no pudo hacerlo por mucho tiempo porque ella también se aproximaba al clímax.

Juntos, sin barreras que nos detuvieran, llegamos por fin a ese lugar increíble y mágico que solo había conocido con ella en mi habitación del Rosewood Inn. Esta vez fue todavía mejor, porque no había secretos ni mentiras interponiéndose entre nosotros.

Y después los relojes se detuvieron.

Piel con piel, fundidos en un abrazo.

Perdidos en miradas infinitas y caricias de terciopelo.

Aturdidos.

Extasiados.

Sintiendo una plenitud que nos alejó del dolor y del miedo.

66

Amy

Me desperté entre los brazos de Alan sin saber muy bien dónde estaba ni qué hora era.

Nos habíamos quedado dormidos sin darnos cuenta. Él estaba sumido en un apacible y profundo sueño. No se inmutó cuando me alejé de él. Una vez en el borde de la cama, lo observé durante unos instantes mientras mi corazón se llenaba de una dulce sensación y unas mariposas aleteaban juguetonas en mi estómago. La sábana tapaba la parte inferior de su cuerpo. Tuve que reprimir la tentación de acariciar la piel de su torso, tan fibroso y bien definido. Parecía un ángel y no quise robarle ese momento de paz.

Me alejé de la cama de forma sigilosa y busqué mi ropa para vestirme. Según fui espabilándome, me di cuenta de que debían de ser las seis o siete de la tarde. Mi estómago vacío me recordó que no habíamos comido nada en todo el día.

Tenía que procesar lo que había ocurrido.

Me sentía extraña.

Una mezcla de felicidad y miedo se apoderó de mí. Lo último que había esperado al levantarme esa mañana en la solitaria habitación de mi hotel era que el día fuera a dar un giro tan inesperado. No había entrado en absoluto en mis planes acabar en su cama sintiendo cosas tan intensas. Nadie me había hecho sentir jamás tan amada, tan poderosa y vulnerable al mismo tiempo. Y mucho menos me habían llevado al éxtasis absoluto.

Con Alan, el sexo era de otra dimensión. Primitivo, salvaje y sensual por una parte. Dulce, sincero y mágico por otra. Una contradicción difícil de explicar que me resultaba altamente adictiva.

A primera vista, Alan era un tipo áspero e inaccesible. Pero tras esa coraza se escondía un chico atormentado por sus errores y un corazón que pedía a gritos volver a latir sin miedo.

Él me necesitaba. Lo demostraba con cada beso, con cada caricia, con cada susurro que emitía sobre mi piel. Pero yo a él también, mucho más de lo que quería admitir. Había pasado de detestarle con toda mi alma frente a esa fábrica a sentir que no podía resistirme a su contacto. Después de escuchar la historia sobre lo que había hecho para salvarles el culo a los directivos de esa empresa, librándoles de pagar las consecuencias de sus imperdonables actos, había sentido que tenía frente a mí al ser más detestable de la tierra. Pero unos segundos después, la intensidad de su mirada y el apasionado discurso que me soltó me convencieron de lo arrepentido que estaba de haber sido un monstruo sin escrúpulos durante tanto tiempo.

Nada era lógico en mi vida últimamente, así que decidí silenciar mis pensamientos y fui a la cocina a buscar algo de comer. No encontré gran cosa. Al parecer, Alan apenas cocinaba y tuve que conformarme con improvisar un sencillo sándwich de queso.

Me senté en uno de los taburetes tapizados y comencé a comerlo mientras le echaba un vistazo a mi móvil. Tenía varios mensajes de Harry y de mi madre. Les contesté y luego comprobé mi buzón de correo.

Ursula me había escrito después de mucho tiempo sin saber nada de ella.

Querida Amy:

¿Qué tal estás? ¿Qué tal va todo por Londres? Me imagino que estará siendo una experiencia tan dura como intensa. Espero de corazón que, a pesar del susto que te llevaste al conocer la verdad sobre tus orígenes, termines encontrando tu lugar y puedas seguir adelante con esos planes tan emocionantes que tenías en mente para tu futuro. Ayer hablé con tu madre y me informó de que no ha habido cambios en el estado de tu hermana. También me contó que tu padre fue a verte para darte las explicaciones que merecías.

Como ya te expliqué, yo no sabía toda la verdad. Solo conocía una parte de la historia. No obstante, te quiero pedir perdón una vez más por haber sido cómplice de la verdad que sí conocía. No he parado de preguntarme en estas últimas semanas si debía haberte contado algo sobre tu pasado, aunque a los demás no les pareciera correcto. Siempre pensé que yo no era la que debía hacerlo, pero viendo el caos que este secreto ha provocado en tu vida, ahora opino que quizá me equivoqué... El golpe habría sido menos fuerte si, al menos, hubieras sabido algo al respecto. No puedo hacer mucho desde aquí para ayudarte, pero hace un par de días tomé una decisión que espero que dé sus frutos.

Te escribo también para avisarte de que ya hemos estrenado la nueva web. Gracias a tus fotos ha quedado maravillosa y me encantaría que le eches un vistazo cuando puedas.

No sé qué estarás pensando hacer una vez que superes este inesperado episodio que te ha tocado vivir, pero quiero recordarte que tienes madera de fotógrafa y espero que no pierdas la ilusión. Por favor, no renuncies a tu sueño. No permitas que nada de todo esto te robe la magia que esa cámara y tú conseguís atrapar.

Te mando un beso con todo mi cariño y no dudes en contar conmigo para lo que necesites.

Deseando verte pronto,

URSULA

Agradecí de corazón las palabras de mi tía. Siempre habíamos estado muy unidas y desde que la bomba había estallado nuestra relación se había enrarecido. Aquel correo me dio la esperanza de que algún día todo volviera a la normalidad.

Sentí mucha curiosidad por ver el resultado de mi trabajo, así que introduje en el navegador la dirección de la página web del hotel.

Me sorprendió mucho ver que, en lugar de una de las muchas imágenes que había sacado del edificio, la foto que protagonizaba la página de inicio era la que le había hecho a Alan a través del visillo de su habitación mientras él contemplaba el mar de espaldas a la cámara. Una gran parte de la imagen se veía velada por la cortina y el tercio de la derecha dejaba ver con total nitidez el resto de la escena.

«Descubre un lugar mágico donde la realidad se fundirá con tus sueños».

Esa frase aparecía discretamente sobre la imagen en un suave tono blanco.

—Me da un poco de rabia admitirlo porque soy yo quien sale en esa foto, pero es una imagen preciosa. —El aliento de Alan sobre mi nuca me hizo dar un respingo. Había estado tan absorta mirando la nueva página web del Rosewood Inn que no me había percatado de que estaba detrás de mí. Apoyó las manos en mis hombros. Acto seguido, comenzó a deslizarlas por mis brazos, hasta entrelazar sus dedos con los míos. Todo mi cuerpo se estremeció al notar su contacto y su característico olor—. Define exactamente lo que consigue ese lugar: sentir un poco de paz aunque estés jodido sin remedio. Y tú supiste verlo.

—Intuí tu dolor, no lo voy a negar —admití—. ¿En qué pensabas mientras contemplabas el Pacífico desde ese balcón?

—La pregunta no es qué pensaba, sino qué sentía.

—¿Qué sentías?

—Una chispa de esperanza después de mucho tiempo sumido en las tinieblas. Fue muy débil y fugaz, pero fue un primer paso hacia la luz.

Apreté sus dedos antes de hacerle la siguiente pregunta.

—Después de lo que me has contado hoy, ¿no crees que ya es hora de que recuperes a ese niño al que traicionaste?

—Lo voy a intentar —susurró entre mi pelo—, pero no va a ser fácil.

—Nada que merezca la pena lo es…

—Tienes razón, pero lo malo es que no sé si estoy a tiempo de deshacer todo el daño que he hecho.

—El pasado no se puede cambiar, pero sí está en tu mano comenzar un nuevo camino en el que sigas a tu conciencia y a tu corazón.

—¿Estarías dispuesta a recorrer ese camino a mi lado? —me preguntó después de sentarse frente a mí. Aquellos ojos rasgados me suplicaban que no le rechazara.

—No lo sé… —suspiré—. Me encantaría decirte que sí, pero ahora mismo estoy demasiado abrumada por el futuro de Rachel.

—Lo entiendo…

—Vayamos paso a paso —dije con suavidad—. ¿Cuándo le van a hacer esas pruebas de las que te han hablado los médicos?

—No me lo han dicho exactamente. Me imagino que mañana o pasado.

—Esperemos primero a los resultados. No puedo darte una respuesta sobre nosotros cuando ni siquiera sé quién voy a ser en unos días. Si Rachel no vuelve nunca y pierdo la oportunidad de reencontrarme con ella, seré yo la que necesite recomponerse por completo. Y tendré que hacerlo sola porque no estaré preparada para caminar junto a nadie.

Alan no dijo nada. Se limitó a estrecharme entre sus brazos, apoyando mi rostro en su pecho mientras su nariz se perdía entre los mechones de mi pelo revuelto. Me sentí tan bien que ni pude ni quise rechazarle.

Tenía la firme intención de volver al hotel y reflexionar un poco sobre todo lo ocurrido ese día.

Pero después de ese abrazo vinieron los besos.

Después de los besos, las caricias.

Y, a continuación, la imperiosa necesidad de volver a encontrarnos piel con piel. Esta vez hicimos el amor de forma pausada y extremadamente dulce. Descubrí a un Alan protector y tremendamente romántico, y lo disfruté al máximo porque sabía que esa conexión que había surgido entre nosotros era frágil. No por la intensidad de nuestros sentimientos, sino porque si Rachel no regresaba, él se culparía para siempre por ese accidente y yo sería la mitad de un interrogante para el que ya no habría respuestas. Sería imposible avanzar juntos con tanto dolor a nuestras espaldas.

Así que no, no volví al hotel esa noche. Me quedé con él, dispuesta a disfrutar de ese efímero paraíso en el que nos encontrábamos. Ninguno de los dos quería pensar en esas dichosas pruebas y ambos estuvimos de acuerdo en salir a dar un paseo esa agradable noche de junio.

Caminamos hasta un coqueto restaurante francés al que Alan había llamado antes de salir para asegurarse de que nos guardaran una mesa. Era un local muy pequeño y romántico. Nos sentaron en una esquina junto a un patio interior en el que el sonido de una fuente y el titilar de unas velas nos transportaron a un lugar mágico. Un refugio donde no había que esperar a las conclusiones de los médicos y donde el pasado de Alan no existía. Ojalá hubiéramos podido quedarnos allí para siempre.

—Tengo una pregunta tonta… —Esbozó una media sonrisa algo maliciosa y jodidamente irresistible mientras nos servían aquel vino francés que él había elegido y cuyo nombre yo era incapaz de pronunciar.

—Venga, dispara —respondí mientras el aroma del vino llenaba mi nariz de toques de madera, frambuesa y mora.

—¿Algún exnovio despechado por ahí que pueda aparecer para aniquilarme?

—Puedes estar tranquilo —respondí, soltando una carcajada—. Nunca he tenido nada serio con nadie.

—¿Y eso? —preguntó, alzando una ceja.

—Tenía otras prioridades. Fui un ratón de biblioteca que también hacía turnos interminables como camarera. Mis padres me ayudaron todo lo que pudieron, pero yo debía hacerme cargo de una buena parte de los gastos, así que apenas tuve vida social durante mis años en la facultad. Tanto esfuerzo dio sus frutos: me gradué con honores y enseguida me surgió una oportunidad profesional tan buena como exigente. No me quedaba mucho tiempo libre para historias románticas.

—No me puedo creer que en Nueva York no salieras a divertirte, aunque fuera de vez en cuando.

—Sí, a veces salía, pero nunca conocí a nadie que me llenara lo suficiente —respondí con sinceridad—. ¿Y tú?

—El amor es algo a lo que me acostumbré a negarme sistemáticamente. Me hacía demasiado vulnerable...

—¿Vulnerable a qué?

—No se puede sobrevivir entre tiburones si te conviertes en un delfín.

—Qué pena que pienses así. Los delfines son criaturas inteligentes y sensibles.

—Sí, lo son. Pero en el mundo donde yo me metí se trataba de ser el rey del mar. Alguien que se preocupa por los demás jamás habría sobrevivido entre todos esos depredadores.

—Esos depredadores de los que hablas están solo en tu vida profesional.

—Te equivocas. Los tiburones están en todas partes. Amar sin condiciones me habría expuesto a sentir y tenía que mantener la frialdad en todos los aspectos de mi vida. He sido siempre muy riguroso con eso, hasta ahora —respondió con un enigmático brillo en los ojos. Tomó mi barbilla con una mano y sus labios se acercaron a los míos—. Pero me estoy cansando del frío...

Sin dejar de sujetar mi barbilla con una mano, llevó la otra hasta un mechón de mi pelo y lo acarició con suavidad. Sus labios seguían muy cerca de los míos, casi rozándome.

—Salí huyendo de Nueva York precisamente por eso... —susurré en voz queda—. El frío era demasiado aterrador y estaba amenazando con congelarme para siempre.

—Hiciste bien en irte... —dijo también en un susurro, rozando al fin mis labios con los suyos. Me dio un largo beso que me estremeció de pies a cabeza ante de seguir hablando—. Alguien tan lleno de luz no puede conformarse con ser parte del rebaño.

—Tú tampoco debes hacerlo. Te crees superior, pero en realidad formas parte de la élite de las ovejas.

—¿La élite de las ovejas? —repitió, soltando una sonora carcajada.

—No te burles de mí. Déjame terminar —protesté—. Sé que crees que gracias a tu inteligencia, esfuerzo y frialdad te has convertido en el rey del mambo. Pero, en realidad, eres un animal acorralado que vive en un establo de oro, rodeado de otros como tú a los que lo único que les importa es formar parte de esa élite. Al final no sois distintos a otros grupos porque os da el mismo miedo saltaros las reglas. Conducís coches caros y os reunís en clubes de lujo, pero estáis tan acojonados con lo que opinen sobre vosotros que al final sois mucho menos libres que las ovejas del montón. Al menos ellas duermen sobre paja y no sobre un montón de reglas y mentiras.

—Y eso no es lo que somos … —dijo pensativo al tiempo que esbozaba una ligera sonrisa.

Reconocí esa frase. Era de la canción *Beautiful People* de Ed Sheeran. La escuchamos juntos en el Mustang cuando surcábamos las calles de Hollywood. Siempre que sonaba en la radio me recordaba a él.

—Sí, eso no es lo que somos —repetí convencida.

De haber seguido con mi trabajo en Nueva York, con el tiempo habría terminado llevando una vida de lo más glamurosa. Sin embargo, no necesitaba ropa de diseñadores ni ir a restaurantes insultantemente caros para ser feliz.

Alan hasta ahora había creído que para dejar atrás a ese niño pobre y marginado tenía que formar parte de la élite londinense, sin importar el precio. Lo había conseguido, pero ahora la única persona real que había conocido en ese ambiente estaba en coma y se había dado cuenta de lo solo que estaba en realidad.

No, ninguno de los dos encajábamos bien en ese rebaño.

Éramos, simplemente, nosotros mismos.

67

Amy

—Buenos días —susurré al oído de Rachel cuando estuve junto a su cama—. Sé que nos vimos ayer por la mañana, pero te juro que parece que haya pasado toda una vida. No sabes cuántas cosas han ocurrido en menos de veinticuatro horas. El «huracán Alan» me ha arrollado con toda su fuerza y, aunque quizá no sea lo más sensato, no quiero volver a resguardarme de él.

Esa mañana me desperté con una imperiosa necesidad de ir a verla. Sin esperar a que Alan abandonara los brazos de Morfeo, me di una ducha y me vestí a toda prisa. Tomé un desayuno rápido en una cafetería próxima a su casa y cogí el primer taxi que encontré libre. Debía ver a Rachel antes de que le hicieran todas esas pruebas. Si los resultados concluían que su estado era irreversible, ya no tendría sentido ninguno que siguiéramos luchando por mantenerla con vida. Habría que dejar que se fuera en paz. Pero tenía que intentar llegar hasta ella una vez más. No me podía conformar con que no hubiera vuelto a comunicarse conmigo de esa manera tan increíble con la que me había sorprendido en mis primeras visitas.

Aproximé la butaca a la cama y me senté a su lado.

—Ojalá estuvieras consciente —le dije, acariciando su pelo con cuidado—. Tú le conoces mucho mejor que yo y seguro que podrías aconsejarme. Quiero que deje atrás todos esos demonios que le atormentan, pero no sé si será capaz de renunciar a esa adicción al poder por la que vendió su alma. Es evidente que no quiere ser una persona sin escrúpulos y que se arrepiente de muchos de sus actos. Pero ¿tú crees que logrará cambiar por completo de vida?

Tomé su mano entre las mías. No pasó nada. Solo percibí el calor de su piel. No obstante, unos segundos después sentí un cosquilleo y una voz desconocida se coló en mi mente.

«No sé si realmente debo estar aquí y tampoco si mi presencia servirá de algo».

Era la voz de una mujer y tenía un marcado acento ruso.

«Quería que os criara una madre que no sintiera que vuestra existencia acabaría con la suya propia. Vuestra presencia me ahogaba. Me sentía anulada y deprimida, como si yo ya no fuera a ser nunca más yo misma. No quería ser la madre de nadie. Quería ser, simplemente, Katerina».

Pegué un respingo y le solté la mano, desconcertada. ¿De dónde narices venía aquello? ¿Había estado nuestra madre biológica allí? Había escuchado esa voz con total nitidez y el aroma de un perfume femenino me había rodeado. Fuera lo que fuera, el cerebro de Rachel volvía a estar activo y me estaba contando algo que había imaginado o vivido. ¡Y eso era muy esperanzador!

—¡Buenos días!

Allison, una de las enfermeras de planta que cuidaba de Rachel, me saludó con su habitual tono musical y optimista al entrar en la habitación. Era un cascabel que siempre sonreía y su presencia era como una bocanada de buen rollo.

—Buenos días —la saludé, intentando disimular el torbellino interior que estaba sintiendo al volver a escuchar y sentir a mi hermana.

—Ayer debiste de venir a visitarla muy temprano. Cuando empecé mi turno no te vi —comentó mientras le tomaba la temperatura a Rachel con delicadeza.

—Sí… —asentí algo distraída; no podía dejar de pensar en lo que Rachel me acababa de contar en su silencio—. Vine un rato a primera hora y luego tuve que marcharme.

—Rachel ayer tuvo una nueva visita. ¿Verdad, cariño? —comentó Allison mientras le acomodaba la almohada. Ella siempre le hablaba como si estuviera consciente. La trataba con mucha ternura y por eso era mi favorita. No es que las demás enfermeras fueran bordes o la trataran mal, pero Allison iba más allá de su trabajo y siempre mostraba una actitud muy cariñosa hacia mi hermana.

—¿Quién vino a verla? —pregunté, notando que el corazón se me aceleraba. Si la respuesta era la que me imaginaba, eso confirmaría que Rachel era más consciente de lo que ocurría en su entorno de lo que habíamos creído.

—Una señora extranjera. Era guapísima y caminaba como si la gravedad no la afectara. Daba pasos de ángel —respondió Allison, mostrando una evidente admiración en su voz—. Estuvo con Rachel un buen rato y no se separó de su cama. Cuando se fue parecía muy afectada.

—Has dicho que era extranjera… ¿Qué acento tenía?

—Yo diría que era de algún país del Este —respondió, totalmente ajena al galope de mi corazón, que amenazaba con salirse de mi pecho—. No soy muy buena con los acentos, pero si tuviera que apostar, diría que era rusa. ¿Sabes quién era?

—Tengo una ligera idea… —musité, tratando de que no se notara el temblor de mis manos.

Katerina había estado allí. Lo que Allison me estaba contando lo confirmaba. La enfermera terminó su trabajo y, antes de marcharse, me avisó de que en un rato vendría un celador a por Rachel para empezar a hacerle esa serie de pruebas de las que me había hablado Alan, entre las que se incluía una resonancia cerebral.

Por fin a solas, inspiré profundamente para intentar calmarme. Aguardé unos instantes antes de volver a coger su mano y cerré los ojos.

«Sin saberlo, te robé la oportunidad de crecer junto a tu hermana. Y por eso sí te pido perdón, una y mil veces si es necesario… Un océano os separó durante demasiado tiempo, pero no dejes que la muerte te aleje para siempre de ella. A través de Anya terminarás de conocerte a ti misma. Juntas encontraréis vuestro *sushchnost*».

Nada de eso estaba en la carta que yo había leído.

Nuestra madre biológica había estado allí el día anterior y Rachel me estaba transmitiendo mentalmente fragmentos de lo que aquella mujer le había dicho a los pies de su cama. ¿Habría sido una casualidad que no me hubiera cruzado con ella? Era demasiada coincidencia que hubiera aparecido después de que yo me hubiera marchado con Alan. Katerina había esperado a que no hubiera nadie allí para visitar a Rachel.

Enfrentarse a su hija en coma no habría sido fácil, pero sabía que no tendría que mirarla directamente a los ojos ni responder al sinfín de preguntas que yo sí le habría hecho.

Una vez más, Katerina me demostraba que era una auténtica cobarde.

No sé cuánto tiempo permanecí allí inmóvil sin soltarle la mano. No sentí ni escuché nada más, pero quería sentir su piel entre mis dedos.

Y de repente sucedió.

Primero noté una ligera presión de sus dedos en los míos. Fue tan débil que creí haberlo imaginado. Pero unos segundos después el movimiento de su mano sobre la mía fue más fuerte.

¡Dios mío!

¡Estaba moviendo los dedos!

Y cuando la miré vi que sus ojos estaban abiertos.

Me miraba desconcertada, parpadeando despacio y moviendo los ojos de un lado al otro de la habitación.

—Hola, Rachel… —balbuceé con dificultad por la emoción de verla por fin consciente—. ¿Me escuchas?

Asintió levemente con la cabeza como pudo, ya que el tubo que la ayudaba a respirar no le dejaba mucho margen para moverse.

—¿Sabes quién soy?

Negó con la cabeza de forma casi imperceptible.

A mí no me reconoció, pero escuché unos pasos a mi espalda y su mirada azul cambió por completo al tiempo que unas lágrimas comenzaron a resbalar por sus mejillas.

TERCERA PARTE

Un viaje

68

Rachel

Volver a la vida fue extraño.

Y doloroso.

Y no hablo de las molestias que tuve en la garganta tras haber estado semanas intubada, ni del entumecimiento de todos mis músculos por no haberme movido en mucho tiempo, sino porque mis actos habían matado a dos personas. Alan me aseguró que no había sido mi culpa. Aquella mujer se saltó una señal de stop a gran velocidad y por eso se había empotrado contra la puerta del conductor del flamante Porsche que me había empeñado en llevar al límite.

Pero esa explicación me daba igual.

Jamás debería haber conducido un deportivo tan potente a toda velocidad por aquellas estrechas carreteras comarcarles en plena noche. Soltar mi rabia de esa forma por lo que había descubierto en esa carta le había salido muy caro a esa mujer y a su hijo.

Y yo ahora estaba luchando por volver a ser la misma de antes, aunque dudaba de que eso fuera a suceder. Estaba rota por fuera, pero mucho más por dentro.

A pesar de llevar varias semanas consciente, todavía me costaba recordar ciertas palabras y eso me frustraba bastante. El traumatismo que había mantenido mi cerebro casi apagado durante más de un mes había sido muy grave y, como me decían los médicos, debía ser paciente. Hacía rehabilitación todos los días y avanzaba poco a poco, pero veía muy difícil que mi cuerpo me permitiera volver a bailar. Si no podía subirme de nuevo a un escenario, mi vida ya no sería la misma. Había luchado con toda mi alma por ser una bailarina desde niña. Si eso dejaba de definirme, no sabía a qué iba a dedicar el resto de mi vida.

—Has mejorado mucho en pocas semanas —dijo Amy mientras ponía un precioso ramo de margaritas en un jarrón con agua. Era alucinante cómo conseguía adivinar mis pensamientos sin que yo dijera una palabra—. No seas negativa. La negatividad solo te servirá para alejarte de tu meta.

—¿Cómo es posible que captes tan bien mis estados de ánimo cuando no hace ni un mes que nos conocemos? —le pregunté, esbozando una leve sonrisa.

Amy era la única parte positiva de toda aquella experiencia. Había encontrado a mi hermana, o mejor dicho, ella me había encontrado a mí, y eso era lo que más fuerza me daba para seguir aferrándome a la esperanza de volver a ser la misma de antes. No, en realidad no quería volver a ser la misma, quería ser alguien mejor. Pero no lo conseguiría hasta que no dejara de pensar una y otra vez en esas dos personas que habían muerto aquella fatídica noche.

—Nos robaron una infancia juntas, pero llevamos varias semanas poniéndonos al día, así que empiezo a tenerte muy calada. Y no olvides que somos mellizas. Hay una conexión inevitable entre nuestros cerebros —dijo, abriendo la ventana del salón de par en par. La casa que había heredado era una mansión con su propio jardín trasero en pleno barrio de Chelsea. En verano estaba en todo su esplendor y Amy quería que lo contemplara.

—Sé que me lo has contado varias veces, pero ¿en serio podías incluso percibir los olores de mis recuerdos cuando estaba en coma?

—Sí, te juro que era como si yo estuviera viviendo esa situación que tú recordabas, con todo lujo de detalles.

—No deja de sorprenderme que pudieras entrar en mi mente. Y doy gracias de que fuera así, porque de lo contrario, lo que esa mujer me dijo se habría evaporado. No recuerdo nada, ni del accidente ni de todo lo que me decíais las personas que veníais a visitarme.

—No lo recuerdas, pero estoy segura de que te llegaba de alguna forma. Y despertaste justo al día siguiente de la visita de Katerina, cuando ya estábamos perdiendo por completo la esperanza de que algún día regresaras.

—No sé por qué, pero creo que su presencia debió de tener algo que ver.

—Yo llevaba días contándote mi vida en verso y debí de aburrirte mucho, porque no conseguía que reaccionaras —comentó, echándose a reír—. Su discurso debió de ser muy impactante.

—Tú conseguiste percibir fragmentos importantes de lo que ella me dijo. Eran palabras muy intensas, sobre todo en lo que respectaba a nosotras. Creo que eso ayudó a encender la chispa de mi recuperación.

—«Juntas encontraréis vuestra esencia…». —Amy repitió aquella frase final de Katerina que no había podido olvidar. La palabra exacta que ella había usado para acabar esa frase había sido *sushchnost'*, que en ruso significa «esencia».

—Sí, y creo que tenía mucha razón. Estamos recuperando a marchas forzadas el tiempo perdido —declaré, caminando con la ayuda de una muleta hacia el jardín, donde unos pájaros nos deleitaban con sus cantos—. No lo sabíamos, pero en realidad nos faltaba una parte muy importante de nosotras mismas. A pesar de tenerlo todo, algo dentro de mí me avisaba desde niña que había una pieza de mi vida que se había perdido.

—Ahora que lo dices, yo también he sentido más de una vez un vacío que no terminaba de comprender —convino ella, acompañándome hasta los sillones de mimbre situados junto al estanque—. Pero siempre lo achaqué a la actitud de mis padres y a que no llevaba la vida que yo quería. Hasta hace poco tenía ataques de ansiedad que me ponían las cosas muy difíciles. Ahora comprendo que había algo más profundo que mi subconsciente echaba de menos y ni toda la terapia del mundo lo habría solucionado. No creo que ningún psicólogo hubiera adivinado que lo que realmente me ocurría era que siendo bebé me arrebataron mi otra mitad.

—No sabes cómo siento que mi padre decidiera hacer algo así…

—No te disculpes. No fue culpa tuya.

—Ya, pero todo habría sido muy distinto si te hubieras quedado en Londres con nosotros.

—Sí, habría sido muy distinto, es cierto —asintió—. Pero no tendría a Harry, así que no puedo quejarme.

—¿Y tus padres? —pregunté, extrañada de que no los incluyera.

—No me malinterpretes, los quiero mucho. Pero han empezado a comportarse de forma cariñosa y cercana al saberse la verdad. Todavía me estoy acostumbrando a su nueva actitud. No fueron malos padres en mi infancia y adolescencia, pero podrían haber estado mucho más presentes y conectados a nosotros. Mira, llevo en Londres casi dos meses y, menos la visita relámpago de mi padre, no han aparecido por aquí. Y creo que las circunstancias lo piden a gritos. Mi madre tuvo un conato de acercamiento cuando nos vimos por última vez en Nueva York, pero poco a poco ha vuelto a distanciarse. Y mi padre debe de creer que con aquella visita que me hizo todo está arreglado, porque no ha vuelto a comunicarse mucho conmigo. Es todo un poco complicado.

—Yo estoy muy enfadada con mi padre, pero ya no puedo cantarle las cuarenta. Me dejó y no fue capaz de contarme en vida toda la verdad. Tuve que descubrirlo al leer su testamento. Fue igual o más cobarde que tus padres. Pero ellos siguen aquí. No desperdicies la oportunidad de llegar a entenderte con ellos.

—Tienes razón, pero no es fácil si ellos no terminan de enfrentarse a la situación.

—A mí me parece que están dándote espacio para que te encuentres con esa parte que te arrebataron. Pero estoy segura de que están deseando que les perdones y hacer las cosas de forma distinta a partir de ahora.

—Lo dices muy convencida y no los conoces.

—En persona no, pero tu madre me ha estado escribiendo.

—¿En serio? —preguntó, abriendo los ojos como platos.

—Sí. Y te puedo asegurar que ha sido extremadamente cariñosa conmigo a través de esos correos electrónicos.

—Las últimas veces que he hablado con ella no me ha mencionado nada.

—Bueno, tiene sus razones...

—¿Me estás ocultando algo?

—Nada que debas saber por el momento.

—¡Cuéntamelo, porfa!

—No puedo. Es una sorpresa...

—¡Peor me lo pones! Ahora me voy a quedar dándole vueltas sin parar a qué estaréis tramando —protestó haciendo un mohín—. Pero como ahora tenemos que irnos, guardaré la artillería de preguntas para más tarde.

—¿Irnos? ¿Adónde? —pregunté intrigada. Hacía media hora que había regresado de mi sesión diaria de rehabilitación y no entraba en mis planes ir a ninguna parte. El fisio siempre me daba mucha caña y me dejaba agotada.

—A un sitio al que creo que ya es hora de que vayamos. Necesitas enfrentarte a algo o no seguirás avanzando.

—No sé qué narices tienes en mente, pero estoy muerta de hambre y no me apetece salir —refunfuñé.

—No te preocupes, comeremos algo en el camino.

69

Amy

Mientras yo conducía el Audi por la autovía, Rachel se quedó dormida. Las sesiones de rehabilitación la dejaban agotada. Pisé el acelerador un poco más y me perdí en mis pensamientos. Alan había dejado de nuevo lo nuestro en pausa. Y no sabía si existía la posibilidad de una continuación. Una vez que Rachel comenzó a recuperarse y por fin dejó el hospital, nos dijo que necesitaba irse lejos para llevar a cabo algo que creía que le iba a ayudar a reconducir su vida. Se desvinculó por completo del bufete y se fue de Inglaterra. Lo único que sabíamos era que se había ido a la India con lo puesto. Las últimas noticias que habíamos tenido de él era que estaba en Calcuta. No se comunicaba con nosotras demasiado a menudo y, aunque entendía que necesitara encontrarse a sí mismo, me dolía que no me hubiera explicado antes qué iba a ocurrir entre nosotros a su regreso. Rachel, que ya se había dado cuenta de que yo estaba enamorada hasta las trancas de él, me dijo que no me atormentara buscando esa respuesta porque ni él mismo la sabía. Según ella, primero tenía que encontrar su paz interior antes de poder ofrecerme nada a mí.

Era increíble el nivel de conexión que ambas habíamos logrado en tan solo unas semanas. Yo partía con ventaja; había percibido muchas cosas sobre mi hermana en mis visitas al hospital cuando aún estaba en coma. Además, Alan me había contado mil detalles sobre ella. Pero Rachel era muy curiosa y no tardó en ponerse al día sobre mí. Cuando volvía de su rehabilitación, pasábamos las tardes hablando sin parar. Después de unas semanas parecía que jamás nos hubieran separado. Nunca había sentido un vínculo tan fuerte con nadie en tan poco tiempo. Realmente debía existir algo en nuestro ADN que nos predisponía a conectar.

Todavía le quedaba un largo camino por recorrer hasta volver a ser la misma de antes, pero había mejorado muchísimo desde que había despertado, sobre todo físicamente. No obstante, yo sabía que en su interior no había ni un solo día en el que no se sintiera destrozada por las consecuencias de aquel trágico accidente. Y había decidido hacer algo bastante arriesgado. Sabía que le iba a costar enfrentarse a ello, pero era un clavo que teníamos que sacar de un tirón o la herida no se iba a curar jamás.

Conduje el coche de Alan fuera de Londres. Nos había dejado las llaves para que lo usáramos cuando nos viniera en gana. Apenas lo habíamos sacado del garaje de la casa donde había crecido Rachel, pero en esa ocasión lo necesitábamos.

—¿Me vas a decir de una vez por todas adónde me llevas? —preguntó, desperezándose cuando se despertó.

—No tardarás en adivinarlo —respondí, esquivando su pregunta—. Mira, ese sitio tiene una pinta bastante decente. Pararemos a comer algo allí.

Dicho esto, salí de la autovía y detuve el coche en una estación de servicio que contaba con un pequeño espacio exterior donde podríamos tomar algo al aire libre. Llevábamos varios días sin ver el sol y teníamos que aprovechar que por fin el verano volvía a saludarnos.

Pedimos unas ensaladas y unos refrescos, y esperamos a que los trajeran mientras el sol tostaba nuestros pálidos rostros.

—¿Has pensado ya cuándo vas a regresar a Estados Unidos?

—Todavía no.

—No puedes parar por completo tu vida solo porque yo aún esté recuperándome.

—Sí puedo. Hasta que no estés bien y con fuerzas no pienso dejarte.

—Haces que me sienta culpable por haber detenido tu vida —se quejó de forma cariñosa.

—Tú no has detenido nada. Mi vida ya estaba en un paréntesis antes de que descubriera que existías. Además, algunas mañanas aprovecho para visitar galerías donde exponen el trabajo de fotógrafos que me interesan. No me he parado. Estoy en una fase de observación.

—Ya, pero estabas empezando a ver la luz y tenías planes de volver a estudiar. Por mi culpa se ha quedado todo en el aire.

—Ahora estoy haciendo algo mucho más importante —le aseguré—. Retomaré esos planes cuando esté preparada.

—Prométeme que no tardarás en hacerlo. Odio sentir que soy un obstáculo para ti.

—No digas eso. No lo eres. El tiempo que estoy pasando aquí contigo es muy importante para mí. No podría seguir con mi vida si no estuviera compartiendo contigo todo esto. Nos robaron muchos años, y en lo único que estoy de acuerdo con Katerina es que necesitamos estar unidas a partir de ahora. Nunca volveremos a ser esos bebés a los que separaron, pero sí podemos escribir juntas los próximos capítulos del guion.

—¿Crees que llegaremos a estar en paz algún día con lo que nos hicieron?

—Sí, lo haremos. No podemos dejar que los actos de otros definan nuestra felicidad. De una u otra forma encontraremos la manera de perdonar y olvidar.

—Quizá llegue a reconciliarme algún día con lo que otros hicieron... —suspiró cerrando los ojos—. Pero no estoy segura de que pueda perdonarme a mí misma.

—Lo harás. Hoy vamos a dar el primer paso para que eso ocurra.

Cuando llegamos al pequeño cementerio de ese pueblo, cercano al lugar donde había sucedido el fatídico accidente que la dejó en coma, Rachel tardó un buen rato en bajarse del coche. Comenzó a llorar al entender a quién íbamos a visitar y no la presioné.

Sabía que la estaba poniendo contra las cuerdas. Pero era la única forma de que su herida empezara a cicatrizar.

—Jamás debí hacer caso a Alan y ponerme al volante de ese Porsche... —se lamentó entre sollozos.

—Sí, fue una idea bastante temeraria —admití—, pero no puedes culparte para siempre. Puede que condujeras a demasiada velocidad, pero no fuiste tú quien se saltó el stop. Fue una terrible casualidad que esa mujer estuviera tan nerviosa para no detenerse y justo tú estuvieras cruzando esa intersección en ese momento.

—Iba a una velocidad de vértigo por una estrecha carretera rural. No hay excusa que valga —se torturó una vez más—. Podría haberla esquivado si no hubiera conducido como una loca. Y a lo mejor ella me habría visto a tiempo si yo no hubiera aparecido de repente como un misil.

—¿No decías que no recordabas nada de lo sucedido?

—Al principio no, pero he tenido varios sueños estos últimos días en los que lo he revivido todo —me explicó, llorando aún más fuerte—. No puedo... entrar ahí... ¡No puedo!

No dije nada. La abracé y esperé a que se calmara. Cuando estuvo algo más tranquila, la ayudé a bajarse del coche y cogí el ramo de flores que yo había comprado esa misma mañana. Se apoyó en su muleta y me miró con esos enormes ojos claros, aún enrojecidos por el llanto.

—Iremos sin prisa, pero llegaremos a sus tumbas —le susurré—. Necesitas dejar estas flores y comenzar a perdonarte a ti misma.

—No creo que esto vaya a cambiar nada...

—Sí lo hará. Confía en mí.

Comenzamos a caminar despacio hacia la entrada al viejo cementerio. La tarde era soleada y la espesa vegetación que rodeaba aquel lugar creaba unos contrastes de luces y sombras de lo más sugerentes. Si no hubiera sido por las circunstancias, habría sacado mi cámara de inmediato. Las lápidas de piedra, muchas de ellas antiquísimas, estaban iluminadas por una suave y cálida luz que, curiosamente, lo último que sugería era la muerte. Aquel lugar vibraba entre el verde de la hierba, las coloridas flores, que destacaban sobre el gris de las piedras, y el canto de los pájaros que estaban posados en los frondosos árboles que se repartían por doquier y cuya sombra parecía proteger a todos los que descansaban bajo las lápidas.

Poco a poco fuimos avanzando hasta el final de una de las filas de tumbas. Un hombre alto y delgado, de unos cuarenta años, nos esperaba. Debía de ser Thomas, con quien había hablado hacía dos días y me había citado allí.

Al verlo, Rachel se detuvo y me miró confundida.

—¿Quién es?

—El marido de Lucy. Fue él quien me dijo que vinieras.

—¡Esto es una encerrona! No tenías derecho a traerme aquí sin decirme la verdad —protestó enfadada mientras comenzaba a darse la vuelta—. ¡Por Dios, Amy! ¿Cómo voy a mirarle a los ojos? Por mi culpa su mujer y su hijo están enterrados en este lugar.

Thomas nos vio y se acercó hacia nosotras. Se había percatado de que Rachel se disponía a marcharse.

—Por favor, no te vayas —le pidió con suavidad.

—Yo… —sollozó ella sin atreverse a mirarle—. Esto me ha pillado totalmente por sorpresa.

—Lo sé. Me imagino que si tu hermana te hubiera dicho la verdad, no habrías accedido a venir.

—No sé si puedo enfrentarme a esto… —nos avisó sin dejar de mirar hacia el suelo—. No estoy preparada.

—Yo tampoco sé si lo estoy —admitió él al tiempo que unas lágrimas asomaban a sus ojos—. Pero después de la conversación que tuve con Amy cuando contactó conmigo el otro día, me di cuenta de que tengo que hacer el esfuerzo de cerrar este horrible episodio de una vez por todas. Perdí a mi mujer y a mi hijo pequeño, pero hay dos chicos más que me necesitan. Y tengo que intentar perdonarte a ti y a mí mismo.

—¿Perdonarse? —repitió Rachel atónita. Al fin levantó la mirada y se encontró con los ojos oscuros y tristes de Thomas.

—Sí, tengo que conseguir perdonarme por haber permitido que mi mujer saliera sola esa noche en el estado en que se encontraba. Si hubiera sido el marido y el padre que ellos merecían, me habría ocupado yo de llevar a Kevin al hospital. Lucy estaba demasiado alterada para hacerlo; el niño tenía mucha fiebre y parecía faltarle el aire. Además, debido a un problema de corazón que arrastraba desde que nació, era vulnerable a sufrir una parada cardiorrespiratoria —nos explicó entre sollozos. Tomó aire antes de seguir hablando—. Ella estaba muy nerviosa y no fue buena idea que se pusiera al volante en ese estado. Habría sido mejor que Lucy se hubiera quedado en casa con nuestros otros dos hijos mientras yo me ocupaba de la situación. Pero, como tantas otras veces, no estuve a la altura; esa noche había bebido más de la cuenta y no me encontraba en condiciones de tomar las riendas. Le sugerí que llamáramos a una ambulancia, pero ella no quiso esperar ni un segundo más. Salió por la puerta de casa a toda prisa con el pequeño en brazos y yo me quedé a dormir la mona en el sofá. Ese recuerdo, borroso por el alcohol, es lo último que me queda de ellos.

Rachel enmudeció y yo también. No tenía ni idea de esa parte de la historia y me quedé petrificada. Era increíble la cantidad de episodios difíciles que últimamente se entremezclaban entre sí. Parecía que entre todos estuviéramos creando un oscuro velo tejido con hilos de errores y arrepentimientos.

—Eso es muy trágico… —murmuró Rachel con voz temblorosa.

—Sí, lo es —asintió cabizbajo—. Y ahora estoy viviendo una merecida condena por ser un irresponsable. Ellos nunca regresaron a casa —declaró roto de dolor.

—Todo fue por mi culpa… —afirmó Rachel, intentando reprimir las lágrimas sin mucho éxito.

—No he accedido a encontrarme aquí contigo para que te martirices —declaró Thomas, recuperando la compostura. Ahora esos ojos volvían a mirar a mi hermana y no lo hacían con reproche—. Ellos no fueron las únicas víctimas. Tú has estado a punto de morir también y la gente que te quiere ha sufrido lo indecible mientras estabas en coma. Quizá esa noche condujeras más rápido de lo permitido en esa carretera, pero eso ya no se puede cambiar y no tiene sentido darle más vueltas. No estoy aquí para reabrir la herida, sino porque necesitaba decirte en persona que la culpa de ese accidente no fue solo tuya o de mi mujer. De haber estado sobrio, jamás habría ocurrido. Lucy entraba fácilmente en estado de pánico, pero yo no me habría saltado ese maldito stop.

Dicho esto, Thomas nos instó a seguirle hasta las tumbas de Lucy y de Kevin. Una vez allí, Rachel se atrevió a coger el ramo entre sus manos. Aunque le temblaban, consiguió dividirlo en dos ramilletes más pequeños. Se inclinó lentamente apoyada en su muleta y los puso sobre las lápidas.

—Espero de corazón que allá donde estéis podáis descansar en paz —musitó con voz queda—. Jamás creí que a esas horas fuera a encontrarme con otro coche en una zona tan desierta. Estaba intentando descargar todo el dolor que sentía por algo que acababa de descubrir. Lo último que habría imaginado es que liberar ese sentimiento que me estaba devorando por dentro fuera a detener vuestras vidas.

—Sí, sus vidas se detuvieron, pero ya no podemos hacer nada por evitarlo —dijo Thomas aún con lágrimas en los ojos, pero con una serenidad que nos sorprendió a ambas—. Tú tienes la oportunidad de seguir adelante. La mejor manera de que todos encontremos la paz es encarar nuestros errores y luchar por dejar atrás esta tragedia. Este encuentro es parte de mi terapia y, aunque no ha sido en absoluto fácil venir a encontrarme contigo, ahora me alegro de estar aquí. No sirve de nada que siga culpándote por lo que ocurrió y tampoco que siga odiándome a mí mismo. Ninguna de las dos cosas me los va a devolver. Ahora lo más importante es reconstruirme y cuidar bien de mis otros dos hijos, y para eso he buscado ayuda profesional. No puedo volver a beber jamás y debo enfrentar todos los demonios que me llevaron a perder el control. Y tú también tienes que dejarte la piel por seguir adelante. Me han contado que eres una bailarina prodigiosa y es vital para ti que vuelvas a subirte a un escenario.

—No lo soy, lo era… —musitó Rachel, cerrando los ojos y apretando los dientes—. El baile es ya parte del pasado.

—Haz que vuelva a ser tu presente —dijo él con una vehemencia estremecedora—. No tires la toalla. Lo único que conseguirás con eso es que, día tras día, ese accidente siga siendo tu peor verdugo.

70

Rachel

Ese encuentro lo cambió todo.

Las últimas palabras de Thomas se quedaron grabadas a fuego en mi corazón y a partir de ese día me dejé la piel por recuperarme.

Si ese hombre había sido capaz de contarle a dos completas desconocidas algo tan duro sobre sí mismo, yo no podía darme por vencida. Él había perdido a su mujer y a ese niño, y aun así estaba consiguiendo dejar ese infierno atrás por el bien de los dos hijos que le quedaban. Después de lo que había escuchado en ese cementerio, no me pareció tan dramático que mi madre biológica no quisiera que ni Amy ni yo formáramos parte de su vida. Y tampoco era el fin del mundo que aún no pudiera moverme con la soltura que era necesaria para subirme de nuevo a un escenario.

Volvería a bailar, costara lo que costase. Daba igual el tiempo que necesitara para conseguirlo. Antes o después lo lograría. Y lo haría por ellos. Por esas dos vidas que me había llevado por delante. Cada vez que mi cuerpo se convirtiera en un pincel que dibujaba en el aire se lo dedicaría a Kevin y Lucy. Y esperaba que esos trazos me ayudaran a terminar de perdonarme a mí misma. Thomas me había liberado en cierta forma de la culpa, pero no la había borrado del todo. Solo esperaba conseguir, paso a paso, llenarme de color y de vida. Quizá así ese episodio tan dramático fuera pesándome un poco menos. Jamás olvidaría lo sucedido, pero tenía que aprender a vivir con ello sin torturarme constantemente.

Me habría gustado poder contarle a Alan lo que Thomas nos había revelado. Sabía que él también se culpaba por lo ocurrido aquella noche y necesitaba conocer los detalles que él nos había dado.

¡Esa maldita nueva costumbre suya de prescindir del móvil me tenía muy cabreada!

Tenía que intentar localizarle en cuanto me fuera posible. Que Lucy hubiera salido esa noche de su casa en un estado de histeria absoluta no excusaba que yo me hubiera subido a ese coche, ni que él me hubiera animado a hacerlo, pero sí arrojaba un poco de luz sobre por qué no se había detenido en ese puñetero stop. Aunque yo hubiera conducido a la velocidad permitida, no me habría visto. Seguramente, ella estaba centrada tan solo en llegar cuanto antes al hospital; se habría saltado todas las señales que hubieran sido necesarias para que su hijo llegara a tiempo de que le salvaran. Y Alan merecía saberlo. Estaba intentando redimirse por muchas otras cosas de las que sí era culpable. Al menos quería que supiera que en esta ocasión no era totalmente responsable del dolor ajeno.

Decidí que lo que había estado planeando con Hellen y Ursula tenía que suceder en otro escenario. Ahora estaba más recuperada y, después de varias semanas más de rehabilitación, ya caminaba casi con normalidad, así que podía viajar sin problema.

Londres no era el lugar idóneo para cerrar de una vez por todas las heridas.

Había que hacerlo en el lugar donde la sangre había empezado a brotar.

71

Amy

Rachel mejoró bastante a partir del difícil encuentro con Thomas en el cementerio. Lo que él le había dicho parecía haber tenido un efecto catártico en ella y su actitud cambió tanto que, tan solo unas semanas después, entró como un torbellino en mi dormitorio y me avisó de que había organizado un viaje. Me obligó a preparar una maleta para el día siguiente sin decirme cuál iba a ser nuestro destino. Por la mañana me hizo levantarme muy temprano y nos fuimos en taxi a Heathrow. Durante todo el trayecto hasta el aeropuerto intenté que mi hermana me dijera adónde me iba a llevar, pero no conseguí sacarle ni una sola pista. No supe que íbamos a subirnos a un avión con destino a San Petersburgo hasta que lo vi anunciado en la pantalla de la puerta de embarque.

—No va a servir de nada —comenté contrariada—. Katerina no va a querer vernos.

—No vamos allí a verla a ella. Ya he aceptado que esa mujer no quiere formar parte de nuestra vida.

—Entonces ¿para qué quieres volver?

—Porque es una ciudad maravillosa que no pude disfrutar la primera vez que fui. Nuestros orígenes están allí, nos guste o no. Y no se trata de encontrarnos con ella, sino con nosotras mismas. Creo que pasar unos días en el lugar de donde venimos nos ayudará a terminar de curar nuestras heridas.

—Es una posibilidad —comenté algo escéptica—. Pero… ¿realmente crees que va a ser así?

—Sí, lo creo de verdad —respondió categórica—. Allí empezó todo, aunque no lo recordemos. Si vamos juntas y caminamos por las calles de nuestro pasado, podremos pasar página y seguir avanzando. Se trata de dar un paso atrás para tomar impulso.

—Bueno, ya estamos a punto de subir a ese avión, así que habrá que comprobar si tu teoría es cierta.

Varias horas después llegamos a nuestro destino y, tras pasar el lento control de pasaportes, nos reunimos con el chófer que nos habían enviado desde el hotel donde Rachel había reservado una habitación.

—La primera vez que estuve aquí era invierno. Todo estaba muy gris y me pareció bastante deprimente —me explicó Rachel una vez en el coche. El día era soleado y la ciudad de los zares brillaba bajo la luz del verano.

Las afueras de San Petersburgo no me impresionaron. Unas altas y anodinas torres grises que parecían colmenas humanas enfilaban la gran avenida por la que avanzábamos. Sin embargo, una vez que cruzamos varios puentes sobre los canales y nos adentramos en el corazón de la que llamaban la Venecia del Norte, mi impresión sobre la ciudad cambió por completo. La elegancia de sus edificios, el intenso verde de sus parques y la grandiosidad que encontramos al llegar a la avenida Nevsky, ensalzada por la bonita luz de ese mediodía de principios de julio, hizo que mis ojos se iluminaran al contemplar en vivo y en directo el alma del lugar que nos había visto nacer.

En cuanto dejamos las maletas en el magnífico hotel que Rachel había elegido, nos lanzamos a recorrer las históricas calles de los alrededores. Nuestros pasos finalmente nos llevaron hasta la iglesia del Salvador sobre la Sangre Derramada, situada en la orilla del canal Griboedova. Su curioso nombre se debía a que había sido construida en el lugar donde el zar Alejandro II de Rusia fue asesinado, en marzo de 1881.

No podía apartar los ojos de aquella iglesia tan distinta a todas las que había visto hasta entonces. Era como un maravilloso pastel gigante, tan lleno de color por fuera y por dentro que mi cámara se enamoró al instante. Rachel estaba algo cansada y decidió volver al hotel. Quedamos en vernos en el bar cuando yo decidiera dejar de deambular por aquel distinguido barrio histórico de San Petersburgo con mi Leica colgada del hombro.

Perdí la noción del tiempo mientras retrataba todo lo que me encontraba a mi paso. Los canales, los antiguos edificios de la avenida Nevsky, la fachada verde, blanca y dorada del majestuoso y enorme museo Hermitage...

Caminé hacia el inmenso río Neva y crucé el puente de Palacio. Me detuve en el otro extremo y admiré la increíble vista panorámica de la ciudad que se apreciaba desde allí. Inspiré hondo e intenté conectarme con todo lo que me rodeaba.

Esa era mi ciudad de origen, pero para mí era un lugar totalmente desconocido. Las conversaciones en ruso de la gente con la que me había ido cruzando me sonaban muy extrañas y no conseguía descifrar ninguno de los carteles escritos en cirílico que veía por doquier. Sentía que estaba en un cruce de caminos entre Oriente y Occidente. Por un lado, la ciudad tenía aires muy europeos, pero, por otro, había detalles muy exóticos que sugerían que me encontraba ante un mundo nuevo en el que había mucho por descubrir.

Era muy curioso; la sensación era parecida al punto en el que Rachel y yo nos encontrábamos en la vida, con un pie en el pasado y otro dirigiéndose hacia el futuro. Necesitábamos encontrar el equilibrio entre ambos extremos antes de seguir avanzando.

Ella tenía razón. Ese viaje en común a la ciudad donde habíamos nacido podía ayudarnos a poner todo en su lugar.

Mientras una suave brisa agitaba mi pelo, pensé en Alan.

Me habría gustado que nos hubiera acompañado. Era como un hermano para Rachel y yo deseaba que siguiera formando parte de mi vida. Le echaba muchísimo de menos y, a excepción de un par de breves mensajes de WhatsApp, no sabía nada de él y su viaje a la India. Entendía que necesitara encontrarse a sí mismo y hubiese decidido alejarse de Inglaterra, pero me dolía la forma tan precipitada en la que lo había hecho y la manera en la que me había dejado allí, suspendida en un interrogante sobre si tendríamos un futuro juntos cuando volviera.

«No sé quién voy a ser de aquí en adelante —me dijo el día que se marchó de Londres, justo antes de subirse al taxi que le llevaría al aeropuerto—. El Alan que tú has despertado está loco por ti, pero hay otro Alan que detesto con toda mi alma y necesito ver si es posible reconciliarme con él».

«Yo puedo ayudarte a conseguirlo —le respondí con lágrimas en los ojos—. No me dejes fuera de ese proceso, por favor. Apóyate en mí en lugar de alejarte por completo».

«Ya tienes bastante con ayudar a Rachel. Si encuentro la paz y logro sentirme orgulloso de quien soy, podré ser el compañero que necesitas. Pero no sé si ocurrirá, ni cuándo ni dónde. Y no puedo pedirte que te quedes a mi lado esperando esa respuesta indefinidamente. Amy, ahora debes centrarte en conocer a tu hermana un poco más cada día y en seguir adelante con tus sueños. Yo no soy tu prioridad. Te mereces mucho más».

«¡Eso lo decidiré yo! —protesté—. Soy perfectamente capaz de ayudar a Rachel y seguir apoyándote. No es incompatible».

Me dio un largo abrazo sin decir nada y se metió en el taxi sin mirar atrás, dejándome rota en mil pedazos con su inconfundible olor impregnado en mi camiseta.

No la lavé. Cada vez que su ausencia me dolía más de la cuenta, me la ponía y me hacía un ovillo en la cama con los ojos cerrados e imaginaba que estaba junto a mí.

—Necesitas esto. —Rachel me tendió un vaso de vodka que acababa de pedirle a la camarera—. Ese paseo que has dado a solas ha sacado a la luz muchas emociones y necesitas relajarte.

—Esa es una forma muy sutil de decirme que me emborrache —dije, tratando de bromear.

Estaba bastante triste tras haber caminado de vuelta al hotel pensando en Alan y también en cómo esa ciudad ya no nos pertenecía a ninguna de las dos. Había sido nuestro hogar en nuestros primeros meses de vida; sin embargo, ahora era un lugar completamente ajeno a nuestra realidad. No entendía el idioma ni su cultura, y eso me hacía sentir como un pulpo en un garaje.

—No pretendo que llegues a estar como una cuba, a no ser que eso sea justo lo que necesitas. Es una pena que te sientas tan deprimida.

—Si fuéramos unas simples turistas que han venido a disfrutar de las maravillas de esta ciudad, estaría pletórica. No es época de frío y todo está lleno de luz y de gente disfrutando al aire libre, así que debería poder aprovechar este viaje a tope —le expliqué, cogiendo el vaso de vodka. Tenía la firme intención de bebérmelo de un trago—. Deambular por San Petersburgo me ha dejado algo tocada. Es precioso, pero no tengo recuerdos que me unan a este lugar. Y esta tarde he sido más consciente que nunca de lo mucho que necesito que Alan vuelva.

Rachel se acercó y me dio un inesperado abrazo que acepté sin reservas. Hasta ese momento las muestras de cariño entre nosotras habían sido muy medidas. Nos habíamos centrado en hablar y conocernos. No habíamos forzado el contacto físico. En esta ocasión, ese abrazo me hacía mucha falta y noté que a ella le surgió de forma natural, así que me dejé rodear por sus brazos durante un rato en el que ninguna dijimos nada. Una vez más sentí que me encontraba con ella en aquel mágico y reconfortante silencio que nos conectaba más que las palabras. Estábamos unidas de una forma especial e indescriptible para la que no había una explicación lógica.

—Sé que nada de todo esto es fácil —dijo, una vez que se separó de mí con suavidad—. Yo juego con ventaja porque ya tuve esa impresión que tú describes la primera vez que vine. Encima era invierno. Había pocas horas de luz, temperaturas bajísimas y un ambiente mucho más gris —describió, dando un sorbo a su vaso de vodka. Antes de continuar hablando hizo una graciosa mueca al notar cómo el alcohol le quemaba la garganta—. Además, vine sola y sin saber exactamente a lo que me enfrentaba. Pero ahora estamos juntas y ya sabemos que Katerina no se reunirá con nosotras. No hemos venido a encontrar a una madre que no quería serlo, ni a intentar entender por qué no luchó por mantenernos a su lado. Estamos aquí para disfrutar de la ciudad que nos vio nacer y guardar el recuerdo de este viaje en ese baúl que llenaremos con los muchos tesoros que vamos a poder compartir a partir de ahora. No crecimos juntas en la infancia y la adolescencia, pero podemos hacerlo a partir de ahora. Nuestras vidas estarán unidas por muchas experiencias. Y esta es la primera.

—Ese pedazo de discurso me acaba de animar un poco —dije, bebiendo al fin el vaso de esa potente bebida que casi me deja inconsciente en el sitio.

—Sé que echas de menos a Alan. A mí también me gustaría que estuviera de vuelta, pero tiene mucho sobre lo que reflexionar. Necesita empezar por completo de cero para poder ser feliz. Su afán por dejar de ser ese chico de pueblo, pobre y vulnerable, le llevó a convertirse en alguien que no se corresponde con su gran corazón. Mi padre vio el enorme potencial de aquel chico recién salido de la universidad y no lo quiso perder. Le sedujo con su dinero, su poder y su don de gentes, convirtiéndole en muy poco tiempo en el mejor abogado de su equipo. Pero el precio para ganar esa medalla fue demasiado alto; se convirtió también en un cretino sin escrúpulos con apenas veinticuatro años. Mientras la gente de su edad se divertía y sentía la vida, Alan se encerró en un mundo muy oscuro y solitario donde solo había cabida para el bufete y sus turbios asuntos. La única forma de que tengáis la oportunidad de ser felices juntos es que él consiga encontrar otro camino. Déjale libre y dale tiempo. Necesita recuperar estos últimos cuatro años en los que se ha olvidado de lo que le tocaba ser en realidad: un tío joven en un mundo real. Estoy segura de que, antes o después, encontrará lo que necesita para volver a empezar, sin esa culpa ni esa rabia que tanto le han envenenado.

—Espero que sea así… —suspiré—. Creciste rodeada de hombres que destrozaban a quien hiciera falta para vivir en su mundo de oro. ¿Cómo pudiste convertirte en alguien tan alejado de toda esa obsesión por el poder?

—Porque los amaba con toda mi alma, pero veía la cárcel que se habían construido para sí mismos. Conmigo eran adorables y en mi presencia su bondad afloraba sin medida. Pero sabía que yo era la única que conseguía sacar a la luz su mejor lado. Con el resto del mundo eran despiadados y yo no quise seguir sus pasos. Mi padre habría preferido que estudiara Derecho y me convirtiera en una de sus mejores abogadas. Pero para eso tendría que haber sido de piedra, y yo siempre he sido todo lo opuesto. No fue fácil llevarle la contraria, pero me mantuve firme y pude seguir el camino que yo quería.

—Es curioso cómo, cada una a su manera, hemos tenido que ir en contra de lo que se esperaba de nosotras.

—Sí —asintió—. Creo que esa necesidad de extender las alas es una de las cosas que compartimos.

—Y la de emborracharnos con vodka para ver si nuestro lado ruso aflora —dije, riendo a carcajadas. Las palabras de Rachel, unidas al efecto del alcohol, estaban haciendo su efecto y empezaba a sentirme más animada.

Veníamos de una historia complicada que parecía sacada de una enrevesada novela. Pero habíamos llegado a un capítulo en blanco donde todo estaba por escribir.

72

Rachel

San Petersburgo en compañía de Amy era un lugar muy distinto a la ciudad con la que me había encontrado en mi anterior viaje a Rusia. Supongo que el crudo invierno y el estado de ánimo con el que había llegado allí la primera vez me habían hecho percibir mi lugar de nacimiento como un sitio frío y hostil. Además, en esa ocasión, había descubierto una verdad para la que no estaba en absoluto preparada. Aquella carta me dejó hecha polvo; regresé a Londres triste y con muchas más preguntas que con las que me había marchado.

Sin embargo, ahora todo era vida y color. La ciudad hervía de actividad. La temperatura era cálida y había luz casi las veinticuatro horas del día. El sol no desaparecía hasta pasadas las doce de la noche. Llegado ese momento, el cielo se apagaba, pero no llegaba a hacerse de noche del todo. Amanecía de nuevo hacia las cuatro de la mañana. Eran las famosas noches blancas, y tanto los habitantes de la ciudad como los turistas las aprovechaban al máximo.

Esa noche fuimos a cenar algo a un restaurante japonés. Cuando regresamos al hotel, subimos a la terraza de la azotea para disfrutar de las increíbles vistas de los tejados y los monumentos que desde allí se divisaban. Tomamos con parsimonia un cóctel mientras el día parecía no querer acabarse nunca. Nos fuimos a dormir sin que hubiera oscurecido del todo, con ese cielo azul eléctrico vibrando sobre la ciudad.

Al despertarnos a la mañana siguiente el sol ya resplandecía y, tras tomar un opíparo desayuno que nos ayudó a enfrentarnos a la resaca, nos lanzamos a la calle, impacientes por descubrir los tesoros de la ciudad.

Pasamos la mañana recorriendo el barrio histórico y visitando el museo Hermitage. A cada paso que dábamos nos preguntábamos si nuestra madre habría frecuentado esa zona de la ciudad a menudo. También fantaseamos con la idea de que, cuando éramos apenas unas recién nacidas, nos habrían dado algún paseo por los increíbles jardines que estábamos descubriendo, como el Mijáilovski, situado junto al Museo Estatal Ruso, con sus enormes explanadas de césped, o el jardín de verano, que nos enamoró por completo con sus altísimos árboles, miles de flores, hileras de preciosas estatuas y fuentes de ensueño.

Allí hicimos un alto en el camino. No habíamos parado de andar en todo el día, así que nos sentamos en un banco a la sombra mientras escuchábamos el piar de los pájaros y el murmullo del agua. Amy aprovechó para volver a sacar su cámara y capturar para siempre la belleza que nos rodeaba.

Después de permanecer un buen rato allí, sentadas en silencio, regresamos al hotel en un taxi y nos regalamos un par de horas de descanso en la habitación. Teníamos entradas para ir a ver esa noche una obra de ballet en el mismo teatro en el que Katerina había bailado durante toda su carrera. Iba a ser muy impactante ir allí y necesitábamos recuperar toda la energía posible.

El edificio del antiguo teatro Mariinski era impresionante. Su fachada verde agua me recordó a la del Hermitage, así como las altas columnas blancas de la entrada principal y los detalles decorativos. Como llegamos con tiempo de sobra, recorrimos la zona donde se ubicaba esa maravilla arquitectónica del siglo XIX y descubrimos que justo detrás, al otro lado del bonito canal Kriukov, se ubicaba un modernísimo edificio cuya fachada de cristal reflejaba el cielo y los colores pastel de la ciudad imperial. Se trataba del nuevo Mariinski II, que había sido inaugurado hacía unos años.

—Este hallazgo me parece muy inspirador... —comenté, sintiendo que una chispa se encendía dentro de mí.

—¿Por qué?

—¿No lo ves? El antiguo teatro encierra todo lo que el ballet y la ópera han sido en esta ciudad. El nuevo, todo lo que está por venir. Son el pasado y el futuro, encontrándose en el presente.

—Como nosotras... —murmuró emocionada.

—¡Son una pasada! —exclamé, admirando ambos edificios con la boca abierta.

—Sí, lo son —convino Amy—. Pero yo soy una romántica que se muere por ver el interior del teatro antiguo. La función de ballet que venimos a ver es en ese, ¿no?

—Sí, las entradas que tenemos son para el edificio antiguo.

—¡Qué bien! Dentro tiene que ser espectacular.

Amy no se equivocaba. Una vez en el interior, nos quedamos boquiabiertas con la belleza y el alma que desprendía aquel maravilloso teatro. Cuando tomamos asiento, ambas nos quedamos anonadadas con todos los detalles que podíamos observar desde el patio de butacas.

Los palcos dorados.

También los apliques ornamentales que se repartían por todas partes.

La enorme bóveda azul, en cuyo centro destacaba una gran lámpara de cristal, rodeada de unos personajes pintados que bailaban y se daban la mano creando un círculo de alegría.

Y el telón, cuyas telas rojas y doradas cubrían el escenario con una elegancia y una riqueza que te hacía transportarte a la época de los zares.

Estábamos ensimismadas. Al atenuarse las luces, la orquesta comenzó a deleitarnos con las primeras notas de la música compuesta por Chaikovski para *La bella durmiente*.

Se me puso la piel de gallina.

Estaba en el ballet más prestigioso del mundo, viendo una de mis obras favoritas y pensando en que la persona de la que había heredado mi facilidad para expresarme a través de mi cuerpo habría bailado en ese mismo escenario miles de veces.

Ella no quería enfrentarse a nosotras, pero tanto Amy como yo necesitábamos disfrutar de esa función tan maravillosa justo en ese lugar. El corazón de Katerina había elegido bailar con Sergei en ese teatro en lugar de mantenernos a su lado.

Necesitábamos enfrentarnos a ese enorme fantasma en cuyo interior ambas experimentamos más de tres horas de pura magia.

—Es una pena que Katerina no quiera vernos —pensé en alto mientras Amy y yo volvíamos a disfrutar de las vistas en el bar de la azotea de nuestro hotel. La función de ballet había sido impresionante y me había hecho pensar mucho en nuestra madre biológica.

—Sí, yo también lo pienso. Me imagino que le aterra enfrentarse a nuestros reproches.

—Yo ya no le reprocharía nada. He reflexionado mucho al respecto en las últimas semanas y, después de lo que hemos vivido hoy en ese majestuoso teatro, me gustaría poder hablar con ella cara a cara, aunque fuera una sola vez.

—¿Qué le dirías? —preguntó Amy con mucha curiosidad.

—Que, en realidad, le quiero dar las gracias.

—¿Las gracias? —inquirió atónita antes de dar otro sorbo a su gin-tonic. Mi respuesta le sorprendió tanto que casi se atraganta.

—Sí, las gracias. ¿Y sabes por qué?

—Ni idea, la verdad —respondió con los ojos todavía abiertos de par en par.

—Al ver la absoluta maestría que desprenden los bailarines del Mariinski, me he dado cuenta de lo importante que debía de ser para ella sentir cada noche esa magia sobre el escenario —empecé a explicarle—. Yo misma necesito bailar tanto como respirar. Es algo muy difícil de explicar. Simplemente es así y no podría renunciar a ello. Ahora que me veo capaz de seguir haciéndolo, he vuelto a la vida. Las primeras semanas tras despertar del coma y ver que apenas podía caminar el mundo se me vino encima. La culpa me corroía por lo del accidente y la perspectiva de no volver a bailar era demasiado dolorosa. La culpa sigue ahí, pero voy aprendiendo a sobrellevarla, y ya no tengo miedo a no poder subirme a un escenario porque voy a conseguirlo. Lo haré por ellos, porque cada vez que baile será en su honor. Si te soy sincera, no tengo intención de ser madre en el futuro. No es algo con lo que haya soñado jamás y creo que supondría un sacrificio demasiado grande para mí. Y, además, después de ver el inmenso dolor del padre de Kevin, no sería capaz de arriesgarme a amar tanto. Jamás me recuperaría de una pérdida de esa magnitud.

—Estás en todo tu derecho de pensar así —dijo Amy sin juzgarme—. Yo sí quiero serlo algún día. Ahora soy demasiado joven y tengo muchos sueños por cumplir. Pero, cuando llegue el momento adecuado, me gustaría saber lo que es dar vida a otro ser y entregarle todo mi amor. La maternidad debe de ser algo precioso, así que, aunque suponga un gran sacrificio y me exponga a sufrir, estoy dispuesta a asumir ese reto. Y quiero hacerlo mejor de lo que lo hicieron conmigo, sin presiones ni expectativas ajenas a su voluntad.

—Si eso es lo que tú necesitas para sentirte completa, debes hacerlo, sin duda —la animé con vehemencia—. En mi caso no es así y si alguna vez, por algún descuido, me quedara embarazada, creo que no podría seguir adelante. Katerina no nos buscaba y, a pesar de que Sergei quiso que interrumpiera el embarazo, decidió tenernos. Y una vez que llegamos a su vida, intentó ser la madre que necesitábamos. Pero no pudo, la maternidad la superó por completo. No solo no tenía el apoyo de su pareja, sino que, incluso, era una amenaza para nosotras. Ni ella ni Sergei estaban preparados para criarnos. El pasado de ambos les había dejado heridas demasiado profundas. Creo que ella tomó la decisión más adecuada en esas circunstancias. Por eso le daría las gracias, por darnos la vida y por habernos buscado un futuro mejor.

—Pero nos separaron… —murmuró Amy con tristeza.

—Sí, pero ella no fue la culpable de eso. Si quieres cabrearte con alguien, hazlo con mi padre. A mí me quiso sin límites y me dio una infancia perfecta. Sin embargo, fue tremendamente egoísta respecto a ti y eso es algo que me llevará tiempo perdonarle. El único responsable de que no creciéramos juntas fue él. Katerina creyó que no nos separarían.

—Podría haberse interesado por saber qué había sido de nosotras.

Amy se resistía a dar su brazo a torcer.

—Le aseguraron que nos adoptaría la misma familia y ella no volvió a mirar atrás. Si lo hubiera hecho, no habría podido continuar con su vida sin llenarse de remordimientos. No tuvo que ser fácil desprenderse de nosotras. Me imagino que, una vez tomada la decisión, se aferró a su carrera y a su vida junto a Sergei para no culparse día tras día por su decisión.

—No lo había visto así…

—Siempre hay distintos puntos de vista ante cualquier situación y, aunque al principio estaba tan dolida como tú con todo esto, he pensado mucho sobre ello y he llegado a esa conclusión. No quiero vivir llena de rabia. Prefiero perdonar e intentar entenderla. Y dar las gracias por al menos haberte encontrado en este momento de mi vida. Lo que más me importa ahora es mirar con ilusión hacia delante. Y creo que tú tendrías que hacer lo mismo. Es hora de que retomes tu vida y hagas realidad tus sueños. No retrases más lo de ese máster o te arrepentirás.

—Pero no estás recuperada del todo —protestó—. Puedo empezar ese posgrado de fotografía el curso que viene.

—Para eso falta un año. No puedes esperar tanto.

—Si regreso a Estados Unidos, estaremos separadas. Quizá podría buscar una alternativa en Londres.

—Sí, podrías, pero no creo que debas hacerlo. Tu sitio está en San Francisco. No eres consciente de cómo se te ilumina la cara cuando hablas de la manera en que despertaste de nuevo a la vida en las semanas que pasaste en Half Moon Bay. Creo que vas a ser mucho más feliz si vuelves a California. Saliste huyendo de Nueva York porque ser una hormiga más entre millones de habitantes no te gustaba. No creo que Londres sea el mejor sitio para ti. Seguiremos en contacto y nos veremos siempre que nos sea posible. Podrás venir a verme cuando quieras y yo viajaré a California tan a menudo como pueda.

—También podríamos encontrarnos en lugares que ninguna conozcamos y descubrir juntas sitios nuevos —propuso, comenzando a ceder. Mi discurso parecía haberle convencido.

—¡Por supuesto que sí! —declaré ilusionada ante esa idea—. Sería estupendo recorrer el mundo juntas.

Amy permaneció en silencio unos instantes con la mirada perdida en los tejados que nos rodeaban.

—Se te da mejor que a mí perdonar y empezar de cero. Todo lo que acabas de decir le ha dado la vuelta a lo que he estado sintiendo últimamente —declaró, desviando sus ojos hacia los míos.

—Todas las historias tienen dos lados… Cuando nos empeñamos en cerrar las puertas a cal y canto solo vemos una parte de la situación. Nos quedamos encerrados en una habitación muy oscura donde no podemos ver ni respirar.

Amy dejó su copa sobre la mesita y se acercó para abrazarme. Un repentino y agradable cosquilleo se apoderó de mi cuerpo. Esa debía de ser la sensación que ella me había descrito en varias ocasiones. Al parecer, mientras yo estaba en coma, al tocarme había percibido esa conexión conmigo sin poder darle una explicación. Pero no era necesario entenderla, solo sentirla y dejar que nos llenara.

—Gracias por ayudarme a abrir esas puertas —susurró con lágrimas en los ojos.

73

Amy

No podía dar crédito a la estampa con la que me encontré esa mañana al bajar a desayunar al bufet del hotel.

Rachel, que había bajado antes que yo, estaba sentada en una mesa junto a mi madre, Ursula y Harry. Y cuando creía que mi mandíbula no se podía abrir más, mi padre y John aparecieron con unos platos repletos de manjares que acababan de coger del variado surtido que había en la gran mesa central del comedor.

—Pe-pero... ¡¿cuándo habéis llegado todos aquí?! —pregunté, tartamudeando por la sorpresa, cuando por fin fui capaz de articular palabra.

Mi madre se acercó hasta mí a toda prisa y me abrazó con lágrimas en los ojos. No la rechacé. Hacía demasiado tiempo que necesitaba sentir su cariño. La rodeé con los brazos y también comencé a llorar.

Mi hermano saltó de su silla y se unió a nosotras. Ese abrazo colectivo me sentó de lujo.

—Llegamos ayer por la noche. Rachel nos propuso hace unos días que nos encontráramos con vosotras aquí y todos decidimos por unanimidad plantarnos en San Petersburgo —explicó Harry con sus brazos todavía rodeándonos a mi madre y a mí. Lo dijo como si fuera lo más normal del mundo ir hasta Rusia y guardar el secreto—. Hemos llegado un par de días más tarde para daros vuestro espacio y porque no ha sido fácil encontrar billetes para los cinco con tan poco tiempo.

—Es la mejor sorpresa que me han dado jamás… —susurré, aún llorosa por la emoción—. ¡Os he echado muchísimo de menos!

Cuando me separé de Harry y de mi madre, mi padre esperaba pacientemente su turno. Me fundí en otro largo abrazo con él donde sobraron las palabras.

Luego saludé a Ursula y a John.

Acepté de nuevo en mi vida a todos ellos.

Sin rencores.

Sin reproches.

Ya no era tiempo de pedir explicaciones. Era el momento de perdonar y seguir avanzando.

Rachel me había ayudado la noche anterior a terminar de abrir esa pesada puerta que me había paralizado. La luz y el aire habían entrado de sopetón a mi guarida emocional, ayudándome a desprenderme de los restos de angustia y dolor que aquella situación me había provocado.

Me sentía mucho más ligera. Y libre.

Libre para reencontrarme con mi familia sin importar los errores que hubieran cometido. Lo único que importaba era que estaban allí. Habían cruzado medio mundo para abrazarme, y para conocer a esa persona que ahora también era mi familia y que podía comunicarse conmigo sin ningún tipo de barreras.

—Perdona por no haber estado más cerca de ti estas últimas semanas—me dijo mi madre una vez que conseguimos sentarnos a la mesa—. Estuve a punto de plantarme en Londres varias veces, pero tu padre me quitó la idea de la cabeza una y otra vez. Decía que necesitabas espacio para enfrentarte a todo lo que estabas viviendo y que mi visita, o la de cualquier otro de nosotros, solo iba a interferir en el proceso por el que debías pasar. Además, nosotros teníamos que solucionar nuestras propias batallas antes de volver verte.

—A mí me pasó lo mismo —intervino Ursula, sentándose junto a nosotras—. Quería ir a verte. Te marchaste de Half Moon Bay hecha polvo y me sentía fatal por ello. Pero todos necesitábamos distancia y asimilar lo que estaba pasando con calma. He estado muy enfadada con John y con tu padre por habernos ocultado la existencia de Rachel. He necesitado todo este tiempo para comprender los motivos que les llevaron a separarte de tu hermana.

—Todos hemos necesitado pasar por ese proceso —les dije, a punto de ponerme a llorar otra vez. Aún no me creía del todo que mi familia estuviera allí—. Aunque al principio fue muy duro estar sola en Londres, lo necesitaba. Tenía que estar junto a Rachel y ayudarla a despertar. Y una vez que el milagro ocurrió, toda mi atención ha sido para ella. Por cierto…, Ursula, fuiste tú quien contactó con Katerina para que fuera a ver a Rachel, ¿verdad?

—Sí, como te dije en ese correo que te envié, tomé la decisión de hacer algo para intentar ayudar. Me puse en contacto con ella porque pensé que si Katerina iba a visitarla, quizá el impacto emocional de que su madre biológica por fin estuviera a su lado la ayudaría a despertar. Y aunque no hubiera sido así, Rachel merecía tener unos momentos a solas con ella, ya que en su primer viaje a San Petersburgo no consiguió encontrarse cara a cara con vuestra madre.

—Gracias… —musité—. Tomaste una decisión muy acertada. Rachel despertó justo al día siguiente de que Katerina fuera a verla. Y yo percibí unos fragmentos muy importantes de lo que le dijo mientras ella seguía en coma.

—Me alegro mucho de que esa idea funcionara —dijo emocionada.

—Os he echado muchísimo de menos, y a veces me he sentido sola, pero ahora entiendo vuestros motivos —les dije a ambas sin ningún atisbo de rencor en mi voz temblorosa—. Me ha costado asimilarlo, pero, gracias a Rachel, he terminado comprendiendo que todos teníamos que enfrentarnos a esta nueva realidad. Necesitábamos nuestro propio espacio para hacerlo, sin contaminarnos los unos a los otros con el sinfín de emociones que nos estaban arrollando.

—Sí, cada uno de nosotros éramos un tren descontrolado y a punto de descarrilar —asintió mi madre—. Debíamos gestionar la situación de forma individual hasta estar preparados para encontrarnos de nuevo, sin peligro de provocar una tragedia emocional. Pero no ha sido fácil... ¡Me alegro tanto de verte!

Se lanzó a darme otro abrazo y yo me eché a reír de alegría.

—¿Qué queréis hacer hoy? —preguntó Ursula un poco acelerada. Estaba impaciente por salir a conocer San Petersburgo.

—¿Me dejas que me tome un café y coma algo antes de hacer planes? Todavía estoy flipando con que estéis aquí y necesito poner mi cuerpo a tono con un poco de cafeína y algo dulce para poder funcionar.

—Vale, vale, desayuna —accedió, riendo también—. Pero yo voy a ir a preguntar si podemos reservar un trayecto en barco por el Neva hasta el palacio de Peterhof. Será una ocasión perfecta para empezar a conocer mejor a Rachel. ¡Hace un día ideal para salir de excursión!

Ursula saltó de su silla como si tuviera un muelle en el trasero y salió disparada hacia el mostrador de recepción. Mi madre y yo nos miramos antes de romper a reír a carcajadas.

No había rastro de reproche ni de dolor en nuestros ojos. Ya no había secretos que esconder. Solo una alegría desbordante por poder estar juntas de nuevo y empezar esa nueva etapa. Nos encontrábamos ante una página en blanco donde podríamos pintar lo que nosotras quisiéramos, sin miedos ni presiones.

74

Katerina

La música del famoso vals de *La bella durmiente* sonaba en los auriculares. Necesitaba escuchar aquella familiar y alegre melodía que tantas veces había bailado para sentir que volvía a hacerlo. En mi cabeza era libre y no estaba postrada en aquella cama de la que ya no me levantaría. Me imaginaba bailando con ligereza aquella preciosa y alegre pieza de Chaikovski. El vaporoso y largo tutú se movía con soltura. Mis pies avanzaban de puntillas sobre el escenario del Mariinski, sin dificultad ni dolor, y al saltar extendía mis brazos como un joven cisne inmaculado.

Volvía a ser esa parte de mí misma que me definía mejor que ninguna otra y me sentía feliz.

Cuando la mujer que organizó la adopción me avisó de que una de mis hijas iba a venir a San Petersburgo a por respuestas podría haber aceptado ir a ese encuentro en el hotel Europa. Pero preferí pedirle a Tanya que llevara la dura carta en la que intentaba que me olvidaran. Les había mentido a propósito en las líneas que había escrito para que no insistieran en buscarme. A esas alturas ya no merecía la pena que supieran que la verdad era que dejarlas atrás no había sido nada fácil y mi arrepentimiento se había ido agudizando con el paso de los años hasta convertirse en un profundísimo dolor.

Ahora que no me quedaba mucho tiempo, ya no tenía sentido que llegaran a saber quién era yo. Las había abandonado cuando apenas tenían cuatro meses y habría sido maravilloso poder recuperar algo de todo ese tiempo perdido, pero habría sido muy egoísta por mi parte. Tenía que aceptar la decisión que había tomado tantos años atrás y renunciar a esa oportunidad que la vida me brindaba para saber en qué se habían convertido cada una de ellas. No habría sido justo que me conocieran cuando ya casi no quedaba tiempo. No podía obligarlas a acompañarme en los últimos pasos de mi camino. Habría sido demasiado cruel y doloroso. Ni Olga ni Anya necesitaban saber que un cáncer incurable invadía mi cuerpo.

Al menos había podido ir a Londres a sentarme junto a Olga, o mejor dicho, Rachel. ¡No sé por qué me empeñaba en seguir llamándolas por los nombres que yo les había puesto al nacer! Ya no quedaba nada de esos bebés. Ellas ahora eran otras personas y se llamaban de otra manera. No recordaban haber sido nunca esas pequeñas criaturas que yo intenté cuidar lo mejor que pude. Yo me había ocupado de que esos incipientes recuerdos no se afianzaran en sus mentes y ahora ya no podía recuperar ni a Olga ni a Anya. Rachel y Amy debían ser libres y seguir su camino.

Al menos ahora tenía la tranquilidad de saber que, a pesar de que no habían crecido juntas, en adelante se tendrían la una a la otra. Rachel había superado el coma y, por lo que me había contado aquella mujer llamada Úrsula en el último correo que me había enviado, ocurrió justo al día siguiente de mi visita. Me alegré de haber ido a pesar de que por entonces los dolores ya empezaban a ser bastante molestos. Al menos en ese momento todavía estaba lo suficientemente fuerte para poder hacer el viaje a Inglaterra y con la ayuda de los analgésicos había conseguido sobrellevarlo.

Si mi presencia allí había contribuido en lo más mínimo a que ella por fin despertara, el esfuerzo físico que eso me había supuesto había merecido la pena. Por lo menos me podía ir con la sensación de haber hecho algo por ellas. Si Amy hubiera perdido a Rachel sin haber llegado a conocerla siquiera, nuestra historia habría sido todavía más triste de lo que yo jamás hubiera deseado. Nunca había querido que las separaran. De haberlo sabido, no las habría entregado a aquella mujer que vino a buscarlas. Pero ya no podía retroceder en el tiempo. Me quedaba el consuelo de saber que ahora sí estaban unidas y que pensaban permanecer muy presentes en sus respectivas vidas.

No había sido capaz de ser su madre, pero al menos me iba a marchar con la certeza de que ambas eran chicas sensibles, fuertes y extraordinarias y que, aunque se hubieran encontrado tarde, ahora se tendrían la una a la otra para apoyarse sin límites.

Un intenso dolor me sacudió. Toqué el timbre para llamar a la enfermera y suplicarle un poco más de morfina.

Cuando por fin me la inyectó, el alivio fue llegando poco a poco hasta que ya no sentí dolor.

Volví a escuchar ese dulce vals por enésima vez.

Con los ojos cerrados, dancé ingrávida hacia las alturas en busca de Sergei al tiempo que susurraba: *vsevo dobrava.*

75

Amy

El rugido del Pacífico volvía a acompañarme en mis paseos por la playa. Cala corría feliz por la orilla y yo caminaba con los pies descalzos para sentir la arena mojada.

Una vez que regresamos a Londres pasé un par de semanas más con mi hermana, pero después volví a Half Moon Bay. Rachel había mejorado muchísimo y ya no pude ponerle más excusas ni a ella ni a mí misma. Tenía que seguir avanzando. Elegí regresar a California porque, como bien había dicho Rachel, aquel lugar me había hecho despertar. Allí llegaron las respuestas a muchas preguntas; las que me habían hecho irme de Nueva York y las que no sabía ni que existían. Sin buscarlo, descubrí la verdad sobre mis orígenes y mi corazón se abrió sin remedio al tío más complicado del mundo.

Aquel pequeño pueblo era ahora mi hogar y, aunque habría sido más cómodo buscar un piso en San Francisco, prefería recorrer en coche las treinta millas que separaban Half Moon Bay de la universidad donde al final me había decidido a empezar el máster en Fotografía. Ursula me había ofrecido que viviera con ellos, pero preferí irme a vivir sola. Alquilé un pequeño y luminoso apartamento a un par de manzanas del piso donde vivía Aanisa.

Ella era uno de los preciados tesoros que había encontrado en aquel lugar y pasábamos mucho tiempo juntas. A pesar de que sus padres seguían oponiéndose a su relación con Christian, estaba decidida a seguir con él. Le hacía muy feliz y no pensaba renunciar a estar con alguien que convertía su mundo en un lugar mucho mejor. Yo la animaba a seguir luchando para que sus padres la entendieran y pudieran llegar al fin a aceptar que su hija quería tomar sus propias decisiones. En unos días iban a venir a visitarla. Aanisa tenía muchas esperanzas puestas en que, cuando conocieran a su novio, se dieran cuenta de que era el chico perfecto para ella.

«Si alguien te hace brillar como una estrella no puede ser malo para ti. Necesito que ellos lo vean. Quizá así por fin dejen de intentar cambiar mi vida», me había dicho la tarde anterior mientras nos tomábamos un té helado en una de nuestras cafeterías preferidas del centro del pueblo.

Yo también había encontrado a alguien que me ayudaba a brillar con más intensidad. Lo malo es que no sabía nada de él desde hacía casi dos meses y estaba empezando a perder la esperanza de que volviera a formar parte de mi vida. Alan seguía en la India y lo poco que sabía de él era lo que Rachel me contaba cuando hablábamos por teléfono o por Skype. Mi «adicción británica» sí le escribía a ella de vez en cuando para que supiera que estaba bien, pero eran mensajes breves en los que resultaba difícil adivinar qué estaba pasando por su mente.

Intentaba no pensar demasiado en él manteniéndome ocupada. Entre el máster, echar una mano en el hotel y la idea que se le había ocurrido a Ursula para ayudarme a tener algún ingreso extra, no tenía mucho tiempo libre. Mi tía me había propuesto ofrecer mis servicios como fotógrafa a aquellos huéspedes que durante sus románticas vacaciones en el Rosewood Inn quisieran tener un recuerdo gráfico de la magia que les había rodeado.

«Las parejas vuelven a casa con selfis mal hechos, o fotos individuales que se sacan el uno al otro, que no reflejan en absoluto la maravillosa experiencia que han vivido en común mientras estaban aquí. Hace tiempo que lo pensé, pero las cosas se complicaron tanto que no te lo propuse en ese momento. Fue al ver esa foto tan sugerente que le sacaste a Alan de espaldas, mientras contemplaba el océano, cuando se me ocurrió que sería muy interesante ofrecer a los huéspedes la posibilidad de llevarse de vuelta a casa un reportaje fotográfico muy especial, a través del cual podrán revivir lo que han sentido mientras estaban aquí», me dijo Ursula al poco de regresar de Londres.

Me pareció una idea fantástica. Me daría la oportunidad de seguir curtiéndome como fotógrafa y aportaría unos cuantos dólares más a mi cuenta de ahorros, lo que no me vendría nada mal. Solo tenía un lado negativo: cada vez que acompañaba a alguna de esas parejas de tortolitos en sus paseos por la playa, o los retrataba disfrutando de los mágicos rincones que había en el hotel, me daba cuenta de lo mucho que echaba de menos la intensa mirada de Alan…

Sus besos, sus caricias y su sonrisa maliciosa. Extrañaba todo, incluso su lado oscuro y atormentado.

Lo quería, sin más, con sus momentos buenos y sus bajones. Me daba igual que no fuera perfecto. Nada en la vida lo es. Yo sabía que debajo de esa coraza dura y fría, con la que él se había blindado para proteger a ese niño vulnerable que había sufrido tanto, había todo un mundo lleno de vida y amor que necesitaba volver a salir a la luz. Había querido ayudarle a que destruyera su armadura para que la persona que yo había atisbado se expusiera completamente al mundo. Pero no me había dejado. Y no tenía ni idea de si esa aventura que había decidido emprender en solitario le estaba ayudando a reencontrarse con la mejor parte de sí mismo o, por el contrario, su coraza se estaba endureciendo.

No sabía lo que pasaba por su mente ni por su corazón, y eso me estaba martirizando. Traté de no pensar demasiado en ello, esforzándome en ser positiva y centrarme en todo lo bueno que había ocurrido en mi vida desde que me había ido de Nueva York.

Había conocido a Aanisa, y entre nosotras había surgido una sana y preciosa amistad que crecía día a día. A pesar de lo duro que había sido enfrentarme a la verdad sobre mi pasado, finalmente me había reencontrado con mis padres. Ahora nuestra relación era mucho más cercana y sentía que apoyaban sin reservas todas las decisiones que estaba tomando en mi nueva vida. Mi relación con Ursula y John había regresado a su cauce y ambos volvían a ser un gran apoyo. Y Harry estaba más cerca que nunca de mí. Venía a visitarme tan a menudo como le era posible y, lejos de estar celoso de mi estrecha relación con Rachel, él también la había incluido en su vida como a una hermana. Hacía unas semanas, ambas nos habíamos encontrado en Nueva York y él nos había acogido en su maravilloso piso de Tri-BeCa. Juntos habíamos pasado tres días estupendos en los que habíamos disfrutado a tope de todo lo que la Gran Manzana tenía que ofrecer en otoño. Era mi estación del año favorita, especialmente en Nueva York. Y compartirla con ellos había sido muy importante para mí.

El móvil vibró en mi bolsillo y me sacó de mis pensamientos.

—¡Hola, Rachel! —saludé a mi hermana de muy buen talante. Los paseos junto a Cala por la playa siempre me subían el ánimo.

—Hola…

El tono de su voz no tenía la fuerza habitual.

—¿Pasa algo?

—Es que… —Rachel rompió a llorar al otro lado de la línea—. Me acabo de enterar de que Katerina murió hace unas semanas.

Aquella frase cayó sobre mí como un jarro de agua fría. Tuve que sentarme sobre la arena porque las piernas me flojeaban.

—¿Qué dices?… ¿Qué le pasó? —conseguí preguntar cuando recuperé el aliento.

—Tenía cáncer… Cuando nosotras estuvimos allí ya estaba ingresada en un centro para enfermos terminales —me explicó, rompiendo a llorar con más fuerza—. Ya no existe la remota posibilidad de que ella cambie de opinión sobre nosotras. Ahora me doy cuenta de que en el fondo nunca perdí la esperanza de conocerla.

—Sé a lo que te refieres… —susurré en un hilo de voz. Dejé que la brisa del mar me tranquilizara antes de continuar hablando. Inspiré profundamente y solté el aire poco a poco—. Yo también creía haberlo aceptado, pero lo que me acabas de decir me ha dejado con esa misma sensación. ¿Cómo te has enterado?

—Tanya, la que me entregó su carta la primera vez que fui a San Petersburgo, me ha escrito para contármelo —me explicó algo más serena—. Al parecer llevaba meses enferma y no quiso conocernos por ese motivo. No quería cargarnos con ese drama. Amy, es tan triste… Creo que, de no haber tenido ese agresivo cáncer, a ella sí le habría gustado que nos encontráramos.

—No te martirices. Piensa que al menos sí pudo estar contigo.

—¡Esa no era yo! —exclamó con rabia—. Estaba en coma, perdida en alguna otra puñetera dimensión y ni siquiera recuerdo nada de lo que me dijo. Lo poco que sé es lo que tú percibiste antes de que yo despertara.

—Es cierto que todo esto es muy triste y, de haber sabido que estaba tan enferma, habríamos insistido más para que accediera a hablar con nosotras cara a cara.

—¡Joder! Cuando estuvimos en San Petersburgo tendríamos que haberla buscado —se lamentó mientras sollozaba de nuevo.

—No habría servido de nada. Estoy segura de que no habría querido vernos y habríamos tenido que respetar su voluntad nos gustara o no.

—Quizá tengas razón…

—Sí, la tengo —respondí categórica. No pensaba mostrarle a Rachel mis propias dudas y remordimientos. Tenía que transmitirle a ella, y a mí misma, la certeza de que nuestras decisiones habían sido las correctas—. Ahora lo único que podemos hacer es cumplir lo que nos pidió a través de las palabras que te dijo al visitarte. La mejor manera de honrarla, a pesar de todos sus errores, es que permanezcamos siempre unidas. Crecimos juntas durante nueve meses dentro de ella. Hagamos que eso no cambie a partir de ahora.

—No, no va a cambiar, te lo juro —me aseguró, recobrando la fuerza en su tono—. Tú eres la voz después del silencio, la luz después de la oscuridad, y no pienso dejar que nada vuelva a separarnos.

Menos mal que no tenía clase ese día; no habría sido capaz de conducir hasta San Francisco sin tener un accidente. Cuando llegué a mi apartamento agradecí que Cala estuviera pasando unos días conmigo porque Ursula y John se habían ido de viaje. No quería estar sola por completo, pero tampoco quería hablar con nadie. Eso es lo bueno de los perros; no preguntan nada, solo te miran con esos ojos bondadosos y te acompañan sin necesidad de palabras.

Me hice un ovillo en el sofá del salón y dejé que el sol, que se colaba a raudales por la ventana, me consolara. Me había quedado helada por dentro con aquella noticia y necesitaba su calor. Cala dio un salto y se tumbó en el otro extremo apoyando el hocico sobre mis piernas.

El día que leí la carta en la playa no había sentido ninguna lástima al descubrir que Sergei ya llevaba muerto unos cuantos años. No podía lamentar la pérdida de un hombre que no nos había querido, que había supuesto una amenaza para nosotras y que, además, había sido la razón principal para que Katerina decidiera darnos en adopción. No había dejado ningún hueco dentro de mí, solo rabia e incredulidad.

Pero esta noticia sobre mi madre biológica era distinta y me sentía muy extraña. Esta vez sí notaba un hueco en mis entrañas y estaba triste por una mujer a quien nunca había conocido. No se puede echar de menos a alguien a quien no has visto ni abrazado jamás, pero sentía que de alguna forma había perdido algo, aunque no sabía muy bien el qué. Era una sensación desconocida y difícil de describir. Tanto Rachel como yo creíamos haber aceptado que Katerina no fuera a formar parte de nuestras vidas, pero en el fondo ambas habíamos guardado la esperanza de que algún día ella terminara buscándonos. Ahora jamás sería posible.

Y esa certeza era muy dolorosa.

Se había ido para siempre. Y nos había robado la posibilidad de ver nuestro reflejo en su mirada.

Pensé en todo esto con lágrimas en los ojos mientras *Before You Go* de Lewis Capaldi sonaba a todo volumen en la radio. Esa canción me rasgaba el alma con cada nota y cada palabra que oía a mi alrededor. La letra describía los sentimientos de alguien que se arrepentía de no haber estado ahí para una persona que estaba a punto de irse de su vida. Hablaba de cómo revivía todos los recuerdos que habían compartido, y eso me hizo llorar aún con más angustia.

Porque yo no tenía ni uno solo con Katerina.

Y jamás podría construirlos.

Se había ido, para siempre, y se había llevado con ella cualquier posibilidad de un futuro que compartir.

Cuando la canción terminó, me enjugué las lágrimas e inspiré profundamente.

Me juré a mí misma que el día que tuviera hijos los querría sin límites, más allá de las palabras, sin reproches ni presiones. Lucharía por mantenerlos a mi lado costara lo que costase. Compensaría con creces lo que nos había sucedido a nosotras.

Algo muy grande se había roto en mil pedazos, pero tenía la firme intención de volver a pegarlos cuando me llegara la oportunidad. No había podido crecer donde se suponía que debería haberlo hecho. No me quejaba; la vida me había regalado una infancia con otra familia que, aunque no había sido perfecta, ahora era mi pilar de apoyo. Pero la pregunta de quiénes habríamos sido tanto Rachel como yo si Katerina hubiera actuado de otra forma me perseguiría toda la vida.

No había podido ser la hija de mi madre biológica.

Pero nadie me iba a quitar el derecho de ser el mejor ejemplo para esos niños que alguna vez tendría.

El primer paso para que ese capítulo de mi vida llegara era olvidar a Alan.

Ya era hora de que asumiera que él nunca iba a volver y que quizá no fuera lo mejor para mí.

Y en unos años, cuando mi corazón volviera a ser libre y mi carrera como fotógrafa despegara, sería capaz de enamorarme de nuevo y formaría una familia. Y si no llegaba el hombre adecuado, encontraría la manera de obrar ese milagro por otros medios. No sería ni la primera ni la última mujer en tomar la decisión de crear un hogar monoparental.

Entonces haría un álbum lleno de fotos de mis hijos para que nunca olvidaran su infancia. Yo apenas tenía recuerdos gráficos de la mía. Mis padres no habían sido muy dados a retratar los momentos que compartíamos. Pero mi cámara estaba lista para la vida, y no pensaba perderme ni un solo fotograma de lo que estuviera por venir.

76

Alan

Calcuta, a pesar de la pobreza y la miseria con las que había convivido cada día, me había llenado de color. Durante los meses que había estado allí como voluntario, recorría día tras día el mismo camino hasta la residencia de mayores donde iba todas las mañanas. Era como un lienzo al óleo donde los personajes se movían de sitio cada día. Eran miles de pasos, y cada uno cambiaba algo dentro de mí.

Rutina.

Poco a poco.

Y cada tarde al regresar a la residencia donde estaba viviendo junto a otros como yo, que habían ido allí a encontrar otra forma de mirar la vida, hacia afuera, hacia los demás, olvidándonos de nosotros mismos, de tantas necesidades creadas, de tantas ambiciones innecesarias, me daba cuenta de que estaba cambiando.

Cada día que pasaba estaba más lejos de esa parte de mí que había vivido llena de amargura y odio por la infancia en la que creía no haber sido nadie. Pero ahora me daba cuenta de que dejar atrás a ese niño sensible y generoso había sido mi mayor error. Él lo había sido todo, y yo no había sabido verlo. Mi mayor tropiezo había sido no darme cuenta a tiempo. Había creído que, para que nadie volviera a hacerme daño y poder escapar de ese destino que parecía inevitable, debía trepar hacia la cima de esa montaña de poder y riqueza, sin importar a quién pisara y destruyera en el camino.

Cada día en Calcuta supuso un paso hacia adelante en el proceso de perdonarme a mí mismo. Lo irónico es que también me ayudó a ir dando pasos hacia atrás, descendiendo esa colina con cuidado. Esta vez pisaba con delicadeza las rocas que mis pies iban encontrando para no caer al vacío, evitando dañar las manos de aquellos que también se asían a esas rocas buscando su camino.

Miraba, asimilaba y, lentamente, iba despertando.

Cada día era el mismo camino. Y mis pasos me alejaban poco a poco de todo el daño que había hecho. Ya no importaba el pasado. Empezaba a perdonarme.

Estaba ahí, en el presente, y las puertas y las ventanas se abrían de par en par.

Y también me abría yo. En canal. Como nunca antes lo había hecho.

A esos ancianos olvidados por la sociedad que cuidaba cada mañana. A sus miradas de agradecimiento, al amor con el que recibían mis cuidados. A lo poco que necesitaban para ser felices. Y a esos niños con los que por las tardes jugaba al fútbol en un orfanato en la otra punta de la ciudad y cuya alegría había conquistado una parte de mi corazón.

No tenían nada y lo daban todo.

Ya no había lugar para el miedo en mi camino. Las sonrisas que me rodeaban lo habían derrotado.

Había amor en mis pasos, en los suyos, tras las puertas azules, en las manos que me tocaban y en los abrazos regalados sin pedir nada a cambio.

Lo daba todo y recibía aún más.

Y no existía nada más valioso que ese hallazgo.

Amy

En cuanto me desperté ese sábado, me hice un café para espabilarme
y me senté a tomarlo con calma en mi luminoso salón. El sonido que
avisaba de que había recibido una notificación de WhatsApp me sacó
de mi habitual atolondramiento matutino. Perezosa, estiré un brazo
hasta la mesita de centro donde lo había dejado la noche anterior.

Cuando vi el mensaje me quedé de piedra.

No había nada escrito. Rachel solo me había enviado su ubicación.

Y no era un lugar en Inglaterra.

¡Estaba en el Rosewood Inn!

—¿Se puede saber por qué has venido sin avisarme? —le pregunté pletórica en cuanto respondió a mi llamada—. Habría ido a buscarte al aeropuerto. ¡Menuda sorpresa!

—Eso es justo lo que pretendía —respondió satisfecha.

—¿Cuándo has llegado?

—Hace menos de media hora. Tus tíos me han instalado en una
habitación increíble y llevo un buen rato absorta mirando el océano.
Estoy haciendo honor al nombre de esta suite.

—¿En cuál estás?

—En la que se llama Calma.

Era la misma habitación en la que Alan se había alojado. La misma en la que habíamos hecho el amor por primera vez. Me quedé
callada unos instantes, enredada en mis recuerdos.

—Voy para allá en cuanto me haya dado una ducha —anuncié después de sacudirme el halo de melancolía que me había invadido.

—¡Perfecto! Aquí te espero —dijo con tranquilidad—. Mientras llegas, seguiré contemplando el espectáculo de las olas del Pacífico.

Llegué al hotel en menos de una hora y subí a esa habitación en la que no había vuelto a entrar desde la mañana que Alan me dejó esa nota. Antes de dar unos golpecitos en la puerta, inspiré profundamente y me armé de valor. Iba a ser un palo volver a esa suite; la magia de aquella primera noche en los brazos de Alan ahora solo era un lejano recuerdo.

Cerré los ojos, volví a inspirar y llevé un puño a la puerta para anunciar mi llegada.

Unos segundos después Rachel me dio la bienvenida y nos fundimos en un prolongado abrazo. Me sentí protegida y menos nerviosa por volver a entrar en esa preciosa estancia.

—¡Me alegro mucho de verte! —declaré muy feliz de tener a mi hermana frente a mí.

—¡Y yo! —exclamó, llevándome hacia el balcón—. Te echaba de menos. Y después de enterarme de lo de Katerina necesitaba darte un abrazo.

—Sí, yo también llevo unos días sintiéndome muy extraña. Desde que me lo contaste he estado bastante triste.

Rachel cogió mi mano y se volvió hacia el océano. Su mirada se perdió en el horizonte y estuvo callada durante un rato.

—He venido a verte —comenzó a decir, volviendo a mirarme directamente a los ojos—, pero también a hacer algo que creo que nos puede ayudar a estar en paz con la muerte de Katerina.

Tiró de mí con suavidad y me llevó de nuevo al interior de la suite. Se dirigió hacia la cama, sobre la que estaba su maleta abierta como un libro, y buscó algo en su interior. Sacó una cajita de madera azul. Tenía pintados unos preciosos motivos vegetales de estilo oriental en un tono verde suave en el frontal y unas flores de loto de color rosa en los costados. En la tapa destacaban unos sencillos pájaros blancos que parecían dormir plácidamente sobre una hoja curvada. Rachel me la dio y la cogí con cuidado.

—Ábrela —me pidió.

El dulce sonido de *La bella durmiente* de Chaikovski comenzó a sonar con un toque algo metálico mientras una diminuta bailarina giraba sobre sí misma. Era increíble que Rachel hubiera encontrado una cajita que encerrara en su interior el mismo vals que tanto nos había emocionado cuando fuimos al teatro Mariinski.

—Es una preciosidad… —dije con voz temblorosa.

—Me convertí en una bella durmiente durante más de un mes —comenzó a decir con unas lágrimas asomando a sus ojos claros—. Pero desperté. Katerina ya no lo hará. Debió de bailar en muchas ocasiones esa pieza y por eso creo que esta cajita es perfecta para que nos despidamos de ella para siempre.

Sacó algo de su bolso y me lo enseñó.

—¿Qué hay en ese sobre?

—La carta que me escribió.

—Te la devolví cuando saliste del hospital para que al menos tuvieras ese recuerdo de ella.

—No quiero aferrarme a estas palabras. Sé muy bien lo que dicen y ha llegado el momento de que se vayan con ella —me explicó sin perder la calma—. No pudimos ir a su funeral. Y no le veo el sentido a viajar hasta San Petersburgo para ir a visitar la tumba de alguien a quien nunca conocimos realmente.

Sacó la manoseada carta del sobre y la dobló con cuidado para que entrara en la cajita. Luego me la pasó para que yo bajara la tapa y cerrara el pequeño candado que colgaba del cierre.

—¿Qué quieres que hagamos con esta caja?

—Vamos a enterrarla en el jardín y nos despediremos para siempre de Katerina. La dejaremos descansar en paz. Sin reproches. Sin arrepentimientos.

No me negué a lo que Rachel propuso. Me pareció muy buena idea hacer nuestra propia ceremonia para dejar atrás de una vez por todas el fantasma de Katerina. Ursula nos dejó excavar un pequeño hoyo en un rincón de su jardín privado. Elegimos uno en concreto que estaba bajo la frondosa copa de una acacia. Nos pareció que así la caja y la carta que esta contenía estarían más protegidas. Se trataba de un gesto simbólico que nos pareció importante. Cuando terminamos nos quedamos sentadas un rato bajo aquel árbol mientras escuchábamos el murmullo del agua de la pequeña cascada que caía sin cesar sobre el estanque.

—¿Tienes algo que hacer? —me preguntó Rachel después de varios minutos en los que ambas habíamos permanecido en silencio.

—No, ¿por qué?

—Me gustaría mucho recorrer un tramo de la Highway 1. Me has hablado tanto de esa travesía junto a la costa, y de esa playa en concreto que tanto te gustó, que me apetece muchísimo ir ahora mismo hasta allí.

—¿Te refieres a Pfeiffer Beach? —pregunté, sintiendo un nudo en el estómago.

Esa era la increíble playa próxima al hotel en el que habíamos tenido que hospedarnos Alan y yo cuando se averió el descapotable de Ursula.

Allí era donde habíamos contemplado uno de los atardeceres más impresionantes de ese viaje, a través de aquel curioso arco excavado en la roca. Esa puesta de sol había marcado un antes y un después entre nosotros. Fue a partir de ese momento cuando él empezó a mostrarme una parte de quién era.

—No sé si estoy preparada para ir allí…

—Yo tampoco lo estaba para ir a ese cementerio al que me llevaste —me recordó—. Y sin embargo fue muy positivo enfrentarme al peor de mis demonios.

—Alan no es un demonio. Es el tío que más me ha hecho sentir y no quiero ir a esa playa sin él. Estoy intentando olvidarle; ir allí en estos momentos me haría caminar hacia atrás.

—O hacia adelante.

—No, eso no ocurrirá. —Negué con la cabeza—. Si voy, volveré a recordar la primera chispa que me hizo sentir. He decidido pasar página. Hay una parte de mí que no perdona su silencio. No he sabido nada de Alan en varios meses. Salvo un par de breves mensajes que me envió en las primeras semanas de su repentina huida, no se ha dignado a volver a escribirme o llamarme. Y eso me ha dolido en el alma. No tiene ningún sentido ir ahora a un lugar que solo va a reabrir la herida.

—La mejor forma de cerrarla es poner directamente sobre ella un buen antiséptico, aunque escueza muchísimo. Si vas allí hoy conmigo, te prometo que te servirá para que se cure de una vez por todas.

—Por lo poco que me has contado, Calcuta parece haberle enganchado. Mucho me temo que su plan es quedarse allí indefinidamente. ¿De veras crees que ir a Pfeiffer Beach va a ayudarme a quitármelo de la cabeza de una vez por todas?

—No sé si te lo va a quitar de la cabeza. De lo que sí estoy segura es de que te servirá para reconciliarte con el recuerdo de ese viaje que tanto te marcó.

No contesté.

Simplemente me puse en pie y comencé a caminar hacia el aparcamiento del hotel, donde había dejado mi coche. Rachel me siguió con una sonrisa triunfal en el rostro.

Cuando llegamos al aparcamiento de Pfeiffer Beach caía una fina llovizna y apenas había un par de coches allí aparcados. No era el día más apropiado para visitar aquellos acantilados. La gente solía ir a esa playa para ver el atardecer, así que por la mañana aquel lugar estaba casi desierto.

Rachel me dijo que necesitaba hacer una llamada urgente. En pocos días su compañía de ballet iba a actuar de nuevo con ella como protagonista y quedaban unos detalles importantes por concretar con el teatro. Dijo que, en cuanto hubiera terminado la conversación, me alcanzaría en la playa.

Recorrí a solas el camino de tierra que se abría paso entre los árboles con un nudo de nervios creciendo en mi estómago. Antes de llegar a la playa, me pregunté si debía darme la vuelta. ¿Acaso no sería mejor volver a Half Moon Bay sin enfrentarme a los recuerdos que estaban a punto de golpearme?

Aún seguía dudando cuando dejé atrás la arboleda de pinos y el cielo plomizo se abrió de nuevo ante mis ojos.

Entonces comprendí la insistencia de Rachel y el corazón me dio un vuelco.

Vi una figura masculina a lo lejos que me resultó inconfundible. Estaba de espaldas a mí, contemplando el mar y aquella enorme roca sin moverse. Llevaba puestos unos pantalones cargo de color caqui y una sudadera con capucha. Y estaba descalzo. Parecía uno de esos surfistas californianos que vestían de forma libre y desenfadada. Su estilo siempre había sido más formal, incluso cuando iba con vaqueros, así que aquel atuendo me sorprendió bastante.

Pensé en girar sobre mis pasos e ir hasta el coche para matar a mi hermana.

¡¿Cómo podía haberme engatusado de esa forma sin decirme que Alan estaría allí?! No retrocedí, pero me quedé caminando en círculos durante unos instantes, tratando de decidir qué debía hacer. El corazón me latía a mil por hora. Estaba muy nerviosa y necesitaba serenarme.

Al final decidí seguir adelante. Ya estaba allí, y necesitaba encontrarme cara a cara con él. Seguramente su intención era despedirse de mí para siempre y había venido con Rachel para que ella luego me consolara. Así, el muy cabrón se marcharía sintiéndose menos culpable por romperme el corazón definitivamente.

Iba a doler, mucho, pero, tal y como Rachel había dicho, era mejor limpiar la herida sin miramientos y dejar que por fin comenzara a cicatrizar. Llevaba abierta demasiado tiempo y no quería cerrarse.

Caminé despacio, tomándome mi tiempo para prepararme. Todavía me faltaban unos metros para llegar hasta el punto de la playa donde él se encontraba cuando se giró.

Esos ojos casi me tumban.

Igual de verdes.

Igual de grandes y profundos.

Pero algo había cambiado; nunca había visto esa expresión de serenidad que transmitían.

Una incipiente barba cubría su rostro y su pelo estaba algo más largo y revuelto.

Seguía siendo él, pero estaba muy distinto, y su cambio externo no era ni mucho menos negativo.

Entonces lo odié.

Lo odié tanto como lo amé.

Era evidente que algo dentro de él había cambiado por completo. Me cabreó muchísimo que me hubiera mantenido totalmente al margen de aquella metamorfosis. No era justo que no hubiera querido compartir conmigo esa experiencia en la India que, evidentemente, le había transformado. No hacía falta que dijera nada para saber que ya no era el mismo. Sus ojos lo decían todo sin hablar.

Llevé mis puños a su pecho y lo golpeé varias veces.

—¡¿Cómo has podido hacerme esto?! —le reproché, perdiendo el control—. No tenías derecho a alejarte de mí de esa forma. ¡No es justo lo que me has hecho pasar estos últimos meses!

Alan no dijo nada. Tampoco se movió. Me permitió descargar toda la rabia sobre él mientras empezaba a llover con fuerza. Cuando finalmente dejé de pegarle y unas lágrimas, provocadas por una explosiva mezcla de emociones, aparecieron en mis ojos, me acercó a su pecho y me cubrió con sus brazos. Mientras yo sollozaba, él apoyó la barbilla sobre mi cabeza sin soltarme.

—Lo siento… —susurró con dulzura—. Lo siento mucho… Estás en todo tu derecho de estar furiosa y dolida conmigo. Pero no podía hacer otra cosa. Necesitaba marcharme de Inglaterra. Debía dejaros espacio a ti y a Rachel. No quería que ni una pizca de tu atención se desviara hacia mí; no estaba seguro de si iba a ser capaz de perdonarme a mí mismo por todo el daño que he hecho, incluido el accidente de Rachel. Una vez que ella dejó el hospital y comenzó a recuperarse tuve que alejarme de vosotras. Ambas queríais ayudarme, pero no podíais. Solo yo tenía en mi mano encontrar el perdón y la paz.

—¿Y lo has conseguido? —pregunté algo más calmada mientras me separaba de él para poder mirarle a los ojos.

—Sí, Amy, lo he conseguido —respondió, mirándome con tal intensidad que sentí una sacudida dentro de mí—. De lo contrario, no estaría aquí.

—Soy la persona a la que tienes pendiente pedir perdón y has venido a despedirte, ¿verdad? —pregunté con la voz temblorosa. Su respuesta me daba tanto miedo que tuve que bajar la mirada hacia la arena—. Y no has tenido los huevos de presentarte aquí tú solo. Has tenido que involucrar a Rachel.

—Es ella la que se ha empeñado en venir. Y para tu información, yo quería ir directamente a tu casa, pero Rachel ha terminado convenciéndome de que te esperara en esta playa —me explicó, cogiendo mi barbilla con una mano para obligarme a mirarle de nuevo—. Y, sí, he venido a disculparme. Tendría que haber estado contigo ayudándote a que Rachel se recuperara del todo. Tendría que haber estado ahí cuando fuisteis a San Petersburgo. Y tendría que haber estado también cuando os enterasteis de que Katerina había fallecido. No sabes cuánto lo siento, pero si no me hubiera ido os habría envenenado a ambas con mi rabia. Ahora un nuevo camino se ha abierto ante mí y no podría empezar a recorrerlo sin tu perdón.

Esas palabras sonaban a despedida y mi corazón se estaba rompiendo en mil pedazos una vez más.

—No quiero vivir con rencor. Yo también necesito estar en paz para continuar mi camino —dije en un hilo de voz. Tuve que esforzarme mucho para no volver a romper a llorar—. Así que puedes irte tranquilo. Te perdono.

—Te equivocas. No he venido a despedirme. Amy, no quiero ir a ningún lado sin ti. Eres mi luz… —susurró, apoyando su frente sobre la mía—. He venido a preguntarte si todavía queda espacio para mí en tu vida. Sé que no me lo merezco y que, probablemente, no quieras arriesgarte a que mi lado oscuro te arrastre, pero te prometo que ya no soy el mismo. No volveré a hacerte daño ni a alejarme de ti.

Necesitaba unos segundos.

Me alejé de él y me quité los zapatos. Caminé hasta la orilla e introduje los pies en el agua del mar. Estaba fría, pero necesitaba sentir que aquello era real y no un sueño. Alan me siguió. Cogió mi mano y me arrastró un poco más, hasta que el agua helada me llegó hasta la cintura.

Miré hacia el arco excavado en la roca que tenía frente a mí. Las olas atravesaban aquel hueco y se dirigían hacia nosotros. De repente dejó de llover y un claro se abrió en el cielo. Un haz de luz iluminó el océano que se veía a través de aquella ventana de piedra.

El horizonte se abría a lo lejos y entonces obtuve mi respuesta.

—Alan, recuerda siempre que «esos no somos nosotros…» —comencé a decir, recordando esa canción de Ed Sheeran que tanto significaba para ambos—. Si me prometes que nunca lo vas a olvidar, que el dinero, el poder y las apariencias no volverán a seducirte jamás, estoy más que dispuesta a arriesgarme.

—«Esos no somos nosotros» —repitió despacio, con esa voz grave que tanto me gustaba. No hizo falta que añadiera nada más. Su promesa de que nunca volvería a herirme estaba escrita en sus ojos. Me acercó hasta él y me subió a horcajadas sobre su cintura para besarme como nunca lo había hecho.

La dulzura con la que atrapó mis labios era la prueba final de que ese niño volvía a vivir dentro de él. Y la aguadilla que me hizo a continuación me dijo a gritos que ahora estaba preparado para disfrutar de las cosas más sencillas. Jugamos a perseguirnos en el agua sin parar de reír entre un beso y otro.

No dijimos ninguna palabra más.

No era necesario.

Solo importaba ese silencio en el que todo había quedado claro.

Por fin había llegado nuestro momento. Ambos nos habíamos alejado del agujero negro. Nada ni nadie nos iba a arrebatar la luz.

Epílogo

Rachel

Ocho años después

El fuego chisporroteaba en la hoguera que habíamos preparado en la playa, frente a la bonita casa de Alan y Amy. Quedaba muy poco para la puesta de sol y el cielo era como un lienzo en el que los fucsias y naranjas destacaban sobre un azul muy intenso. Tommy correteaba feliz con una pequeña cometa por la orilla mientras Amy lo vigilaba con la pequeña Kate en brazos. Era una madre feliz y compaginaba su trabajo con cuidar a su familia con un equilibrio envidiable. Admiraba profundamente su facilidad para hacer malabares y lanzar todas esas pelotas de colores al aire sin que se cayera ninguna.

Lo daba todo en su trabajo de fotógrafa publicitaria. También en los proyectos personales con los que daba rienda suelta a su lado más artístico, incluida una maravillosa colección de imágenes mías mientras bailaba. Había expuesto algunas de estas fotografías en varias galerías importantes y había conseguido un gran reconocimiento. Apoyaba incondicionalmente a Alan, quien ahora dirigía un bufete en San Francisco dedicado a dar asistencia legal a los más desfavorecidos. Y, sobre todo, ejercía su papel de madre con un amor infinito hacia sus dos hijos, Tommy, que tenía dos años, y Kate, que acababa de cumplir tres meses.

Mis sobrinos eran mi debilidad y conseguían que, siempre que tenía un hueco en mi apretada agenda, volara hasta California para verlos crecer. Tenía claro que no iba a ser madre, pero mi papel de tía me lo tomaba muy en serio. De hecho, cuando Alan y Amy se escapaban cada año dos semanas a la India para trabajar como voluntarios, paraba por completo el vertiginoso ritmo que me exigía mi carrera de bailarina para disfrutar de esos dos angelitos que me derretían el corazón.

La compañía de ballet moderno que había fundado justo antes del accidente había conseguido llegar a ser cada vez más prestigiosa y había viajado con mis compañeros para actuar en teatros de numerosos países. Tras muchos meses de rehabilitación, volví a bailar igual o mejor que antes. Llevaba varios años dedicándome en cuerpo y alma a mi pasión. Y en cada actuación cumplía mi promesa de dibujar esos trazos en honor a Kevin y Lucy. Había aprendido a convivir con lo sucedido esa noche. Nunca estaría por completo libre de ese fantasma; tampoco del de Katerina, pero al menos había conseguido que ambos vinieran a visitarme menos a menudo.

No tenía tiempo para el amor romántico, pero no renunciaba a pasarlo bien de vez en cuando con amantes de primera categoría. No quería comprometerme en ese aspecto. Toda mi energía era para el ballet y para pasar el mayor tiempo posible con mi nueva familia. Me sentía una parte importante de la vida de Amy y había llegado a tener mucha complicidad con Harry y con sus padres. También estaba a partir un piñón con Ursula y John, y no digamos con la increíble Aanisa, que se había convertido en algo más que la mejor amiga de Amy: era ya parte de la familia. Sus padres seguían sin aceptar a Christian ni a su pequeña hija, Dakota, por lo que Aanisa se había refugiado en aquellas personas que, en lugar de juzgarla, la apoyábamos plenamente. Por eso ahora celebraban siempre con nosotros ese día tan señalado.

Entre tanta gente increíble, el vacío que habían dejado mi padre adoptivo y la misteriosa Katerina se había llenado con otro tipo de amor tan inesperado como maravilloso.

Esa noche de 4 de julio estábamos todos allí reunidos para disfrutar de los fuegos artificiales que, en cuanto anocheciera por completo, lanzarían hacia el cielo en Half Moon Bay. Durante el día habíamos disfrutado en el centro del pueblo de las celebraciones locales como el colorido desfile y la barbacoa con música en directo. Los enanos lo habían pasado en grande con tanta animación y nosotros habíamos disfrutado del ambiente festivo y distendido de ese día entre copas de vino y risas. Tras no haber parado ni un segundo, ahora disfrutábamos en calma todos juntos de la noche, repartidos sobre las mantas que Amy había traído para cubrir la arena.

Alan, sentado tras ella, la rodeaba con sus piernas mientras la pequeña Kate ya descansaba junto a ellos sobre su cómoda hamaca de bebé. Se les veía tan enamorados y unidos que casi parecían los protagonistas de una película romántica. Yo misma fui testigo de lo despiadado que Alan había llegado a ser en su antiguo trabajo en Londres, por lo que no podía estar más sorprendida y feliz con su metamorfosis. Se había convertido en un hombre íntegro y bueno, cuya vida estaba dedicada ahora a ayudar a lo demás y cuidar de su familia. Supongo que esa parte de él siempre estuvo ahí. De hecho, yo había visto retazos de ese Alan sensible y considerado desde que nos conocimos. Se los había ocultado a todo el mundo, pero conmigo siempre había sido distinto.

Gracias a Dios, conocer a Amy le había dado razones suficientes para dejar atrás ese meteórico éxito profesional que lo había vaciado por dentro.

Los padres y los tíos de Amy estaban también allí sentados, charlando animadamente mientras Cala, aquella labradora tan alegre y cariñosa, correteaba a su alrededor jugando sin parar con Tyke, el único cachorro de su camada que se había quedado en la familia. Amy se enamoró de él en cuanto nació y pasó a ser un miembro más del hogar que había formado con Alan.

Tampoco había faltado a la reunión su prima Sandra. No la conocía muy bien, pero parecía una buena chica.

Harry se acercó hasta mí con un par de latas de cerveza en la mano y me sacó de mis reflexiones.

—Estás muy callada —observó, sentándose a mi lado—. Creo que necesitas un poco de chispa.

Acepté la cerveza y me eché a reír.

—Gracias —dije antes de dar un sorbo—. Pero no estoy callada porque me haga falta beber algo de alcohol. Me sobra la chispa.

—¿Ah, sí? Pues no te he visto pasarte mucho. A estas horas del día la mayoría vamos ya algo tocados con tanta celebración del Cuatro de Julio.

—Es que no me refería a ese tipo de alegría —volví a reír.

—¿A cuál entonces?

—Al hecho de estar viva y que estemos todos aquí juntos. Al sonido del mar. A la puesta de sol. A esos dos peques que son la prueba de que el dolor y la rabia ya pasaron —declaré emocionada, entornando los ojos mientras sentía la piel de gallina—. Estaba disfrutando a solas del punto y seguido de una historia que pudo haber sido el dramático final de una mentira. Sin embargo, Amy me encontró en el silencio y me trajo de vuelta. Y ahora todos estamos dibujando nuestros sueños sobre el mejor papel en blanco que existe.

Harry me miró sin pestañear y se tomó unos segundos antes de hablar.

Justo en ese instante los fuegos artificiales comenzaron a llenar el cielo oscuro de luz y color.

—¿A qué papel te refieres? —me preguntó al oído.

—A la libertad.

Nota de la autora

En todas mis novelas los escenarios son muy importantes y se convierten casi en un personaje más de la trama sin que pueda evitarlo.

En esta ocasión, salvo Calcuta (que he podido describir brevemente gracias a las experiencias de una amiga), todos los lugares que aparecen en esta historia han formado parte de mi vida de una forma u otra.

San Francisco, con sus empinadas colinas, el traqueteo de los tranvías y su bahía surcada de pequeños veleros, fue mi hogar durante más de dos años. Allí estudié un máster en Arquitectura, en la Academy of Art University, la misma en la que Amy decide cursar su posgrado en Fotografía.

Durante el tiempo que viví allí, me escapé a Half Moon Bay, Santa Cruz y Carmel en incontables ocasiones para disfrutar de su ritmo pausado y de sus playas bañadas por el Pacífico.

También aproveché para recorrer en coche la maravillosa ruta costera de la Highway 1.

Visité Los Ángeles muchas veces, ya que allí tenía a unos muy buenos amigos. Es un lugar que me produce sentimientos totalmente contradictorios; me atrae y me repele al mismo tiempo.

Nueva Orleans, tan mágica, vibrante y misteriosa, fue mi refugio una vez que terminé el máster. Allí trabajé en un estudio de arquitectura y tuve que ir a Baton Rouge en varias ocasiones por un proyecto que estábamos diseñando en unas oficinas de esa ciudad. Como nos cuenta Amy, el contraste entre ambas no puede ser más llamativo, a pesar de que se encuentran a poco más de una hora de distancia por carretera la una de la otra.

A Nueva York siempre he ido como turista, y en todas mis visitas me ha parecido fascinante.

Londres me ha acogido tantas veces que ya la siento un poco parte de mí.

Y, por último, San Petersburgo siempre estuvo en mi lista de lugares pendientes, pero no encontraba la oportunidad de visitarla. Por un capricho del destino, en 2008 alguien muy cercano tuvo que mudarse allí por motivos laborales durante casi dos años. Pasé varias temporadas en la ciudad de los zares y fui testigo de sus luces y sus sombras. Descubrí sus museos, sus palacios y jardines, los famosos teatros de ballet y los canales. Deambulé por sus calles heladas en pleno invierno y disfruté de sus agradables e interminables días de verano.

Cuando tuve listo el primer borrador de esta historia, a principios de 2020, no podía imaginar que Rusia fuera a invadir Ucrania dos años después. Viajar a San Petersburgo sin ninguna restricción, tal y como hacen Rachel y Amy, es algo bastante complicado de hacer y poco aconsejable en el momento que escribo esta nota. Espero que este conflicto, tan duro y doloroso, se resuelva en un futuro cercano, ya que existen pocas cosas tan valiosas como la paz y la libertad.

Podemos ser esclavos de nosotros mismos, de nuestros miedos, errores y arrepentimientos, pero no hay nada peor que el hecho de que el terror, el enfrentamiento y el dolor nos vengan impuestos, porque es ahí cuando nuestra voluntad no es suficiente para superar los obstáculos.

Si hay algo que quería transmitir con esta historia es que todos tenemos derecho a reinventarnos y a convertirnos en la mejor versión de nosotros mismos. A pesar de nuestras propias equivocaciones o de las ajenas, siempre nos queda la opción de volver a empezar.

Y ninguna guerra debería robarnos la oportunidad de mirar al cielo y descubrir el trazo de la palabra «libertad» delineado entre las estrellas.

Agradecimientos

A Paloma, por estar siempre ahí. Por leer mis historias, aunque todavía sean un primer borrador. Por aportar ideas y alimentar siempre mi ilusión. ¡Eres la mejor hermana que la vida me pudo dar!

A Carla, por compartir conmigo todo lo que viviste en la India. Por tus palabras sobre Calcuta, tus sensaciones, tu entrega y tu enorme pasión por seguir creyendo en lo que parece imposible.

A Alex, por ser la luz de mi vida.

A mis padres, por apoyarme siempre sin condiciones.

A Sean, por regalarme ese viaje en coche por la Highway 1 la primera vez que estuve en California. Y por ser como un hermano para mí durante todo el tiempo que viví en San Francisco.

A Fernando, por todos los sitios que he conocido gracias a ti, y en especial por vivir en lugares tan impresionantes como San Petersburgo. Si no hubiera ido en varias ocasiones a visitarte cuando trabajabas allí, creo que esta idea nunca se habría convertido en una novela. Hay un capítulo en especial, el cual escribí sentada en el bar del Gran Hotel Europa, que ha estado guardado muchísimos años en un cajón y que ahora forma parte de esta historia.

A Paula, por tu fe en mí.

A Hilde, mi mano derecha en la Agencia Literaria Antonia Kerrigan, por enamorarte de *Te encontraré en el silencio* desde el principio y creer en ella ciegamente.

A toda esa gente maravillosa que he conocido por redes y que os habéis ganado un pedacito de mi corazón.

A Belén, por ser una de mis lectoras más fieles, por el apoyo incondicional y tu cariño.

Mil gracias también a Alba, Fani y Susana. Y muchas más personas que no cabrían en esta nota, pero que tengo muy presentes.

A la editorial Penguin Random House y, en especial, a todo el equipo de Montena. Muchísimas gracias a todos los que habéis aportado vuestro granito de arena para que esta novela esté ahora en manos de quien lee estas palabras.

Y, sobre todo, gracias a mis lectores. Por acompañarme en cada historia que invento y animarme a seguir escribiendo. Sin vosotros ninguna de mis novelas tendría sentido, ya que serían solo palabras dormidas. ¡Gracias por darles vida!